在巨流中擺渡

「探求者」的文學道路與創作困境

黃文倩

本書撰寫期間曾榮獲
行政院陸委會中華發展基金獎勵研究生赴大陸研究獎勵
行政院國家科學委員會博士論文獎
（國科會編號：NSC 97-2420-H-032-001-DR）
謹此致謝

序

呂正惠

　　文倩的博士論文經過修改,即將出版,問我要不要寫篇序。這篇論文的主要研究對象,是當代大陸作家陸文夫和高曉聲,都是我很喜歡的小說家。我跟他們兩人有一面之緣,雖然兩人都已過世,至今有時還會想起他們。為了表示懷念,我還是撥出時間來寫比較好。

　　一九八〇年代後期,由於阿城《棋王・樹王・孩子王》引起的轟動效應,當代大陸小說開始輸入台灣,新地出版社的老闆郭楓先生是主要的推動者之一。我很幸運的認識了他,從他那裡看到一些尚未在台灣出版的作品。後來這些作品也陸續出版了,我還為其中一個系列寫了一篇短序,這個系列包括汪曾祺、從維熙、高曉聲、陸文夫等老右派作家。我在序裡說,這一批老右派,可能是從五四運動以後開始興起的現實主義文學的最後一代。那時候我已經感覺到,大陸文壇正在求新求變,過去的現實主義已經不再被下一代的知青作家所喜愛了,後來的發展證實了我的看法,但是我沒想到,這一批老右派作家,除了王蒙之外,到九〇年代就幾乎完全被遺忘了。

　　一九八九年七月,我隨著郭楓先生,還有幾位朋友,到大陸去繞了一趟。這是我第一次到大陸,走了北京、成都、重慶、三峽、武漢、上海、蘇州、杭州,真是走了不少地方。我在蘇州見到陸文夫和高曉聲,吃完晚飯、喝完酒後,別人都休息了,我到高曉聲的房間聊天。高曉聲的常州話,我只能聽懂三成,但我們竟然聊到天亮。天亮後,高曉聲拎著簡單的行李就走了,一九九九年他去世,七十一歲。這是我唯一一次見到高曉聲。可是在本世紀之初,我跟陳映真先生到蘇州去,當時身為江蘇作協主席的陸文夫出面跟我們照團體照,我很

I

高興又再度見到他，他還記得我，我問他，出不出高曉聲的文集，他說：會的。又隔了一、兩年，我在北京，全國作協開大會，我參加了閉幕式。閉幕式上特別介紹幾位即將退休的全國作協副主席，其中就有陸文夫。散會後，我很想走向前去跟他打招呼，但他很落寞的走著，跟誰都不講話，我也不知道要跟他說什麼，就跟別人走了。沒想到過不了多久，就聽到他去世的消息，是在二〇〇五年，七十七歲。經過幾年的等待，我既沒有買到《高曉聲文集》，也沒有買到《陸文夫文集》。以他們兩個在大陸文壇的地位，即使已經到了被遺忘的邊緣，也不能不出他們的文集。我一直不甘心，還是癡癡的等下去。

我這個多年的心願，沒想到是文倩幫我完成的。文倩碩士論文寫的是莫言，後來她考上淡江博士班，上我的課，突然喜歡起陸文夫和高曉聲，真是令人意外。她決定以"探求者"集團為研究對象。一九五七年，高曉聲、陸文夫和幾個朋友，為了打破當時千人一面的文壇現象，準備辦同人刊物《探求者》，想要為中國文壇創造一個流派。不久，反右之風括起，他們全部被打成了"反黨集團"，全部成了右派分子，從此落難二十年。文倩想要從一九五〇年代以來中國文壇的氣候變化，來研究"探求者"集團的命運變遷；其中主要分析，高曉聲、陸文夫在五〇年代突然崛起、又被迅速打壓下去的過程及其原因；還要探討他們兩人在八〇年代初期再度竄紅、經過幾年紅得發紫、在九〇年代又逐漸被遺忘的歷程。我認為文倩野心太大，這樣的題目超過她的掌握能力，並不加以鼓勵。但她充滿自信，躍躍欲試，我也不好阻攔。

我跟她說，按我對大陸體制的了解，不可能不出兩個人的文集，看她能不能找找看。沒想到她神通廣大，居然把兩套文集都挖出來了。她說，《高曉聲文集》印出來後，就堆在江蘇作協的倉庫裡，根本沒上市。《陸文夫文集》是怎麼找到的，我已忘記了。總之，兩人

死後已全被遺忘，文集沒人有興趣，居然擺不到書店裡。我沒想到，大陸變化的速度有這麼快，十年前還名滿天下的大作家，如今居然已無人問津了。

  其後，文倩把兩人的年表，以及兩人的作品目錄都編出來了，到這個時候，我才對她的論文有信心。以我的經驗，台灣的研究生要做當代大陸文學，第一個困難的就是資料，我認為，文倩應付起來毫無困難。我跟她說，下一步的工作是要熟悉大陸社會，這只有多跑大陸，多跟大陸專家接觸才能解決。文倩的勤快完全出乎我的意料，後來我碰到大陸當代文學專家，他們往往跟我提起文倩。不管怎麼說，我不可能再對文倩提出任何要求了。

  高曉聲和陸文夫的命運，其實是和新中國六十年的歷史密不可分的。台灣學者要研究大陸當代文學，如果對這段歷史不能深入其中，所有的研究只能流於浮面。現在文倩已經了解這個道理，但我不能說，她這本論文的分析都一定到位。每個人對歷史的理解，都需要一個過程。以我個人來說，從一九八九年七月第一次到大陸，到現在已經不知道跑了多少地方，我絕對不敢說，我已經完全了解新中國的變化過程。我們比較不幸，跟大陸隔絕了快四十年，又被台灣和西方的宣傳洗腦了四十年，如果還選擇研究當代中國，那只能靠不斷的努力，不斷的自我提升，不然就是浪費時間與生命。至少我覺得，文倩已經走到正確的道路與方向，這是相當可喜的。

  文倩這幾年的努力，還有她已成形的論文，讓我回憶起我接觸當代大陸文學的過程，特別是讓我能夠重溫舊夢，想起我對陸文夫和高曉聲的喜愛，而且因此也得到他們幾乎所有的作品，對我來講，也是很有紀念意義的。

2011/9/30

目次

序 ·· I
第一章　緒論：為了忘卻的紀念 ·· 1
　第一節：研究動機與問題意識 ·· 1
　第二節：研究方法 ·· 7
　第三節：文獻評述 ·· 10
　第四節：章節重點 ·· 19
第二章　啟蒙者與被改造者——「探求者」雙重姿態的發生 ······················ 25
第三章　社會主義現實主義的教條化的發生與回應：1949-1957年「探求者」公共視野的起源與文學創作 ·· 35
　第一節：五〇年代「探求者」對社會主義現實主義與批判現實主義的接受與窄化 ··· 35
　第二節：「雙百」運動前「探求者」的小說——與人民立場融合的感性實驗及其縫隙 ··· 49
　第三節：「雙百」運動、新中國社會問題跟「探求者」創刊的關係　62
　第四節：「雙百」運動期間「探求者」小說的特性：基層知識份子跟共產黨政權的矛盾現象 ··· 74
第四章　雙重姿態下的公共視野：1978-1984年「探求者」的世界觀與小說 ·· 95
　第一節：「探求者」世界觀的擴展及思維局限 ······································ 96
　第二節：建國後社會生活與人物命運的公共視野——論高曉聲小說（1978－1984） ·· 113
　　一、新中國的農村生活、農民性格與風格的「變化歷程」——論1984年前的「陳奐生」系列及〈極其簡單的故事〉與〈極其麻煩的故事〉 ··· 116

V

二、知識份子的自我安慰、文革的「世代」反思、社會主義的教育連繫——論〈周華英求職〉、〈系心帶〉、〈特別標記〉、〈定鳳珠〉與〈我的兩位鄰居〉 …………………………………………… 127

三、農村婦女與工人階級的愛情與婚姻關係——論〈揀珍珠〉與〈跌跤姻緣〉 ………………………………………………………………… 137

四、「世代」視野下農村現代化與社會主義淵源的再聯繫——論〈水東流〉與〈蜂花〉 ………………………………………………………… 143

五、農民、幹部、知識份子的精神病症——論〈錢包〉、〈山中〉、〈太平無事〉、〈魚釣〉及〈繩子〉 ………………………………………… 148

第三節：新時期意識型態下的社會反思、社會主義理想與文士性情——論陸文夫小說（1978－1984） ………………………………… 155

一、新時期意識型態下的官僚與教育反思——論〈特別法庭〉、〈門鈴〉、〈圍牆〉與〈唐巧娣翻身〉 ……………………………………… 156

二、科學、日常、商業、飲食文化中的社會主義理想、矛盾與文士性情——論〈獻身〉、〈小販世家〉、〈還債〉與〈美食家〉 ……… 167

第四節：中國共產黨革命史中的路線之爭及其問題——論方之小說（1962－1979） ………………………………………………………… 186

一、基層黨員方之及其對社會主義發展的現實認識——論〈出山〉與〈看瓜人〉的「革命路線」問題 ……………………………………… 189

二、論〈內奸〉對共產黨革命史的橫切面重構——兼論其說書立場的實踐意義 …………………………………………………………………… 195

第五章 雙重姿態下文學面貌的窄化：「探求者」1985年後的小說 ……… 203

第一節：社會意識固著化、歷史性質抽象化與情感的個人性窄化——論高曉聲1985年以後的小說 ……………………………………… 206

一、農村與經濟「現代化」轉型問題及其新保守態度——論〈送田〉與〈美國經驗〉 ……………………………………………………… 208

二、文革歷史清理的政治困境與寓言困境――論〈回聲〉與〈觸雷〉 … 215
　　三、「歸來」知識份子的「生活」危機與自我安頓的矛盾――論〈臨近終點
　　　　站〉、《青天在上》、〈天意〉 ………………………………………… 223
　　四、中美現代化參照、反省與思考的定型――論〈災難古龍鎮〉、〈戰術〉
　　　　及〈陳奐生出國〉 …………………………………………………… 237
　第二節：感情的文人化與社會主義理想的非辯證性解構――論陸文夫
　　　　1985年以後的小說 …………………………………………………… 244
　　一、孤立的「美」與五四啟蒙話語的再連繫及其限制――論〈臨街的窗〉、
　　　　〈井〉與《人之窩》 …………………………………………………… 246
　　二、社會主義日常生活懷舊及其非辯證性解構――論〈畢業了〉、〈清高〉
　　　　與〈享福〉 ……………………………………………………………… 262
第六章　結論：面對失落的公共視野 ………………………………………… 277
主要參考文獻 …………………………………………………………………… 283
　一、文學作品 ………………………………………………………………… 283
　二、批評與研究專著 ………………………………………………………… 289
　三、期刊、報刊文獻及學位論文等 ………………………………………… 297
附錄一：「探求者」作家小說或創作年表 …………………………………… 305
附錄二：高曉聲與陸文夫的重要生活年表 …………………………………… 318

引言一：

強以仁義繩墨之言術暴人之前者，是以人惡有其美也，命之曰災人。災人者，人必反災之。——莊子《內篇‧人間世》

引言二：

生活與藝術，不僅應該相互承擔責任，還要相互承擔過失。詩人必須明白，生活庸俗而平淡，是他的詩之過失；而生活之人則應知道，藝術徒勞無功，過失在於他對生活課題缺乏嚴格的要求和認真的態度。——巴赫金〈藝術與責任〉[1]

存在作為屬於人（與人相關聯）的一切，其價值的多樣性只展現給懷著愛心的直觀，只有珍愛才能把握和鞏固這種多樣性。……來在每一個事物身上緊張地放慢、加強、雕琢它的每一細節。只有愛心才能在審美上成為能動的力量。——巴赫金〈論行為哲學〉[2]

---

[1] 收入巴赫金原著，錢中文主編《巴赫金全集・第一卷》，（河北：河北教育出版社，1998年），頁1－2。
[2] 同上注，頁63－64。

第一章　緒論：為了忘卻的紀念

第一節：研究動機與問題意識

　　「探求者」是中國大陸「雙百」期間（1956－1957年）出現的一個同人刊物與作家群的總稱。在刊物的草創過程中，曾寫有一些彰顯其文藝理念的文章，包括：〈意見與希望〉、〈探求者月刊社啟示〉、〈探求者月刊社章程〉，同時，亦有不同於五〇年代「一體化」狀態下的文學創作。然而，刊物尚未正式出版，就因為1957年中的「反右運動」而被迫中止。當年主要參與的作家，包括葉至誠（1926－1992年）、高曉聲（1928－1999年）、陸文夫（1928－2005年）、方之（1930－1979年）及陳椿年等人，也因此被劃為「右派」[3]或所謂的「反黨集團」，真誠地步入再「改造」的一生。改革開放後，這一批作家中的高曉聲、陸文夫和方之，再度成為八〇年代的重要代表作家，備受矚目。由於其文學淵源、創作題材、藝術手法、現實視野，跟十九世紀批判現實主義、二十世紀社會主義現實主義、中國古典白話小說、毛澤東在1942年〈在延安文藝座談會上的講話〉開啟的延安文學新傳統密切相關，不但反映了早年部分的社會主義革命的理想與實踐、農村或工廠的下放「改造」經驗，也見證與記錄了新中國建國前後到改革開放的各式社會與歷史流變，所以他們的一生經驗與文學作品，既是理解中國大陸「右派」作家（或「歸來」、「復出」作家）的重要個案，也是歷史性的認識新中國建國前後及其日後政治、社會、文化、經濟發展

---

[3] 本書所討論到「右派」作家的內涵，並非訴諸一般抽象政治學意義上的「左派」、「右派」的概念，而是特指在新中國的歷史語境下，於1957年中的「反右運動」下，被共產黨打成「右派」或受到這項政治運動牽連、審查的「青年作家」，用另一種時空條件來界定，乃指的就是在改革開放後，被文學史命名為「歸來」、「復出」作家的這批人物。他們的立場、精神或意識型態，事實上仍是隨著各階段歷史條件的不同，而有所細微差異，故本書難以抽象地界定他們，但本書基本上認為，這批「右派」作家，其實一生都具有某種程度的左翼關懷社會的傾向。

的一種媒介。而兼以文學史的視野來理解本個案,將「探求者」的文學現象與作品生產,放入世界冷戰格局的背景下來認知,也是清理進而建構第三世界國家的困境與文學主體性的一個有機部分。有鑒於臺灣學界長期對此領域的陌生,上述的各種論述功能／意義也就亦有過渡性的必要。

　　然而,儘管這是稍有大陸當代文學研究的學術知識,也不難開發出來的研究對象、問題意識與思考方式,但可能基於某些政治原因,在我經過相關的文獻考察(詳見後),卻發現海峽兩岸的大陸當代文學研究,仍以十七年時期的「紅色經典」與改革開放後的「知青」世代的作家作品研究,較受到嚴肅的對待與處理。雖然仍有一些對「右派」作家(在本書的界定範圍內的指涉)的創作歷程及其作品的個案分析,但並不令人意外地,1978年以前的分析文獻,多使用較單一、線性的思維,並慣性地概括成一種政治意識／思想型態的論述(這當然是在臺筆者的階段性認識)。改革開放後的研究概況,又多採用五四啟蒙視野的標準,來進行文本主題或藝術分析,難免簡化了新中國與社會主義革命與發展下的歷史生產的獨特性與複雜性。在作家、作品的基礎文獻／史料的整理上,除了王蒙及汪曾祺外,大部分的「右派」作家的相關研究,也沒有為他們編撰基本的著作年表與生活年譜,採用「先驗」觀念與研究者的「期待視域」的分析相當普遍,因此其主題、題材、人物內涵、「獨立」式的藝術技巧賞析,許多幾乎不出既定的認識框架(如納入所謂的傷痕、反思、改革的套路,或人性、人道的普世性詮釋)。八〇年代末以後,中國大陸研究現當代文學較重要的論者／批評家們,又因為許多國內外政經等複雜因素[4],紛紛將文學研究的重點,移轉到所謂的「文化研究」和高度思想性質的傾向,使得

---

[4] 這方面的分析,可參見賀照田〈後社會主義的歷史與中國當代文學批評的變遷〉,收入《當代中國的知識感覺與觀念感覺》,(桂林:廣西師範大學出版社,2006年),頁54-75。

文學研究與文學批評，更多地傾向成為解剖意識型態、檢討歷史思想、回應中國當代問題的實用功利工具，雖然這樣的研究方式有其「先進／進步」的重要意義（從左翼文學所重視的解放意識形態與社會實踐的功能與作用來說），在本書中，我也部分地吸收了這種視野與方法，但是，我們仍必須自覺，思想性質的文學研究，一旦過於固定、坐實或排它，也會跟過於講究「藝術」一樣，其進步意義也會走向其反面。在我心目中，理想的文學研究／批評的目的之一，在追求社會介入／實踐解放的思想／意識的目的間，仍需綜合與擴充對「文學本身」[5]的複雜與具體的分析。例如，分析作家在不同歷史階段的題材選擇、想像、才能、文體、語言，以及跟古今中外文學典律、淵源間的繼承關係、實用性與無目的間的歷史「辯證」性質等等。畢竟，若僅僅將文學材料作為從事現當代文化與思想研究的媒介，那麼為何不平行地參照與研究同階段的哲學家、批評家、社會學家、理論家、政治家的思想？某種程度上，他們不是可能比文學家的思想或意識型態，更富有歷史與社會的解放意義的豐富性嗎？因此，綜合上面的考慮，以及截至本書草稿出爐（2011年秋）為止，本書對「右派」作家及作品研究成果的理解，是以廣泛的「右派」作家的文學作品的認識為基礎，並聚焦在「探求者」作家群的作品淵源、內涵、藝術、風格、甚至文體實踐，跟二十世紀其獨特的歷史、社會、政治間的關係，進而評述其在冷戰背景下的第三世界國家文學的意義豐富性與文學困境，就我所知，尚未有學者將其有系統地清理與重構，因而是一件值得嘗試的工作。

相較於其他當年也曾被打成「右派」的「干預現實」的小說家，如鄧友梅（1931年－）、從維熙（1933年－）、王蒙（1934年－）、張賢亮（1936年－）等知名的個案，或同階段並未被打

---

[5] 此處的「文學本身」的使用，並「非」將它視為一種「獨立」的客體看待，也並非直接使用中國大陸八〇年代中以降的「獨立式」的「文學本身」的指涉。我主張它是一種在歷史動態發展中，可辯證式地融合思想性與技術性的文學實踐。

成「右派」的女作家,如茹志鵑(1925－1998年)、宗璞(1928年－)等,或文人小說家汪曾祺(1920－1997年),「探求者」作家群,可能是類似於戈德曼所言的「某些突出的個人」的一種。呂西安·戈德曼在《隱蔽的上帝》中說:「人與人的覺悟程度各不相同,只有某些突出的個人或處在某種特別適當的形勢下(如戰爭形勢下的民族意識,革命形勢下的階級意識等等)的群體大多數成員才能達到最高度的覺悟。由此而產生突出的個人比群體的其他成員能更好地、更確切地表達集體意識的情況。」[6]除卻他們是五〇年代少數文藝同人團體的代表外,跟當年其他被打成「右派」的小說家相比,他們在「雙百」期間,雖然也都企圖「探求」與「干預現實」,但由於葉至誠出身五四作家葉聖陶之家,使得他們在文學「探求」的觀念上,具有對五四時期文學流派百花齊放的淵源的自覺(儘管很簡化);在其「探求」的世界觀與實踐上,雖然確實繼承了一定程度的毛澤東1942年〈在延安文藝座談會上的講話〉以降的中國社會主義革命的文藝傳統,但從其作品內,也同時存在著魯迅精神、十九世紀俄國傳統下的批判現實主義、十月革命後的蘇聯社會主義現實主義、中國古典文學中的白話小說傳統等淵源。這些文學淵源跟中國當代文學關係,在「大框架」上,在今天大陸當代文學史上,已被眾學者所認識與承認[7]。但我更感興趣的是當中的「細節」與「差異性」,或說更精細的存在感(而非「共相」式的框架分析)。換另一種說法就是:「探求者」作家群跟上述文學淵源的「接受」內涵與認識水準,和他們的創作姿態、各階段政治與生命等的關係。這些世界觀與文學實踐,是一種能夠理解新中國建國後文學淵源、發展與歷史困境的重要進路。例如,以高曉聲早期的作品實踐來說,他在1957年的〈不幸〉中,就明顯跟契訶夫的批

---

[6] 呂西安·戈德曼《隱蔽的上帝》,(天津:百花文藝出版社,1998年),頁22。
[7] 可參見洪子誠《中國當代文學史》(北京:北京大學出版社,2007年)及陳思和《中國當代文學史教程》(上海:復旦大學出版社,1999年)。

判現實主義的戲劇〈萬尼亞舅舅〉有互文關係，顯示出他早期不自覺地，偏向批判現實主義風格，傾向五四時期啟蒙立場的知識份子的姿態，明顯地跟建國後的知識份子，乃是作為一個被改造的對象與姿態間的矛盾；而方之在新中國建國到反右前，雖然極真誠也積極地投入中國底層農村改革，並具體地實踐出一些短篇作品，也頗受蕭洛霍夫的社會主義現實主義式的長篇小說《被開墾的處女地》、毛「講話」以降，以及趙樹理四〇年代小說中的主人公在生活中發現主題等世界觀等的影響，但他也仍在「雙百」中受到極左的政治力量打擊。如何具體地解釋，他們的文學淵源、社會主義關懷和實踐，和被政治批判間的因果關係、內在邏輯和歷史過程中的動態複雜性，不致僅以一句「政治化」（畢竟各階段的「政治化」的實際內涵都不一樣）概括帶過，需要更具體仔細地來疏理，也是我等臺灣知識份子，在面對大陸文學材料時應該建立的新的自覺。至於在其所受中國古典文學的教養上，高曉聲與陸文夫小時候看得最多的都是古典白話小說，高曉聲甚至還閱讀過《綱鑒易知錄》，他對於作家的歷史格局與視域擴大的敏感，對於複雜的三國人物曹操的認知，屢次出現在其創作觀中。而其口語白話的傳統，又是如何被歷史所生產與流變的？也都是可以用來綜合地分析，新中國「右派」作家的本土特色的一環。再加上或許是中國南方水土地域，所間接潛移默化等文化地理條件，可能陶冶了「探求者」作家群的感情與感性，諸如陸文夫的文人、名士氣質等，都使得「探求者」的文學特色，跟冷戰以降的中共黨史、歷史、政治、社會運動、古典與近現代思潮、文學傳承與流變間的關係，有可能建立出更為細緻的連繫。因此以文學史的視野，選擇「探求者」作家群及其作品為核心，重構新中國建國後的「右派」小說創作上的淵源、發展的一種關鍵面向，並動態地說明其文學困境的歷史起源與過程，應該能夠有一定的效度。

從文學本身的豐富性（自然包含內容與形式）來說，「探求

者」的代表作家葉至誠、高曉聲、陸文夫與方之的作品,以高曉聲和陸文夫兩家,有其重要的再解讀價值。就作家的出身特色來說,他們都來自江蘇,一個自古文化相對較優勢的江南地域;他們都曾親身投入新中國建立前後的革命和各項社會運動,見證了舊社會的腐敗與革命的必然性,因此在毛澤東要求知識份子改造的宣言下,他們大多信仰應該投入勞動的價值觀,並努力改造知識份子的習氣與行為;他們幾乎一生堅持社會主義理想,與其接受或理解的「現實主義」、「批判現實主義」的觀念,也以自己對基本藝術自主的理解,來抗衡與區隔五〇年代中期已教條化的「社會主義現實主義」(並非是社會主義現實主義的可能性本身),或某些官方教條式的寫作風潮(儘管他們早年大多都是毛澤東文藝政策下,誠懇的「歌德」派與追隨者。當然以他們當年的階級與視野,對毛澤東和中共高層政權運作與理解的深入性,也相當不足);同樣在反右運動中,被下放與被鬥爭,他們不但沒有因自尊心忍受不了而自殺(但陸文夫及方之曾有自殺的念頭[8]),也沒有像日後知青下放後,產生過多的悲情與傷痕,反而大多產生出有一種獨特的中國阿Q精神、名士氣質或跟底層人民認同的態度,來控制與調整自尊,真誠地跟農工兵等基層看齊,以度過精神和肉體的煎熬。從創作歷程來看,他們的作品均橫跨新中國建國到改革開放,甚至新世紀後,在這半個世紀中,高曉聲、陸文夫的創作數量與品質最為可觀,曾以老驥伏櫪的姿態,文革「歸來」後繼續奮起猛進,一生中共創作出87篇(高)與55篇(陸)的小說,可說極為不易。高曉聲小說跟魯迅之間的精神繼承,也已成為在二十一世紀重新建構魯迅的「國民性」研究時,時常被提及的當代轉化個案。而陸文夫獨特的「平衡的藝術」,也成為理解中國名士派文人的敘事與心態,除

---

[8] 葉至誠在方之《方之作品選・曲折的道路(代序)》曾提到方之在文化大革命期間,曾被逼得自殺。而陸文夫〈微弱的光〉中提到他也在文化大革命初期,有自殺的念頭。

了汪曾祺與鄧友梅之外，另一種當代轉化的狀態的重要代表。至於方之則是一生視自己為真正的共產黨，從其對中共黨史的歷史寓言書寫，以及小說視角的說書人的形式選擇，亦可發現其混雜在毛傳統、俄蘇式的現實主義和中國古典白話小說傳統間的層次。至於葉至誠，一輩子講究真誠，在散文創作的題材與主題上，卻無法脫離固著的心態，同時數量也太過有限，雖然可用來幫助我們理解理想主義、英雄主義泛本質化的真誠的限制，但由於在討論高曉聲、陸文夫、方之及其它「右派」的參照系時，已可觸及類似的內涵，因此我在文學的具體細評上，主要仍以高曉聲、陸文夫、方之三家為對象[9]，兼以其他「右派」的代表作品，以為參照。

至於他們流暢的白話文的運用，已脫去五四時期的歐化與瞿秋白所說的「新文言」的傾向，結合了毛「講話」及趙樹理所開出的白話民間傳統，辯證地發展出了具有中國民族性、民間性與生活情感的口語白話文，也都是本書考察新中國建國後文學發展、特色，與綜合分析「右派」文學的有機部分。

第二節：研究方法

本書的問題意識、史料，在臺灣及中國大陸，尚未有學者完整與較複雜地討論與建構。作為一個生長在臺灣，從小被教導「反共」，又在「臺灣主體意識」蔚為主流下影響下的研究者，我主要是採用重新搜集、閱讀大量新中國「右派」作家的第一手文集、論著，及各式相關的文學作品、第二手的重要歷史與社會背景研究文

---

[9] 「探求者」在1957年發起時，其成員還包括陳椿年、艾煊、梅如愷、曾華等人，然而，就實際創作的成果、創作信念上的交集與當年主導的積極度來說，仍以葉至誠、方之、高曉聲及陸文夫為主。本書雖以「探求者」作家群為討論對象，但並非是「作家論」與「作品論」，實際要討論與實踐的問題意識乃是「文學困境論」（或廣義的第三世界文學困境論的一部分），因此研究僅是以葉至誠、方之、高曉聲及陸文夫的相關說法為主要考察核心。而在作品的細評討論上，則以當中更有豐富成果的的方之、高曉聲及陸文夫為重心，並在論文中，適時參照相關「右派」作家作品，以突出「右派」作家文學困境的共相及特殊性。

獻和政治人物的文集、文章等，作為實事求是的研究方法之一。此中包括核心的「探求者」作家群的文學材料，其他具代表性的「右派」作家（或幸運沒被打成「右派」，但年齡與「探求者」相近的作家），以及新中國各個不同歷史階段（包括十七年時期及改革開放）下的各種小說代表作（如紅色經典及知青世代的代表作）。綜合思考在近似的社會、政治、歷史淵源，相似或相異的階級、背景、所屬集團、品格、意志與世界觀等條件下，「探求者」作家群所反映歷史與社會問題的連繫性、特殊性與豐富性。當然，這些背景仍跟1949年新中國建國的歷史，甚至需上溯至北伐以降的社會主義革命下的社會、政治、歷史經驗都有關連，本書也多方參閱了許多史學與社會論著，與左聯成立以後的左翼文學理論家相關的眾多現實主義觀點。而新中國的重要領導人（或與文藝政策有關的領導）對文藝的相關講話、政策的文本，亦在本書的綜合考察視野內。本書整體的思考框架大致如下：

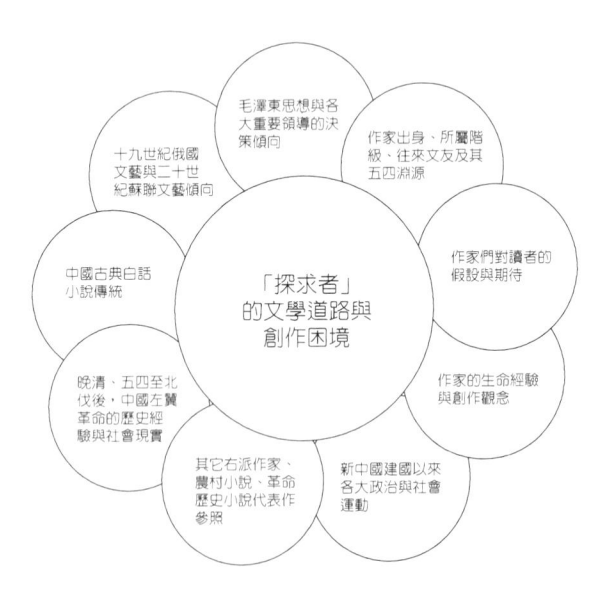

- 「探求者」的文學道路與創作困境
  - 毛澤東思想與各大重要領導的決策傾向
  - 十九世紀俄國文藝與二十世紀蘇聯文藝傾向
  - 作家出身、所屬階級、往來文友及其五四淵源
  - 中國古典白話小說傳統
  - 作家們對讀者的假設與期待
  - 晚清、五四至北伐後，中國左翼革命的歷史經驗與社會現實
  - 作家的生命經驗與創作觀念
  - 其它右派作家、農村小說、革命歷史小說代表作參照
  - 新中國建國以來各大政治與社會運動

其次，具體進路主要有三：第一，分析「探求者」等「右派」，兼有五四知識份子的啟蒙姿態，以及延安以降的「被改造者」的姿態的融合與矛盾的立場，同時討論這種「雙重姿態」在各個歷史階段，對他們的文學創作所生產出的優點與限制；第二，分析「探求者」在五〇年代中期，對「現實主義」、「社會主義現實主義」、「批判現實主義」的文學觀／世界觀的認知與窄化的理解問題，進一步對「探求者」在改革開放後的創作觀／世界觀進行檢討，推論其曾經具有較大格局的文學淵源和生活考察的創作視野的可能，亦說明他們的精神向度與政治規訓間相互抵消的關係與歷史限制。第三，在前項姿態、立場與觀念論述的基礎下，進一步重新完整地檢視與分析「探求者」代表作家高曉聲、陸文夫、方之的所有作品，討論他們在各個歷史階段下的創作內涵與技術問題。分析他們的創作，跟其世界觀、文學立場／姿態和新中國各階段政治力量的關係，揭示其文學困境的內在複雜連繫，以補充目前他們的文本細評及文學史解釋的空間。總的來說，本書在操作的定位上仍以作家的文本細評為核心，但並非是傳統的「作家論」，但也不是以問題意識為前提的綜合論述，而是界於兩者之間的一種分析，因此在論述過程中，我並不傾向對某一作品，提出絕對化的價值標準與優劣評價。作為一個二十一世紀初面對兩岸關係巨變與新契機的研究者，我研究的主要目的，仍是根據所得材料，來歷史地理解新中國（廣義的第三世界國家的一部分）中，自身的文學在自身的特殊歷史條件下的相對水準與歷史、社會、美學的意義／價值與限制，並以一個臺灣研究者對文學感情和細節一向重視的立場，補充與綜合地來再解讀這些作品內涵和特質的可能性。這些具體的分析內涵，自然也涉及到我目前的文學與社會立場、實踐傾向、趣味與水準侷限。

第三，在不可或缺的西方理論的援引與參考上（理論時常也是一種很有意味的文本），由於我目前的時間與能力，也為了避免

「前提決定結論」的論述方式，需要援引時，我採用的是參考他們思考問題的角度與「靈光」（或曰「光暈」，Aura），亦作為「綜合」論述時的參照「之一」。至於實際進入材料時，如果綜合了上述的種種分析方法，仍遭遇沉默、縫隙與斷裂的內涵時，我目前的批評傾向是：根據直覺與感性，讓它們跟那些可被歸納出的框架與內涵維持緊張，不求全。

最後，本書運用的許多分析論點、方法、視角等，亦受以下先後來臺客座大陸學者：包括賀照田先生、洪子誠先生、錢理群先生的啟發。而在本書最後的撰寫過程中，與薛毅先生的諸多電子書信討論，也對本書的展開與修正，有一些直接與間接的影響。前人有形諸文字之處的觀點，會在後文陸續引用。未有形諸文字之想法與啟發的根源，在此亦先一併聲明。

第三節：文獻評述

新中國建國後「右派」小說家的作品評述，跟冷戰以降的新中國的歷史、社會、政治意識型態、文化思潮的流變等密切勾連，因此本書以建國（1949年）到文化大革命結束或大約改革開放（1978年）前、文革大革命結束後兩個階段，來評述相關文獻。以核心對象「探求者」及本書的問題意識為考察核心，兩階段的相關文獻，有以下幾個檢討重點：

建國到改革開放前，「探求者」的評述文獻，主要集中在1957年的《新華日報》和《雨花》雜誌。[10]1956年，陸定一在毛澤東的指示下推動「雙百運動」，從同年6月13日《人民日報》發表了著名的〈百花齊放，百家爭鳴〉的宣言起，文壇上帶有日後洪子誠所謂的「一體化」[11]的文藝傾向開始鬆動，費孝通也在此新政的激

---

[10] 見本書參考文獻：1957－1964年期間「探求者」作家群被批判、評論的文章目錄。
[11] 關於「一體化」的觀點，參考洪子誠《文學與歷史敘述》，（開封：河南大學出版社，2005年），頁55－67。

勵下,於1957年3月24日在《人民日報》上發表了〈知識份子的早春天氣〉。這些新的歷史條件,讓這一批年輕的江蘇作家,也公開反省當時「文藝為政治服務,為運動宣傳,而忽視了文學創作的特殊性」[12]的現象,企圖「對藝術問題進行嚴肅、認真地探索、研究」[13]。高曉聲、陸文夫、方之等人,以他們年輕的銳氣,對當時已有教條傾向的「社會主義現實主義」觀念和作品紛紛表達不滿。儘管他們在文學創作上的基本立場,仍是促進社會主義與認同共產黨,但也由於他們當年對「社會主義現實主義」的理論認識與歷史實踐的水準有限,對新中國政權發展與鬥爭的歷史現實,亦未發展出較清明的政治自覺,導致他們並沒有在當年巴金的警告下,停止創辦「探求者」文學月刊,其後果就是在「反右運動」中被打成「右派」與「反黨集團」。在這一批《新華日報》和《雨花》雜誌上對他們的評述,無論批判的材料為「探求者」創辦的〈啟示〉或〈章程〉,或實際以他們1956－1957年間的作品為例進行分析,也幾乎非從具體作品出發,而是以一種寫作立場或姿態的爭辯——以階級、反黨等意識型態為先驗角度,討論「探求者」的文藝觀與作品是否能被接受,例如謝聞起〈對探求者的政治觀點的探求〉、胡小石〈從古典文學的實質證明「探求者」否定文學中的階級鬥爭的反動性〉、陳瘦竹〈是文學流派還是反黨宗派〉等,這些論述思維,有很明顯的二元對立、階級鬥爭、教條主義的傾向。評論的目的,旨在呼應當時反對資產階級的政治主潮。

1957年中反右運動高潮過後,除了高曉聲被打成「右派」,回老家務農,20餘年完全不能寫作,其他的「探求者」案的主要成員,如陸文夫、方之、葉至誠等,都因為有江蘇省文聯的特殊「保護」,方之、葉至誠,得以獲得「採取邊戴帽子邊摘帽子繼續留在黨內的做法」的對待,而有一種說法也認為,陸文夫其實在當年,

[12] 方之、葉至誠、高曉聲、陳椿年〈意見與希望〉,《雨花》,1957年第6期,頁7。
[13] 〈"探求者"文學月刊社章程〉,《雨花》,1957年第10期,頁13。

也沒有被劃為真正的「右派」[14]，這種結果使得陸文夫、方之、葉至誠三人，仍能在六〇年代繼續寫作與發表。根據我搜集、整理這一批作家所曾出版過的所有別集與文集，編出這幾位作家的小說年表[15]看出，陸文夫、方之在1957年後到文化大革命開始前，仍有作品產出，尤以陸文夫為最多，而葉至誠雖未有單篇的小說或散文創作，但他跟方之仍共同參與編劇的工作，1963年也合寫有〈江心〉（後收在方之的《方之作品選》）等劇作。這就使得60年代後，這幾位作家也仍受到評論界的關注，從另外一個角度來說，就是繼續有機會受到「檢驗」。這當中，又以范伯群在1961年和茅盾在1964年評論陸文夫的兩篇文章，跟過去的論述較為不同。在范伯群的〈年輪——評文夫同志今年發表的五個短篇〉一文中，已經試圖想要擺脫單一的教條主義與框架化的意識型態的評述方式，他具體從材料出發，注意到陸文夫所擅長處理的材料，正是「日常勞動中萌露的新芽和平凡而又壯美的生活」，而非「急風驟雨、氣象宏偉、波瀾壯闊的勞動場面」[16]，也注意到陸文夫這個階段的缺點：將「起伏—浪頭」的理論「運用到作品的結構手法上去，成了架構作品的一個個具體規律了」[17]，這樣實事求是的評論的出現，也是當時新的歷史條件生產的結果，能夠間接說明當時較為寬鬆的文藝狀態，也是蘊釀茅盾能在1964年寫出〈讀陸文夫的作品〉一文的前提。茅盾在此文中，更認真的將陸文夫的創作歷程，曾當記者與工廠工人等生活經歷，與其創作連繫起來[18]，綜論了陸文夫1964年前的所有重要作品。然而，茅盾寫完此文後，中國內部的鬥爭又起，

---

[14] 由於1957年被打成「右派」的檔案實無法查考，因此本處根據的是陳遼〈追憶李進同志〉中所提到關於「探求者」案中的成員被處置的說法。陳遼此文載於江蘇文學藝術網：http://www.jswyw.com/gb/ylcq/jingcairensheng/175657869.shtml。

[15] 見本書參考文獻：筆者編〈高曉聲小說年表〉、〈陸文夫小說年表〉、〈方之小說年表〉。

[16] 范伯群〈年輪——評文夫同志今年發表的五個短篇〉，《雨花》1961年12期，頁46。

[17] 同上注，頁48。

[18] 茅盾〈讀陸文夫的作品〉，《文藝報》1964年第6期，頁28－38。

文壇也陷入新一波的鬥爭,茅盾也入被批鬥之列,連帶影響陸文夫也再次被批鬥。此後,陸文夫無法再繼續寫作,下放至蘇北黃海之濱。下次再「復出」時,已跟高曉聲、方之和葉至誠一樣,都是文化大革命結束之後。

1976年9月毛澤東過世,1978年12月中共十一屆三中全會召開,會中批判了華國鋒「兩個凡是」(「凡是毛主席作出的決策,我們都堅決維護,凡是毛主席的指示,我們都始終不渝地遵循」),據說是以解放思想,實事求是的精神,預告一個新的世代即將來臨。一般認為,這一年是改革開放的路線重要發展的起點之一。1981年6月27日,中國共產黨第十一屆中央委員會第六次全體會議召開,會中通過《中國共產黨中央委員會關於建國以來黨的若干歷史問題的決議》,該文明確指出:「"文化大革命"是一場由領導者錯誤發動,被反革命集團利用,給黨、國家和各族人民帶來嚴重災難的內亂」[19]。「右派」分子的處理也定調為:「在全國復查和平反了大量的冤假錯案,改正了錯劃「右派」分子的案件。」[20]

在新的歷史情勢下,1979年3月26日至4月6日,作協江蘇分會也召開文學創作會議,根據江蘇文學藝術網的說明,當時由:「主席李進在會上宣讀了省委宣傳部同意省文聯《關於〈探求者〉問題的覆查結論》的批覆,對這一錯案予以糾正,並對曾被錯誤地定為毒草、作過批判的作品,包括陸文夫的《平原的頌歌》、方之的《楊婦道》、高曉聲的《不幸》、梅汝愷的《夜診》和曾華的《七朵紅花》,也宣佈予以糾正。」[21]

八〇年代初的中國,文學對社會而言,仍具有高度的重要性與

---

[19]《中國共產黨中央委員會關於建國以來黨的若干歷史問題的決議》,(鄭州:人民出版社,1981年),頁25。
[20] 同上注,頁37。
[21] 參見江蘇文學藝術網:http://www.jswyw.com/wenxuezhishi/jiangsuwenchuang-zuohuodongzonglan/161118513.shtml。

影響力。「探求者」作家群被「改正」後,高曉聲、陸文夫、方之也紛紛在改革開放後立即創作出一批極佳的作品,也榮獲當時一些重要文學獎。從某種意義上來說,他們的再度被接受,除了他們的創作外,也跟他們當年的社會主義理想、苦難與悲劇性等的精神資源不無關係。對此階段「探求者」的評論,自然也不可同日而語。特別是高曉聲與陸文夫,幾乎被公認為八〇年代中期前,中國大陸的重要代表作家。目前,無論是洪子誠還是陳思和的文學史論著中,也已列入史冊。在這個階段對他們倆的評論或研究,較具代表性又跟本書的問題意識相關者有:范伯群、王曉明、欒梅健與王堯四家,在專書合輯的部分,則有《陸文夫作品研究》、《陸文夫的藝術世界》兩部。

　　范伯群是極有自覺地,繼承他在文化大革命之前對陸文夫的關注。改革開放後,光對陸文夫的評論,就有三篇,分別為〈陸文夫論〉(1981年)、〈再論陸文夫〉(1984年)與〈三論陸文夫〉(1986年)[22],在這三篇評述中,他仍然從作者的創作歷程出發,綜合地考察了陸文夫三起兩落的創作歷程,也針對其1986年前的所有代表作,進行了主題意識的闡發和藝術特色的分析。在高曉聲的評論上,他也有〈陳奐生論〉(1984年)與〈高曉聲論〉(1986年)兩篇[23],前者可以說是「陳奐生」的主人公的歷史精神考,後者則是關注其農村題材的中國特殊性與他的藝術實踐的得失。整體上來看,范伯群在此的批評特色是:選用材料詳盡,細評時重視作者的創作歷程與主題意識的關聯,就陸文夫論陸文夫,就高曉聲論高曉聲,但較少從更寬廣的文學史的關聯、淵源與視野中,來發現

---

[22] 范伯群〈陸文夫論〉,收入《文學評論叢刊第十輯・當代作家評論專號》,(北京:中國社會科學出版社,1981年),頁48－67;〈再論陸文夫〉,《蘇州大學學報》,1984年第3期,頁66－73。;〈三論陸文夫〉,《文學評論》,1986年01期,頁71－79。

[23] 范伯群〈陳奐生論〉,《當代作家評論》,1984年01期,頁9－17;〈高曉聲論〉,收入中國作協創作研究室編《當代作家論》,(北京:作家出版社,1986年),頁417－441。

更新的問題意識與互文內涵。

王曉明〈高曉聲：陳家村的代言人〉（1985年）相對而言，則採用從文學史的相關脈絡（具體的來說，其連繫上的是五四時期的苦難題材與問題小說），輔以其敏銳的審美趣味，對其農村題材為核心的小說，詮釋高曉聲的優點與不足（主要是心理障礙）。從批評方法的講究而言，他比較沒有范伯群那麼「一貫」或框架化，將參照系與具體材料辯證聯繫，評論中常見直覺與才能。同時還特別長於將作者的生平經驗與他的創作困境連繫起來，剖析高曉聲創作的心理障礙，非常有說服力。在這篇文章中，王以西方的「心理距離」說，作為評判的後設標準之一，看出了高曉聲深受其苦難經驗的影響，甚至可以說是耽溺於這種影響，而導出其「常常還處在充當陳家村的代言人，為陳奐生和陳文清們訴苦抒怨的階段上」[24]，也就是說，高曉聲似乎有難以將其審美創造，拉抬到一個更寬廣的格局上的問題。但我以為，高曉聲的創造困境，可能還不僅止於這種線性（個人苦難—創作局限）的關聯，事實上還跟他的文學立場、世界觀和當時的現實條件都有關，而他在創作「陳奐生系列」的同時，也一直兼實驗其他不同題材、殊異藝術風格與意識的作品，我認為他有自覺到，作為一個文學創作者／藝術家，不只是固著在某個代言人或形象上。但為什麼高曉聲的創作，尤其是愈接近晚年，確實難以寫出更大格局與更深刻的作品？這個問題，正是本書將試圖從更寬廣的歷史、社會視域與更多的作品參照下，再綜合探討的。

樂梅健也是一個看出了高曉聲部分特色的評論家。他對高曉聲的研究，除了採用比較的方法外，還難能可貴的注意到，高曉聲文學創造的多種傾向與其它的淵源問題。在〈高曉聲與趙樹理的比

---

[24] 王曉明〈高曉聲：陳家村的代言人〉，收入《潛流與漩渦——論二十世紀中國小說家的創作心理障礙》，（中國社會科學出版社，1991年），頁180。

較研究〉（1986年）[25]中,欒分析了高與趙在農村題材小說上的演進與發展,在〈高曉聲近作漫評〉（1988年）[26]中,他選取了較少人注意到的1984年以後的重要作品來討論,並比較了其1984年前後的同類型作品的差異,而在〈大眾化:高曉聲的藝術旨歸〉（1991年）[27]中,欒更注意到了高曉聲跟他同期作家最大的兩種不同點:龐大的高氏家族的出身,以及其自幼深受中國古典文學的影響,欒認為這些條件,讓高曉聲「非常便利地獲悉到蘇南農村源遠流長的歷史故事與民間傳說,極為重要地充實了他的藝術寶庫」。[28]可惜不知是否因為篇幅的關係,他對高曉聲這些創作,跟這些社會關係與古典教養,究竟有何更具體的關聯與特色?與其生平與作品的限制之間的關係,實可以再更細緻展開。例如我在前面曾經提到,高曉聲跟進文藝思潮、社會變遷極其敏感,還曾讀過《綱鑒易知錄》,他曾多次提起曹操,這些面向與淵源,對其各階段,特別是改革開放後的現實主義觀及作品實踐有何關係?都是我們理解這些「右派」,或說改革開放後的「歸來」作家的文學道路與創作困境的重要一環,有待再深入分析。

隨著時間的流逝,掌聲關注日漸遠離,以及八〇年代中知青世代的崛起,也有批評家嘗試繼王曉明之後,敢於批評高曉聲「陳奐生」系列的缺失,此即王堯〈"陳奐生戰術":高曉聲的創造與缺失——重讀:陳奐生系列小說"箚記"〉[29]。王堯指出了高曉聲在「陳奐生系列」中〈戰術〉這一篇的問題,他以為此篇在整個系列中:「一方面保持了線索的連續,一方面成為高曉聲藝術創造的負荷,在消極的意義上它使高曉聲的藝術思維趨於定勢。」[30]問題

---

[25] 欒梅健〈高曉聲與趙樹理的比較研究〉,《蘇州大學學報》,1986年第3期,頁79-84。
[26] 欒梅健〈高曉聲近作漫評〉,《當代作家評論》,1988年3期,頁88-95。
[27] 欒梅健〈大眾化:高曉聲的藝術旨歸〉,《小說評論》,1991年06期,頁20-25。
[28] 同上注,頁22。
[29] 王堯〈"陳奐生戰術":高曉聲的創造與缺失——重讀:陳奐生系列小說"箚記"〉,《小說評論》,1996年01期,頁72-75。
[30] 同上注,頁73。

是，這裡面的批評邏輯，仍然是作者——作品式（或者說作品——作者）的線性聯繫，高曉聲的藝術思維是否趨於定勢？應該還要有其他更多的歷史與相關條件加進來討論，才能見其生產關係的複雜性與意義，否則其討論將會陷入一種內部封閉的詮釋循環。例如，如果我們稍微參照葉兆言對高曉聲的理解，可能又有會不同的觀點。葉兆言因為其父親葉至誠跟高曉聲的關係，一度是高曉聲復出後常往來的晚輩之一，他的觀察，與我在實際全面閱讀高曉聲作品時的「綜合感覺」更為接近，他說：「高曉聲反覆提到農民的時候，並不願意別人把他當作農民。他可能會自稱農民作家，但是，我可以肯定，他並不真心喜歡別人稱他為農民作家。農民代言人自有代言人的拖累。」[31]他看出了高曉聲對農民的想法更為複雜，或者更精確地說，改革開放後的高曉聲，除了其作為農民的「人民」立場外，又恢復了知識份子的啟蒙立場，這些都影響了他在創作姿態上的複雜性，也影響了他的寫作策略。我以為就高曉聲改革開放後的作品的實況來說，其實一直企圖進行變異，很少固定或停在某種狀態，在很細微的地方，尤能看到他的奮進、變化與進步，當然他的作品有其他的各種問題與限制，他也知道中國農村與農民的問題更為複雜，但是與其說在〈戰術〉中，高曉聲的藝術趨於定勢，不如說高曉聲看出當時不少農民仍趨於定勢，或許更來的符合在該歷史條件下所對應的藝術形式的實踐意義。當然，更豐富的分析，我在後面實際的具體評析中，會再更細緻的詳述。

至於在《陸文夫作品研究》（1987年）及《陸文夫的藝術世界》（1988年）中，由於是多人編撰，與均出版於1990年前，跟之前幾位批評家的論述的差異點，大致是在於，對陸文夫晚年的長篇小說《人之窩》（1995年）及散文，仍沒有在之前的學術積累上，繼續深化討論，故仍有待進一步的探究。而在論述的方法上，《陸

---

[31] 葉兆言〈郴江幸自繞郴山〉，收入葉兆言《我的人生筆記：名與身隨》，（長春：時代文藝出版社，2007年），頁191。

文夫作品研究》乃是或從主題、或從題材、風格、世界觀等面向，進行各別分析，但其實跟之前范伯群和茅盾所品評過的重點，已多所重複，事實上在此合輯中，即收有范伯群的一篇論陸文夫的文章。而在《陸文夫的藝術世界》中，作者徐采石與金燕玉，以新時期前及之後的十年兩期，選擇各期的代表作來分析其內涵與藝術特色，就材料和細評效果來說，也有與前者的論述多所相近的內涵。

　　較特殊的是臺灣學者張堂錡，曾撰有〈從小巷走向大院——論陸文夫小說藝術追求的變與不變〉（2005年）[32]，以空間兼人物為討論進路，詮釋的是所謂的「美學」特色，批評的立場較接近自由主義。當然，若放至兩岸的視野，稍叉出延伸一個臺灣研究大陸當代文學的問題（現代文學亦有類似的狀況），也似乎不完全跟本書無關。目前臺灣的大陸當代文學研究，無論是從分析方法，或從史料的建構上來說，實仍處在起步階段，這也能夠部分地解釋，為什麼臺灣過去在研究大陸當代文學時，多集中在八〇年代中期以後的知青與女性作家的作品的關係——除了回應臺灣學術界在解嚴後對大陸現代與後現代派文藝的興趣，如反集體、重視個人、抽象、重視人性傾向、突出主體性等問題意識外，可能也不乏因為八〇年代中以後的作品，相較於之前社會主義傾向較高的作品，先鋒與後現代的色彩較濃，其實比較便於以理論或形式主義的方法進行詮釋，得以暫時省略與跳過許多歷史疏理與理解的複雜度。畢竟只要愈往歷史前追溯，勢必就需要如研究日治時期臺灣文學一般，必須努力進入當時的歷史語境，從相關的報刊、雜誌，透過一二手的歷史、社會學等材料／論著，以及同時參照俄國批判現實主義，蘇聯社會主義現實主義的思潮、觀點、作品，與相關的大量大陸現當代文學傳統下的諸多重要代表作，才能具備詮釋五〇年代成長與發展起來的作家的條件，而這一點，無疑地是較困難的。當然，相對來說，

---

[32] 張堂錡〈從小巷走向大院——論陸文夫小說藝術追求的變與不變〉，《第二屆兩岸現代文學發展與思潮學術研討會論文集》，（臺北，2005年），頁251－268。

本書也具有在臺灣現當代文學學術史上的新里程意義與過渡性質。

總的來說，現實主義文學是中國現當代文學的主流，是晚清到五四，中國內憂外患的歷史因緣下，日益發展與壯大起來的新文學傳統。新中國建國後的小說創作，雖然某種程度或層面，跟晚清到五四各階段時期的作品、藝術與意識，有相似與繼承之處，但又再加入了不同的延安、俄蘇文學傳統與新中國的政治現實，必然也衍生出其新的歷史特殊性。受限於我目前有限的學識與能力，本書只能先以「探求者」及相關「右派」的作家、作品跟社會、歷史、美學的關係為核心，來清理與重構新中國建國五十年來，他們各階段現實主義文學的淵源、發展與歷史困境的問題，以作為理解建國後「右派」作家成就與限制的一個有機部分。

第四節：章節重點

本書預計六大章，除了第一章為緒論、第六章結論外，第二章的重點，乃在釐清與說明「探求者」的文學立場，即本書所謂「雙重姿態」發生的歷史生產過程。第三章到第五章，將以建國後，關鍵的社會政治的轉折歷程進行創作分期，作為理解各階段「探求者」與「右派」文學創作的考察背景。這三章將分別處理1949－1957年、1978－1984年，以及1985年以後的「探求者」等代表作家及作品，跟中國各種社會政治、思潮和作家特殊條件的綜合下，所發展出來的世界觀、作品內涵、藝術特色，及當中的「生產」關係和歷史限制。結論預計將綜合「探求者」深受啟蒙者與被改造者的「雙重姿態」的影響，以及在歷史視野與實踐複雜度有限的「現實主義」、「社會主義現實主義」的世界觀等條件下，說明其傾向的實用主義的世界觀、經驗性的價值感及去政治化的連動性等，綜合地導致了他們的創作日漸流向公共視野愈形窄化、藝術靈感與思想性愈形貧乏等的歷史結果。大致來說，第二章到第五章，預計的論

述方式與重點如下：

第二章為〈啟蒙者與被改造者：「探求者」雙重姿態的發生〉：繼黃子平對丁玲〈在醫院中〉（1942年）的矛盾分析，說明「探求者」在一開始寫作時，即兼有五四「啟蒙者」與延安傳統下的「被改造者」的「雙重姿態」的困境起源論。

第三章為〈社會主義現實主義的教條化的發生與回應：1949－1957「探求者」公共視野的起源與文學創作〉：第一節先從世界觀的角度，分析五〇年代「探求者」對社會主義現實主義與批判現實主義的接受與窄化的過程。透過「探求者」在五〇年代，對「現實主義」與「社會主義現實主義」等觀念的接受、闡釋的認識，說明其早年對於所謂的「批判現實主義」、「社會主義現實主義」的理解，事實上深受五〇年代中，因政治現實所導致的教條觀念的影響，混淆了該世界觀的理論可能性，和歷史實踐與建構性質的差別，這些現實主義的方法視野、水準與「實踐」能力的先天不足，是改革開放後其創作長期發展上的歷史困境的一大主因。第二節分析「雙百」運動前，「探求者」與「人民」立場融合的感性實驗及其縫隙。透過「探求者」此階段的代表作，如方之的〈兄弟團圓〉、〈組長與女婿〉、〈在泉邊〉，高曉聲的〈解約〉，陸文夫〈榮譽〉、〈賭鬼〉等，討論建國後到1955年左右，此階段作品中的農村土地改革、男女婚姻自決、看齊農工兵以及批判舊習俗等主題，說明它們既是這些年輕作家們最初「走上新路」的素樸人民立場下的反映，也不乏是當時「社會主義現實主義」的新人新事物及其樂觀風格的生產結果，不完全沒有教條與僵化的性質，但也不乏當中已存在了歧出於「一體化」意識之外的潛力與彈性。第三節則疏理了「雙百」和新中國初期社會問題對「探求者」創刊間的因果關係，從方之在改革開放後的一則說法縱橫展開，追溯了毛澤東、周恩來、陸定一等當年的領導者，之所以發動「雙百」的歷史條件，綜合地連繫上建國後共產黨內，所日漸累積的階級鬥爭、官

僚化和教條化等複雜的社會現實,來解釋「探求者」之所以想創辦文藝刊物理想的具體歷史內涵。第四節正式處理「雙百」運動期間「探求者」小說的特性。分析他們這個階段的兩大特色,一是啟蒙立場開始與人民立場產生矛盾,故產生了啟蒙視野下二元對立思維的「敵我矛盾」之作,具體考察將透過:分析高曉聲〈不幸〉與契訶夫的《萬尼亞舅舅》的互文性,以及方之的〈浪頭與石頭〉中的新官僚的形象與小知識份子的心理。其二,儘管處理材料仍還不成熟,但此階段的陸文夫從生活經驗出發,〈小巷深處〉和〈平原的頌歌〉,帶有的人性、人情與低調「獻身」的內涵,亦不同於五〇年代已教條化的「社會主義現實主義」。

第四章為〈雙重姿態下的公共視野:1978–1984年「探求者」的世界觀與小說〉。改革開放對建國後「右派」小說家的影響是至深的。早年俄蘇文學、古典白話小說及毛傳統等文學淵源的「養成」,和二十餘年的工廠或農村「改造」的生命經驗,不約而同地深化了「右派」作家在連繫現實和表現情感的能力和豐富性,但也因其深受政治規訓、一己經驗和窄化的世界觀的左右,而明顯地欠缺超越向度的深刻性。一般文學史中對這個階段的作品,總以所謂「傷痕」、「反思」、「改革」來進行劃分與概括,無形中遮蔽了文學作品多元理解的可能性。因此,本章試圖較完整地,重新分析、解讀這個階段的「探求者」並參照其他「右派」／歸來的小說家的作品,歸納出它們當中具有較豐富的公共視野的各式內涵,預計將以四大節,來處理「探求者」此階段的世界觀及其三個主要作家:高曉聲、陸文夫、方之此階段的小說。將指出的文學實踐的特質將包括:高曉聲的一部分以農村為題材的作品,從文學史的角度,可以看作繼二〇年代魯迅的農村小說、三〇年代茅盾的〈子夜〉、〈春蠶〉、〈秋收〉等具有「社會剖析」小說的性質,正是在這一點的流變意義上,具有一定程度的批判現實主義反映「社會整體性」的傾向。然而由於其是短篇小說,故只能視為一種

「社會整體性」的「橫切面」，同時其篇章跟進當時最新社會局勢的時空推進性，及內在風格的變異動態性，也具有刻意不自我重複的自覺。同時也由於此階段，其兼有知識份子啟蒙姿態和毛時期傳統下的人民立場，因此在更多的另一些小說中，則是展現了毛傳統中更為重視底層的導向，題材廣泛的包含了農村婦女、工人階級、幹部，而作為一個知識份子，對於文革的歷史，高曉聲亦有具體到「世代」和「教育」面向，而非全然大框架式的反思內涵。相較於高曉聲此階段寫作姿態的複雜面向，陸文夫則跟「新時期」傾向知識份子的「啟蒙」的意識型態更為靠近。他取材新中國的民間市井（具體的來說，是蘇州市井）與社會和歷史發展的流變，一部分反映了新中國各階段下的政治官僚和教育問題。另一部分則是廣泛地連繫上了科學、日常、商業和飲食文化等性質，從中展現了其豐富的知識份子想像下的社會主義理想、矛盾和文士性情，也由於其書寫的背景多以蘇州為多，因此在與市井風貌與人情的刻劃上，較高曉聲更有文人趣味。至於方之，也透過縱橫新中國建國前後四十年為背景的〈內奸〉，從商界人士對不同政治陣營的周旋，反映了一個民族資產階級，跟著共產黨打天下的理想，及捲入建國後黨內的路線之爭的歷程，在風格上除了有批判現實主義的傾向，更多地也與中國的說書傳統再融合，較有價值的乃是其歷史性地保留了中共革命路線纏繞的複雜性。

　　第五章為〈雙重姿態下文學面貌的窄化：「探求者」1985年後的小說〉。目前的文學史，大致將1985年作為新中國文壇轉型的關鍵年，除卻吳亮、陳德培在這一年編出了《新小說在1985》與《探索小說集》等代表選集，尹昌龍也以《1985延伸與轉折》一書，來綜論1985年的轉折現象。就社會與歷史性質來說，一般認為，也是在1985年左右起，大陸改革開放所累積的通貨膨脹高漲、官僚腐敗的問題日益日熱化。文學現象上，日前被抬舉出的傷痕、反思、改革等性質的小說亦開始退位，隨著知青世代興起，尋根、先鋒與新

寫實傾向的作品,陸續成為彼時文壇的主流,再加上市場經濟的發展、日常與通俗等在九〇年代,亦日漸成為主潮,都綜合地是「探求者」以及「右派」的創作,愈來愈難再受到關注的外緣條件。然而,本章的重點,乃在於綜合前面幾章的分析,討論「探求者」此階段以後的創作困境,更關鍵地是受限於他們在長期歷史的發展下,不自覺地形成的實用主義的世界觀、經驗性的價值感、去政治化的連動性等的影響,使他們愈來愈喪失其神聖／烏托邦歸依與想像的能力與意志。這種缺乏超越向度或視野的素質,以及社會主義的理想,被過去極左歷史內耗解構的結果,就造成此階段的「右派」作家,無論是高曉聲還是陸文夫,雖然在1985年以後,其創作在題材、文體、風格與藝術方法上,仍有所變異與調整,但高曉聲的作品已明顯地有社會意識固著化、歷史性質抽象化與情感的個人性窄化等局限。而陸文夫亦往古典文人和舊社會主義中的感情世界與理想中,尋找慰藉與懷舊,最終都矛盾重重,小說整體的「相對」價值不若1985年前。本章針對其作品的窄化的面貌和傾向作出描述,並綜合地說明造成這種結果的生產過程。而從文學史流變的角度,某種程度上來說,也將可作為日後知青世代創作困境的一種前理解。

第二章　啟蒙者與被改造者——「探求者」雙重姿態的發生

儘管作家立場或姿態，能否構成其創作實踐或價值（歷史價值與美學價值）的關鍵衡量指標，一直到現在都還是一個具有爭議性的問題。但對新中國建國後於1957年被打成「右派」及相近狀態的文學創作者們來說，他們的寫作立場或姿態受政治規訓，影響他們一生的命運與其作品實踐大致是事實。

五四時期的文學，由魯迅為重心開啟了啟蒙主義傳統，這種傳統跟四〇年代於延安所發展出來的新的「人民」文學傳統[1]的性質——無論就寫作的觀念、理想、世界觀、甚至書寫對象，都有明顯的差異，而在實踐上，這又不僅是一個觀念／理論的問題。就前者而言，知識份子本著如日後夏志清所言的「感時憂國」的精神，紛紛以啟蒙者的立場或姿態自居，採用的是一種居高臨下（從上到下）觀看啟蒙對象的視角或立場。某種程度上來說，這種創作姿態類似於巴赫汀所謂的「超視」，當這種眼光跟創作者的深刻的思想、複雜與遼闊的社會與歷史認識結合，才有機會生產出魯迅在二〇年代的各式鄉土小說、茅盾三〇年代初的〈春蠶〉、〈林家鋪子〉、《子夜》，以及老舍《駱駝祥子》等等帶有社會剖析性質的現實主義作品。它們以其精采的人物形象，發出離開舊家庭、打破封建社會和挺立個人主體意志的聲音。當然，新的個人在社會中新的風險與責任也相應而生。這種啟蒙主義者的文學傳統，事實上也

---

[1] 「人民文學」與「五四人的解放的啟蒙文學」這組觀念，延用的是80年代以後的學術邏輯。洪子誠在其《中國當代文學史》（修正版）中即指出過：「對一些人來說，轉折意味著離棄文革的極端化而恢復十七年文學的主流狀況，即堅持毛澤東所開啟的人民文學（工農兵文學），在矯正激進派的歪曲之後的正當性，並繼續確立其主導地位。對另一些人而言，則是復活十七年中受到壓抑的非主流文學線索，建立與五四人的解放的啟蒙文學的關聯。」（北京：北京大學出版社，2007年），頁187。

是西歐批判現實主義影響下的結果的一部分[2],它們當然也自有其書寫上的困境。例如高爾基（MaksimGorky,1868－1936）曾對批判現實主義小說作出過一些評述,他以為這些作品的作者:「大半是在智力的發展上比自己同輩更高超的人,他們從自己階級粗暴的體力背後,看清了本階級社會的創造力的衰弱。這些人可以被稱為資產階級的『浪子』。……由於對現實抱批判的態度,因此具有很高價值。」[3]但隨即也批評:「這個主義除揭發社會的惡習,描寫家族傳統、宗教教條和法規壓制下的個人的『生活和冒險』外,它不能夠給人指出一條出路。」[4]是故,在這一類的小說中,主人公和他的社會,或社會上的人際關係,基本上都常存在著對立的性質,透過一連串人物與事物的鬥爭,反映某個歷史時期的社會上錯綜複雜的整體性（盧卡奇式的觀點）,或說某種橫切的典型面向。

當然,五四各階段作品,有其歷史所賦予的複雜性,非本節所能與所要處理的重點,然而透過上一段簡要地參照描述,企圖說明的是,隨著抗日戰爭日趨緊張,三〇年代文藝大眾化運動的發起與進行,不能不說有其歷史邏輯的合理性。對於許多作家而言,以「啟蒙」者來曝露社會黑暗的居高臨下的視角,又同時停留在這樣的黑暗描述,不但無法解決社會的困境,也無法回應作家對社會民族的承擔和責任。也因此,到了三〇、四〇年代起,許多知識份子才亦開始推行能讓普羅大眾,而非僅僅只是知識份子所能接受的口語白話書寫,同時在寫作題材與立場上,也更講究要貼近大多數人民的實踐。這當中有一些是在五四的第一個十年就已成名的作家,例如丁玲,她到了延安以後寫的作品,如〈在醫院中〉（1940年）、〈我在霞村的時候〉（1940年）及〈夜〉（1941年）等,開

---

❷ 五四現實主義小說,尤其是社會剖析派的作品,跟西歐批判現實主義的關係,可參見嚴家炎《中國現代小說流派史》,（北京:人民文學出版社,1995）,頁175－204。
❸ 高爾基〈和青年作家談話〉,入高爾基原著,孟昌等譯《論寫作》,（北京:人民文學出版社,1955年）,頁7。
❹ 同上注,頁9。

始將視野擴展到了知識份子之外的底層農民、人民／基層幹部的生活與心態，儘管寫作技巧不甚成熟，但至少眼光已經能自覺脫離一己之局限，作品除了處理知識份子和女性的狹隘自我外，亦開始往不同階級的人民擴展。還有一些是一樣在三〇年代就跟隨了共產黨投入革命，知識份子習氣本來就不高，但卻在掌握生活細節和蘇聯文學翻譯上都頗有才能的作家，如柳青與周立波，他們面向與融入底層的寫作姿態，在進入了五〇年代以後的代表作中，運用的更為自然成熟，周立波的〈在禾場上〉、〈山那面人家〉及柳青的《創業史》（第一部，1959年），都體現了不同於五四上對下的啟蒙眼光，對於不同階級的他者，有著並不完全只是教條的將心比心的平等觀看與理解。

雖仍不乏概略與粗疏，但大致可以這樣說：四〇年代延安區及建國後五〇年代初期的文學創作，相對於國民黨清黨（1927年）或左聯成立（1930年）之前的作品，已經不完全是從一種五四個人主義式的（儘管當時每個作家對「個人主義」的內涵的理解都有很大的差異[5]）與菁英知識份子的立場，也不是以一種上對下的啟蒙立場，而是開始出現了講究更融入的、平等的，同時與更多的勞動人民、農工兵等對象交融在一起的視角或眼光。在人際互動上，更重視的是個人與集體的合作關係，而非個人在社會／集體中為一己之私或一人成功的自我奮鬥。這種作家立場／姿態的轉向，雖然仍不乏是1942年毛澤東〈在延安文藝座談會上的講話〉規訓下的結果，誠如毛說：「我們知識份子出身的文藝工作者，要使自己的作品為

---

[5] 五四時期，甚至比其更早期的個人主義的歷史內涵，非常複雜，難以抽象定義。不同的作家、不同歷史時期，常有不同的認知與理解，周昌龍在〈五四時期知識份子對個人主義的詮釋〉中，曾以魯迅、周作人、胡適為個案，討論了他們不同的「個人主義」的理解，該文收入其《新思潮與傳統：五四思想史論集》，（臺北：時報文化出版公司，1995年），頁13－41；而劉禾在〈個人主義話語〉中，亦重新上溯到新文化運動前的1914年杜亞泉在《東方雜誌》所提出的〈個人之改革〉，討論杜亞泉所提出的個人主義觀中的「啟蒙主義所忽視的個人的局限性」、「既非儒家思想的死敵，又非社會主義的對立面」的個人主義內涵，亦值得參照。此文收入劉禾《語際書寫──現代思想史寫作批判綱要》，（上海：上海三聯書店，1999年），頁29－63。

群眾所歡迎,就得把自己的思想感情來一個變化,來一番改造。沒有這個變化,沒有這個改造,什麼事情都是做不好的,都是格格不入的。」[6]但從前面所述的歷史發展過程來看,也仍自有其內在邏輯發展的合理性。這個階段起,一向作為「啟蒙者」的知識份子作家,一方面出於自覺,二方面也因政治力的「一體化」在建國後成為主導勢力,逐步被要求成為要向廣大人民群眾學習的「被改造者」,而人民大眾在他們的筆下,也不再只是庸眾、不再只能是被展示出劣質「國民性」的對象,而開始展現出許多更具有社會主義新人的主人公形象與新的主體性。

然而,更具體地來說,身處在五四啟蒙傳統與延安人民傳統的歷史流變下的作家,其立場或姿態,大部分的時候也並非如此純粹,深受五四啟蒙思潮、個人主義解放思想影響下的作家,在進入延安的人民文學傳統後,衝突與矛盾在所難免(當然從理論上來說,這兩者之間並非完全沒有融合或緊張性並存的可能,但似乎在具體的中國五〇年代以降的政治運動的條件下,更多的是衝突與矛盾)。正如同黃子平對丁玲四〇年代代表作〈在醫院中〉的分析:

> 「五四」所界定的文學社會功能、文學家的社會角色、文學的寫作方式等等,勢必接受新的歷史語境(現代版的農民革命戰爭)的重新編碼。這一編碼(治療)過程,改變了二十世紀後半葉中國文學的寫作方式和發展進程,也重塑了文學家、知識份子、「人類靈魂工程師」們的靈魂。[7]

又說,這篇小說的主人公(具有五四的啟蒙姿態,曾不斷企圖

---

[6] 毛澤東〈在延安文藝座談會上的講話〉,《毛澤東選集》(第三卷),(江西:人民出版社,1966年),頁808。
[7] 黃子平〈病的隱喻和文學生產〉,收入《革命·歷史·小說》,(香港:牛津大學出版社,1996年),頁141。亦收入《"灰闌"中的敘述》,(上海:上海文藝出版社,2001年)。

將西方式的現代性／醫院的模式，引入新的環境），乃具有這樣的問題：

> 一個自以為「健康」的人物，力圖治療「病態」的環境，卻終於被環境所治療……。[8]

新中國建國後的這些「探求者」，某種程度上可以說，也跟丁玲到延安的轉向一樣，共用了同一組相近的困境發展結構。本書將這樣的狀態命名為「雙重姿態」，指涉這些作家，從創作起點到日後發展，都難以脫離既有五四所發展出來的上對下的啟蒙姿態，但仍想要以平等的、融入的、不以知識份子標準為前提的延安傳統下的人民立場。當然，以本書的個案「探求者」作家群來說，這種「雙重姿態」的現象內涵，和跟丁玲那種五四到延安的轉變、矛盾，因其年齡、學識、經驗與日後生活的不同，也有不少的差異，需要透過各階段作品的具體分析，與大量的參照系，才能細緻地理解五四作家，和建國後的這些「探求者」及許多當時被打成「右派」的青年作家，在寫作姿態／立場內涵上的不同，這是一個需要透過個案分析，陸續累積長期進行與處理的工作。本處僅先嘗試歸納「探求者」的「雙重姿態」的起源與內涵。透過以下幾點來說明：

第一，從早年的文學教養來說，「探求者」等年輕的「右派」的作家，雖然正如欒梅健在《二十世紀中國文學發生論》就已經注意到的：「王蒙、陸文夫、高曉聲等一大批產生過廣泛影響的中年作家，沒有接受到全面、系統的中外文學的薰陶，而且另一支也同樣重要的知青作家隊伍，如韓少功、王安憶、張承志等，也都缺乏"五四"作家那種開闊的眼光。」[9]這樣的判斷雖然有其合理性，但其細緻處仍需展開才有意義。例如，就中外文學的影響來說，這

---

[8] 同上注，頁145。
[9] 欒梅健《二十世紀中國文學發生論》，（桂林：廣西師範大學出版社，2006年），頁165。

一批年輕且基層的知識份子,早年其實廣受跟五四時期的作家所接受的現實主義文學、特別是批判現實主義淵源的影響,高曉聲和陸文夫的自述中,對此都有言及[10](但是他們對於現實主義理解,亦有窄化的問題,見後面的討論)。同時,在他們更小的時候,也吸收了不少古典白話小說,如《水滸傳》、《三國演義》等的養分,這當中的民間革命與解放的精神,也跟批判現實主義小說的揭露社會黑暗面的傾向,有不同文化語境下的本質的共通處。早年共通帶有人道主義色彩的啟蒙條件,是他們日後在「雙百」期間能夠創作出對黨與彼時的文藝政策官僚化、教條化進行批判的思想與方法資源之一。

第二,從他們創辦「探求者」的淵源來說,其連繫上的也是對五四多元的啟蒙資源的認知。陳椿年在回憶「探求者」的創辦因果時,曾經記錄到他們當年跟進五四階段的多元流派和同人刊物的想法,陳的原話為:

> 葉至誠談起解放以前他幫忙辦《中學生》雜誌的事。大家都認為,那時(解放前)的刊物,基本上都是同人辦的。胡風派的《七月》、《希望》等不必談了,郭沫若他們的《創造月刊》,葉聖陶和夏丏尊的《開明少年》和《中學生》,林語堂他們的《論語》,都是一夥一夥因信仰、志趣、文藝觀相近的文人合力同心辦起來的,自然便會形成各自的風格和特色。如今所有的文學刊物都要辦成"機關刊物",都要講究統一戰線大團結,從前的鴛鴦蝴蝶派和從前的左翼作家同刊亮相,這刊物就不得不面面俱到,拼盤雜湊,哪裡還談得上什麼風格和特色!反過來說,原先各有風格和藝術觀點的作家,到

---

[10] 關於高曉聲和陸文夫年輕時的批判現實主義和古典文學淵源的自述,可參見本書後收錄筆者所編的兩位作家的基本生活年譜。

了"機關刊物"上也很容易磨平棱角，銷礫個性。[11]

　　從這當中亦可看出，作為「探求者」創辦同人之一陳椿年，藉由這種對五四百花齊放的連繫，強調他們對一份文學刊物，能夠有各自的風格、特色與藝術的立場的期望。

　　第三，就參與社會主義的革命經歷與其背景來說，「探求者」中的主要成員，除了葉至誠有其葉聖陶的家學淵源，其他的幾位代表，都是出身於較基層的家庭，這也大致是建國後年輕的「右派」作家類似的背景條件。因此就革命的傾向性來說，葉至誠、方之、陸文夫、高曉聲等，其感情與立場上也很自然地支持共產黨。然而，彼時對於這一批年輕的「探求者」來說，他們對究竟什麼是社會主義、什麼才是合理的社會主義革命，其理解到水準和深刻性也很值得懷疑，這當然跟他們當時的年紀尚小有關係。另一方面，1949年新中國建國後，「探求者」的主要成員們方之、葉至誠、高曉聲、陸文夫等，在新社會的發展下，都不約而同陸續地進入了體制內的寫作團體（事實上那時候要寫作，也可能一定要進入這一類的團體），根據他們分散的相關傳記（或他傳）性質的材料可看出，高曉聲1950－56年間在江蘇文聯工作，陸文夫1957年進入江蘇省文聯專業創作組，葉至誠在1956年春天，就已經成了江蘇文聯黨組的成員，與創作委員會的副主任，方之則是在1949年末到1955年間，即下鄉在農村中做土地改革、青年團工作、互助合作等，後來也有一個團市委宣傳部長的職位。他們在「雙百運動」之前的創作（見第三章的分析），可以看出他們對新中國崛起，建國後的社會主義經濟建設，以及農村發展各項運動的高度支持與肯定，而對生活中發現主題、寫小資產階級與小知識份子的改造、為工農兵服務的創作原則，也甚為支持。（並非「只能」寫工農兵，事實上在

---

[11] 陳椿年〈關於"探求者"、林希翎及其它——兼評梅汝愷的《憶方之》〉，《書屋》，2002年第11期，頁53。

毛澤東的1942年的〈在延安文藝座談上的講話〉中,並沒有說「只能」寫工農兵,而是說要為工農兵「服務」。因為工農兵在當時是中國人口中的大多數,數量遠甚知識份子。)這當中所隱含的創作姿態,也因此可以說是延安的人民文學傳統下的產物。然而,在這樣的年紀和學經歷,無論對現實主義,還是社會主義現實主義等的文藝觀或理論的接受、理解與實踐,也有明顯地簡化、教條、框架化和將觀念與歷史實踐結果混為一談的問題,這種狀況在五〇年代,並非「探求者」獨有,例如改革開放後所出版的五〇年代中的《重放的鮮花》[12],收有在反右期間,被批判為「毒草」的作品,當中的人物,也很難說真的有超過多少「一體化」的形象實踐(這當然也仍跟政治生產和作家認識和想像才能有關係,例如,小資產階級女性的書寫,跟1958年的楊沫的《青春之歌》的女主人公的形象想像非常接近,都帶有非常明顯的框架化賦予人物特質與功能的限制,雖然它們有超出「一體化」之處。)又如新中國建國前曾參與過共產黨地下黨運動的王蒙,在五〇年代初時,就曾依其自傳體驗,描寫過一群五〇年代初期的中學生的生活長篇《青春萬歲》(雖然到改革開放後才正式完整出版)[13],當中充滿了他們對社會主義與革命的投入與執著,但與其說它是一種帶有對世界革命、對中國近現代的社會與歷史的複雜性思考下的結果,不如說,是正如同他在1956年寫出〈組織部新來的青年人〉一般,更多的是一種年輕、純潔以致於真誠的教條與理想主義者的感性印象。

其四,這種一方面兼有(簡化的)五四啟蒙思想、個人主義立

---

[12] 上海文出版社編《重花的鮮花》(上海:上海文藝出版社,1979年)。
[13] 根據王蒙在其《王蒙文集》(1993年十卷版)中的相關說法,《青春萬歲》寫於五〇年代初,1954年正式完稿,曾將稿交給中國作家協會文學講習所的潘汀,潘將此稿轉給了中國青年出版社。1956年,在蕭也牧的關懷下,修改《青春萬歲》,但未能順利出版。後經過兩次修改,第一次1962年,計畫出版時,因當時中蘇交惡,據王蒙的說法,其遵囑刪掉當時令人覺得提蘇聯過多的部分。第二次是1978年,刪掉是可能被認為感情不夠健康的個別段落和詞句。人民文學出版社1979年,出的就是這個經過兩次修改的版本。1981年,此小說被評為全國中學生最喜愛的十本書之一。1986年獲人民文學出版社舉辦的首屆(1977-1984年優秀長篇)「人民文學獎」。

場,與批判現實主義等淵源,以及對五四百花齊放的藝術面向和殊異風格並存的渴慕與認知(或想像),與他們或多或少都曾參與一點社會主義事業、為體制內的人民文學工作,講究「生活是創作的唯一源泉」(毛「講話」中的說法)、為農工兵服務、寫新人新事物的人民文學等的原則,兩者要融合,便時常存在著緊張。這種緊張積累到1956年開始的「雙百運動」的階段,才正式陸續爆發。葉至誠後來在〈憶方之〉一文中,提到了他們在「雙百運動」中的矛盾,當中就很明顯地,可以看到他們既想要扮演「啟蒙」他者的角色,但實際上是像丁玲〈在醫院中〉中的女主人一般,被當成另一種「被改造」的對象:

> 說來叫人不信,就在打算辦"探求者"的同時,我們對於那些把黨員說得一無是處的言論和大字報,對於街上鬧事……等等,是很反感的。方之還特地趕寫了一篇小說,希望感動上街鬧事的青年學生切莫忘了舊社會的苦難。我們當時的反感,其實也帶著許多"左"的情緒。然而,曾幾何時,我們都成了反黨集團的成員。[14]

其實,當年在1957年被打成「右派」的作家,在「雙百運動」中有很大的一部分,反對的並不是社會主義和共產黨本身[15],也並

---

[14] 葉至誠〈憶方之〉,收入方之《方之作品選》,(南京:江蘇人民出版社,1981年),頁422。
[15] 納拉納拉揚‧達斯普在其《中國的反右運動》中曾分析過反右運動中的不同類型的「右派」觀點、立場的差異,既有反對政府的右派觀點,亦有擁護政府的右派觀點。當然,這裡的所謂「政府」,跟共產黨是聯繫在一起的,根據納拉納拉揚的分析,當時的民主黨派人士,如交通部長章伯鈞,即被歸類為「反對政府的右派觀點」的一方,他認為黨和政府各自的權力和義務都應當明確分開。而比較年輕的學生林希翎在雙百運動中的立場,則是以肯定社會主義、擁護黨的,本書的「探求者」作家群,其在「雙百運動」中對黨和社會主義的態度與立場,大致跟林希翎比較接近。詳可參閱納拉納拉揚‧達斯普原著,欣文、唐明譯《中國的反右運動》,(西安:華嶽文藝出版社,1989年),頁71–90。另根據賀桂梅在〈世紀末的自我救贖之路——對1998年"反右"書籍出版的文化分析〉之中曾指出,像納拉納拉揚這樣的書籍,乃是「內部發行」的性質。此文收入賀桂梅《歷史與現實之間》,(山東:山東文藝出版社,2008年)。

不反對文藝為政治服務的原則,正如同前面已經提到的,他們對現實主義觀的理解也有其窄化的問題(見後面各章的分析)。此節要強調的重點是:由於他們早年起步的淵源,既兼有兩者(五四啟蒙者的立場和延安的人民文學傳統的立場),一方面雖然可以給了他們以不同的立場,來對人事物進行審美化、認識與評價的座標,但由於在十七年時期,他們並沒有真正能「選擇」立場或姿態的「自由」,又在「雙百運動」的空氣下,誤以為能夠擁有真的「自由」,使其自然地陷入了這種同時存在兩種立場的「雙重姿態」的矛盾中。這種矛盾,事實上是左翼文學傳統自發展以來一直難以克服的困境,可能還是必須重新溯源:究竟從上對下的啟蒙視角,是否一定跟融入與平等的視角必然矛盾?延安的「人民文學」的傳統,是否一定只能固定與坐實至為工農兵服務、寫新人新事物、寫光明面、只寫所謂的真實,究竟文學的價值,跟文學的功能之間的關係要如何辯證?這些都涉及到五四以來左翼文學理論內部的諸多矛盾與困境的清理,以及歷史實踐與建構的問題。嚴格來說,是外於本書的另一些重大的參照問題,無法在本書中進行處理。本節只能先說明這樣的事實:由於彼時的年輕「右派」的出身與各式條件,與後來高度「一體化」的政治力影響,一直到文革結束前,他們事實上難有對左翼流變中的複雜的思想與世界觀問題與克服的理論與實踐。改革開放以後,他們的立場亦擺盪於這兩者中,平衡的恰到好處時,往往就是他們最好的作品,這樣的作品當然也並不多。

第三章　社會主義現實主義的教條化的發生與回應：1949－1957年「探求者」公共視野的起源與文學創作

第一節：五〇年代「探求者」對社會主義現實主義與批判現實主義的接受與窄化

「批判現實主義」這組辭彙並不是在十九世紀初就有的概念。它是一個後人所歸納出來的說法。影響新中國對此概念的認識與接受，跟其處於剛建立的新的無產階級政權的歷史條件密切相關，也因此，較具代表性的內涵，主要的參照系，可以透過也有著類似政治條件與社會主義理想的高爾基的說法來理解之。高爾基是五〇年代最受新中國重視的作家之一，他較早將恩格斯所提出的「現實主義」的概念一分為二，他曾說：

> 資產階級的『浪子』的現實主義，是批判的現實主義。這個主義除揭發社會的惡習，描寫家族傳統、宗教教條和法規壓制下的個人的『生活的冒險』外，它不夠給人指出一條出路。它很容易就安於現狀了，但除了肯定社會生活以及一般『生存』顯然是無意義的以外，它沒有肯定任何事物。[1]

> 資產階級文學的現實主義是批判的現實主義……社會主義現實主義的目的，是爲了與"舊世界"的殘餘及其有害影響進行鬥爭，是爲了根除這些影響。但是它的主要任務是激發社會主義的、革命的世界觀。[2]

---

[1] 高爾基〈和青年作家談話〉，收入高爾基原著，孟昌等譯《論寫作》，（北京：人民文學出版社，1955年），頁9。
[2] 高爾基原著，林煥平編《高爾基論文學》，（廣西：人民出版社，1980年），頁114－115。

高爾基將「批判現實主義」跟「社會主義現實主義」對舉，同時分別賦予了階級（前者是資產階級，後者是無產階級）的對應性，由此突出「社會主義現實主義」的進化意義。這種文學觀產生於十九世紀末腐敗的俄國政治社會及二十世紀初的俄國十月革命的背景下，觀念的性質乃是視文藝為一種促進無產階級社會主義革命工具。在高爾基之前，一般不太使用「批判現實主義」來概括十九世紀西歐和俄國的主流寫作觀念與作品，僅以恩格斯所使用過的「現實主義」的概念來指涉之。這一類的「現實主義」的作品，代表者與作表作為巴爾扎克的《人間喜劇》（如：《歐也尼‧格朗台》、《高老頭》）、斯湯達爾的《紅與黑》、福樓拜《情感教育》、《包法利夫人》、狄更斯《雙城記》等，它們是西歐資本主義發展與自然科學為主導思潮下的產物，其特色常以一個人物為中心，在寬廣的社會背景、歷史事件或視域下，時常結合愛情的題材（以上所舉的作品均是），縱橫展開這個人物跟其社會與時代間的關係，反映了當時社會中，資產階級生活的腐敗和廣泛的社會關係與社會問題，由於作品的背景時常放在時代動盪、或革命的背景，因此人物跟社會的關係，呈現高度、豐富的動態發展性，這樣的寫作特質，也就是日後匈牙利批評家盧卡奇所提出的「典型」和「社會整體性」的基礎，其風格，就高爾基的說法，則是帶有「強調日常生活的黑暗面」、「強調了否定的現象」[3]的傾向。

　　與高爾基在特定的歷史條件下，將文藝視為一種實用性、工具性和政治傾向性的載體的社會實踐（如激發革命的世界觀、促進無產階級革命）不同，對馬克思主義的經典理論家的馬克思及恩格斯來說，現實主義文學作家的傾向性並不一定是「絕對」的，當然作品無論如何，都一定有其特定的傾向性，但重要的是，文學作品跟社會與現實的關係並不是過分簡單的線性邏輯。馬克思及恩格斯對

---

[3] 同上注，頁101。

文學藝術的看法，散見在其致朋友的書信中，一些較重要的觀點包括：馬克思在〈馬克思致斐·拉薩爾〉（1859年4月19日於倫敦）的信中討論文藝時曾這樣提到：「所探討的主題是否適合於表現這種衝突？」[4]進一步，他批評拉薩爾：「你的最大缺點就是席勒式地把個人變成時代精神的單純的傳聲筒。」[5]由此可感受到，馬克思對於作品的形式和內容的整合度很是強調，而非僅僅只強調作品的意識型態或所謂的更先進的世界觀。而恩格斯也曾在〈恩格斯致瑪·哈克奈斯〉（1888年4月初於倫敦）的書信裡，以巴爾扎克為例，說到他雖然在政治上是個正統派，也相當同情貴族階級，但仍不礙於他看出貴族階級，在當時走向滅亡的必然性。可能可以這樣引申，恩格斯也並沒有認為，一個作家也一定要有更先進的或更革命的世界觀，才能寫出一流的作品。儘管恩格斯曾經對現實主義的寫作方法，雖然提出過經典的：「除細節真實外，還要真實地再現典型環境中的典型人物」[6]的定義，但我們也不能選擇性地忽略，他也說過：「傾向應當從場面和情節中自然而然地流露出來」[7]，在這裡，作品的世界觀、思想或意識型態，跟其藝術或技術性都是同樣被看重的。

而更具代表性的，展現恩格斯對於「現實主義」別具智慧風貌的理解、對於刻劃現實跟作用於社會主義間的關係，是他在〈恩格斯致敏·考茨基〉（1885年11月26日於倫敦）的書信中的說法，他以為：

> 如果一部具有社會主義傾向的小說，通過對現實關係的真實描寫，來打破關於這些關係的流行的傳統幻想，動搖資產階級世界的樂觀主義，不可避免地引起對於現存

---

[4] 馬克思〈馬克思致斐·拉薩爾〉（1859年4月19日於倫敦），收入中共中央馬克思恩格斯列寧史達林著作編譯局編《馬克思恩格斯選集》（第四卷），（北京：人民出版社，2006年），頁553。
[5] 同上注，頁554－555。
[6] 恩格斯〈恩格斯致瑪·哈克奈斯〉（1888年4月初於倫敦），收入同上注，頁683。
[7] 同上注，頁683－684。

事物的永恆性的懷疑,那麼,即使作者沒有直接提出任何解決辦法,甚至有時並沒有明確地表明自己的立場,但我認為這部小說也完全完成了自己的使命。[8]

由此可見,恩格斯並沒有「固定」地認為,一個作家,或說一個對於社會主義帶有實踐使命的作家,他一定要有某種特定的「立場」或傾向性、一定要在作品中,提出某種「解決辦法」。一部作品能否有屬於社會主義式的價值,其實可以在於,作家能以「動搖資產階級世界的樂觀主義」、「引起對現存事物的永恆性的懷疑」的「否定辯證法」的方式,來實踐一個藝術家的責任,而不若日後列寧、蘇聯作家代表大會、甚至是日後新中國的文藝政策,直接往某些「肯定」、「具體」地坐實在某些特定的面向上發展。

然而,二十世紀初的高爾基,其所處的歷史條件與提倡文藝的「目的」,都跟馬克思、恩格斯相異。其文學需作用於社會實踐,是推動與鼓舞實際社會主義革命的手段,正如同他寫的《母親》(1906年)一般,需要的是不斷連繫上某些無產階級悲慘的命運,以及必然走向革命的模式,來促進並鼓舞無產階級投入社會主義革命,最終傳達資產階級必然滅亡的效果。當然,高爾基對藝術技巧與形式問題,亦有其並不簡化的想法,林煥平所編的《高爾基論文學》中,就收有其對文學語言、形式、技巧、體裁,甚至才能等想法,其中一則講的非常精采,是這樣說的:

> 藝術家是善於賦給語言、聲音和色調以形式和形象的人,藝術家應該努力使自己的想像力和邏輯、直覺、理性的力量平衡起來。把上面所講的話歸結起來,就是:一個人應該善於使用自己的才能,使它不致於涸竭,而要和諧地發展。[9]

---

[8] 恩格斯〈恩格斯致敏・考茨基〉(1885年11月26日於倫敦),收入同上注,頁673。
[9] 高爾基原著、林煥平編《高爾基論文學》,(廣西:人民出版社,1980),頁59。

然而,高爾基所強調的這種層面,似乎也沒有在後來的蘇聯和新中國建國後主導的文藝觀或文藝體制中,得到更多的注意與強調,或將它們作為一種中國「本土化」的「社會主義現實主義」資源建構的一部分。所以,當1934年,第一次蘇聯作家代表大會通過《蘇聯作家協會章程》,將「社會主義現實主義」正式定調成為蘇聯文學的基本路線時,該章程中對所謂的「社會主義現實主義」的內涵,事實上已排除或清理相當多藝術跟傾向性的複雜辯證關係的可能,雖然章程中也提到:「社會主義的現實主義保證藝術創作有特殊的可能性去表現創造的主動性,選擇各種各樣的形式、風格和體裁」[10]。然而,更具有坐實性與代表性的,是這樣的論點:

> 社會主義的現實主義,作為蘇聯文學與蘇聯文學批評的基本方法,要求藝術家從現實的革命發展中真實地、歷史地和具體地去描寫現實。同時,藝術描寫的真實性和歷史具體性必須與用社會主義精神從思想上改造和教育勞動人民的任務結合起來。[11]

在這兩則章程的引文中,高爾基那種曾經對語言、聲音、色調、形式、形象、邏輯、直覺、理性的力量平衡的具體連繫的「理論」上的可能性,都窄化很多了。同時,跟過去經典的「現實主義」或高爾基理解下的「批判現實主義」的不同之處,蘇聯作家代表大會通過的「社會主義現實主義」的內涵,除了「真實地、歷史地和具體地」可能還是一般現實主義的基本原則外,這時的「社會主義現實主義」更多了「從現實的革命發展中」的前提,以及「用社會主義精神」來「改造」和「教育」勞動人民的功能。這樣的觀

---

[10] 〈蘇聯作家協會章程〉(1934年9月1日第一次蘇聯作家代表大會通過,1935年11月17日蘇聯人民委員會批准),收入周揚編《馬克思主義與文藝》,(北京:作家出版社,1984年),頁254。另周揚所編的此書:《馬克思主義與文藝》,乃於1944年即出版過,對日後新中國的文藝政策與發展方向,有著一定的重要指標與指導意義
[11] 恩同上注。

點跟列寧在1905年提出〈黨的組織和黨的出版物〉中對文藝和政治關係的定調可能有因果關係,列寧說:「寫作事業應當成為整個無產階級事業的一部分,成為由整個工人階級的整個黨的先鋒隊所開動的一部巨大的社會民主主義機器的"齒輪和螺絲釘"。寫作事業應當成為社會民主黨有組織的、有計劃的、統一的黨的工作的一個組成部分」[12]。因此,儘管他也肯定托爾斯泰(1828－1910年)是「俄國革命的鏡子」,但他更關心的,顯然是以「黨性」來解決,連托爾斯泰都沒有辦法「解決」的「社會問題」:

> 托爾斯泰的作品、觀點、學說、學派中的矛盾的確是顯著的。……一方面,他對社會上的撒謊和虛偽提出了非常有力的、直率的、真誠的抗議。……一方面,無情地批判了資本主義的剝削,揭露了政府的暴虐以及法庭和國家管理的機關的滑稽劇,暴露了財富的增加和文明的成就同工人群眾的窮困、野蠻和痛苦的加劇之間極其深刻的矛盾,另一方面,瘋狂地鼓吹不用暴力抵抗邪惡。[13]

很顯然地,列寧對托爾斯泰作品的感觸,也是很動人的,他確實看出了資產階級在某些世界觀上的限制,在一個底層普遍受到不公與剝削的時代、在一個貧富差距極巨的時代,他和高爾基自然都不可能同意一種不抵抗的心態,不可能能夠接受(甚至是以一種辯證式的方式接受)康德式的「無目的的目的」的美學觀。以某種具體的文藝「手段」來「解決」社會問題,直面當時歷史階段的無產階級與底層的困境,遠比「發現」問題,或以恩格斯式的否定辯證法,來回應文藝跟政治與傾向性間的關係,顯然更具可實踐性與可

---

[12] 列寧〈黨的組織和黨的出版物〉(1905年),收入中共中央馬克思恩格斯列寧史達林著作編譯局編《列寧選集》(第一卷),(北京:人民出版社,2004年),頁663。
[13] 列寧〈列夫‧托爾斯泰是俄國革命的鏡子〉(1908年),收入中共中央馬克思恩格斯列寧史達林著作編譯局編《列寧選集》(第二卷),(北京:人民出版社,2004年),頁242。

操作性。

1942年5月,毛澤東在〈在延安文藝座談會上的講話〉,繼承了列寧對文藝的「齒輪和螺絲釘」的說法,為日後新中國建國後,蘇聯式的「社會主義現實主義」能主導五〇年代文藝思潮,起了決定性的作用。毛說:

> 無產階級的文學藝術是無產階級整個革命事業的一部分,如同列寧所說,是整個革命機器中的"齒輪和螺絲釘"。因此,黨的文藝工作,在黨的整個革命工作中的位置,是確定了的,擺好了的;是服從黨在一定革命時期內所規定的革命任務的。[14]

新中國建立後,經濟和文藝上都大力追隨蘇聯,「社會主義現實主義」也在類似的社會主義革命歷史的條件加乘下,被中國一步一步吸收進而接受[15]。1952年,當時的文藝政策重要發起人與執行者周揚,在〈社會主義現實主義—中國文學前進的道路〉中,除了同樣要寫出鬥爭、以社會主義精神教育群眾,這裡又出現了要寫「新生活、新力量、新人物」的說法:

> 要表現生活中的新的力量和舊的力量之間的鬥爭,必須著重表現代表新的力量的人物的真實面貌,這種人物在作品中應當起積極的、進攻的作用,能夠改變周圍的生活。只有通過這種新人物,作品才能夠真正作用到社會主義精神教育群眾。[16]

---

[14] 毛澤東〈在延安文藝座談會上的講話〉,《毛澤東選集》(第三卷),(江西:人民出版社,1966年),頁822。
[15] 可參見陳順馨《社會主義現實主義在中國的接受與轉化》,(合肥:安徽教育出社,2000年)。
[16] 周揚〈社會主義現實主義——中國文學前進的道路〉,原載於1952年12月號蘇聯文學雜誌《旗幟》,1953年1月11日《人民日報》轉載。本處引用的版本為周揚《周揚文集》(第二卷),(北京:人民文學出版社,1985年),頁189。

到了1953年9月第二次全國文代會,「社會主義現實主義」,終於被正式確定為中國文藝界創作和批判的最高準則[17]。至此,我們可以看到自毛1942年〈在延安文藝座談會上的講話〉到五〇年代以來,中國的「社會主義現實主義」的文藝觀,一步一步愈來愈具體與窄化。我們若跟前面所分析到的馬克思、恩格斯的文藝觀念,以及對文藝仍帶有相當多功能性和目的性的高爾基的文藝觀參照,就可以發現,馬克斯、恩格斯以否定而不坐實的思考方法,給作家和作品創作維持了相當多的動態性,而高爾基至少也曾經對藝術性頗有一些不簡化的認識,但到了列寧,到了四〇、五〇年代的毛澤東、周揚、等人那邊,為求特定歷史條件下革命的目的與功能,愈來愈將中國的文藝觀具體與坐實化,明顯地是一種歷史上相對靜態性的文藝現象。而或許最難以解釋之處就在於,這種靜態性,也很難說不是之前歷史的動態性的一種再辯證,也不完全沒有其歷史的合理性。從某種程度上來說,提倡「社會主義現實主義」者,意識中對文學所不自覺地預設的「進化史觀」,可能正是新中國建國後,包括日後長期(改革開放後)許多作家的文藝發展、特色與限制的根本原因之一(本書後面幾章會陸續連繫上具體的作品分析,再行闡述)。

落實到對相關作家的文藝觀點來看,趙樹理可以說是自「延安講話」以後,深受共產黨提拔的農村作家之一,他看待所謂的批判現實主義,和他所屬時代文藝發展的區隔,很具有代表性(至少在解放區是如此,國統區和淪陷區另需要其他的考察)。趙樹理說:「十九世紀批判現實的現實主義作家,與當時的社會是對立的,他們可以不顧一切地刻繪,但我們今天不同,我們的作家要對向上的、向幸福方向發展的社會負責。」[18]。1942年,一直到1956年提

---

[17] 參見洪子誠、孟繁華主編《當代文學關鍵字・社會主義現實主義》,(桂林:廣西師範大學出版社,2002年),頁14-15。
[18] 趙樹理《趙樹理文集》(第四卷),(北京:人民文學出版社,2005年),頁294。

出雙百運動前,一些趙樹理的農村小說,如〈小二黑結婚〉、〈李有才板話〉,以及本書核心對象「探求者」成員們,在建國後到「雙百」前的作品,大致上都不脫是這種以為社會主義服務的前提下,作為一種改造、教育勞動人民的實用傾向的實踐,其風格,確實也展現了不同於「批判現實主義」陰暗否定式的風格或情調,相對樂觀、奮進與俊爽。高曉聲日後回顧其早年創作,就曾這樣說:

> 短篇小說《解約》和大型錫劇《走上新路》(和葉至誠合作)。這些作品,基本上是繼承了現實主義的傳統,但它反映的是社會主義生活,基調是開朗的,方向是明確的。這些作品也反映了我當時思想比較單純,對黨對社會主義完全是一片赤誠之心。[19]

高曉聲這裡面所說的現實主義的「傳統」,其及〈解約〉(1954年)、〈走上新路〉(1955年)的性質,事實上比較接近是周揚在五〇年代時說的「社會主義現實主義」的性質,而非經典的「現實主義」或「批判現實主義」的內涵。作為跟隨與認同共產黨,參與社會主義一員,作為被共產黨所提拔、栽培的青年作家,對「社會主義現實主義」的創作目的—改造和教育人民、促進社會主義發展的齒輪和螺絲釘,他們本來沒有什麼異議,或者更精確的說,不太可能有機會提出異議。但是他們早年相對豐富的文學淵源,還有與葉至誠往來的機緣(葉至誠出自於葉聖陶之家,對五四文藝自有其接觸淵源),又讓他們有機會知覺到,有不同的寫作模式與寫作可能性。這樣的狀態,卻也引發他們在「雙百運動」期間,提出一些與官方與教條化的「社會主義現實主義」不同的想法。

---

[19] 高曉聲〈曲折的路〉,收入《生活・思考・創作》,(上海:上海文藝出版社,1986年),頁5。

1956年5月26日,陸定一在毛澤東的指示下,在人民日報上發表了〈百花齊放,百家爭鳴〉的宣言,新中國建國後知名的「雙百運動」就此開始,這個運動的主要目的之一,乃是繼周恩來提出〈關於知識份子問題的報告〉(1956年1月30日《人民日報》)後,有意地想放寬對知識份子的管制,因應中蘇關係轉變,計畫讓中國的本土知識份子,能夠日漸脫離對蘇聯專家的倚賴,以便在相對寬鬆的條件下進行工作與創作,進而擴大與提升知識份子對社會主義中國的各項建設的積極性,也企圖中和當時一些官僚階級對知識份子不夠尊重的現象。文章中明確的提出:「文學藝術工作和科學研究工作中有獨立思考的自由,有辯論的自由,有創作和批評的自由,有發表自己的意見、堅持自己的意見和保留自己的意見的自由。」[20]而具體到跟創作實踐的關係,對當時的文藝工作者在文藝觀上,影響最大的說法,乃是陸定一所提的這一段陳述:

> 社會主義現實主義,我們認為是最好的創作方法,但並不是唯一的創作方法;在為工農兵服務的前提下,任何作家可以用任何自己認為最好的方法來創作,互相競賽。題材問題,黨從未加以限制。只許寫工農兵題材,只許寫新社會,只許寫新人物等等,這種限制是不對。[21]

然而,我們必須注意的是,儘管這個「雙百運動」號稱有其「百花齊放、百家爭鳴」的內涵,也是在整個十七年及文革十年的過程中,最具有相對多元性的一段歷史時期。然而,對於今日兩岸日後文藝發展,可能更具有重要再辯證的認識意義(與類比意

---

[20] 陸定一〈百花齊放・百家爭鳴〉,原載《人民大報》1956年6月13日,收入《陸定一文集》,(北京:人民文學出版社,1992年),頁501。
[21] 同上註,頁511。

義）的，其實是在五〇年代中被打成「右派」或反黨集團的這些年輕作家，在「雙百」期間，對文藝觀／世界觀的理解，就「社會主義現實主義」以及「批判現實主義」的理解與運用上，仍跟上述分析「社會主義現實主義」觀念流變的狀況有某種同構性：不超出一些直接坐實在具體框架的知識結構，這一樣主要是由於當時政治的強力影響，導致了他們在使用文藝觀／世界觀上的固著。比對「探求者」作家群其早年在〈意見與希望〉、〈"探求者"文學月刊社啟示〉、〈"探求者"文學月刊社章程〉等文獻，我們可以看出，他們在五〇年代所理解與所反對的「社會主義現實主義」，其實既不是蘇聯文學淵源所「曾經」存在過的「社會主義現實主義」的豐富的「可能性」與擴充的彈性觀點[22]，也沒有較充分地聯繫與發展五〇年代在「雙百」期間，包括何直（秦兆陽）〈現實主義—廣闊的道路—對於現實主義的再認識〉（1956年）、巴人〈論人情〉（1957年）、錢谷融〈論"文學是人學"〉（1957年）及劉紹棠〈現實主義在社會主義時代的發展〉（1957年）等，在中國當時的語境下，對社會主義的文藝觀的諸多具有歷史辯證性的補充內

---

[22] 例如前面提到的高爾基式的社會主義現實主義的理論的可能性。其他的又如盧那察爾斯基在〈社會主義現實主義〉（1933年）一文中，也有外於新中國坐實到「新人、新生活、光明面、要化齒輪和螺絲釘」的其他聯繫，例如跟托爾斯泰一樣強調感情的說法：「真正革命的社會主義現實主義者是具有強烈的感情的人，這給他的藝術增加了熱氣和鮮明的色彩」，收入中國科學院文學研究所蘇聯文學組編的《蘇聯作家論社會主義現實主義》（第一次蘇聯作家代表大會前後的有關言論集），（北京：人民文學出版社，1960年），頁19；同上書，在頁36中，亦賦予其理論中手法上的高度擴充的彈性，如：「社會主義現實主義是一個廣泛的綱領，它包括著我們現有的許多不同的手法，也包括著我們還在覓取中的種種手法」；同上書的頁89－90，法捷耶夫亦在其〈論社會主義現實主義〉（1932年）也有這樣多元與保持理論擴充性的內涵的說法，如：「社會主義現實主義決不會把個別的種類、體裁、形式、氣質、方法、手法奉為典範。社會主義現實主義具有廣泛的多樣性。……社會主義現實主義絕不會把某種題材奉為典範。」在這本1960年編輯出版的書中，還有阿．托爾斯泰、綏拉菲摩維支、革拉特珂夫、莎吉娘等，也都對「社會主義現實主義」的可能的內涵，有不同的聯繫與展開的可能。

涵[23]，而主要集中在建國後日漸被教條化與坐實化（如要寫新人、新生活、光明面、要作齒輪和螺絲釘等等）的某些「教條化」的「社會主義現實主義」的「面向」。例如，由高曉聲起草的〈"探求者"文學月刊社啟示〉中，他採用這樣的角度來理解與批評「社會主義現實主義」：

> 文學創作有過漫長的歷史，積累了多種多樣的創作方法。……只要對社會主義有利，各種創作方法都可以運用。我們不承認社會主義現實主義是最好的創作方法，更不認為它是唯一的方法。[24]

> 社會主義的文學有了幾十年的歷史，出現了許多好作品，這些作品的創作方法是否就叫作社會主義現實主義的創作方法，我們認為尚有待於對具體作品進行認真分析研究，目前難下定論。但是有一點是可以肯定的。所有這些優秀的作品基本上都運用了典型環境和典型人物統一的現實主義創作原則。[25]

> 那種在概念上打滾，空談社會主義現實主義的洋洋宏論，我們認為毫無道理。[26]

---

[23] 秦兆陽、巴人、錢谷融、劉紹棠此四文，均有收入謝冕、洪子誠主編《中國當代文學史料選(1948－1975)》，（北京：北京大學出版社，1995年）。這四篇文章跟本節論點的相關性，如秦兆陽已經注意到，新中國接受的社會主義現實主義在「定義」上的缺點，他提出世界觀並不是決定創作活動的唯一條件，同時也強調要重視作者對於生活知識的積累、藝術修養、經驗、才能等；巴人則是從「人情」的角度，強調社會主義文藝應該仍保持「人情味」的特質，並批評當時的作品「缺乏人類本性的人道主義」，以為人有階級的特質，但還有人類本性；錢谷融的觀點又更為複雜與辯證，他強調創作應以寫「具體的人」，將人道主義與人民性、同情被壓迫者與被剝削者及階級觀點等聯繫起來，雖然也反對寫永恆不變的人性的資產階級的文藝觀，但卻不以二元對立的觀點來理解社會主義現實主義與經典現實主義間的關係，對社會主義現實主義的理解，有上注的盧那察爾斯基與法捷耶夫類似的擴充性與彈性。至於劉紹棠的文章主要在批判，建國後日漸流於教條化的社會主義現實主義，而對於此理論應如何在中國語境內繼續發展，較沒有推進性的發展。

[24] 〈"探求者"文學月刊社啟事〉，《雨花》，1957年10期，頁15。

[25] 同上注。

[26] 同上注。

以上的引文，如果採用去歷史化的本質主義的方式來理解，會覺得一點都沒有問題：社會主義現實主義，本來就是各種文學主義與流變中的一種可能性，但「探求者」在這邊所顯露出來的思考上的限制是：「探求者」事實上，已經以五〇年代教條化的「社會主義現實主義」的內涵，來認知「社會主義現實主義」的「可能性」（上述所言及的中外淵源中的可能性）與可建構性（或實踐性），這種以一己的「經驗性」出發，來固定、取代或化約某種理念或觀念的推進性和可能，雖然一方面是他們早年在歷史眼光與觀念流變素養的限制，但也是他們在政治條件下被生產出來的結果。

　　同時，「探求者」早年對教條化的「社會主義現實主義」批評的關注點，其實是落實在對所謂的「創作方法」的認知上。〈啟示〉中批評：

> 一切有關的論文中提出社會主義現實主義與現實主義不同的論據僅僅是世界觀的問題，沒有或者極少接觸到創作方法。世界觀和創作方法有密切關係，但是不能混為一談，不能把作家世界觀的轉換現象判斷為創作方法的變化。[27]

這種對創作方法／藝術性上的重視，他們在〈意見和希望〉也曾強調過：

> 我們擁護文藝為政治服務，但這裡為政治服務的既然是"文藝"而不是別的，那麼，就得先看看它究竟是不是文藝，無視作品的藝術性，實際上也就達不到為政治服務的目的。[28]

---

[27] 同上注。
[28] 方之、葉至誠、高曉聲、陳椿年〈意見和希望〉，《雨花》1957年6期，頁7。

也就是說,「探求者」其實之所以在五〇年代批評教條化的「社會主義現實主義」,其要爭取的,乃是對於文學創作的「方法」、或說「藝術性」的多元出路,這其實跟陸定一所公佈與提倡的〈百花齊放、百家爭鳴〉中的說法並無二致。但這樣將「世界觀」的問題,一下子就一筆帶過,事實上,仍然沒有多少為已經僵化的「社會主義現實主義」注入新的辯證性。

所以,在既無法認同教條化的「社會主義現實主義」,又無自行建構與發展更具有辯證性(如將傾向性與藝術性一起列入考慮)的「社會主義現實主義」。「探求者」想採用兩種方式,作為他們在創作方法上的原則。其一是〈啟示〉中強調:

> 我們的理論方向是:具體的研究古典作品和當代的優秀作品。探索他們的創作方法。只有這樣,才能逐步明確現實主義在那些方面是豐富了、發展了。

其二是回過頭去,以恩格斯式的「典型環境與典型人物」的經典方法,作為他們肯定的創作方法。〈啟示〉中說:

> 我們認為現實主義在目前仍究是比較好的創作方法。[29]

第一則引言說的,其實是一種發展文藝的普遍理想,但仍然沒有能回應他們所欲回應的中國的「社會主義」的這種特殊歷史條件下的狀況。而後者所提的「現實主義……比較好的創作方法」說,其連繫上的也只是恩格斯式的「典型環境與典型人物」的說法。為什麼一落實到具體的創作方法的連繫,「探求者」似乎就展開不了,仍然只能緩引已有的歷史大框架下的觀念呢?我認為,對他們而言,一方面,恩格斯所肯定的那些文學作品,和「探求者」們早年的批判現實主義文學淵源有所重疊,「探求者」本來就對批判現實主義的作品與姿態(啟蒙與西化式的個人主義人道主義姿態),

---

[29]〈"探求者"文學月刊社啟事〉,《雨花》,1957年10期,頁15。

有其接受與生長的土壤,在這種主義及其敘事模式中,突出對社會黑暗的批判、突出個人智慧風貌的特色,相當程度上遠比已經僵化的「社會主義現實主義」,更能打動「探求者」及一些年輕右派作家在「雙百運動」下的創作心理(包括王蒙、張賢亮當時也都有此種狀態)。二方面,這讓他們能回避掉「建構」一種理想的、或更具辯證意義下,適合「社會主義」的「社會主義現實主義」觀及文學作品的責任。

當然,上述對「探求者」的批評,並非無視當年的政治制約對他們造成的經驗局限的關係,而是筆者站在今天的角度,一方面我們理解那樣的政治制約,二方面我想陳述的是一種有其他可能或沒開展出的「過程」,這樣才有助於我們對今日文學典律的更新也作出補充思考的可能。總的來說,「探求者」在五〇年代的「雙百運動」下,在思維上,拒絕了教條化與框架化的官方版的「社會主義現實主義」,企圖繼續援引經典現實主義(其實是批判現實主義)的創作立場與方法的資源。他們將「教條化」後的「社會主義現實主義」,與具有歷史可能性,以及可建構與實踐性的「社會主義現實主義」混為一談。也就是說,他們反對的只是一種窄化後的「社會主義現實主義」,又不可能在當時相對一體化的政治條件下,處理「社會主義現實主義」和「批判現實主義」(或經典現實主義)在朝向「社會主義」的世界觀與技術的多元推進的問題,同時也只將創作方法再度固定在經典現實主義的「典型環境與典型人物」的條件上。整體上都可以看出,他們理解與運用「社會主義現實主義」和「批判現實主義」的思考/理論限制。

第二節:「雙百」運動前「探求者」的小說──與人民立場融合的感性實驗及其縫隙

新中國建國初期的政治經濟條件,相對解放前為佳。一般認為,土地改革(1950-1952年)和第一個五年計劃(1953-1957

年）[30]都發展地相當成功，鞏固了共產黨在占當時總人口超過百分之七十以上的農民的政治領導權與合理性[31]。在經濟政策上，由於建國初期，基本上延續著毛澤東在一九四〇年〈新民主主義論〉的思維，毛當時就認為，中國由於長期受到封建主義與帝國主義的壓制，是一種半殖民地、半封建的社會，因此他將中國革命的歷史進程，分為所謂的「民主主義的革命」與「社會主義的革命」兩階段性來進行，這兩者當然主要都是站在無產階級的立場上，因此跟資本主義的「民主主義」不同，是謂「新民主主義」。如此具有中國特殊性的發展方式，才能不斷地跟實際中國的每個階段的經驗連繫起來，具有不斷歷史辯證的性質。根據這種理念，毛在建國前已經注意到，儘管社會主義的性質，是要取消資本主義的私人所有制，但由於他認為當時的中國尚在「新民主主義」的階段，因此仍然「還需要盡可能地利用城鄉私人資本主義的積極性，以利於國民經濟的向前發展」[32]，這樣的狀況一直延續到1953年發佈社會主義過渡總路線前。也就是陳永發所說，1949－1952年間：「在這一個時期，中共『發達國家資本』，也盡可能扶助私人資本，讓集體經濟與私有經濟共存共榮。中共除了剷除所謂地主階級之外，基本上承

---

[30] R.麥克法誇爾、費正清編、謝亮生等譯《劍橋中華人民共和國史：革命的中國的興起：1949－1965》指出：第一個五年計劃（1953－1957年）非常成功，「民國收入年平均增長率為8.9%，農業和工業產量的增長每年分別約為3.8%和18.7%。」（北京：中國社會科學出版社，1998年），頁161。

[31] 莫里斯‧邁斯納（Maurice Meisner）著，杜蒲譯《毛澤東的中國及其後：中華人民共和國史》認為：「土改會消滅地主階級（從而也消除了潛在的反革命威脅），建立共產黨在鄉村的政治權力，進而有助於建立一個牢牢管理和控制著農村的集權化國家。第二，土改出於新社會經濟發展的需要；共產黨期望通過土改，至少能夠在傳統耕作技術的條件下，提高農業產量；為農業技術革命奠定政治基礎，而農業技術革命又是現代工業發展的希望所在；為未來農村向社會主義的轉變奠定基礎。」（香港：香港中文大學，2005年），頁86－87。

[32] 毛澤東〈在中國共產黨第七屆中央委員會第二次全體會議上的報告〉（1949年3月5日），收入《毛澤東選集》（第四卷）：「由於中國經濟現在還處在落後狀態，在革命勝利以後一個相當長的時期內，還需要盡可能地利用城鄉私人資本主義的積極性，以利於國民經濟的向前發展。在這個時期內，一切不是於國民經濟有害而是於國民經濟有利的城鄉資本主義成分，都應當容許其存在和發展。」（江西：人民文學出版社，1967年），頁1321。

認其他社會階級存在的合理性。」[33]然而,我們也不能不注意到,即使到了1953年,中共正式宣佈從新民主主義過渡到社會主義的「總路線」後,周恩來也還是說:「完成這個任務要經過相當長的過渡時期」[34]以及「承認國家資本主義是改造資本主義工商業和逐步完成向社會主義過渡的必經之路。」[35]在這些線索中,似乎也可以看到日後改革開放下,鄧小平辯證式地發展所謂「有中國特色的社會主義」的詮釋空間。

建國初期這種帶有成功改革氛圍,和彈性運作的經濟方式,無疑地,贏得了各級大小知識份子與小資產階級的好感。儘管後面陸續發生《武訓傳》、《紅樓夢》等批判,1955年共產黨也對知識份子如胡風進行整風。但在建國初期,確實連許多五四時期的重要作家,如巴金、老舍等,都紛紛公開寫文章自我檢討,並祝賀新中國的誕生。[36]而陳永發也提到過,許多當時重要知識份子,包括民主同盟的羅隆基、經濟學家馬寅初、美學家朱光潛、社會學家費孝通、哲學家馮友蘭等,也都對新中國相當認同,後三者甚至紛紛「自我批判,公開宣佈與舊的社會一刀兩斷,並決心按照新社會的需要重新創造自我。」[37]而臺灣較熟悉的大學者陳寅恪也選擇留在新中國。這些五四的菁英都尚且如此跟進革命,年齡層更小、經歷

---

[33] 陳永發《中國共產革命七十年》(上),(臺北:聯經出版公司,2006年),頁469。
[34] 周恩來〈過渡時期的總路線〉(1953年9月8日),收入《周恩來選集》(下),(鄭州:人民出版社,1984年),頁104。
[35] 同上註,頁112。
[36] 如巴金在1950年5月《巴金選集‧自序》,收入謝冕、洪子誠《中國當代文學史料選(1948-1975)》,就說:「我的作品中思想性和藝術性都薄弱,所以我的作品中含有憂鬱性,所以我的作品中缺少冷靜的思考和周密的構思。」頁53。又有:「現在一個自由、平等、獨立的新中國的建設開始了。看見我的敵人的崩潰滅亡,我感到極大的喜悅」,頁54。而茅盾在1952年3月12日,北京時寫的《茅盾選集‧自序》,收入謝冕、洪子誠《中國當代文學史料選(1948-1975)》,(北京:北京大學出版社,1995年)也曾說:「數十年來,漂浮在生活的表層,沒有深入群眾,這是耿耿於心……我首先應當下決心訂一個生活計畫:漂浮在上層的生活必須趕快爭取結束,從頭向群眾學習,徹底改造自己。」(北京:北京大學出版社,1995年),頁50。
[37] 陳永發《中國共產革命七十年》(下),(臺北:聯經出版公司,2006年),頁661-662。

有限、思想相對單純的出身農村的基層知識份子，對共產黨和新中國也就更為傾心。他們大致都相信共產黨拿下中國，是歷史的合理與必然。例如在農村知識份子如趙樹理、浩然等的自述中，不難看出他們對抗日戰爭與四〇年代中末國民黨在中國的統治的腐敗的反感，但中共建國後社會相對穩定，農民與農村也有了「翻身」的機會，這些都導致基層知識份子對共產黨的信任，認為只有共產黨才能為新中國進行真正脫離封建與帝國主義的壓迫，並塑造一個新的無產階級政權，解放占農工兵為主的大多數人。他們這種熱情地迎接新中國與新生活的材料，交集度甚高，因此似乎也可以說，是農村基層知識份子的一種集體意識。

　　新中國建國後的「右派」作家，這個階段的狀況與心態，也相當的接近這種一體性，對王蒙來說，他當年參加革命、加入地下黨的動機並不複雜，從他的自傳中，我們很容易可以讀出一個家道中落，不識實務的文人父親，如何對他和他的家庭造成明顯的傷痛（儘管在文學上頗有啟發的作用與價值），而國民黨和美國等，又多各自為了自己的利益，禁不起期待與指望。在歷經八年抗日後，中國仍然一貧如洗與百廢待舉，在這種條件下，王蒙會熱烈的支持共產黨與參與地下黨革命，就一點都不令人驚訝。儘管在建國前他只是一個十多歲的青少年，《王蒙自傳》（第一部）回顧時便仍然要說：「我確實對之切齒痛恨，確實相信"打土豪、分田地"的正當性與必要性，相信人民要的當然是平等正義的共產主義。」[38]

　　「探求者」這批知識份子亦然。從本書所編的高曉聲和陸文夫的生活年譜（見參考文獻）中可以看出，從階級來看，他們大約可以算是介於農村到小城鎮型的基層知識份子，當年的「知識份子」

---

[38] 王蒙《王蒙自傳》（第一部），（廣州：花城出版社，2006年），頁40。

標準不高,數量也極有限[39],在抗日期間生活艱辛的經驗,也讓他們更為接上「感時憂國」的五四傳統,並產生與弱勢族群同陣線的心態,陸文夫散文〈微妙的光〉,對解放前幾年的說法有其代表性:

> 蘇州有許多女人長得浪漂亮,拉著她們走的黃包車夫卻是一個個瘦骨伶仃,氣喘噓噓的老頭。那些年正是國民黨的統治腐敗到極點的時候,……我的興趣和想像便因此而轉向了社會,想為求得一個完美的社會制度而奮鬥。[40]

類似的狀況在方之和葉至誠身上亦然,方之也跟王蒙一樣,解放前就參加學生運動,投身共產黨的地下黨,葉至誠也在葉聖陶的同意下,中學後,就放棄繼續念書深造,紛紛去「搞革命」。新中國建國後,葉至誠與方之成為了正式黨員,葉至誠在1956年就當上了文聯黨組成員與創作委員會的副主任,高曉聲亦在1950－1956年間在江蘇文聯工作,陸文夫則是作一邊作記者,一邊也寫點文學創作。從「社會關係」的轉換角度來看,他們從解放前一個毫無經驗的弱勢知識青年,脫變成為社會主義事業服務的編輯或創作者,對新中國自然都有高度的忠誠和獻身的精神,是故,「探求者」早年有很明顯的「歌德派」色彩,方之當年亦曾說:「我們對社會主義,對毛主席都是出自內心的崇拜,一片真誠」[41]有其歷史合理

---

[39] 陳永發《中國共產革命七十年》(下),(臺北:聯經出版公司,2006年),頁658:「中共建國以後,……如果把知識份子界定為受過中等以上教育,則中國約有三、四百萬人,占總人口的0.7%左右,而其中受過大學以上教育的有6萬餘人,可以說是高級知識份子。」

[40] 陸文夫〈微弱的光〉,《陸文夫》,(北京:人民文學出版社,1991年),頁2。此文亦有收錄在陸文夫後來的其他的散文與文集中,然此句:「那些年正是國民黨的統治腐敗到極點的時候」,均被刪除。

[41] 見方之〈我的創作體會──在南京大學中文系的講話〉,《方之作品集》(1979年5月28日下午在南大中文系的講話,朱建華、史景平整理),(南京:江蘇人民出版社,1981年),頁395。

性。

在這樣的歷史條件，再結合上一章所提到的，五〇年代初期教條化的社會主義現實主義的主導文藝思潮，從建國到「雙百」運動前（大致以1949－1955年為範圍），「探求者」在小說實踐上，幾乎不脫當時的文藝「一體性」下的生產，也就有其歷史合理性。然而，為了更具體且細緻地參照出，「雙百」後，以及日後改革開放下，他們的現實主義小說的發展、差異與局限問題，此處仍有必要，針對這批建國初期的小說進行討論，以作為後面整體交叉參照評述的基礎。

以高曉聲、陸文夫、方之為代表，他們在1949－1955年間的「小說」篇目包括：高曉聲〈收田財〉（1951年）、〈解約〉（1954年）。陸文夫〈賭鬼〉（1953年）、〈節日的夜晚〉（1953年）、〈公民〉（1954年）、〈榮譽〉（1955年）、〈搶修〉（1955年）、〈火〉（1955年）。方之〈兄弟團圓〉（1951年）、〈鄉長買筆〉（1953年）、〈組長與女婿〉（1953年）、〈曹松山〉（1954年）、〈在泉邊〉（1955年）。以主題來考察的話，大致可分：反映農村土地改革與各項政治運動、反映男女婚姻自決、向農工兵看齊與批判舊習俗等四大類。

反映農村土地改革與各項政治化運動的作品，可以方之的〈兄弟團圓〉（1951年）及〈組長與女婿〉（1953年）為代表。這兩篇小說前者是在反映鬥爭地主與分房子的事件，後者是反映農村互助組間的矛盾。兩者在某種程度上，都採用了丁玲《太陽照在桑乾河上》或趙樹理〈小二黑結婚〉，那種富有人情意味的中國人的親戚間的關係，來突顯矛盾的張力。作者方之也是一個極有社會主義熱情的新人，上面已經提到過，他在解放前就參與了革命運動，方之自述曾說：「解放前，我讀中學時參加學生運動，參加了地下黨。解放後，組織上叫我到大學念書，我不肯，想到解放了，還要讀書？不，要革命，要到農村、工廠、邊疆去革命。到了農村做土

改,住在有肝病的人家吃飯喝水,眉也不皺一下,否則感到心中有愧。」[42]後面三句話,是理解方之的性格和一生作品的關鍵感性,和許多五〇年代富有社會主義與集體理想性的小說家一樣,方之很年輕就有一種將心比心的痛感,在最好的狀況,這種痛感能夠使他非常真誠的捕捉到極形象化而不僵硬的細節,也因此,雖然〈兄弟團圓〉和〈組長與女婿〉的情節很單調(大抵是兄弟或親戚間,因為地主的關係,在分房或種田等事情上,產生了矛盾,中間經歷幹部的調節或雙方的鬥爭,最後地主失敗農民勝利,兄弟與親戚也和好如初),而更大幅度的反映這種農村集體化過程的長篇小說也有之(如趙樹理的《三里灣》),但方之的作品中,仍有部分片段不完全無可觀。例如〈兄弟團圓〉中,有個細節寫這對兄弟中的弟弟,由於跟哥哥失和,很多年沒去過哥哥家,他一步步再靠近那曾經的熟悉地,其眼光與情感,在童心中帶有某種微妙的轉折,鄉土書寫也乾淨:

> 昨天剛下了雪,天上灰茫茫的,地下銀暗暗的,路上靜靜的,雪在腳下咕咕響,聽得清清楚楚。程家寶心裡熱呼呼的,那間房子近了,那間房子有哪幾處漏程家寶都清楚,那時節常來,現在有好幾年都沒跨那門檻了。房子後面還有棵皂角樹,八歲的侄兒常到那上面掏鵲雀,現在那棵樹沒有了,是什麼時候砍的呢?[43]

小說最後也使用同一組意象來前後呼應作終,可以看出作者在處理此類「一體化」的題材時的「自然」的能力:

> 這時太陽也高了,滿天亮花花的,村那頭鑼鼓還敲得熱鬧,前天下的雪都化了。[44]

---

[42] 同上註。
[43] 方之〈兄弟團圓〉,《方之作品集》,(南京:江蘇人民出版社,1981年),頁35。
[44] 同上註,頁37。

然而,若仔細閱讀其縫隙,也可能別有意味地發現,小說人物雖有社會主義的「新人」典型性質,但在此卻不完全依附在「教條化」的「社會主義現實主義」所強調的「黨性」上,因此原企圖突出的「階級鬥爭」意識,就在這樣鄉土的自然書寫中,被兄弟間的「人性╱人情」給中和了,從作品的深層意義上來說,也隱隱間埋下了後續發展不同文藝理解的前因。

葉至誠評述方之這個階段的作品時,曾說:「他愛讀蕭洛霍夫的《被開墾的處女地》,想做一個中國的達維多夫。他讀了趙樹理的許多作品。想學趙樹理那樣,"在工作中找到主題",來進行寫作。」[45]蕭洛霍夫(1905-1984,M.A.Sholokhov)的《被開墾的處女地》(第一部1932年,第二部1960年完成),是一部刻劃與反映蘇聯十月革命之後,推動農村集體化運動的小說,一般比較被視為帶有「社會主義現實主義」傾向的作品,因為裡面的主人公達維多夫,也是一個社會主義下的新人,努力開拓新的生活,基調奮進而樂觀。同樣都企圖處理農村集體化運動的進程,方之這兩篇小說,篇幅短小註定了不可能有太大格局的發展,不可能跟蕭洛霍夫的作品作比較,但從其基調跟風格,大致可說符合當時的社會主義現實主義思潮,是結合新中國初期農村社會經驗所「生產」下的產物。

高曉聲的〈解約〉是反映農村男女婚姻自決的此階段代表。這一類的題材,從四〇年代趙樹理的〈小二黑結婚〉就已經開始,在趙樹理那邊,小芹和小二黑的自主結合,反映了反對迷信與封建婚姻包辦的社會趨勢,作為農村少男少女小芹與小二黑,思想並不複雜,但對自己的婚姻主權很有自覺,小說著重刻劃的重點,是在於兩人自主地跟那些舊習俗、舊勢力的鬥爭行動,帶著點農村人物的活潑與喜氣,最後當然是替自己爭取到婚姻自由,從趙樹理小說所預設的讀者為農民來看,單純卻寫得有點囉嗦的情節,因此也有

---

[45] 葉至誠〈曲折的道路〉(代序),《方之作品選》,(南京:江蘇人民出版社,1981年),頁3。

其歷史合理性,不完全像夏志清說的那麼不堪[46]。相對於趙樹理該篇以外在的細節為主,〈解約〉以心理寫實的傾向,對這種婚姻自決的題材下有些許的推進。男女主人公自然也都是社會主義新人,這回男主人公成了共產黨的基層幹部,女主人公是農村孝順的好女兒,小的時候雙方家長就已經幫未曾蒙面的小倆口訂親,女主人公長大後卻認識了另一個也是社會主義的好青年,便想要將舊婚約「解約」,但又不想傷了老人家的心,所以想跟男主人公好好的談一談。小說的情節主要就放在兩個人正式見面,把這事坦率講開,男主人公原本非常生氣,但馬上能進入心理自省,覺得婚姻自決還是自己宣傳工作的一部分,怎麼發生在自己身上就不行了?為了證明社會主義新人物的優秀人格與品質,男主人公在一陣心理掙扎後,也「爽快」地答應「解約」了,此舉也讓女主人公大為欣賞,父親回來一問男人如何,女主人公也回了句微妙的「很好」,巧妙的既安撫了中國式的老家長,又保持了感性與知性的自我忠誠。比起〈小二黑結婚〉的活潑孩子氣,〈解約〉似乎也帶有那麼點知性與趣味的靈光。同時,全篇敘述較特異的是,兩個人物的對話其實極少,主要是以相互揣摩對方的心理來補述。有社會主義現實主義強調光明的傾向,但細節並不教條,閱讀也略有餘味。

陸文夫〈榮譽〉(1955年)、方之〈在泉邊〉(1955年)是向農工兵看齊的題材。新中國以無產階級的力量建國,農工兵自是所謂的「先進」代表,這當中程度上的差異,毛澤東〈在延安文藝座談會上的講話〉時便已經說過:

> 我們的文藝,第一是為工人的,這是領導革命的階級。第二是為農民的,他們是革命中最廣大最堅決的同盟軍。第三是為武裝起來了的工人農民即八路軍、新四軍

---

[46] 夏志清對趙樹理的評論是相當嚴苛的,他曾說過:趙樹理的早期小說「幾乎找不出任何優點來」。參見夏志清《中國現代小說史・第十八章:第二個階段的共產小說》,(臺北:傳記文學雜誌社,1991年),頁480-482。

和其他人民武裝隊伍的,這是革命戰爭的主力。第四是為城市小資產階級勞動群眾和知識份子的,他們也是革命的同盟者,他們是能夠長期地和我們合作的。[47]

就這個「順序」來看,在四〇年代的解放區,被認定最有價值的為工人,再來是農民、軍人與城市小資產階級,小資產階級與知識份子一貫是要被教育與改造的對象,這樣的狀況在建國後仍繼續,1951年,周恩來在〈關於知識份子的改造問題〉就說:

> 由人民的立場再進一步站到工人階級立場,那是更難的一件事。為什麼要知識份子進一步站在工人階級立場呢?因為工人階級是最先進的,是為人民的,也是為民族的,將來要實現共產主義,使社會達到無階級的境地。……為什麼工人階級是先進的?因為工人階級可以使全世界的人都變成勞動者,使腦力勞動和體力勞動統一起來。工人階級和共產黨最本質的東西,是它能使全世界進到沒有階級、誰也不剝削誰的社會,別的階級和政黨都不能擔當這個任務。[48]

〈榮譽〉可以看作是這樣思維方式下的回應。陸文夫作為一個小知識份子,真誠地跟農工兵看齊,女主角方巧珍被刻劃成一個品格端正的先進工人的角色,她25歲,邁著喜鵲步子,也有那麼點趙樹理在〈小二黑結婚〉中的喜感情調,女孩在織布廠工作,由於沒有錯誤,被表揚,是大家敬佩的對象。小說的轉折處跟高曉聲的〈解約〉一樣,也較重視心理層面:方巧珍其實知道自己有過失誤,但只是未被檢驗員檢查出來,才能一直被視為工人中的先進。

---

[47] 毛澤東〈在延安文藝座談會上的講話〉,《毛澤東選集》(第三卷),(江西:人民出版社,1966年),頁812。
[48] 周恩來〈關於知識份子的改造問題〉(1951年9月29日),《周恩來選集》(下),(鄭州:人民出版社),頁65。

這讓她充滿了欺騙別人的罪惡感，這種細微地處理社會主義新人的罪惡感和崇高感的主題其實很有意思，我不禁聯想到，具有才智，卻因為經濟弱勢，而在一時衝動下，殺了當鋪老太婆的《罪與罰》的主人公，在自己的罪惡感與崇高感間擺盪，最後在百般心理掙扎後仍去自首。這樣類比的參照當然不可行，水準實在差距太大，但我認為至少可以幫助我們意識到，陸文夫在〈榮譽〉中的罪惡與崇高感這種題材的可貴，儘管挖掘力道不深，作者主要只讓角色的心理轉變，受到跟廠內外的周圍的人物刺激來展現，但是身邊的這些人物，並沒有更深刻的社會主義的隱喻性與更複雜的社會關係的連繫，因此與其說方巧珍的罪惡感是「社會主義」新人的，不如說一般人也可能有，因此其內涵更接近普遍的人性。所以，表面上來看，〈榮譽〉是一篇歌頌社會主義新人的小說，陸文夫以「工人」為典型的選擇，也符合當時的社會主義現實主義的原則，但在細微處間，陸文夫似乎也已經有了「背離」社會主義現實主義的「潛力」。

另一方面，方之的〈在泉邊〉（1955年），以一個農村小青年的愛情故事為核心，刻劃他「先進」地從一個農民，準備入伍從軍的故事。方之運用「有限知」的敘事者進入小說，講述曾經跟這個小青年的一段認識。由於作者當時對社會主義和農村運動深具樂觀的信心，因此〈在泉邊〉的敘事眼光也帶有樂觀與浪漫化的傾向。其情節雖然有老套的「愛情加革命」的結構——〈在泉邊〉的男主人公也是個木訥但老實的行動派，喜歡一個直率的女生卻又大大自卑，而且那女生又有一個不太先進的人在追呢，讓他實在不知怎麼辦才好。小說最後當然是這個較先進又木訥的男人勝利，因為女人在這時，看對象也是講求「進步」的。一樣，儘管這種情節很框架化，但正如同葉至誠在評述方之的〈曲折的道路〉中，不完全是出自朋友間客套的判斷，方之確實是個有寫作才華的人。他那種對社會主義生活、生命中美好事物真心而純情的嚮往，大大增益了他捕

捉了在社會主義中,確實也必然可能存在的美好而細膩感情的敏感度,這一小段完全能看出方之在教條的框框之外,融合了鄉土感、對農村少男少女的初感情的尷尬和坦率的心理掌握,以及和運用漂亮口語白話的才能:

> 月牙貼著崖邊,涼絲絲的。我正砍了根柳樹枝子從山上下來,一眼就看見她正在打水。我望了她一下,她望了我一下。她低下頭去打水,我呢,站下了。隔了一會,她抬起頭來先開了口:"你要走啦,臨走還不來幫人家一下!"……泉水透明透亮的,照得見她的影子,她站在我背後,一雙眼睛打量著我,閃閃惑惑地。打滿了水,我想走好呢,還是不走好呢?還是走吧!她見我抱起柳樹枝子,說:"慌什麼?——砍這做什麼?"我說:"昨晚我們幾個人一起商量的,臨走要給合作社留個紀念,丟個想頭。我們社裡牛欄四周的樹太少了,栽上這些,好給牛有個地方遮個太陽打個盹,"喲,就只你們想到了!"說了句,就蹲下去撕野花瓣瓣,撕了兩三朵,又說:"為什麼不在泉邊栽上幾棵?牛倒沒忘,把人倒忘了!"……別看我們姑娘,沒法應激,覺悟還比你們高一大截子!誰知你聽了些風言風語,對我生出意見來了。……[49]

這樣對農民和即將入伍從軍的人物的欣賞與歌頌,自然又不造作,一樣也保有了微妙的感情與人性,不需要太直接,也可間接地感染讀者對社會主義的信心。

至於,陸文夫這個階段的〈賭鬼〉(1953年),則是聚焦在批判舊習俗的主題上。新中國建國後,禁賭、解放妓女,這些材料,

---

[49] 方之〈在泉邊〉,《方之作品選》,(南京:江蘇人民出版社,1981年),頁90-91。

在改革開放後,也被陸文夫寫進了代表作〈美食家〉的背景中。在他早期的這一篇作品裡,對「賭鬼」的社會性的挖掘並不深,似乎他只是一個從1949年「舊」社會中過繼來的角色,喜歡在過年期間賭幾把,本來這種民間習俗也無可厚非,一堆人聚在一起,也有熱熱鬧鬧的人情之常,但真的賭輸了錢,也確實會影響到這鄉下地方的老實人,建國後要被改革掉,也是有其合理性的。所以小說的重點,便在處理鄉長關老二,跟賭徒張大林之間的鬥爭。故事本身也是很單調,但特色是,陸文夫把這段建國初的背景,處理的很有鄉土生命力,從一開始就可以看見,建國初期的一片穩定、康健的景況,小小的市集似乎什麼也不缺,應有盡有的形象書寫方式,接近蕭紅《呼蘭河傳》寫家鄉的模式,只是也因為篇幅和意識上的關係,不可能像蕭紅那般展開。〈賭鬼〉刻劃為了讓鄉里人們不要被賭所吸引,鄉長關老二另外創造了其他吸引與投入的生活方式(這種寫法也很不框架化),即是在新的一年的過年中,準備安排各種好玩的民俗活動,但賭徒張大林,也準備了好吃的想留住其他賭徒,來抗衡那些民俗活動的吸引力。兩造都是活活潑潑的民間生命力,細節都歷歷在目,形象頗為具體,即使最後又是邪不勝正的老套,也仍留下了鮮明的小鎮鄉土風情化的印象。

綜上所述,在1949－1955年間,「探求者」的代表作中,雖然在主題意識上,跟社會主義文藝「一體化」的趨勢頗為靠近,其人物與事件,也大致吻合當時「教條化」的「社會主義現實主義」,所規定的以新人新事物的對象,並帶有教化人民的積極功能,而其樂觀情調、光明前景,更是貫穿在這些小說當中,成為風格與寫作目的的有機成分。作家的立場,主要也均能站在為無產階級的農工兵新人等服務的人民姿態,具有趙樹理所說的「在生活中作主人」

的責任與擔當[50]，相對於解放前被封建主義、帝國主義與國民黨的壓制，似乎更生成了新的力量。然而，在這些早期的代表作中，我們也能夠看出，高曉聲、陸文夫、方之，無論是對人性層面的彰顯、鄉土細節的刻劃、愛情幽微的滋味、心理掙扎的揣摩等的直覺感性，都或多或少地中和與歧出了「教條化」的「社會主義現實主義」以「黨性」優先的書寫方式，多樣性地蘊藏了他們未來在「探求」上的潛力與被批判時的可詮釋性。

第三節：「雙百」運動、新中國社會問題跟「探求者」創刊的關係

1979年，「探求者」的主要成員之一的方之，曾對1956至1957年間，他們發起「探求者」的內外原因作了極精簡且具代表性的概括，可以作為我們理解「探求者」歷史生產的基礎線索：

> 五七年：我們江蘇的一批青年文學工作者在雙百方針鼓舞下，再加聽了毛主席《論十大關係》、《關於正確處理人民內部矛盾的問題》的傳達報告，促使我們去摸索生活中的新問題。例如，全國大規模疾風暴雨式的階級鬥爭基本結束以後人們的精神面貌和關係的調整；正確吸收外國經驗和探索我國建設社會主義的具體道路；史達林的悲劇和無產階級專政的歷史經驗等等。當時教條主義和官僚主義的危害性也已暴露出來了，使許許多多的有識之士感到痛心疾首。針對這些問題，我們感到不能再老一套寫下去了，迫切要求打破公式化、概念化，力圖有所創新，大膽干預生活，於是便在光天化日之下

---

[50] 趙樹理《趙樹理文集》（第四卷）中，曾提到對社會主義作家的期望：「作家要做生活的主人。當什麼主人？當社會的主人。今天我們新中國每一個公民都是主人，都應該有主人感，都應該有"咱的江山，咱的社稷"這麼個感覺。在整個社會說來，是社會上的主人；在一個具體業務部門，就是一個具體業務部門的主人。主人感充沛，許多問題就比較好解決」，（北京：人民文學出版社，2005年），頁320。

> 公開舉辦《探求者》文學刊物。後來，由於經費上和人力上的種種困難，這件事半途就煙消雲散了，只留下幾張草擬的《啟事》和《章程》。[51]

方之所言，首先點到的就是在毛澤東的指示下，當時的中共宣傳部部長陸定一，於1956年6月13日《人民日報》上發表的〈百花齊放，百家爭鳴〉的「雙百」方針。這個方針，主導了1956－1957年反右前的中國文壇的方向。陸定一在該文中明確宣稱：

> 我們所主張的"百花齊放，百家爭鳴"是提倡在文學藝術工作和科學研究工作中有獨立思考的自由，有辯論的自由，有創作和批評的自由，有發表自己的意見、堅持自己的意見和保留自己的意見的自由。[52]

> 我們是主張不許反革命分子有自由的，我們主張對反革命分子一定要實行專政。但是在人民內部，我們主張一定要有民主自由。這是一條政治界線，政治上必須分清敵我。我們所主張的"百花齊放，百家爭鳴"，是人民內部的自由。[53]

陸定一會提出這樣的說法有其歷史性的流變，和其內部複雜的概念的歷史連繫性（如所謂的「人民」與「反革命分子」）。周恩來曾在1956年1月30日於《人民日報》上發表的〈關於知識份子問題的報告〉，周在該文中強調，新中國的各項發展幾乎都進行的很順利，除了第一個五年計劃外，農村中的合作化運動，也突飛猛

---

[51] 方之〈我的創作體會——在南京大學中文系的講話〉《方之作品集》（1979年5月28日下午在南大中文系的講話，朱建華、史景平整理），（南京：江蘇人民出版社，1981年），頁394。

[52] 陸定一〈百花齊放，百家爭鳴〉，原載《人民大報》1956年6月13日，收入《陸定一文集》，（北京：人民文學出版社，1992年），頁501－502。

[53] 同上注，頁503。

進的發展。在這樣對歷史的樂觀趨勢下,為了要調動全國人民更積極的投入新中國的發展,也為了不一直依賴蘇聯專家對新中國的援助,周恩來正式地提出了將知識份子,視為是「工人階級」的說法,當然,周恩來此說,對知識份子也不是全都沒有保留[54],但他可能已經歷史性地意識到,雖然共產黨主要是以農工兵等無產階級為政權的基礎,但在建國後,欲建立一個「現代化」的社會主義國家,在建設上仍需仰賴知識份子的貢獻。然而,黨內許多老派的革命分子,仍延續過去「革命」的歷史階段的做事方式,產生了許多新的官僚與教條、不符合歷史性的辯證唯物論的現象,這些線索的內在意義,都暗藏了可能許多老派的革命式的黨員,跟黨內黨外的知識份子間合作上的磨擦與焦慮。有學者曾針對共產黨建國前的革命分子,跟建國後因為第一個五年計劃,而較受重視的技術員、工程師等知識份子間的矛盾提出分析,認為:

> 在第一個五年計劃期間,受工業化職業規範和價值觀影響的「新幹部」,使那些堅持樸素價值觀和革命英雄主義理想的「老革命」相形見拙。隨著工業化的發展,技術員、工程師亦取代了革命者成為新的社會楷模,

---

[54] 周恩來在〈關於知識份子問題的報告〉曾這樣分析知識份子的問題:「目前在知識份子問題上的主要傾向是宗派主義,但是同時也存在著麻痺遷就的傾向。前一種傾向是:低估了知識界在政治上和業務上的巨大進步,低估了他們在我國社會主義事業中的重大作用,不認識他們是工人階級的一部分,認為反正生產依靠工人,技術依靠蘇聯專家,因而不認真執行黨的知識份子政策,不認真研究和解決有關知識份子方面的問題;對於怎樣充分地動員和發揮知識份子的力量,怎樣進一步改造知識份子、擴大知識份子的隊伍、提高知識份子的業務能力等迫切問題,漠不關心。後一種傾向是:只看到知識界的進步而不看到他們的缺點,對他們過高地估計,不加區別地盲目信任,甚至對壞分子也不加警惕,因而不去對他們進行教育和改造工作,或者雖然看到他們的缺點,但是由於存在著各種不應有的顧慮,因而不敢對他們進行教育和改造工作。這兩種傾向在形式上是相反的,而實際的結果卻都是一種右傾保守主義。……我們既不能對知識界的現有力量加以忽略,更不能認為可以滿足;既不能無限期地依賴蘇聯專家,更不能放鬆對蘇聯和其他國家的先進的科學技術進行最有效的學習。」該文為1956年1月14日於中共中央召開的關於知識份子問題會議上的報告,後載於1956年1月30日《人民日報》,《周恩來選集》(下卷)(鄭州:人民出版社,1984年),頁166。

「新」「老」幹部之間的衝突和矛盾日益加劇。[55]

　　同年，2月24日，蘇共二十大舉行會議。次日，2月25日上午，舉行秘密會議，赫魯雪夫作出了《關於史達林個人崇拜及其後果》的報告，對史達林提出了強烈的批判。這個事件，廣泛地震動了共產國際世界，也影響了中蘇之間的關係，間接強化了周恩來所強調的「不能無限期地依賴蘇聯專家」的說法。而此事也影響了毛澤東作出了〈論十大關係〉的報告，本來毛一向講求在實踐上除了學習蘇聯外，更重要的還是要與中國的實際狀況進行結合。蘇共二十大後，他除了辯證式的仍強調要將國內外的積極因素調動起來外，可以看出的是，他更強調要結合黨內黨外的力量，不能走蘇聯所走過的「彎路」。毛說：

> 要把國內外一切積極因素調動起來，為社會主義事業服務。過去為了結束帝國主義、封建主義和官僚資本主義的統治，為了人民民主革命的勝利，我們就實行了調動一切積極因素的方針。現在為了進行社會主義革命，建設社會主義國家，同樣也實行這個方針。……最近蘇聯方面暴露了他們在建設社會主義過程中的一些缺點和錯誤，他們走過的彎路，你還想走？[56]

> 我們一定要努力把黨內黨外、國內國外的一切積極的因素，直接的、間接的積極因素，全部調動起來，把我國建設成為一個強大的社會主義國家。[57]

---

[55] 莫里斯·邁斯納(Maurice Meisner)著，杜蒲譯《毛澤東的中國及其後：中華人民共和國史》，（香港：香港中文大學，2005年），頁111。
[56] 毛澤東〈論十大關係〉，1956年4月25日在中共中央政治局擴大會議上的講話。1976年12月26日毛澤東誕辰83周年時首次公開發表。《毛澤東選集》（第五卷）（江西：人民出版社，1977年），頁267。
[57] 同上注，頁288。

然而，儘管周恩來和毛澤東，在1956年的歷史局勢下，都認為要放寬對知識份子的態度，但陸定一在「雙百」的宣言中，所提到該政策，仍有所謂的「人民內部的自由」，而不是對「反革命分子」的前提。這組所謂的「人民」和「反革命分子」的概念，這其實是繼毛澤東在1942年的「延安講話」的說法，毛當時就把人分成三類：「一種是敵人，一種是統一戰線中的同盟者，一種是自己人，這第三種人就是人民群眾及其先鋒隊」。[58]毛對於願意追隨共產黨的知識份子、小資產階級，大致是將其視為所謂的「同盟者」，抱持著的是一種辯證應對的模式，願意接受「改造」者即為同盟者，否則很容易就變成「敵人」或「反革命分子」。「雙百」後面之所會以演變成「反右」，有很大一部分都是知識份子、小資產階級們，覺得自己是「人民」，但卻被毛視為「敵我」的關係，而這種「關係」，又是毛在不同階段、不斷在變動的歷史條件而修正微調的決斷。這種歷史辯證思想是一個很複雜的哲學問題，不是本書所能細緻處理的，這邊只是要強調，無論是對知識份子政策的調整，還是對知識份子究竟是「人民」還是「敵我」的界定，都是毛澤東根據變動的歷史條件所下的動態判斷，因此要瞭解陸定一的「雙百」和後面的「反右」運動，其實也就是要理解毛澤東思想的辯證發展，但以當年身處基層的知識份子來說，幾乎不可能有這種理解上意的條件。

就整體上概略來說，「雙百」對於知識界的一種最具體的影響是：根據納拉納拉揚‧達斯在《中國的反右運動》中的統計，從「雙百」公佈到1957年6月反右運動開始前，新中國就發行了70種科學技術類新的期刊，以及63種包括文藝、教育方面的刊物，《雨花》也是其中之一，尤以1957年間發刊的為多。[59]然而，在鼓

---

[58] 毛澤東〈在延安文藝座談會上的講話〉，《毛澤東選集》（第三卷），（江西：人民出版社，1966年），頁805。
[59] 參見納拉納拉揚‧達斯原著，欣文、唐明譯《中國的反右運動》，（西安：華嶽文藝出版社），頁49－54。

勵知識份子大聲鳴放的效果上,就很難量化,顯得更為幽微與複雜。或許是受到建國到1955年間,各種對知識份子的鬥爭事件的影響(如對《武訓傳》、《紅樓夢》和對胡風的批判等),部分的知識份子,在雙百初期,仍帶有相當的距離與保留,一直到了1957年初,費孝通在3月24日《人民日報》上,發表的〈知識份子的早春天氣〉一文中,都還可以感受出,費孝通對於讓知識份子講出自己想講的話的顧慮心情。[60]別有意味的是,毛澤東倒曾於1957年2月27日,在黨內又發表了〈關於正確處理人民內部矛盾的問題〉,再一次指出並強調了團結知識份子的重要性:

> 凡是真正願意為社會主義事業服務的知識份子,我們原應當給予信任,從根本上改善同他們的關係。……我們有許多同志不善於團結知識份子,用生硬的態度對待他們,不尊重他們的勞動,在科學文化工作中不適當地干預那些不應當干預的事務。所有這些缺點必須加以克服。[61]

如果我們稍微核對陸定一的說法,則更可以看到兩者的連繫性:

> 有一些黨員,產生了把哲學和社會科學的學術工作壟斷起來的思想,……這些同志應該趕快停止陶醉,放謙虛些,多聽些別人的批評,多做些學問,多向黨外人士請教,同他們好好合作,以免哲學和社會科學的事業受到損失。[62]

---

[60] 費孝通〈知識份子的早春天氣〉,原載於1957年3月24日《人民日報》,此處參考的版本,收入朱地《1957:大轉彎之謎——整風反右實錄》的〈附錄一〉,(山西:人民出版社,1995年),頁277-286。
[61] 毛澤東〈關於正確處理人民內部矛盾的問題〉,1957年2月27日在最高國務會議第十一次(擴大)會議上的講話。後來毛澤東根據當時記錄加以整理,作了補充後,發表於1957年6月19日《人民日報》,收入毛澤東《毛澤東選集》(第五卷),(江西:人民出版社,1977年),頁384。
[62] 陸定一〈百花齊放,百家爭鳴〉,原載《人民大報》1956年6月13日,收入《陸定一文集》,(北京:人民文學出版社,1992年),頁512。

儘管毛澤東〈關於正確處理人民內部矛盾的問題〉，一直延到6月19日才正式發表在《人民日報》上。但早在這之前，第一波的反右運動即已展開[63]，只是對象有一部分集中在民主黨派的知識份子（如章伯鈞、羅隆基、儲安平等人[64]）身上，還沒有「擴大化」。這種對象上的差異與區隔的認識甚為重要，因為就建國後的1957年被打成「右派」或「反黨集團」的作家、知識份子的年齡層（以大致出生在二〇年代末到三〇年代中的人為主），和他們在建國初期的身分和工作，不像章伯鈞、羅隆基或某些北京知識份子等人更接近當時的政治核心圈，王蒙、或「探求者」中的成員，都主要只是共產黨內的基層幹部、甚至只能說是一般人民群眾，因此即使第一波反右運動已經展開，這些年輕的作家，其實一剛開始時，並沒有受到明顯地影響與打擊，甚至仍繼續鳴放與創作，這也是為什麼有一些在當年被打入毒草，改革開放後又收入《重放的鮮花》（1979年）的作品，如方之的〈楊婦道〉（《雨花》1957年第7期）、宗璞〈紅豆〉（《人民文學》1957年第7期）等作，或者在《重放的鮮花》之外，也帶有回應「雙百」批判意識的高曉聲小說〈不幸〉（《雨花》1957年第6期），在1957年6月或7月也都還能發表。

然而，僅僅從上面的大敘事的交待，仍不足完全說明「探求者」想在這個階段創辦一份文學刊物的動機。「雙百」作用到「探求者」的創刊，仍需從「探求者」本身對當時社會問題的回應上來考察。事實上，從新中國建國後到「雙百」政策正式發佈前，新中國的社會問題本就存在且不斷累積，在在都讓有「感時憂國」傳統

---

[63] 納拉納拉揚・達斯曾將反右運動分成三個階段：「第一階段起始於1957年6月8日，這一階段主要針對城市中民主黨派的知識份子和政界人物。第二階段的起始日期是1957年8月8日，中共中央發出了"關於向全體農村人口進行一次大規模的社會主義教育的指示"。第三階段則始於同年晚些時候，重點在於清理共產黨和國家機關裡的右派分子」。參見納拉納拉揚・達斯原著，欣文、唐明譯《中國的反右運動》，（西安：華嶽文藝出版社，1989年），頁115。

[64] 可參考章詒和《往事並不如煙》，（臺北：時報文化出版公司，2007年）。

的知識份子、年輕作家們,再度興起了想要「干預社會」,接上「為人生而文學」的念頭。然而,或許由於一方面,「探求者」當年也才剛踏入新社會,還在學習與快速成長的階段,尚未具備能夠回應複雜社會問題的水準,二方面也由於五〇年代文藝政策「一體化」的傾向很明顯,在文學作品的內容與風格的實踐上,也正如第二章所云,主要以「教條化」的「社會主義現實主義」為核心,也讓他們沒有什麼機會能夠發出更為自覺的不同的聲音。因此,「雙百」的發佈,某種程度上,實在是一種觸媒,在毛澤東(至少在雙百初期)、周恩來也都肯定或強調類似講話的前提下,再在「探求者」發出想要創辦刊物的想法之前,就已經有了如劉紹棠〈現實主義在社會主義時代的發展〉(《北京文藝》1957年第4期)、巴人〈論人情〉(《新港》1957年第1期)、錢谷融〈論"文學是人學"〉(《文藝月報》1957年第5期)等,都提出了許多跟文藝解放相關的看法,所以,他們對企圖創辦一份文藝刊物的動機與那種莫名的自信,某種程度上,也可以說是建國到1957年,新中國社會與文藝發展上所累積的各式問題、回應等能量的累積與爆發的一種。

我曾經整理「探求者」們實際籌組刊物的會議過程,發現其時間點,均集中在1957年5月到6月間,距離他們被正式批判,也才只有幾個月而已,大致如下:

1. 1957年5月初,陳椿年與葉至誠(時為省委宣傳部文藝處指導員,兼省文聯創作室副主任)、高曉聲(時為省文聯創作組成員)在一起聊天。大家(陳椿年的說法)都認為,那時(解放前)的刊物,基本上都是同人辦的,言談中舉到的例子有:胡風派的《七月》、《希望》、郭沫若的《創造月刊》,葉聖陶和夏丏尊的《開明少年》和《中學生》,林語堂的《論語》等。

2. 1957年6月6日,方之、高曉聲、陸文夫等人聚集在葉至誠家,正式討論發起同人刊物《探求者》。
3. 1957年,不確知的6月某一天,葉至誠、方之、高曉聲、陳椿年,又再度針對「探求者」的形式(要以雜誌的形式或以報紙專版的形式),進行討論,會後,四人去見省委,公推方之(時為團市委宣傳部長)主談,表達他們的文藝觀點,結束後,由陳椿年代表執筆,葉至誠、方之、高曉聲、陳椿年共同署名的〈意見和希望〉一文,便正式發表在《雨花》,1957年第6期。
4. 1957年6月,方之、高曉聲、陸文夫、陳椿年、梅汝愷再次聚會在葉至誠家開會,其他人還包括省委宣傳部文藝處的成員,會中由葉至誠作開場白,說了要辦同人刊物,並取名為「探求者」,末了公推高曉聲和陸文夫起草「啟事」和「章程」。
5. 1957年,不確知月分(但應為6月或6月以後),陸文夫與方之,為了籌集「探求者」的經費與召募人才,抵達上海去想辦法,並拜會巴金,隨身並帶有高曉聲及陸文夫執筆的「啟示」與「章程」草稿,巴金曾暗示其不要辦此刊物。而他們還未從上海回到江蘇時,反右運動即已經開始,方之、葉至誠也被宣佈隔離審查。
6. 1957年《雨花》第10期的編者,自行將「探求者」的「啟示」與「章程」公開發表,隨即引來各種批判。[65]

在這很短的月分裡,有三篇重要的文獻刊出,一是由方之、葉至誠、高曉聲、陳椿年聯名發表的〈意見與希望〉(《雨花》1957年第6期),二跟三則是日後(即1957年10月),被當時的文藝領導強制在《雨花》上刊出,以作為批判標的的:〈探求者"文學月

---

[65] 這方面的批判文獻,散見《新華日報》、《雨花》、《人民日報》等,可參見本書參考文獻。

刊社章程〉（陸文夫起草）、〈"探求者"文學月刊社啟示〉（高曉聲起草）。這三篇文章都是歷史性的綜合產物，從當中可歸納兩大跟他們創刊動機和主張的面向。

第一，「探求者」處於江蘇地區，具有歷史悠久的集會結社傳統，這與當時較官僚、教條、貧乏的以行政優先的文藝環境與文藝經驗，有明顯的矛盾與落差。徐采石曾以「吳文化」為視角，分析過以蘇州、無錫、常州為核心的集會結社歷史，徐分析道：

> 在吳文化的歷史上，一直有著文人同氣相求、結社成派的傳統，出過許多地域性學派、畫派、文學流派，諸如無錫的東林學派、常州的公羊學派以及吳門畫派、揚州八怪、吳中四士、吳中詩派、雲間派、婁東派、虞山派、陽羨詞派、常州詞派、陽湖文派等等。[66]

其實並不只是這些古典流派，「探求者」對五四流派顯然也不陌生。我在上面整理到的探求者發起經過的第一點就可以看出，他們對五四的許多文學流派，如胡風派的《七月》、《希望》，郭沫若的《創造月刊》，葉聖陶和夏丏尊的《開明少年》和《中學生》，以及林語堂的《論語》等都有認知。這些教養可能都導致他們難以容忍當時江蘇地區貧乏庸俗的文藝狀況，在〈意見與希望〉中就提到了當年"江蘇文藝"的任務在於「文藝宣傳品」，對真正的文學創作無人關心。從文字語感就可讀出甚為不滿的意味。[67]而另外一個比較具有「文學性」的新刊物《雨花》，又過於「面面

---

[66] 徐采石〈"探求者"與吳文化〉，《江海學刊》，1998年04期，頁185。
[67] 〈意見與希望〉中曾提到：「"江蘇文藝"辦了三年半，左搞也不好，右搞也不好，最後編輯部摸到了一條經驗，確定"江蘇文藝"的任務是供應農村文娛演唱材料，也就是說，"江蘇文藝"的任務就是推廣所謂"文藝宣傳品"。真正的文學創作，卻無人過問，無人關心。……今年開始，江蘇辦了個《雨花》雜誌，改變了"江蘇文藝"的作風，文學作品算有了一個發表的園地，但剛剛出了一、二期，領導就動搖了，想把這個雜誌砍掉，後來雖未成為事實，然而當時的風浪，現在想來，尚有餘悸在心。」《雨花》，1957年第6期，頁7。

俱到」,難以彰顯「藝術的個性」。[68]而連帶的五〇年代初過於以「行政」干預文藝的「效果」的弊病又陸續展現,基本上,他們是支持作家應該要多豐富生活、為農工兵服務的前提,但是,要豐富生活,卻連豐富生活的「條件」都很欠缺,〈意見與希望〉中,他們就指出了在當時,作者調閱國內外大事、本地區情況材料的困難,相當程度地影響了他們「全面」瞭解事物的能力。這些因素在在都讓作家難以開闊眼界,難以成為一個「作思想工作的人」,他們曾以托爾斯泰、尼基丁為例,說明開放可閱讀材料的重要性:

> 外國的作家,像托爾斯泰寫"戰爭與和平"的時候,尼基丁寫"北方的曙光"的時候,都曾翻閱大量的檔案、資料,大作家們尚需要這種條件,何況青年習作者?在這方面給他們更多的便利,使他們能夠有比較豐富的生活知識和歷史知識,這就給他們幫了莫大的忙。[69]

此外,「探求者」還認為,如果行政不要過度干預,提倡和支持作者們集會結社,而不要以小宗派、小集團的眼光待之,讓想投入文藝的作者,都能自行結合,創辦屬於自己的刊物,依照各同人們間的共識創作,進而也形成自己的流派,而如果有大批的文藝社團也出現,就能有各種不同的流派,這樣對文藝的發展來說,才是比較好的。

第二,「探求者」對於建國以來,日益浮現的新舊對立、階級鬥爭、人的道德、人情等相關問題,有相當高度的自覺與再辯證檢討的傾向,〈"探求者"月刊社啟示〉中明確地說:

---

[68] 陸文夫〈風雨中的一枝花〉曾提到:「《雨花》是個拼盤,沒有藝術的個性,是一輛公共汽車。我們不乘公共汽車,要開專車,類似小麵包車,裝那麼八九十來個人,車前還有明顯的標誌,某某流派。」陸文夫《深巷裡的琵琶聲》,(上海:上海文藝出版社,2005年),頁100。

[69]〈意見與希望〉,頁8。

> 這幾年來,把一切舊東西看成壞的,把一切新東西看成好的,這種教條主義的觀點已經造成了嚴重的危害,阻礙了思想意識的健康發展。
>
> 我們過去在長期的階級鬥爭中,由於當時的需要,把政治態度作為衡量人的品質的主要標準,注注忽略了社會道德生活的多方面的建設。
>
> 階級鬥爭給人們留下了許多陰影,妨礙了人們之間正常關係的建立。人情淡薄,人所共感。[70]

而他們認為,要解決這些問題,需要運用文學來「干預」更具體的「現實」,而這種「現實」,恰恰不是已經「教條化」的「社會主義現實主義」的「革命」的現實,而是與當下生活結合的更具體的「現實」。

類似的觀點,在巴人1957年所發表的〈論人情〉和劉紹棠的〈我對當前文藝問題的一些淺見〉也都可以看到,巴人的論點重點如:

> 天下的事情是人做的。不通人情而能貫澈立場,實行自己的理想的事是不會有的。[71]
>
> 我們當前文藝作品中缺乏人情味,那就是說,缺乏人人所能共同感應的東西,即缺乏出於人類本性的人道主義。[72]
>
> 我們當前文藝作品中最缺少的東西,是人情,是出於人類本性的人道主義。……人有階級的特性,但還有人類本性。[73]

---

[70]〈"探求者"月刊社啟示〉,《雨花》,1957年10期,頁14。
[71] 巴人〈論人情〉,謝冕、洪子誠主編《中國當代文學史料選(1948–1975)》,(北京:北京大學出版社,1995年),頁273。
[72] 同上注,頁274。
[73] 同上注,頁276。

劉紹棠則說：

> 繼承現實主義的傳統，就必須真正地忠實於生活真實。這種忠於於生活真實，就是忠實於當前的生活真實，而不應該在"現實底革命發展"的名義下，粉飾生活和改變生活的真面目。這種生活真實，必須有時代的特徵和時間的痕跡。[74]

「探求者」和巴人的共識，就是共同都注意到了，當時文藝所欠缺的人性、人情的問題。而與劉紹棠的交集，則更可以看出新中國「教條化」的「社會主義現實主義」，已經在「雙百」的歷史條件下，受到了明顯地挑戰的狀況。他們對這些問題的回應，在「雙百」階段的小說創作中，展現地更為具體與豐富。

第四節：「雙百」運動期間「探求者」小說的特性：基層知識份子跟共產黨政權的矛盾現象

「探求者」在「雙百」期間的小說創作，有高曉聲〈不幸〉（1957年）、陸文夫〈只准兩天〉（1956年）、〈小巷深處〉（1956年）、〈平原的頌歌〉（1957年）、〈老師傅和他的女徒弟〉（1957年）、〈健談客〉（1957年），方之〈浪頭與石頭〉（1956年）、〈楊婦道〉（1957年）等8篇。其中陸文夫的〈小巷深處〉、〈平原的頌歌〉，方之的〈楊婦道〉，曾在改革開放後，被上海文藝出版社收入《重放的鮮花》（1979年）一書[75]，可見其作為當年的「毒草」的代表性。其他同階段也被打成右派的，較重要的第一代現實主義小說家，如王蒙的〈組織部新來的年輕人〉、

---

[74] 劉紹棠〈我對當前文藝問題的一些淺見〉，原載《文藝學習》1957年第5期，收入《中國當代文學史料選》，（北京：北京大學出版社，1995年），頁338。
[75] 上海文藝出版社編《重放的鮮花》，（上海：上海文藝出版社，1979年11月）。

鄧友梅的〈在懸崖上〉、劉紹棠的〈西苑草〉及宗璞的〈紅豆〉等也都是重要篇目。一般來說，這些作品大致上都帶有「雙百」期間，所謂的「反教條」、「反官僚」、較突出一種接近五四啟蒙視野式的人道、人性、人情的意識傾向，在寫作技術與風格上，也不難讀出其稍具「批判現實主義」那種曝露陰暗面的傾向，或者和作者的中國式的文人氣質結合，不受「教條化」的「社會主義現實主義」觀的拘束。

當然，小說不僅僅只是作者的世界觀，或當時的各式社會、政治、經濟條件的直線對應。即使再度成了《重放的鮮花》的一部分，也不能簡單地說其本身就有更為豐富與複雜的文學價值。在這一批「雙百」的文學代表作中，我個人認為，在今天仍值得重新解讀的作品，仍只有少數幾篇。它們分別代表了五〇年代「雙百」期間，綜合了之前的「社會主義現實主義」、「批判現實主義」等思潮、風格、技術，並和新中國的經驗、中國的人情世故融合在一起的新產物，因此可以看成是，初步有自覺地脫離了上個階段（建國初期到「雙百」前），那種以「教條化」的「社會主義現實主義」，或「不自覺」的歧出的性質。具體來說，這個階段的主題意識、技術特質、藝術風貌，以及它們跟新中國建國到「雙百」期間的各項社會、政治等的連繫性，可從以下幾個面向，結合相關的代表作進行理解：

一、啟蒙視野下的「敵我矛盾」——高曉聲〈不幸〉跟契訶夫《萬尼亞舅舅》的互文性考察、新官僚的形象與小知識份子的心理轉折——方之〈浪頭與石頭〉

高曉聲〈不幸〉最初發表在1957年第6期的《雨花》，直到高曉聲過世後，才收入《高曉聲文集》（2001年）中，過去幾乎沒有學者注意到這篇小說。其實這是一篇，以現實加寓言的創作方法，反映「雙百」期間文學與社會、政治、歷史關係的代表作品。

〈不幸〉跟契訶夫劇作〈萬尼亞舅舅〉明顯有著「互文」[76]關係。從創作與批評的角度，其實每部作品都有可能存在大量的互文。所有作品所使用的文字、語言，其實都無法完全脫離傳統與他人作品的影響，而任何辭彙、典故、句子、段落、情節等，也都帶有書寫者在特定的社會或歷史的語境下的意識型態與文化的意義。問題只是在於，當一個創作者，比較自覺地援引他人的材料時，儘管能再次運用個人的想像、重組（或生產）等技巧，但其作品意義的來源，或者說新作意義產生的基礎，就會跟舊的文本有密切的關係。這種運用另一個文本中的文字、片段、意義，跟自己的創作發生關係的狀態，就是「互文」。而我想討論這當中的所謂「互文性」，便是想分析高曉聲如何使用一個舊的文本中的材料，放置到一個新的文本中，所發揮的「作用」。這種作用則可以幫助我們理解，作者與作品可能存在的深層歷史意識。

高曉聲〈不幸〉明確的援引了〈萬尼亞舅舅〉的核心內涵與三段重要的情節，這種「互文性」所產生的「作用」，也是〈不幸〉的主題意識，能夠被理解與詮釋的關鍵。然而，由於〈不幸〉跟〈萬尼亞舅舅〉是兩個完全不同國家、不同語言書寫下的產物（〈不幸〉以中文撰寫，〈萬尼亞舅舅〉則為俄國的作品），在作者不通俄文、日文及英文的條件下，其引用契訶夫〈萬尼亞舅舅〉的內容，也就並非來自原文，互文性的「材料」根源，只可能源於當時大陸對此作的翻譯，或當時的宣傳印象。因此，〈不幸〉與〈萬尼亞舅舅〉間其互文的性質，也就比較接近一般理論定義上，

---

[76]「互文」這個概念，在21世紀初的學界，已不難理解。其內涵事實上相當接近中國古典文學研究中所謂的「用典」的模式。廣義的定義可參考朱麗亞·克麗斯特娃（Julia Kristeva，1941－）所提出的：「一篇文本中交叉出現的其他文本的表述」、「已有和現有表述的易位」。轉引至【法】費蒂納·薩莫瓦約原著，邵煒譯：《互文性研究》，（天津：天津人民出版社，2003年），頁3。或蒂費納·薩莫瓦約在《互文性研究》所提出的觀點，其以為，從吉拉爾·熱奈特（Gerard Genette)的開始，人們習慣區分兩種類型的互文手法：第一類是共存關係（甲文出現於乙中），第二類是派生關係（甲文在乙文中被重複和轉換），同前注，頁36。

所說的「派生關係」。

　　「社會主義現實主義」和「批判現實主義」對新中國的作家們影響甚深，在本書第二章中，已經言及它們跟新中國作家之間的關係、理解、接受與運用的限度。正如方華文在《20世紀中國翻譯史》曾指出：「中國對俄蘇文學譯介的規模，應該說要遠遠超過其他的外國文學。」[77]而在新中國建立後的情況，陳國恩也指出：「大量的蘇聯文學作品和理論著作被翻譯過來，對蘇聯文學的研究也更系統、更具規模地展開了。」[78]在對契訶夫作品的翻譯上，1949年後，最具規模的是《契訶夫小說集》（27卷）的出版[79]。在跟文本書直接相關的劇作的翻譯，我考察到的是1946年及1954年，中國大陸也都曾經各出自版過《萬尼亞舅舅》的單行本，均由麗尼（原名：郭安仁）翻譯，而據王蒙在其《王蒙自傳》（第一部）中也曾提及，五〇年代中期，蘇聯專家列斯裡曾指導了青年藝術劇院排演過《萬尼亞舅舅》[80]，這些淵源都可能是高曉聲認識《萬尼亞舅舅》的來源之一。

　　但是，無論高曉聲是否實際讀過《萬尼亞舅舅》的譯本，以他確實在〈不幸〉中引用《萬尼亞舅舅》的戲劇場景當作小說的背景，並且援引三段重要的情節，來突顯與反襯自己所企圖表達的意識，那麼，在進行〈不幸〉跟《萬尼亞舅舅》的「互文性」的討論時，主要也就不是從文字符號的「實證」對應上著手，而是以當中的「敘事情節」及其「意義」上的互文作用，來進行分析。

　　〈不幸〉的敘事背景，設定在新中國建國後的一個劇團中。小說中的人物，正在排演契訶夫的劇本《萬尼亞舅舅》，擔任戲中女

---

[77] 方華文《20世紀中國翻譯史》，（西安：西北大學出版社，2005年），頁177。
[78] 陳國恩〈論俄蘇文學對20世紀中國文學的影響〉，《外國文學研究》，2004年第2期，頁100。
[79] 有關於契訶夫的「小說」作品在中國的翻譯狀況，亦可參見方華文：《20世紀中國翻譯史》，（西安：西北大學出版社，2005年），頁179、188、189、435。
[80] 王蒙《王蒙自傳》（第一部），（廣州：花城出版社，2006年），頁117。

主角的李素英,是新中國剛建國下的一個漂亮、敏感而膽小的已婚女子,她趁擔任副團長的先生出外開會時,接下了《萬尼亞舅舅》中女主角的任務,但當她的先生回團後,卻對她的決定感到威脅與不悅,因而在她排演的過程中,以形式主義、個人主義等大道理,對她提出諸多責難,進而引發了一系列的衝突。小說以基本的現實主義的筆法,李素英被隱喻為基層知識份子,她的先生則被隱喻為當時政權中官僚化、教條化的傾向,兩者產生衝突與矛盾的關係,可以看作一則新中國「雙百」下基層輕知識份子跟黨內關係的縮影。

〈不幸〉明顯地連繫上「雙百」時期新中國政治社會問題的主題,相對來說,契訶夫《萬尼亞舅舅》雖然也有其現實性,但就故事的整體來看,更像是一則人類總是渴望追求新生活、新的生命力的現代寓言。它的內涵的重點,蘊涵了對人應該勞動、勤奮的肯定,對懶惰與無所事事所造成的腐敗的否定,也包含對人在勞動的過程所導致的庸俗與無意義的嫌惡。因此,《萬尼亞舅舅》的每一個角色,都在有形無形中,被新的、更美好的生活期望所牽動。他們渴望愛情、傾慕青春、嚮往暴風雨的力道,與風雨過後的橫掃一切的新氣象,但在這些渴慕下,劇中的人物的意志卻都很軟弱——女主角因一時被名聲與知識貴族的菁英氣質所吸引,嫁給了年老的教授,當年老的教授因退休、生病而日漸變得庸俗與刻薄時,便引發了女主角的哀怨,她雖然渴望再度發展,但卻因為自己的膽小與所信奉「忠誠」於老教授的保守道德觀,而無法更真誠地走向另一種新的生活。而代表人生中具有敏感度、天分與才情等向度的角色「醫生」,則是在日積月累的勞碌工作中,慢慢地走向感情的麻木與枯竭,直到遇到劇中的女主角,才萌發了強烈的愛情、激情與活力。另外一個更關鍵的角色——與劇名同的「萬尼亞舅舅」,則是為了資助劇中的老教授作學問,糊塗地、無意義地辛勤工作了一生,最後,當老教授搬來跟他們一起居住,他才發現,所謂的

「知識」（而且還研究的是藝術）的力量，在生病與老去的教授的日常生活上，只剩下猥瑣與不堪，他一路寄託高尚理想的希望與精神全然幻滅，也為自己過去所信仰的、虛度的人生而感到痛苦不堪。

高曉聲〈不幸〉引用《萬尼亞舅舅》片段的主要目的，不在援引〈萬尼亞舅舅〉的多層次意義，而只是根據自己主題的需求，並刻意選擇以劇中女主角為核心的關鍵轉折片段來使用。具體來說，分別為：一、醫生向女主角告白的情節。二、女主角與醫生告別的情節。三、萬尼亞舅舅對女主角說的美人魚的隱喻，意在暗示女主角的血液裡流著美人魚的血，激勵（也帶有勾引的意味）她應該要勇敢地、激情地投入真實的生活，讓眾人驚訝。

這三段情節援引入〈不幸〉中，是有特殊的意義的。依照原作，第一個情節是在表現，女主角驚慌的想抗拒醫生對自己的愛意，但又隱約地渴望透過這樣的激情，來平撫她在她庸俗的先生那所受到的委曲。這樣的情節與意義，在〈不幸〉中，跟小說的內涵，產生了一種隱喻的作用——〈不幸〉的女主角李素英，也是一個婚姻不幸福的女性，而其不幸福的主因，一方面來自於自己同劇團擔任副團長的丈夫的霸權壓制，二方面則根源於她自己膽小又無法自主的性格，所以她雖然在「思想」層面上嫌惡丈夫的虛偽，但卻在「行為」上無法抗拒先生的強勢。所以當〈不幸〉中的李素英的丈夫，因「觀看」李素英排演到這場戲時，知覺到他太太所以能詮釋地那樣有說服力，可能來自於，他正是造成她能夠成功詮釋「不幸」的敏感度的根源，這當中的雙重暗示與諷刺，便產生了讓他坐立難安的焦慮。

西方馬克思主義文藝批評觀以為：藝術形式具有歷史意義，在呂西安‧戈德曼那裡：一部作品的結構（含意義結構）跟所屬時代的集體（群體）意識是同構的。他曾說：「一部作品只有被納入生命和行為的整體中才能得到它的真正意義。有助於理解作品的行為

並不是作者的行為,而是某一社會群體的行為」[81],而其哲學預設建立在他認為:

> 幾乎人的任何行動都不是以孤立的個人為主體的。即使現實的社會結構趨於通過物化現象掩蓋我們,把我們變成幾個彼此不同並且互相隔絕的個體的總和,但是行動的主體仍是一個群體,是我們。有人與人之間,除去主體和客體,我和你的關係之外,還有另外一種可能的關係,一種集體的關係。[82]

儘管若從解構與後現代主義的觀點來反思,戈德曼對作品中的意義來源的觀點,有過於強調集體的「對應」之嫌,難免簡化了作品意識,也需要辯證性地融入來自於個人性、歷史的破碎與縫隙間的可能(這也是為什麼,後來同屬西馬文評體系的馬舍雷,會從沉默與縫隙的角度,再跟前者進行辯證),但戈德曼的觀念,在這裡的詮釋效用是:五〇年代的中國社會、政治與文藝的關係,相較於個人意志,確實更有主導性。因此,再回到〈不幸〉跟《萬尼亞舅舅》所互文的第一個情節裡,我們就能進行這樣的歷史性的詮釋,意即:高曉聲想以此來反映「雙百」期間,進行「鳴放」的知識份子群體,與當時政權內「官僚化」、「教條化」的對應關係——小說中的丈夫觀看、觀察帶有反叛性的妻子的言說與行為,他所感知到的強烈的威脅性,正某種程度上,可以被理解成,是當時黨內官僚體系,在鳴放中注意到的威脅性。

到了第二個女主角與醫生告別的情節,互文的作用升高了「觀看者」李素英的丈夫的焦慮——李素英的丈夫,目睹妻子跟別的男人激情擁吻下忍無可忍。而且當他聽到,導演在旁邊不斷指導李素

---

[81]【法】呂西安・戈德曼原著,蔡鴻濱譯《隱蔽的上帝》(天津:百花文藝出版社,1998年),頁8。
[82] 同上注,頁20。

英如何表現／詮釋戲中女主角的痛苦與激情,更讓他聯想到,該戲和妻子李素英所要批判的對象,正是他本人。在這段「互文」的情節下延伸出來的導演的詮釋,帶有間接地批判小說中該丈夫的性質,反映了被壓迫下所爆發的激情的健康與合理性。小說中,這個導演對戲中的女主角李素英是這樣說的:

> 記住,這是葉列娜感情的總爆發,是一個畢生受著婚姻壓迫的女人,下了最大的決心,去追求一剎那的幸福。這一剎那的幸福,將是這個女人今後長長的痛苦生活裡的唯一美好的回憶。所以,這個時刻,她毫無顧忌,大膽、熱情、有大歡樂。應該把這些表演出來。再來一次![83]

事實上,在契訶夫的《萬尼亞舅舅》的原著裡,女主角並沒有那麼受到壓迫,也沒有那麼高的「激情」,她雖然有才能,但始終維持著保守的道德信念,以至於在跟醫生接吻的場景中也只是點到為止、迅速離開,易言之,在《萬尼亞舅舅》中,女主角是一個心靈確實很有層次,但在行動上卻由於膽怯,而並無多大轉折的個體。也因此,〈不幸〉中的這段導演的詮釋,是高曉聲刻意在這個情節的「互文」外的創造延伸。置回該歷史語境的對應／反映,就可以詮釋成是高曉聲企圖突顯這個女人所代表的知識份子,對官僚與教條化的激情反抗。

而在最後一個高曉聲所援引的情節裡,〈不幸〉中的劇團已將《萬尼亞舅舅》排演完畢,開始進行戲後的檢討,在其他人「各自表述」地差不多後,稍晚才由李素英的丈夫以其副團長的身分,義正嚴詞對李素英進行批評,並引用原劇中「萬尼亞舅舅」的臺詞來增強他的說服力,這段話非常有詮釋空間,他說:

---

[83] 高曉聲〈不幸〉,《高曉聲文集・短篇小說卷》,(北京:作家出版社,2001年),頁15-16。

> 我們讀劇本讀到葉列娜回想到"……萬尼亞舅舅說我的血管裡有美人魚的血,一輩子裡至少也得有一次露露本性……"的時候,這個人物的鮮豔性就活生生地出來了。李素英卻只是概念地去理解這個人物的痛苦,因此把她表現得鬱鬱而軟弱……在和阿斯特洛夫的關係上,演員為了掩飾感情的空虛,形式主義地拖長接吻的時間,這是毫無用處的,不能夠用這個來代替從內心發出的愛情火花,反而更顯得庸俗……總之,像葉列娜這樣的生活,李素英是絲毫無法……絲毫沒有感受的,也無法深入這個人物的靈魂。她的表演對這個戲的演出,會帶來很大損失……。[84]

高曉聲將這段引文穿插由李素英的丈夫來表述,對整篇小說產生了「諷刺」的效果,因為原台詞該是由萬尼亞舅舅來說的,萬尼亞舅舅之所以會痛苦,乃在於他基本上也是一個有理想性的人物,所以他願意長期資助教授的開銷,並能看出女主角,具有美人魚般熱情的潛力與才能,也因此有鼓勵及勾引女主角大膽走出庸俗、離開舊生活與投入新生活的機會。但高曉聲卻運用了戲外副團長／丈夫這個角色來陳述這段話,等於轉化了原本欲強化女主角形象的功能與言說的目的,使得這段原本充滿讚賞、鼓勵、勾引的台詞,一轉而成為批評李素英表現的一部分,反差之大,也因此產生了諷刺李素英的丈夫的互文作用。而這種作用對應到現實的意義就是,台詞中所用的所謂「概念地」、「形式主義地」,以及副團長／丈夫這種隱喻黨內官僚體系的中國莫測高深式的批判雄辯術——他們總是能靜待相關的各種正反意見都出爐後,再以一種大公無私的姿態,引用看似相當有理想性、極具說服力的修辭話語(如批判他人為個人主義、形式主義),再透過一些確實具體存在的小事實(如

---

[84] 同上註,頁16。

李素英確實因為一時緊張而表現不佳），來中和鬥爭他者時背後所預設的另一種先驗的、靜態的教條主義，使得這種批判感覺上很客觀有說服力，因此總是能再度地掌握文化領導權。

總的來說，〈不幸〉跟批判現實主義性質的契訶夫《萬尼亞舅舅》間的關係，可以看作「雙百」期間，從「社會主義現實主義」的樂觀、光明「風格」的自覺歧出（但仍然堅持了社會主義現實主義為「社會主義」服務的目的），較接近了批判現實主義對人道、人性的重視，和曝露陰暗面寫法的傳統，其立場與其說是「人民」姿態的，不如說是延用了批判現實主義中所預設的一種別具智慧風貌的、從上觀看下的「啟蒙」姿態。也由於在這樣的立場或姿態的預設下，小說中對男女關係、團體生活、集體討論與決策的生態，和表面低調實則強勢的權力運作方式，均很明顯地帶有將他者，視為二元、甚至不知不覺化約為「敵我矛盾」的關係，也因此這一篇作品到了「反右」時期，會被鬥爭也就可以理解，由此也可以看出，高曉聲在當年，對於自己的寫作姿態（五四啟蒙姿態或人民群眾的姿態）的運用，其實是很單純也較不自覺的。

而同樣寫作的核心目的，是要反映新中國建國後的一些官僚化、教條化的現象、幽微心態與社會問題，但不同於高曉聲在〈不幸〉中，從「情感」面出發，以劇團／一種寓言式的背景，批判與激情同構的模式來處理，方之的〈浪頭與石頭〉，則是以連繫上五〇年代農村改革中的合作化運動，以一個共產黨內的小知識份子，更具體地在從事組織工作和下鄉考察的過程中，所認識到的各式社會問題與跟領導間的矛盾，來突顯建國後的諸多問題。

小說一剛開始，就點出了農業合作化運動的背景。但是，跟建國初幾年的農業合作化運動最大的不同，方之所反映的，更精確地來說，是這個運動「高潮化」下共產黨內兩條不同路線的鬥爭。1955年，毛澤東曾針對合作化運動，提出過這樣的指示：「目前農村中合作化的社會改革的高潮，……我們應當積極地熱情地有計劃

地去領導這個運動,而不是用各種辦法去拉它向後退。」[85]毛這個說法,暗示了當時合作化運動,在黨內已經有了不同的聲音。方之這篇作品,某種程度上來說,是一種記錄了這個歷史過程反映的縮影。

　　共產黨內兩條不同路線的鬥爭,就當時的現實與小說的內涵來看,大致可以說一條是毛澤東「不斷革命」的路線,一條是黨內較保守的路線。和五四以來的自剖性質的小說,如魯迅的〈在酒樓上〉和〈孤獨者〉等有著類似的從投入社會運動,卻慢慢認識了更複雜的問題而產生新的心態轉向的「成長」或「再發現」的結構。〈在酒樓上〉和〈孤獨者〉將書寫的焦點聚焦在知識份子,而方之的〈浪頭與石頭〉或王蒙的〈組織部來了個年輕人〉,乍看似乎也以年輕知識份子為核心,但其實在「雙百」時期這一類的小說,寫得相對較飽滿與具有文學性的人物形象,反而是當中的新中國的「新官僚」。〈浪頭與石頭〉中是石書記,在〈組織部新來的年輕人〉是劉世吾,他們大多革命經驗豐富,對各種人的應對成熟老道,也跟高曉聲的〈不幸〉中的副團長一樣,無論眼光還是舉止,還有某種中國式的莫測高深的教養。在〈浪頭與石頭〉中,頗有意味的一段,是石書記跟大家開會的狀況,某個層面上來說,他是一個實事求是的馬克思主義者,長於拷問部屬實際對基層的掌握狀況。但另一方面,他又是一個中國式的領導人,對於隱隱察覺的問題,總是點到為止,不追問到底,給大家都保留模糊空間,以求改進的希望與繼續作事。這種領導「藝術」,在事務推動順利時,還較不易產生太大的矛盾,也因此讓〈浪頭與石頭〉做部屬的戴榮甚為佩服。但是,小說所要突顯的,正是有更新的衝突發生時的基層「領導」／新官僚的問題——基層農民非常想要加入合作社,因為農具和生產條件,並不足以因應個體戶農民的狀況,但基層領導

---

[85] 毛澤東〈關於農業合作化問題〉(1955年7月31日),《毛澤東選集》(第五卷),(江西:人民出版社,1977年),頁168。

認為合作化運動已經過熱,甚至應該要砍掉一批,因此不同意他們辦社,於是這些農民索性私自聯合起來,形成了一個自發社,不但自我團結,還有社員自己跑到別的社去學新的生產技術,均不理會基層領導的「指令」。石書記對此甚不悅,他認為作部屬的戴榮,不但沒有好好的落實促「退」群眾辦社的原則,還不斷提出要講求「個別情況」的意見,不再像以前那麼服從他。石書記開始不耐煩了,往日的修養也被悶氣所取代。這樣隱微地形象化地曝露黨員官僚化的形象,在「雙百」之前的小說,幾乎是很少見的,方之寫到:

> 石書記一貫是講修養的,很少發過這樣的脾氣,他過去是比較歡喜戴榮的,不但是因為戴榮聽話,而且是因為戴榮幼稚。每當戴榮聽他談起"過五關斬六將"的故事時臉上就掩不住心理的敬佩、驚異、羨慕、激動。他的表情像一面鏡子,石書記從這面鏡子中,看到了自己過去的幼稚,也看到了自己今天的成熟。這次他也是帶了好意去啟發的,卻沒料到戴榮變成了一面哈哈鏡!不一會,陸靈來了,石書記把肚裡的悶氣數落了一頓。石書記平時很注意修養,很少在幹部面前議論別人。[86]

王蒙的〈組織部來了個年輕人〉也有類似的「新官僚」的形象,領導劉世吾是老革命了,不能說他是個不負責的人,只能說他對於新出現的事物,大多抱持著極老練地「了然於心」的心態,因此很難改革的事務,就常以「條件未成熟」而暫存而不論,活力甚低。儘管小說沒有要刻意對應到哪一個現實裡的具體單位與人物,

---

[86] 方之〈浪頭與石頭〉,《方之作品集》,(南京:江蘇人民出版社,1981年),頁138。

仍然有人會對號入座。[87]可見此類「新官僚」的形象，有相當能獲得「共鳴」的效果，也可以說是一種，在「雙百」歷史條件下的特殊「新形象」。

另一方面，與這種「新官僚」形象相呼應的，才是小說中，意識一點一滴轉折的年輕知識份子。這樣的人物出場時，總是陽光燦爛朝氣蓬勃，一幅王蒙五〇年初《青春萬歲》的主人公樂觀、奮進、單純無知，卻也對社會主義革命極為熱情的形象。主人公即使有負面情緒，也能在人與人之間的真誠扶持下克服，更不可能會對身邊的人產生「嫌惡感」。但這樣的情感狀態畢竟在〈浪頭與石頭〉出現了。他是主人公戴榮，一個年紀尚輕的團縣委副書記，跟王蒙的〈組織部來了個年輕人〉中的主人公林震一樣，都是一個「新人」。戴榮主要的工作，是下鄉實地瞭解農村合作化互助組的發展狀況，和執行黨和領導所交辦的任務。這時候他聽見了兩種不同的聲音，一是來自基層群眾的，希望領導積極推動互助組，給互助組創造條件。二是來自基層的領導，認為過熱的農村互助組的情勢應該穩住，對於農村的自發社要堅決控制。前面已經分析到，戴榮原本對領導的意見和意志都甚為服從，他一向崇拜領導的智慧、風度與魄力，但在實際下鄉後，他對具體事實掌握愈來愈複雜，想法也就愈來愈不穩定，難以被化約與控制。他內心充滿矛盾，隱隱之中，覺得群眾講的更有道理，應該要讓他們辦社。他開始懷疑與擺蕩究竟應該是要服從所謂的黨內或領導的紀律，還是要根據自己更新的實際經驗與認識作決策、下判斷。這些「組織部新來的年輕人們」——戴榮和林震，似乎都意識到，即使是根據最新的經驗，要下判斷與決策都不是件容易的事情，生活本身極為複雜，他們永遠都可以從經驗的正反兩端中，選擇對判斷有關的材料，來簡化問

---

[87] 1957年4月16日，《北京日報》發表了王蒙針對其〈組織部新來的青年人〉給《北京日報》的信，信中即指出，有人在猜作者的動機，言下之意，頗有許多人將該小說的內容，進行對號入座的狀況。此信後收入王蒙《王蒙文集》（第七卷），（北京：華藝出版社，1993年），頁583–585。

題。但是，或許是在社會主義現實主義，既教條但也卻也給了更重視「新人、新生活、新事物」的機會，戴榮在一番心理掙扎後，也跟林震一樣，最後都比較相信自己對人事物的新認知與新判斷，並且勇於對領導的意見進行直接的反駁，以下這一段主人公跟其領導的互動，反映了〈浪頭與石頭〉中，主人公對領導的態度的心理轉折：

> 戴榮也感覺到他是在好心好意開導自己，但是，戴榮自己也暗暗吃驚，自己對他的好心善意浮起了一種厭惡心情！過去自己是一直欽佩他的，他又有理智，又有魄力，生活也樸素。作風也深入，樣樣都不缺，但是，現在金粉慢慢脫落了。……"我不怕通報，我沒有壞心，不是個人主義！"……"當然，我們反對個人主義，這點原則嘛我還有，但是，"他喉嚨高了起來："我們也要反對無政府主義！"……"你，給我多多加強些組織觀念，少少出些花頭點子！我看我們有些幹部，硬可以叫做社會主義野心家！"[88]

這樣的心理是頗值得玩味的。同時，這裡面所使用的「個人主義」、「無政府主義」的概念，無論是就戴榮來說，還是就其領導來說，放入小說的脈絡來看，都是沒有更深刻歷史性的自覺與理解的。王蒙筆下的林震，跟官僚體系的劉世吾與韓常新的互動，也有類似的狀況。一個很少被評論家注意到的線索是，當林震終於在會議上，勇於跟劉世吾與韓常新鬥爭時，另一個更高的領導李宗秦，將他們之間的矛盾概括為「規律性與能動性」的問題，這讓林震覺得過於教條化，他雖然不滿，但卻也用另一種，意氣式的方式來回

---

[88] 方之〈浪頭與石頭〉，《方之作品集》，（南京：江蘇人民出版社，1981年），頁138。

應:「我希望不要只作冷靜而全面的分析」。[89]我總覺得,就在上面方之的引文,和王蒙這樣的細節裡,文本不知不覺地反映了新中國建國後的小知識份子,一方面雖然也有所「成長」,理解了從更具體歷史事實,來微調判斷的需要,二方面,也仍然曝露了,他們對社會主義的「社會」的認識的「實用性」和「簡化性」的傾向——對新概念採拿來主義,而抱持的實踐者與行動者的立場,又讓他們急於對人事物作出迅速的判斷與回應,導致了耐心的不足,與簡化問題的必然性。從這個意義上來說,〈浪頭與石頭〉和〈組織部新來的年輕人〉反而特別有一種微妙的「歷史意義」:正是在這種對社會現實「實用性」和「簡化性」習慣與傾向的長期累積,並與日後諸多歷史、社會問題、教條化下的「社會主義現實主義」等的功利傾向合流,也是導致日後「探求者」創作限制的原因之一。後面幾章仍會陸續的深入詮釋到這個問題。

也因此,這種帶有「實用性」和「簡化性」的思惟方式,使得方之在處理〈浪頭與石頭〉解決問題的邏輯時,讓「毛主席」的形象與角色直接出現在小說中,以作為解決「新官僚」問題的「答案」,也就不令人意外。雖然從情節上,他的出場,是基於五〇年代中國農村對毛的崇拜與尊敬,形式上有其合理性。但如果我們仔細對照小說前半部,作者細緻地一點一滴展開主人公戴榮,透過實際農村經驗,慢慢發展出的矛盾和心理轉折的書寫,小說後半部,安插「毛主席」出場,和企圖將黨內官僚化、教條主義的責任,都推向黨內毛主席之外的「另一方」,就明顯地有二元對立的簡化傾向。但是,正如同葉至誠評方之時所言:「方之不斷發展的創作實踐,像〈在泉邊〉那樣在藝術上的追求和突破,像〈浪頭與石頭〉裡戴榮形象那樣在思想上的追求和突破,已經到了必須斷然擺脫被拘在框子裡的文學,拿出有獨特見解,獨特構思,有鮮明的藝術個

---

[89] 王蒙〈組織部來了個年輕人〉,王蒙《王蒙文集》(第四卷),(北京:華藝出版社,1993年),頁57。

性的作品來的時候了。」[90]確實,〈浪頭與石頭〉的形象的靈光,在小說末端,也仍以一段想跟「毛主席」拍「合照」,最終仍「慢了一步」,只拍到了半個肩膀的雙關或隱喻,點綴在小說中,成為對「新官僚」形象的批判與諷刺。

從高曉聲的〈不幸〉,看到方之的〈浪頭與石頭〉,並兼以王蒙〈組織來了個年輕人〉的參照,我感受與知覺到的是,對社會主義發展下的新生活、新生命,雖然抱持著高度期望與真摯的熱情,但與其說當中的立場是「人民群眾」的,不如說仍是一種帶有五四菁英的「啟蒙姿態」,所以,這些主人公,自然難以忍受在這樣「現代化」的發展的社會轉型過程中的不合理。當他們採用「批判」的方式來促進「社會主義」時,其實也日漸脫離了彼時歷史條件所規訓下的「人民群眾」的立場。畢竟如果採用毛澤東的說法:「對於人民的缺點是需要批評的,⋯⋯但必須是真正站在人民的立場上,用保護人民、教育人民的滿腔熱情來說話。如果把同志當作敵人來對待,就是使自己站在敵人的立場上去了。」[91]但藝術創作的關鍵也不完全在此,透過以上的文本細評,仍要補充說明的是,事實上,無論就針對現實與真實的不同理解,還是不自覺又移轉到了「啟蒙」的立場,來對「教條化」的社會主義現實主義作出再辯證與回應,儘管都是反對創作上的二元簡化的努力嘗試。當然,即使是站到了所謂的另一種「真實」與另一種「人民」的姿態上,也仍然並不能保證作品就一定成功。

二、在教條化的社會主義現實主義外——陸文夫〈小巷深處〉和〈平原的頌歌〉的人性、人情與低調「獻身」

陸文夫的〈小巷深處〉,最初發表在《萌芽》1956年第10期,

---

[90] 葉至誠〈曲折的道路〉(代序),《方之作品選》,(南京:江蘇人民出版社,1981年),頁11。
[91] 毛澤東〈在延安文藝座談會上的講話〉,《毛澤東選集》(第三卷),(江西:人民出版社,1966年),頁829。

〈平原的頌歌〉發表於《雨花》1957年第1期,兩篇都收入1979年出版的《重放的鮮花》,是陸文夫「雙百」期間的「代表作」。然而,跟高曉聲、方之最大的差異,乃在於,不論是高的〈不幸〉,或方之的〈浪頭與石頭〉,其作品意識,多是較形象化的呈現了年輕知識份子的辯證式的再成長,同時在某種程度上,以批判「新官僚」跟中國社會、政治的問題,來企圖辯證式地落實自己對新中國社會主義的一種責任。高曉聲和方之都不約而同的,重視小說人物的社會和政治的隱喻性或具體連繫,他們的社會和政治性,也因此多少是較為「大敘事」式的。由於對「社會主義現實主義」的可能性的理解的簡化,故只能以所謂多元探求的創作信念,來促進社會主義的理想,陸文夫跟高、方兩人同,但明顯地,陸文夫雖然並非生在蘇州,但從中學以後,較長的時間待在蘇州的經驗,蘇州式的柔媚、細緻、文人式的生活情調、情趣,對他的創作實踐有著更密不可分的連繫與影響。也因此,陸文夫在「雙百」期間的創作特質,乃是更多地與自己內在的細緻性結合,朝向巴人〈論人情〉中的對人情和人性強調的傾向。

　　也因此,儘管〈小巷深處〉在很多方面,仍然沒有完全擺脫,五〇年代早期「規訓」的性質:它基本上,是一則革命加愛情的題材,有著知識份子和妓女間克服「階級差異」、相互成全的「模式」,當中的小知識份子,在工廠工作,必定努力跟工人階級看齊,而在解放前作過妓女的女主人公,在「解放後」的社會主義大家庭的幫助下,也重新在工廠工作,開始了新的光明人生。女主人公除了曾作妓女的悲傷往事,心靈似乎也沒有什麼受傷和更深刻的陰暗面。這樣的作品,日後陸文夫回想起來,自己也承認,〈小巷深處〉實在有「失真」[92]的狀況。

　　但是,或許正是這種刻意的「美好」想像,讓陸文夫的〈小

---

[92] 陸文夫〈《小巷深處》的回憶〉,陸文夫《深巷裡的琵琶聲》,(上海:上海文藝出版社,2005年),頁257。

巷深處〉，在「雙百」期間獨樹一格，甚至成為日後批評家，在談及陸文夫的創作歷程時，不可缺席的一項座標。跟「雙百」之前的作品一比，〈小巷深處〉多了對愛情「本身」的細節刻劃和美感輻射。例如看王蒙的《青春萬歲》（初稿為1953年）好了，小說除了反映了五〇年代初期，社會主義的美好、樂觀與朝氣，也反映了這些女主人公們，不願追求更好的「個人」前途，節制對愛情的渴望，一致地向「集體」的社會主義理想獻身的傾向，也因此，在《青春萬歲》中，雖然有兩性之間的微妙互動、星星之火的愛情苗頭，但總之都是點到為止，以免稀釋了更「大」的祖國事業的追求與理想。但〈小巷深處〉不同，它跟當時後來也被打成「右派」的小說家的作品，如鄧友梅的〈在懸崖上〉、宗璞的〈紅豆〉較接近，〈小巷深處〉的很多內容，都是女主人公跟男主人公沉溺在愛情中的甜蜜片段，或女主人公因為戀愛、因為曾作過妓女的經驗，患得患失的焦慮書寫，而男主人公也相當單純傻氣，會與女主人公講些未來「兩人」生活的想像與理想……。這種細節在「雙百」之前的小說，應該還是很少見的，也因此在在帶有相對於「雙百」之前的人情味。男女主人公不只是一種「階級」符號，愛情也不只是反映「階級」意識形態差異，或單一地作為知識份子自省與改造的載體，而能有其更多元的形象。鄧友梅的〈在懸崖上〉的愛情書寫也有著類似的多元性，小說以男主人公是一個設計師，已經有了妻子，卻仍被一個有著小資產階級氣質的女同事吸引，因此慢慢地改變了他原本素樸的設計風格，也跟質樸的妻子的感情愈來愈交惡。當然，在預設了婚外情乃是一種「彎路」的前提下，小說的結局乃是，以男主人公與女同事求愛不成，又在妻子的忍讓與真誠的「勸導」下，最終又重回「正軌」作收。這套敘事框架雖很普通，遠遠不若十九世紀批判現實主義小說中，對女性自主的追求愛情的勇氣及其不得已，給予更多的讚賞與同情。但至少此作品，即使是在處理這種「破壞」男人原家庭的女人形象上，也並沒有因為其較愛好

第三章 社會主義現實主義的教條化的發生與回應

自由、享樂，或某種程度上在男女關係上的「不負責任」，而被寫得太過不堪與意識型態化（雖然小說中，也仍有批判資產階級感情趣味的傾向），對人與人之間的複雜感情的理解，尚保留了些許開放的彈性，也就有了一定的人情與趣味。至於宗璞的〈紅豆〉的女主人公跟日後楊沫《青春之歌》的成長命運很類似，也是日漸受到革命的啟發，而與原交往的帶有小資產階級傾向的男人，漸行漸遠。但〈紅豆〉也仍然存在著當中這一對「階級」性不同的戀人，曾經真誠地彼此相愛、互相折磨的書寫，因此仍保留了較豐富的情感層次。

　　從人性面的彰顯來看，馬克思主義的下層建築「決定」上層建築的邏輯，在這篇小說中有很明顯地的鬆動與縫隙，較「雙百」之前亦有些許推進。小說中的男女關係，雖然有階級的性質，但決定他們在愛情上的關鍵，更多的是一種一定程度的形而上的人性。如〈小巷深處〉的男主人公，最後決定再回去找女主人公徐文霞，是想起了她是「美好和善良」的化身、是憶起了跟自己在一起時的各種美好生活的回憶、是覺得她有一顆純潔的心，而不是採用他是知識份子要向無產階級或弱勢族群融合等「階級覺悟」，來肯定這段愛情的價值。類似的意識，也存在鄧友梅〈在懸崖上〉。〈在懸崖上〉中的男主人公，最後決定回歸家庭，很大程度上，也並非完全出自他的階級自覺，他雖然對過去曾喜歡過的資產階級傾向的女人有些許否定，但最後轉回更具黨性色彩的妻子身邊，更關鍵的原因還是，男主人公的老實、質樸的妻子，表現出對他「誤入歧途」的同情的理解，表現了仍然深愛男主人的執著，同時也並不沒風度地漫罵另一個女人，再度用這種正派、善良又多情的「溫柔敦厚」贏回男主人公的愛情，無論這是否算是一種以男性為中心的道德和男性的自戀，鄧友梅在此都展現了，不同於教條式的階級決定論的傾向。

　　除了以〈小巷深處〉式的人性、人情之美，來作為促進社會

主義發展,與文藝多元的「探求」傾向外,陸文夫也在〈平原的頌歌〉也開發出一種以「低調獻身」的敘事,來落實多元的為社會主義服務的理想。這一個故事,某些部分也跟「雙百」期間下的反官僚意識有關,但比起高曉聲和方之,以較直接的批判方式,來看待新中國的官僚問題,陸文夫回應此社會問題的方式,與其所抱持和運用的立場,也仍是一種小而細的品味。〈平原的頌歌〉是在說一個小火車站的站長章波的故事,章波在這個小站工作十多年了,每件「小事」在他看來,都是非常重要的「大事」,小說中有一句非常象徵性的台詞是:「小事情也會引起事故哩!」大概就是整篇的隱喻與基調,他把每件事都標準地做好,就能夠有「全線暢通」的可能,但究竟最終的目標是什麼,他也覺得不能完全說清楚。由於有著這種腳踏實地的實踐信念,章波對那些做事不太認真,勸他「有些小事情就馬虎點」的人,仍是以嚴肅待之的。也因此,章波慢慢地受到了上級領導的注意,有一天終於有機會被上調北京──這是一直以來他人生的夢想。但上面的領導要他兩三天就得走,這讓章波非常為難,因為他不能容許自己馬馬虎虎地交接。這時候,他開始列下交接時應注意的事項,也一件一件想起了,曾經對這個小站的夢想和計畫,章波忽然覺得自己正是跟著這個小站一道成長的,他的每個希望也都從這個小站開始的,他想起了這個地區平原的美麗、也曾經有對這個窮鄉僻壤不耐的念頭……,這個小地方對他而言,有太多的牽牽絆絆,所以章波最後決定不接受上調北京了,小說中最後寫到這幾句別有意味的話:「我在這裡,保證讓通向您的列車一路平安!」[93]跟前面的「小事情也會引起事故」一樣,作者顯然是抱持著,大家都應該好好的做好各自的工作、各自的「小事」,祖國就可以強大的想法。相對於新中國建國初期的那種奮進基調、對合作化運動高潮化的跟進、對官僚化的激情批判,

---

[93] 陸文夫〈平原的頌歌〉,《陸文夫文集》(第三卷),(蘇州:古吳軒出版社,2006年),頁34。

陸文夫以其非常低調的獻身的方式,來響應「雙百」和新中國社會所累積的問題,姑且不論這種立場是否過於「保守」,〈平原的頌歌〉著實都展現了在「雙百」下,多元的文學藝術「探求」的一種實踐。

而若從陸文夫在〈小巷深處〉和〈平原的頌歌〉的風格,跟新中國當時的幾大文藝思潮連繫起來談,可以看出一個細微的差異正在形成——它們也不完全像「雙百」前的教條化的「社會主義現實主義」傾向的作品——那樣奮進、明朗與樂觀的模式,而多少是有點感傷性質的。但也不若高曉聲和方之在同階段作品中,較為傾向菁英的「啟蒙姿態」與「批判現實主義」的曝露、帶有一定程度陰暗面的反映,儘管他們都是期望能以這樣作品,達到真誠地為「社會主義」服務的目的。因此,就陸文夫的風格發展來說,他這個階段的代表作,雖然也處在這兩大現實主義的「交會」中,但其展現出來的低調、含蓄風格,其實多從中國本土性的蘇州文化教養而來,也因此,也埋下了他日後作品,往中國文人／名士氣質的發展可能。儘管若再看他1959－1964年的作品,就知道他這種文人氣質的寫作風格,受限於大躍進、階級鬥爭等外在歷史條件,並不能夠再繼續自覺深化,但大致可以說,正是在「雙百」期間開始,陸文夫已多掌握了一種中國文人式的風格和心態的資源,而這也將是他在改革開放後,能寫出一系列的「小巷文學」,形成批判性和文人性同構的代表作〈美食家〉的歷史基礎。

第四章　雙重姿態下的公共視野：1978－1984年「探求者」的世界觀與小說

　　1976年9月9日，毛澤東過世，同年四人幫倒台。1978年，中國共產黨十一屆三中全會召開，將「改革開放」標誌為新中國的新戰略，以鄧小平上台所代表的所謂「新時期」正式到來。這個階段對作家的影響，如1979年10月31日，鄧小平在《人民日報》上發表〈在中國文學藝術工作者第四次代表大會上的祝辭〉中所宣稱的：「黨對文藝工作的領導，不是發號施令，不是要求文學藝術從屬於臨時的、具體的、直接的政治任務，而是根據文學藝術的特徵和發展規律，幫助文藝工作者獲得條件來不斷繁榮文學藝術事業，提高文學藝術水準。」[1]這當中的「不是……而是」的句法，本身仍帶有相當程度地將政治跟文學藝術二元對立的傾向，顯示了對過去的文藝發展模式的「概括」辯證的同時，自然又生產出了另一種文學發展上的問題。於此同時更新的，還有包括對過去被劃為「右派」的知識份子進行「改正」[2]，以及定調新的新中國發展：「黨和國家工作的重點必須轉移到以經濟建設為中心的社會主義現代化建設」[3]，某種程度上可以說，藝術家在技術面上「探求」的路線大致是放寬了。而從文學思潮來說，改革開放到1984年前，儘管有如王蒙、茹志鵑等，即開始創作了一些西方現代派的實驗性作品，但整體上來說，西方思潮、現代派的技術路線仍尚未佔有主導的地位，要到了1985年以後，才日漸成為主流。因此大致在1978－1984年這個階段，新中國「右派」小說家的創作，乃是綜合了早年的文

---

[1] 鄧小平〈在中國文學藝術工作者第四次代表大會上的祝辭〉（1979年10月30日），《鄧小平文選》（第二卷），（山東：人民出版社，1993年），頁213。
[2] 關於胡耀邦對右派分子的「改正」狀況與經過，可參考：葉永烈《歷史悲歌——"反右派"內幕》（香港：天地圖書公司，1995年），頁554－562。
[3] 見《中國共產黨中央委員會關於建國以來黨的若干歷史問題的決議》，（鄭州：人民出版社，1981年），頁54。

學教養、過去社會主義經驗和「新時期」的意識型態下的產物。所以這個階段的創作實踐,一方面是他們早年即生成的「雙重姿態」具體消長、融合下的結果,二方面也在「去左」、人道主義與啟蒙精神蔚為新主流的情勢下,再度與批判現實主義的社會剖析和反映社會問題的性質再連繫起來。三方面也由於其早年的中國古典白話傳統的小說教養,顯然跟批判現實主義某種程度上的載道傾向,和作家們本身長期的社會主義理想加乘地亦發揮了作用,故此階段也有不少帶有寓言性質的作品。

本章將以「探求者」的三個代表作家:高曉聲、陸文夫、方之為中心,考察他們在1978－1984年間所寫的創作觀／世界觀及小說,歷史性地展開上述所言及的一些概括,同時以便綜合且具體分析這幾位歸來後的「右派」的代表小說家,究竟反映、剖析與開闊了那些新中國社會歷史的問題與視野?他們如何進行某種藝術形式上的自覺與變異?他們對新中國各階段的社會、歷史、現代化等問題,曾提出過怎麼樣的公共視野的連繫性?是否有今日仍被忽略過的較複雜或深刻的思考與反省?

第一節:「探求者」世界觀的擴展及思維局限

王安憶在她的《小說家的十三堂課》中,談及她的小說創作觀／世界觀時,曾這樣說:

> 我的問題並非針對其在社會上的功能,並不是問它的社會位置是什麼,而是問它工作的目的是什麼,是它本身的問題。[4]

> 我覺得小說是一個絕對的心靈世界。……一個獨立的人他自己創造的,是他一個人的心靈景象。它完全是出於

---

[4] 王安憶《小說家的十三堂課》,(臺北:印刻出版公司,2002年),頁6。

一個人的經驗。所以它一定是帶有片面性的。⋯⋯它首先一定是一個人的。第二點，也是重要的一點，它是沒有任何功用的。[5]

　　作為在1985年後崛起，並日漸奠定在中國文壇地位的王安憶，她的世界觀是知青世代對小說理解的一種重要代表，同時也曝露了她和其同期作家共同問題——在上面兩則引言裡，王安憶將小說「本身」，跟其社會功能明顯對立起來，又將小說看成一種「心靈世界」，坐實在「一個人」及「沒有功用」等傾向。誠然，每一個作家都有其創作自由，作家真正在創作時，也不見得會完全落實他／她的世界觀，但這樣的意念，確實影響了知青世代的作家和八〇年代文學批評家的世界觀。從文學史的流變來說，王安憶會有這樣將小說跟社會性、歷史性脫離、甚至二元對立的表述，除了作家個人特殊性的因素，也是過去極左時期長期過度強調文學的社會功能、教條化的題材和主題的另一種再辯證。然而，從王的觀念的內涵來說，自古以來，例如中國古典文學的發展與流變，將個人、心靈、無功利（例如晚明強調性靈、《紅樓夢》強調某種唯情／重情的世界觀）與社會、歷史對立，以獲得發展的「力量」的論述與實踐本一直存在，因此某種程度上也可以說，雖然王安憶的這些觀念本身，有其歷史的過渡意義，但我們也可以合理地懷疑，它們可能沒有給中國的文藝觀，真正增加什麼具有「推進」或更深化的內涵。

　　然而，這種帶有明顯二元對立思維的世界觀，在1985年隨著西方文藝思潮的大舉進入中國的條件下，又漸漸發展成另一種文化領導權並成為一種新的主流。「文學本身」、創作自由、個人的精神等，在八〇年代後到九〇年代再被較具有左翼關懷的批評家重新檢討前，仍都有高度正面的意義。某種程度上也可以說，到了九〇年

---

[5] 同上注，頁13。

代以後,張承志的《心靈史》(1990年)、史鐵生的《務虛筆記》(1995年),愈來愈朝向一種「潔淨的精神」(張承志的另一本書的名字)、去集體的個人化的精神世界,也就有其文學史發展的邏輯合理性。當然它們亦有響應彼時社會與歷史新條件下的新的激進／進步意義(例如《心靈史》的少數民族題材、《務虛筆記》高度的精神與個人心理、內在的深刻探索,都有著一種在九〇年代日趨消費化、庸俗化相對之下的「進步意義」[6]。)但我們仍然可以嚴肅的說,上述的那種二元對立的世界觀視野,也似乎沒有在他們的觀念與作品中,得到更複雜地與社會及歷史連繫的再辯證的方式。

針對知青世代甚至日後新世代的文學觀和實踐愈來愈明顯的窄化局限,許多關懷現實的批評家們,也一直嘗試作出再辯證與回應的觀點,賀照田在〈後社會主義的歷史與中國當代文學批評觀的變遷〉中,提出過一種可能方案,他以為:

> 必須首先回到看似和今天處境無其關係的後"文革"時期的那些起始年代,考察後"文革"時期開始時的豐富可能性,是怎樣一步步因人們對先前30年政治、美學禁忌的二元對立式的反應方式,而日益捲入一種狹隘的現代人觀、狹隘的現代美學觀,從而步入今天的困窘的。[7]

類似想上溯改革開放初期的豐富可能性,以作為一種面對文學窄化困境資源的方案,在蔡翔、羅崗、倪文尖,於2009年2月在二十一世紀網,所提出的長篇對談:〈八十年代文學的歷史與神話〉中亦有交集與強化處,例如,蔡翔在此對談中,對於八〇年

---

[6] 關於對張承志和史鐵生的寫作問題的反思,另可參見薛毅的〈張承志論〉與〈荒涼的祈盼〉(史鐵生論),收入其《當代文化現象與歷史精神傳統》,(桂林:廣西師範大學出版社,2007年。)

[7] 賀照田〈後社會主義的歷史與中國當代文學批評觀的變遷〉,收入《當代中國的知識感覺與觀念感覺》,(桂林:廣西師範大學出版社,2006年),頁75。

代中後,作家書寫愈來愈以「少數」(即相對於「人民」的「多數」)為主的現象,就語重心長地真誠地發出過這樣的感歎:

> 當"少數"被壓縮到藝術領域的時候,很容易把這個世界的其他領域的問題也進行一種私人化的處理,直至最後忘記"多數"。這就是"形式"問題留下的隱患。[8]

而他們所欲再重新召喚的文學資源,便也不約而同地,都指向了改革開放初期的文學實踐,包括所謂的改革開放的前三年(在該文中,指涉的乃是1977到1979年),同時亦也包括1980-1984年間的文學觀與文學實踐的資源,蔡翔具體指出過類似的說法好幾次:

> 1980到1984年這段時期,創作題材、方法、主題、思想等等的多樣性,是要遠遠超過1985年以後的。[9]

> 1985年以前,其題材也好,敘事方法也好,思想也好,朦朧的觀念也好,都包含了很多的豐富性。[10]

蔡翔這個說法,比賀照田的更具體,也因此對某些不同立場的批評家來說,也就可能更具有爭議性。至少,這是一個需要大量研究與具體的個案分析,才能加以闡釋或建構的命題。同時,我感覺更複雜與困難的問題是在於,假設蔡翔的判斷有其高度的合理性,但是不是在1985年前的創作題材、方法、主題、思想的作品,其作品的文學史意義或文學價值就一定比較高?或相反來說,1985年以後的作品,是否其價值就比較低?這個問題似乎還是必須跟該作家的才能、作品的各式歷史和社會條件進行辯證,才能個案式地彰顯

---

[8] 蔡翔、羅崗、倪文尖〈"文學的這三十年"三人談:八十年代文學的歷史與神話〉,《二十一世紀網》,2009年2月14日。http://www.21cbh.com/HTML/2009-2-16/HTML_EUV6SE6OEAUU.html。
[9] 同上注。
[10] 同上注。

其複雜的意義,不能將其絕對化,否則又會是另一種教條。同時,對應於不同世代,如在「右派」和「知青」作家於1985年前後的作品,雖然可能有某種共同的傾向,但也還是有相當不同的內涵,如何來理解這種差異,以為賀照田和蔡翔這種判斷,開啟更細微的連繫,本書以為應該是更值得討論的問題。比方說,對這個階段(改革開放到1985前)的作品的重新解讀,仍需在回應其歷史的前提下,再綜合作家的個別狀況來進行討論。尤有甚者,將它們放在廣義的第三世界國家的背景與相關作品進行分析,或許是一種可能產生新意的綜和分析和評價的方法。當然,賀照田和蔡翔的這些說法,還是非常重要且中肯的,至少,在某種程度上,他們的工作就像當年竹內好在論〈新穎的趙樹理文學〉中,其實都是批評家們,企圖將某種過去或他者的文本／材料,視為跟當下新的歷史條件下的社會問題,進行再辯證的一種「資源」,這是一種帶有社會實踐性格的批評方法[11]。

　　落實到「探求者」這個階段的世界觀的問題。如果跟知青世代的1985年前的世界觀相參照(暫不考慮其背後各自需回應的社會、歷史與個人問題,僅先就抽象的觀念來論),無論是高曉聲還是陸文夫,或同屬此世代的如王蒙、張賢亮、茹志鵑等,他們改革開放到1985年前的世界觀中的「公共視野」,意即觀念中所能連繫上的社會、歷史、生活、個人與集體之間關係的內涵,實較上述所言及的知青代表作家明顯豐富,但是否又能比1985年以後,較接近十七年人民文學傳統的作家的世界觀,如路遙的《早晨從中午開

---

[11] 竹內好論趙樹理,並非將趙樹理只視為一種所謂「客觀」的研究客體,而是將研究趙樹理視為面對與解決日本近代問題的一種方法。也就是說,這種研究方法強調的是不同區域間研究他者時的各自「主體性」。同理類推,不同於中國大陸的研究者,身為臺灣的大陸現當代文學研究者,某種程度上,本書也是以大陸現當代文學為「方法」,也因此在分析與詮釋上,本書也有筆者所假設的某些臺灣文學的困境／問題在當中,這是一個長期「實踐」的社會問題,此處暫難以充分解釋,留待歷史長期驗證。竹內好此文可參見竹內好原著,曉冶譯、嚴紹璗校定〈新穎的趙樹理文學〉,原載《文學》1953年9月號,收錄於《竹內好全集》第三卷。收入陳飛,張甯主編《新文學第7輯》,(鄭州:大象出版社,2007年),頁29-35。

始》，還來得豐富、複雜或更有價值，我目前的閱讀感覺中還有很多困惑與懷疑。然而，這也不是本章和本書現階段能討論的問題，需要更長期與更多的完整的個案研究出來，才能參照討論。在這裡本書想先討論的是，即使是以賀照田、蔡翔對改革開放初期的文學豐富性的信心為假設前提，就高曉聲、陸文夫在1985年前的世界觀來說，與其去論證其確有豐富性，我的直覺反而引導我去思考另一個問題：高曉聲、陸文夫在這種可能「豐富性」下的「不豐富性／局限性」，或許更能幫助我們從長遠的文學史流變下，更具體地瞭解他們的文學困境背景後的歷史生產、歷史的連繫性和因果關係。某種程度上來說，這有助於我們實事求是地對「右派」的文學視野、品味、思想深度，放到一種更大的歷史視野下，來評述其觀念中的連繫性及其問題。

　　高曉聲和陸文夫，較具有代表性與相對豐富性的文學創作談，都寫於1985年以前。高曉聲有《創作談》（1981年）與《生活‧思考‧創作》（1986年），後者雖出版於1986年，但較重要的稿子，都是在1985年以前所寫。陸文夫則有《小說門外談》（1982年）。其他還包括他們在1985年以前，所出版的對自我作品評述的小說的序言、散文等文章。這些材料顯示，他們的世界觀跟過去（十七年與文革十年）的關聯，雖然有非常明顯的不同之處，但其實也不乏明顯的繼承，例如他們極力排除教條化的寫作方式、反對主題先行、肯定各式藝術技巧的實驗、重視與強調感情、感染力、想像力等，這些面向其實普遍性甚高，對各階段的不同作家也幾乎是共通的寫作原則。反到是他們可能不自覺地繼承與「轉化」過去社會主義階段某些正面的理念，很值得提出來談，例如書寫的對象，高曉聲就曾說，寫作要「為十有八九服務」[12]（十之八九在高的觀念裡，主要指的是農民），而陸文夫從不同讀者接受的角度，也曾說

---

[12] 高曉聲〈為十有八九服務〉，收入高曉聲《創作談》，（廣州：花城出版社，1981年）。

過:「每一個讀者（觀眾）層都應當有一大批人為他們服務」[13]，這種寫作對象上的設定，便既能兼融底層與弱勢者，亦能不刻意清高地排除知識份子等階級。而寫作源於「生活」而不完全是天馬行空的想像，在「右派」作家的觀念中，更是一個很普遍強調的面向，當然這已經不是毛澤東〈在延安文藝座談會上的講話〉中把「生活」看作是寫作的「唯一」源泉的內涵——事實上，他們在這個階段，都非常明確的自覺到，生活作為寫作的材料仍非常重要，畢竟生活才是最具體、具有動態的社會與歷史性差異的來源。但也或許由於他們在長期的「改造」期間能夠閱讀到的書籍與知識吸收的來源實非常有限，他們大多在改革開放後，感到自己所學的貧乏，所以也都非常重視兼融知識與學問以作為文學創作方法的一部分，高曉聲在〈生活·思考·創作——在江蘇部分青年作家作品討論會上的發言〉中，就曾以否定辯證的方式，提出作家應該再積極地向各式文學淵源學習的強調，其中包括古典文學、民間文學和外國文學。這種觀念其實在五〇年代他們企圖創辦「探求者」時，也曾有過，高曉聲的原話是：

> 江蘇沒有匯成一股繁榮創作的力量。首先是我們作家自己，並不積極地從古典文學、民間文學、外國文學中去吸取營養，也不會依靠社會上的專業力量來充實自己。江蘇是人文薈萃之地，各方面的文學專家很多，有一支能量很大的文學研究隊伍，但是作家們主動去向那些專家們請教則很少，甚至完全沒有想到要這樣做。有了好的條件不能用，實在可惜了。[14]

這種對於古今中外文學淵源重視的自覺，是否在改革開放後，

---

[13] 陸文夫《小說門外談》，（廣州：花城出版社，1982年），頁6。
[14] 高曉聲〈生活·思考·創作——在江蘇部分青年作家作品討論會上的發言〉，《生活·思考·創作》，（上海：上海文藝出版社，1986年），頁114。

他們已至知天命的階段,仍有效吸收並確實影響了他們的創作實踐,那是本書後面幾章會陸續連繫上的問題,事實上可能很困難,畢竟文學實踐不是只從觀念出發的產物,除了生活經驗、個人才能、基本的技術,長期的政治運動與政治規訓,也都有可能對他們的創作發生某種制約。這邊想先說明的只是,上述對文學生產的條件觀,其實有相當的「整體性」,或說豐富性的追求傾向,古今中外能成大家者,很少不具備這種自覺的。然而,這種追求到了知青世代及九〇年代後的新世代作家身上,雖然不能說沒有,但確實有此自覺,也達到一定深刻程度者,愈來愈少見,即使是優秀如莫言、王安憶、張承志、史鐵生亦然,這不能不說是中國文壇在文藝觀念上的損失。

另一方面,高曉聲、陸文夫在改革開放後,還較值得一提的在世界觀上的擴展,乃是他們對於「生活」材料的掌握,也是有一種非常豐富的「整體性」掌握的自覺,換句話說,是一種公共視野參照的邏輯。其想法的哲學基礎很明顯地來自於馬克思主義,但不只是從歷史、社會、政治等面向,高曉聲還注意到了其他的錯縱複雜的條件,如哲學、心理學、美學、民族,甚至是個人等,這其實都是作家在選擇材料、刻劃對象時,背後的複雜的參照系統。這些觀念每一種都可以獨立成一門學科,每一個面向或說不同面向彼此交集的題材、觀點與人物形象的開發,其實非常考驗作家所謂掌握或發現「生活」的能力,高曉聲這兩段原話很值得一提:

> 一個作家,對生活的看法……有政治的因素,有哲學的因素,有心理學的因素,有倫理學的因素,有經濟學的因素,有美學的因素,有歷史的、民族的因素,有地方風俗習慣的因素,有家庭的、個人氣質的因素,還有自然科學的因素,這種種因素構成了作家的觀點。作家在生活裡面發現創作材料,發現"人物",是由他掌握的各種科學知識的程度決定的。知識面越廣,思想的能力

就越強,見解就越深,越可以多方面發現創作的題材,寫出來的人物形象就越厚實。[15]

人類創造了那麼多科學知識,你沒有掌握,只握了一門政治科學,別的東西都沒有好好去掌握。這就成為很大的缺陷。例如,不懂經濟學,不懂得心理學,不懂得哲學,可是生活裡面卻大量地存在著這方面的現象,能發現它嗎?能分析它嗎?僅靠熟悉的政治,沒辦法發現它的含義,更想不到要去寫它,以致於老是覺得生活十分平淡,沒有什麼可寫。[16]

陸文夫也曾說:

自從開始寫小說之後,書讀得很少,而且讀書的興趣也有所轉移,歡喜讀一些哲學、歷史、經濟和各種雜類。[17]

連其他的「右派」代表作家之一的張賢亮,雖然沒有具體地提到其創作時背後的參照系,但從下面的觀念中,也可以看到他們那種入乎其內,出乎其外較寬廣地理解世界,進而書寫小說的方式:

寫農村題材的文學作品,落筆雖然可以只局限在農村,但胸中定要有一個更廣闊的世界。[18]

既要身在其中,而精神又要凌駕於自身所處的生活圈子之上,對不論寫什麼題材的小說來說,恐怕都是必要的。[19]

---

[15] 高曉聲〈扎根在生活的土壤裡〉,《生活・思考・創作》,(上海:上海文藝出版社,1986年),頁72。
[16] 同上注,頁75。
[17] 陸文夫《小說門外談》,(廣州:花城出版社,1982年),頁116。
[18] 張賢亮《寫小說的辯證法》,(上海:上海文藝出版社,1987年),頁103。
[19] 同上注,頁104。

高曉聲在改革開放初期的第一篇小說〈李順大造屋〉，即是這種文學觀／世界觀的實踐，從高曉聲對此作的自述，和我閱讀此篇小說的理解，確實可以看到作者在企圖以相當寬闊的公共視野的參照下，開發典型環境與典型人物的複雜思考與形象，例如下面的引文中，就可以看到作者從「歷史」的交叉參照，來作為他創作實踐的資源和「想像」的方法：

> 《李順大造屋》，牽涉到的歷史，不光是解放以後的三十年，還有解放以前的十多年。這一點很重要。光看三十年，不再上到四十年、五十年……一百年……是絕對不行的。……就不能理解新舊社會的本質區別，就不會看到中國農民的來龍去脈。[20]

> 有的寫小說要反映當前的生活，卻把過去幾十年的生活丟掉了。這樣寫小說是寫不好的，沒有生命力的。[21]

　　高曉聲表示曾經讀過《綱鑒易知錄》，這是一部由清‧吳乘權等編撰的類似簡明中國通史的套書。據說毛澤東年輕的時候也曾讀過此書，並在後來時常推薦此書給黨內幹部，作為學習通古變今的歷史眼光的媒介[22]。同時，高也相當欣賞《三國演義》中曹操，他的重點不在於道德化的評述曹操，而是藉曹操形象的複雜，來說明其所對應的不同的具體歷史狀況的生產性，這裡的思維重點是，曹操是一個：「被放在極其複雜的環境中表現出了多面的性格。」[23]

---
[20] 高曉聲〈《李順大造屋》始末〉，《生活‧思考‧創作》，（上海：上海文藝出版社，1986年），頁31-32。
[21] 同上注，頁64。
[22] 百度百科中「綱鑒易知錄」的詞條曾提及：「人們對《綱鑒易知錄》十分重視，爭相閱讀的另一個重要原因，是毛主席熱愛和推薦此書。1910年，毛澤東在他的私塾老師毛麓鐘的指導下，點讀了《綱鑒易知錄》。這是他讀的第一本中國通史著作，使少年毛澤東獲得了系統的中國歷史知識。此後他終生熱愛此書，並多次指示黨的高級幹部學習歷史知識和閱讀此書。」參見：http://baike.baidu.com/view/1046356.htm。
[23] 高曉聲〈讀古典文學的一點體會〉，《生活‧思考‧創作》，（上海：上海文藝出版社，1986年），頁215。

由此強調出「複雜的環境」。也就是說，高曉聲充分的意識到，一個優秀的現實主義作家，要能夠刻劃真正豐富的環境和人物的形象，背後那種具有決定性與生產性的開闊視野，是不能缺乏的。

總的來說，儘管「右派」的知識水準有限，他們在改革開放後的世界觀的推進或說擴展，從知識的層面來看，深度也必然是有限的。而除掉那些我前面已經提及較具有普遍性的一些文學創作與想像的原則，與辯證性的對過去極左時期文藝觀的再調整等，包括高曉聲、陸文夫、張賢亮等「右派」，上述所言及的那種對文學淵源和生活的整體性的探求，和以此為前提的題材選擇、環境與人物刻劃的方法等，可能才是即使到了今天，他們仍可以留給後面的作家與批評家，少數不完全過時的文學觀／世界觀的遺產。畢竟，文學史上真正的藝術或文學大家，都有向博雅淵源取經的自覺，並以此進一步綜合具體的生活材料，以生產其文學創作。儘管，這種具有「整體性」視野的世界觀，在「右派」的論述中，其「細節」展開的也很有限，我們很難找出更多具體的觀念上的證據，來說明其在各種範疇上的複雜認知，所以，我以為這種「整體性」的視野，終究是「框架」性遠大於「存在」性。畢竟，無論是歷史、社會、心理、哲學、美學等面向，其內在都還有各式的子框架與子細節，作家（其實批評家亦然）要仰賴某種觀念體系來滋養其寫作的話，還是必須掌握其細節而非常識框架性與概念性的層面，再跟生活材料進行相互融合、辯證，才有可能有較好的效果。改革開放後的「右派」，雖以其一定豐富的經驗與才能，掌握到文學淵源和生活「整體性」的重要，但大多仍是停留在表面也是事實，然而，在新中國的歷史上，曾經存在過這樣的思考方式或框架，也不能算很容易的，所以還是有其相對價值。1985年以後，連這樣的「表面」或「框架」的功夫，都快速遺失，後來的知青世代和新世代作家，其對文學史上曾存在的資源與責任，似乎相當欠缺典律追求的自覺。

更深一層地來說，世界觀的問題，最終其實是一種哲學問題。

每一種不同的哲學系統，都可以有各自對社會、歷史、人生問題的解釋，同時，保障這些東西之所以能被解釋，背後也預設了一種更大的東西，在中國古代的儒家與道家中，指涉的是天、是道。在西方宗教上，則仰賴的是上帝。不乏概略地來說，儒道兩家的思想，雖然不能算宗教（畢竟沒有明確的戒律），但都有很明顯的唯心主義的性質，因此其最有價值的部分，可能是形上學與某種人格的功夫修養論，主體在某種道德的行為實踐中，體現其天人合一的形上與修養精神。而西方宗教則可以透過戒律與明確的信仰，讓願意追隨與皈依的信徒，獲得人生價值與意義感的來源。兩方也同時對所謂的人生的重要意義，如真、善、美等，賦予較抽象、普遍、本質化的性質。然而，這樣的哲學基礎，跟主導新中國成立與發展的馬克思主義，乃屬於完全不同的模式，基本上，馬克思主義的哲學基礎在於唯物論，下層建築決定上層建築、物質決定意識的歷史與社會發展觀，而馬克思主義的理想，關鍵在於階級解放，特別是解放無產階級，發展出一個真正平等，而不完全只是資本主義強調的自由的所在，甚至最終解消國家，都是其理論中的一環。而在這種哲學觀下的馬克思主義的文藝觀，其最重要的工作，便是將文藝視為一種追求平等、階級解放及意識型態解放的手段。這些內涵，在今天已是文史哲貫通的學術常識，我之所以還要先行描述，主要是我感覺「右派」的世界觀中，還有一部分比較有價值的觀念，是在於他們曾不自覺地，試圖融合這兩大套系統（唯物與唯心、物質性與精神性），其物質書寫因注入了精神而有了生命，其精神性，亦因有了社會與歷史，也不致於全面流向「個人化」與虛無。

　　在本節的前半部，我已經分析過了「右派」所難能可貴的具有豐富性的文學淵源與生活整體性多方探求的觀念，如果我們基本上可以接受那些框架和思維方式，較為接近馬克思主義與唯物史觀。但是，接下來我們要注意，無論是高曉聲還是陸文夫及其它的「右派」作家，他們在改革開放後的另一些觀點，卻又是非常講究「精

神」理想的面向的。陸文夫曾說:「作家是人類靈魂的工程師」[24] 這還算一般的。在最好的觀念的內涵裡,他們對精神性的強調,是這樣地跟物質性(如社會、歷史)連繫在一起,例如以下高曉聲的一些說法,很具有代表性:

> 我的任務,就是要把人的靈魂塑造得更美麗。……人的靈魂紮根於歷史的、現實的社會生活之中,它受歷史和社會生活的制約,但又無時無刻不想突破這種制約前進。不反映出靈魂所受的制約,也就反映不出靈魂突破制約的意義,也就無從知道什麼是真、善、美。[25]

> 生活中有這多矛盾,我們是解決不了。既要看到矛盾,不要掩蓋矛盾,又要能夠善於處理矛盾。……有些矛盾連黨中央都解決不了,我們能解決得了嗎?不要去瞎解決。但是還要明確一點,我們的文學作品,歸根結底,不是去解決具體矛盾的。文學作品要有廣泛性、普遍性,去解決具體的矛盾也沒有多大意義。……我們是搞精神的,只要一個人在精神上站起來了,就可以了嘛。讓他自己去處理那個矛盾,何必要作家具體去解決那個矛盾呢。我們是搞精神生產的。[26]

高曉聲這種認識的優點,乃是認知到,與中國具體的歷史與社會狀況連繫起來的精神內涵,確實才是中國作家之所以能夠與世界上其他的作家,有不一樣的「精神」之處。這種靈魂與精神的追求傾向才能有其特殊性。它們跟八〇年代中後,日漸去社會與歷史化的「精神」——愈來愈形而上與本質傾向的精神非常不同。一般作家喜歡追求本質化、普遍人性,事實上,這樣的追求如果孤立來

---

[24] 陸文夫《小說門外談》,(廣州:花城出版社,1982年),頁13。
[25] 高曉聲《生活・思考・創作》,(上海:上海文藝出版社,1986年),頁18。
[26] 同上註,頁142。

處理,很難在古今中外文學上發展出新的特殊性。一個並不太困難的類比思考是:在托爾斯泰論藝術的篇章,如〈論藝術〉、〈論所謂的藝術〉、〈什麼是藝術〉[27]中,除了談及再現人們所共有的感情、感染力、藝術將人們聯合起來的作用外,更為看重的文學作品要具備「宗教」精神,這是托爾斯泰將宗教視為最高的精神和生命意義來源的必然結果;而在二十世紀「上帝已死」下創作的米蘭·昆德拉的《小說的藝術》那裡,他要相對轉向與努力的則是對被遺忘的存在進行探索—這些內涵很大程度上,都跟精神的各種細緻的探索有高度的關係(例如昆德拉喜歡思考的:輕與重、靈與肉、媚俗等命題),因此,這也才能合理地解釋,為什麼昆德拉那麼著重在寫一些特殊的人、事、物的「細節」和當中的哲理性,因為那些都可能是「被遺忘的存在」。

在唯物史觀主導下,中國當代作家以宗教為精神寄託的可能性,在長期去中國古典超越向度的現實下,至少在「右派」這邊,某種程度上來說,實難以作為文學發展的資源;而以「存在」為寄託的可能性,乍看好像很容易,也比較接近唯物論的性質,但其實那當中所帶有的高度的主體性、反叛性,負擔更多的個人風險,對於長期被中國的政治社會運動所規訓出來的作家來說,其實也有相當難度。在這樣的參照下,中國作家之於世界作家在「精神」的特殊性,其實很大程度上,就是在於他們跟自己的社會與歷史相辯證後的狀態。「右派」在世界觀中的重視的精神性,若確實能夠跟前面提到的文學淵源和生活的整體性觀整合得當,很難說不是一種,非常強而有力的創作視野和具有中國社會/歷史/民族精神的觀念。例如高曉聲有一個很好的說法,叫作「時代精神」[28],這個部分指涉的是以中國主要的農民為主的精神,從抽象的意義來說,精

---

[27] 參見托爾斯泰原著,陳燊、豐陳寶等譯《托爾斯泰文集·第十四卷·文論》(北京:人民文學出版社,2000年)。
[28] 高曉聲〈談談文學創作〉,收入其《生活·思考·創作》,(上海:上海文藝出版社,1986年),頁51。

神在此是跟階級連繫在一起的,不是「個人」與抽象孤立的「精神」,因此而有其解放的功能。

然而,精神這種向度,有時候在他們的世界觀裡,也仍存在相當的困惑。因為即使是作者以為其作品的精神,應該跟社會、歷史進行豐富的連繫,而不是抽象與孤立的處理,但正如同早年「極左」時期所會遇到的理論上的難題:由誰來判斷這種「精神」內涵的合法性呢?雖然說改革開放,但八〇年代中以前,官方的意識型態和對文藝政策的影響可能也不完全沒有效果。例如,在1983年的「清除精神污染」事件中,本來針對的對象,主要是對周揚和王若水所提出的人道主義和社會主義異化論的批判,正如洪子誠分析到的:「他們……將人道主義作為一種多少與"具體歷史環節"脫離的信念。……他們在與"教條主義"的制度和思維模式決裂,卻也繼承了"教條主義"的遺產。……由於除舊佈新的激情,人道主義及其持有者,在當時的文學界、知識界獲得更多的同情和支持。」[29] 鄧小平也因此出來講過話,批評過此種「精神」的內涵,他在中國共產黨第十二屆中央委員會第二次全體會議上的講話:〈黨在組織戰線和思想戰線上的迫切任務〉(1983年10月12日),就曾這樣說:

> 有一些同志熱衷於談論人的價值、人道主義和所謂異化,他們的興趣不在批評資本主義而在批評社會主義。人道主義作為一個理論問題和道德問題,當然是可以和需要研究討論的。但是人道主義有各式各樣,我們應當進行馬克思主義的分析,宣傳和實行社會主義的人道主義。……也不能抽象地談人的價值和人道主義。[30]

---

[29] 洪子誠《中國當代文學史》,(北京:北京大學出版社,2007年),頁204-205。
[30] 參見鄧小平〈黨在組織戰線和思想戰線上的迫切任務〉,《鄧小平文集》(第三卷),(北京:人民出版社,1993年),頁40-41。

從某種程度上，為發展理想的社會主義，鄧小平這邊的批評和說法，不完全沒有道理。然而，正如同上引的洪子誠的分析，在當時的文藝界，多少都有與具體歷史社會性質脫離的人道主義的傾向，而且也甚得知識界的支持。那麼，一個微妙的狀態就產生了：「右派」如果仍強調，要將精神性與社會及歷史連繫在一起，其立場就跟鄧小平這邊的帶有某種「左」的姿態就又交集了。但是，這正是許多「右派」知識份子，在改革開放後所不願意面對的尷尬，因為改革開放後，他們或多或少都是支持「反左」的，例如，高曉聲在談及其改革開放後的第一篇處女作〈李順大造屋〉中，造成李順大悲哀的命運的原因時，就說：「一切都是打著神聖的革命旗號進行的」[31]。這種因「神聖」（精神的一種）曾經沾染上了塵埃，而不願意再與其連繫（至少無法理直氣壯的連繫）的心理，甚為幽微。陸文夫、高曉聲在其世界觀，以及後面的具體的創作實踐中，都沒有能完全脫離這種因政治經驗與政治傷痕的影響下，對神聖與精神性的矛盾。

　　其實，就觀念或哲理層面來說，「右派」所遭遇的這種「神聖」的困境，並不難克服。例如將其分化成「實有」與「作用」的層次，或說「體」與「用」的區隔，即不難解決這種矛盾。但這顯然要到九〇年代以後才能日漸被反省出來。蔡翔在1995年的散文〈神聖回憶〉中的思考，大致就是接近這樣的進路，他將「神聖」與「神聖之物」分離，企圖再解放「神聖」的可能，這段話講的很好：

> 神聖是美，神聖絕對不能轉化為神聖之物。
>
> 物化的神聖便是這個世界的人間宗教，它以不同的形式出現："革命"、國家、理想、民族、正義，等等，等

---

[31] 高曉聲，〈《李順大造屋》始末〉，《生活・思考・創作》（上海：上海文藝出版社，1986年），頁35。

> 等。拜物的瘋狂,代替了我們對波岸的神聖嚮往。我們被這神聖之物所限制,再也無法展開個人對神聖的波岸想像。[32]

然而,有意思的是,九〇年代中的蔡翔,在這篇文章的最後,也作出了遠離「神聖之物」的選擇,理由也是因為他小的時候,親眼看見過並理解那種依「神聖之物」而被批鬥、喪失自由與尊嚴的可怕,因此,他最後說:

> 從此我遠離神聖之物,遠離政治和權力,我只是在我的心裡默默地守護著我的神聖我的家園我的精神的棲居之地我的詩意和美麗。[33]

某種程度上來說,「右派」在八〇年代世界觀的限制,也跟九〇年代中的蔡翔一樣,都是在遠離神聖之物的同時,也不知不覺地企圖想遠離政治與權力,以維持其「精神」自由的可能性。然而,遠離了政治與權力的精神,也必將導致文學中相互依存的社會、歷史等公共視野／性質的喪失,也必將失去另一些解放弱勢的社會實踐的機會與可能性。是故,總的來說,高曉聲、陸文夫,在改革開放初期,既有追求與開發社會與歷史連繫性下的「精神」觀,但又在「清除精神污染」等政治化的風潮下,焦慮「精神」與某種「左」的意識型態的同構交會下,最終只能選擇類似於九〇年代中蔡翔的這種遠離政治與權力的信念。「探求者」世界觀上的優點,愈往八〇年代中,就這樣彼此微妙的互相抵消。

八〇年代中以後,當西方文藝思潮大舉進入中國並日漸成為新的主導力量,「探求者」既難以對過去的世界觀保持堅強的信心,又難以繼續擴充社會、歷史和精神之間的辯證關係的具體新連繫。

---

[32] 蔡翔《神聖回憶》,(上海:東方出版中心,1998年),頁9。
[33] 同上注,頁11。

高曉聲，或奮起跟進西化思潮下的藝術方法與觀念，陸文夫，或回頭汲取古典文學的心境與蘇州評彈，他們曾經具有相當程度的生活整體性與精神性連繫在一起的寫作方法與視野，雖然不能說完全消失，但終究因他們欠缺捍衛與維護的意志與自覺，無再有深化或與辯證的推進。

第二節：建國後社會生活與人物命運的公共視野
——論高曉聲小說（1978－1984）

　　高曉聲是中國大陸改革開放後，在八〇年代初期，最受重視與好評的作家之一。據本書的編表統計（可參見本書參考文獻：〈高曉聲小說年表〉），他在1978－1984年間，小說共成書六本，成篇則為53篇（小說）。作者很有自覺地，將它們以年代來成書名（即《七九小說集》、《一九八〇年小說集》、《一九八一年小說集》、《一九八二年小說集》、《一九八三年小說集》、《一九八四年小說集》）。過去學者對這些小說的評論的重點與問題問識，我在第一章的文獻檢討中已稍有提及。而一般文學史對高曉聲的定調，洪子誠和陳思和的文學史的概括可作為代表，洪子誠說：

> 和大多數"反思小說"一樣，人物的坎坷經歷與當代各個時期的政治事件、農村政策之間的關聯，是作品的基本結構方式。在這些小說中，引人注目的是有關當代農民性格心理的"文化矛盾"的描寫。……揭示了一個"文化群體"的農民的行為、心理和思維方式的特徵：他們的勤勞、堅韌中同時存在的逆來順受和隱忍的惰性，對於執政黨和"新社會"的熱愛所蘊涵的麻木、愚昧的順從。……另一類短篇，如《錢包》、《魚釣》、《繩子》、《飛磨》等，以簡單、富於民間色彩的故

事，來寓意某種生活哲理。[34]

而陳思和的文學史說：

> 陳奐生的精神，典型地表現了中國廣大的農民階層身上的存在的複雜的精神現象。他的形象是一幅處於軟弱地位的沒有自主權的小生產者的畫像，包容著豐富的內容，具有現實感和歷史感，是歷史傳統和現實變革相交融的社會現象的文學典型。作者對陳奐生既抱有同情，又對他的精神重荷予以善意的嘲諷，發出沉重的慨歎，這對農民性格心理的辯證態度，頗具魯迅對中國"國民性"的"哀其不幸，怒其不爭"的精神傳統。[35]

　　兩位學者對高的理解方式都有交集。大致上，其一都強調了高曉聲的農民書寫，特別是國民性的意涵，其二，都注意到了作者從中國的具體歷史、社會、政治連繫出發，來反映人物命運的傾向。而洪子誠也點到了高曉聲的另一些短篇，不同於以現實農民書寫的「生活」寓言特質。前兩者大致是沒有疑議的，雖然概括的框架性太強了些。事實上，「右派」作家們八五年前的小說，幾乎大部分多帶有跟歷史、社會、政治相關的連繫，但究竟作家注意到了「哪些」更細緻與豐富的公共視野，又在文學藝術上有何特質呢？而高曉聲另一類，較具寓言性質的作品，是否其對應的意義，僅只於「生活」，也需要再進一步細緻討論。

　　自然，文學史的體裁，是一種對過去研究者的綜合判斷下的再高度濃縮與綜合。所以以上兩家概括所言均有理，然很明顯地均只能描述到作者小說的一小部分，而且也可能是由於文革十年間，

---

[34] 洪子誠《中國當代文學史》，（北京：北京大學出版社，2007年），頁266-267。
[35] 陳思和《中國當代文學史教程》，（上海：上海復旦大學出版社，2003年），頁238。

人性及人道論述的方式被排除,在改革開放後,對於高曉聲農民書寫的理解和詮釋,雖然有其歷史與社會意識分析,但更重點似乎在於再辯證與突出跟五四相連繫的性質——一種中國農民性格的較為「本質化」的意義(如一個最普遍的命題:國民性批判),對其農村作品中的其他社會歷史文化的連繫向度,以及作者刻意進行明顯的藝術與風格變異,也未被充分理解。其實,若從其此期的全部作品,進行歷史性的具體考察,便會注意到,高曉聲不但對於中國農村、農民的問題的理解,雖有突出所謂的人道與人性、有所謂的國民性等,較本質化的肯定與批判的那一面,但以高的歷史經驗、個性、才智和能力,至少在1985年前,也不乏有總結過去與當時,中國農民,在不同的歷史階段的其他社會現實與社會心理面向的企圖。即使在書寫寓言性質的作品,可能也不只是「生活」寓言,而一樣有其社會寓言的指涉在當中。更具體地來說,我以為高曉聲的此階段的小說,其實有三大環環相扣的特質,一是反映了中國農民形象,和農村、社會、歷史變革與文革清理的可能面向,二是這些面向在高曉聲的書寫中,有其自覺的歷史的動態性和意識上的推進性,三是在相同主題或反映面向下,有其在「藝術」和「風格」的變異性,相當有自我更新的自覺。以下本書將以「主題」的方式,綜合相關各種生產條件和可能性的線索,來分析高曉聲作品中,這些豐富的公共視野、歷史主體意識、風格和特質之間的關係。先將此階段的小說,依主題大致歸納為五類,分別為:一、新中國農村的社會生活、農民性格與風格的「變化歷程」;二、知識份子的自我安慰、文革的「世代」反思和社會主義的教育連繫;三、農村婦女與工人階級的愛情與婚姻關係;四、「世代」視野下農村現代化的問題與反省;五、農民、幹部、知識份子的「心理」與歷史的精神病症。

一、新中國的農村生活、農民性格與風格的「變化歷程」──論1984年前的「陳奐生」系列及〈極其簡單的故事〉與〈極其麻煩的故事〉

跟「探求者」其他的代表成員：葉至誠、陸文夫、方之不同，高曉聲在1957年被打成右派後，一直到改革開放前，並沒有任何創作產出。但是在改革開放後，他卻是「探求者」當中，最快在文壇上取得認可的「歸來」作家。在下放回農村的期間，高曉聲除了務農，向勞動人員看齊進行自我「改造」外，其實大約在六〇年代初或中期，就已經被摘帽（可參見參考文獻中，筆者根據高曉聲的散文自述，所編的〈高曉聲重要生活年譜〉。）後來也被改調為語文教師。儘管在生活中，仍穿插著知識份子的身分與其他經驗，高曉聲在1957年到文革結束前，所扮演的最核心的角色，正如眾所周知，仍然是一介農民。因此，當他在「歸來」後，迅速以〈李順大造屋〉（1979年）、〈漏斗戶主〉（1979年）及〈陳奐生上城〉（1979年）等農民書寫成名，也成了日後批評家們對應其自傳性，來理解高曉聲時重要的標記。基於上面已經提到的理由，這些作品，都有相當重視其農民的國民性、人性、人道等本質化的特質，是很典型的改革開放後，建構與五四啟蒙傳統下的生產結果，但也明顯地因其重視共通性、本質化，而有其詮釋上的限制。一個並不困難的思考是：作者幾乎每一篇跟農民有關的小說，也都具備這些普遍性特質（即人道、人性、國民性）詮釋的可能性，以高曉聲對藝術的自覺，所曾表述的豐富文藝淵源的生活整體性的世界觀，如果僅僅是為了追求本質化的人性、國民性，他為什麼還願意重複寫那麼多跟農民有關的小說？

將作者以農村和農民為主角的「代表作」的「歷史時間」整理出來後，我發現，這些人物，除了在人性、人道、國民性的框架下，他們所揭示出來的「生活」面向和其「風格」的「變異」

（更精細來說是動態性和推進性），其實才是這些農村與農民書寫，可能存在「特異性」的關鍵，例如：〈李順大造屋〉小說中的時間，設定在解放前到1977年冬天。而〈漏斗戶主〉的主要時間設定在1971年到1978年左右。歷史時間的不同，導致於作者所要剖析與反映的社會問題的具體側重面也不同。李順大是個善良的跟跟派，高曉聲將他放在土改地革、人民公社成立、大躍進與文化大革命等，不同生產力或生產條件改變的各階段下，來反映這種中國農民的問題，並在此前提下，塑造了其相對應的風格。從作品意識上來說，〈李順大造屋〉，一方面剖析了這個農民的保守、老實、愚昧、自欺的「一致性」，二方面也諷刺了文革中，動不動就出現的「新救世主」的虛妄感，在小說最後結尾處，甚至仍讓李順大開了後門，才買到造屋的材料，明顯地帶有批判社會與黨內官僚化的傾向，但比起1957年〈不幸〉就已經觸及同樣的主題，〈李順大造屋〉對中國官僚化的理解，顯然已更具歷史深度。而在〈漏斗戶主〉中，則將重心開始在1971年中國農村重新實施新政策。作品反映了即使有了新政策，漏斗戶主陳奐生，仍然吃不飽的困窘。這一篇正是高曉聲「陳奐生」系列的起點，就農民形象的塑造來說，也開始出現了明顯的「不服」的反抗心理，如果說在〈李順大造屋〉中的李順大，差不多只有在文化大革命開始以後，才慢慢因根據生活經驗，而日漸多了些懷疑心，在形象與風格上，帶上了一點諷刺性，而〈漏斗戶主〉中的陳奐生，則是正式展開了不服的反抗心理的形象，然而跟李順大一樣，陳奐生仍然是個善良老實的人，又因自己有很強的集體意識，與高度的自我貶低感，所以整體上，讓作品產生了一種奇特的隱忍情緒，筆者以為這種隱忍寫的相當好，結合了社會性和作者特殊性的靈光。例如，小說中的陳奐生明明是一個很有感情，也很能夠去體貼別人的漢子，但由於生存條件實在太差，不得已要去借糧，他也知道別人家的糧食也很緊，對於坐在別人家中，感受出來他人的那種「無言的同情」，內心也慚愧不已。

但是,以他對集體的忠誠,他又不能也不願將責任推給集體,身為社會主義的一員、身為「主人公」的立場,都讓他在在只能更責備自己。還有,陳奐生原本是一個熱心助人的農民,但由於他的欠糧,每當他基於單純的心態想去幫助別人的時候,反而更容易被人以為他別有所圖,甚至得到更刻薄的評價。陳奐生因此有苦說不出,〈漏斗戶主〉的字裡行間,都能充分感受到他老實而真誠的壓抑與痛苦,其苦澀悲涼甚有文學感染力,這樣的書寫,不是完全站在五四菁英式的「啟蒙」姿態所能有的——作者其實有時候沒有那麼想批判他們的國民性,高曉聲不是從這樣的概念出發去寫的,而更多的應該是:作者深刻理解底層人物,即使是在教條化的社會主義的狀態裡,也仍然有對集體、對他者的付出的主體意識與善良欲望,這樣不自覺的敦厚善良,其產生這樣善良的土壤與好的社會主義的文化可能(也有邪惡的一面),才是我們今天應該要重新檢討與重讀出來的面向。

高曉聲在日後在散文集中,曾經提到一個很少被過去的批評家注意到的說法,他說:

> 我認為多少年來寫農民的作家,都沒有碰到這樣好的客觀條件,他們所看到的農民,都沒有今天這樣的性格豐富、複雜,所以,對他們筆下的形象,我們是有可能超過的。[36]

高曉聲這裡所說的「這樣好的客觀條件」,指的當然不是物質條件,而是新中國的各項政治運動、社會與歷史條件的特殊性。某個程度上來說,這是一種對於「國家不幸詩家興」的坦白見識。也因此,當歷史條件和生產條件變動,高曉聲筆下的農村、農民性格和風格也有所不同。

---

[36] 高曉聲〈生活・思考・創作——在江蘇部分青年作家作品討論會上的發言〉,《生活・思考・創作》,(上海:上海文藝出版社,1986年),頁109。

1978年改革日益開放，鄧小平再次上台，對農村和農民最大的影響，就是重新開放了五〇年代初就已經實施過的「包產到戶」制，也就是不用再由公社統一辦理統購統銷，而讓農民有更大的耕種和買賣的自主權，但土地仍歸國家所有。與此伴隨的就是農民也可以選擇從事農業以外的工作，或在務農中一併經營副業。從理論上來說，此舉大大地釋放中國農村與農民的生產力。陳永發曾提到此階段農村的新現象，可以說明「包產到戶」制被農村和農民的高度接受的狀況：

> 包產到戶……從1979年夏開始推廣，半年後便有15%的全國農戶採取包產到戶制度。……兩年後……包產到戶的全國普及率擴大到67%，1983年，更高達97%，可以說整個國家都揚棄了集體經濟的道路。[37]

　　然而，此舉對實際中國農村和農民的影響，就不是幾個資料所可以概括的。從這個意義上來說，高曉聲的〈陳奐生上城〉（1980年）、〈陳奐生轉業〉（1981年）與〈陳奐生包產〉（1982年），不但具有文學的價值，亦有史料的意義，它們以一種形象化的方式，補充了我們對新中國在八〇年代初期，歷經農村社會各項轉型的複雜性的理解。同時，就這些作品本身來說，高曉聲也展現了不同於之前的〈李順大造屋〉和〈漏斗戶主〉的風格。

　　〈陳奐生上城〉是高曉聲非常有名的作品，其中的〈陳奐生上城〉中的陳奐生，因發燒而被書記吳楚送到賓館休息，醒來後發現要付五元錢而心有不甘，為了讓自己的心理能得到平衡，遂又回到賓館的房間亂踏亂躺，這些細節，也因此被日後的文學史或評論家，視為高曉聲對中國農民的「國民性」書寫的焦點，並用來說明

---

[37] 陳永發《中國共產革命七十年（下）》，（臺北：聯經出版公司，2006年），頁908。

高曉聲有魯迅「阿Q」式的國民性批判[38]的繼承。從題材或文學史的流變上來看，這種說法確實有其連繫的合理性，尤其在八〇年代初，新中國急於再次自我更新，這種批判以否定辯證法的角度，確實有助於反省中國小農性格上的封閉、無知等限制，但是，我們也不宜忽略，高曉聲曾夫子自道說：

> 其實阿Q不阿Q也同我毫無關係。我自己從未說陳奐生是阿Q。我從生活出發，並不從理論出發。也不從別人小說的形象出發。[39]

當然作者對自己作品的詮解，也不一定就是聖旨，但對〈陳奐生上城〉的理解實仍可再延伸。筆者以為這篇小說，開發出的其實是在中國農村轉型期下，過去忙碌、物質匱乏的農民，在脫離了「李順大造屋」、「漏斗戶主」，居住和飲食問題都已得到了克服之後，開始有了「精神」需求，而衍生出來的一系列新的個人問題（也是一種社會問題）與形象。具體到陳奐生來說，就是他莫名其妙花掉了五元錢，正擔心回家無法跟老婆交待時，最終靈機一動，開發出來的「精神勝利」的出口——把書記吳楚救了他，送到賓館休息的過程，形象化的認知與建構成一則有見過新世面的故事，這時候，他便順理成章的，解決了對太太的說法，也在回到農村以後，由於其故事涉及到有權力的吳楚書記，跟農村未來的發展機會隱隱之中有連繫，使得木訥的陳奐生，反而被大家羨慕且佩服，陳奐生因此也從中得到了很大的精神滿足，附帶的解決了自己的「精神」需求的問題。從這種敘事的角度來說，陳奐生並不完全是阿Q，因為他們倆所對應的具體歷史社會問題，和寫作目的並不

---

[38] 例如陳思和的《中國當代文學史教程》中就說：「作者對陳奐生既抱有同情，又對他的精神重荷予以善意的嘲諷，發出沉重的慨歎，這種對農民性格心理的辯證態度，頗具魯迅對中國"國民性"的"哀其不幸，怒其不爭"的精神傳統。」（上海：上海復旦大學出版社，2003年），頁238。
[39] 高曉聲〈轉瞬又將二十年〉，《文學自由談》，1999年第3期，頁44。

一樣,在魯迅筆下,阿Q所連繫上的,是五四革命前後的背景,阿Q的懶惰、自欺、對革命的機會主義立場和猥瑣,在在都反映了中國封建社會長期發展下,扭曲的社會性格和民族性格。但陳奐生是「新中國」的人物,是個至始至終勤勞努力的老實人,只是因為物質條件足夠了,在渴望「精神」的需求下,在自我的行為與心理上作了一些稍微的調適,因此較精確地來說,魯迅的阿Q所欲反映的問題,很大程度上是一種封建文化與歷史因襲的問題,而陳奐生在這裡所轉出的「精神勝利」的行為和心理,比較是具體的指涉新中國改革開放初期的一種農村新的社會性質對人的影響。

〈陳奐生轉業〉是〈陳奐生上城〉的推進作,高曉聲顯然從做副業與農民的新精神需求,再往前繼續走,他開始將陳奐生放入一個更複雜的社會關係中,反映他的性格和新中國農村社會的轉型的關係。透過轉業入廠的陳奐生,我們看到的是,中國農村中的工廠,在八〇年代初期,採購買料跟人情互動間的糾葛,陳奐生的單純、老實而無心機,成了感動書記吳楚下達幫忙找到材料的關鍵,而對行政體系一無所知的陳奐生,也在其他有民間義氣的供銷員的協助下,最終能順利搞到工廠所需的材料,也因此也覺得應該私下讓給對方一部分。這當中的人情互動的模式,似乎也仍沒有跳脫費孝通在《鄉土中國》對中國鄉土社會的認識框架:「是一個"一根根私人聯繫所構成的網路"」[40]、「在這種社會,一切普遍的標準並不發生作用,一定要問清了,對象是誰,和自己是什麼關係之後,才能決定拿出什麼標準來。」[41]然而,〈陳奐生轉業〉較複雜的眼光是在於,當中涉及到中國的這種「各自」靠關係下的交集、鬥爭與「危險平衡」。人是不可能脫離所屬社會而生存,因此與其形而上的彰顯道德或道義問題,不如具體的反映這種綜合糾葛的複

---

[40] 費孝通《鄉土中國》,乃是他於四十年代後期,根據早年在西南聯大和雲南大學的「鄉村社會學」課程而寫,同時普應當時《世紀評論》之約,寫成分期連載的文章。本處引用的為重出版,(江蘇:江蘇文藝出版社,2007年),頁33。
[41] 同上注,頁39。

雜的形象性,對促進社會進步與再解放更可能有實質的效果。從這個意義上來說,〈陳奐生轉業〉可以說是從〈李順大造屋〉以來,「社會剖析」的具體程度最高的一篇,因為「轉業」中涉及到的中國農村社會轉型下的利益與社會問題,不只是陳奐生的,而是以他為中心,統攝了書記、書記的親戚、農村的幹部、其他供銷員、提供材料的工廠內部的鬥爭與平衡關係等,高曉聲處理這篇小說的流暢自然,也可以看出其對農村轉型的社會問題,不但有相當程度清晰的洞識,其寫作姿態出入啟蒙者與主人公間,也有入乎其內、出乎其外的自我控制能力。

從風格的角度,〈陳奐生上城〉和〈陳奐生轉業〉也是可以合併起來討論的。很少研究者注意到,這兩篇的風格跟〈李順大造屋〉和〈漏斗戶主〉有很大的不同。它們基本上是充滿喜感、戲謔和樂觀的情緒與風格,較欣賞悲劇或悲涼意味的批評家,可能會比較喜歡〈李順大造屋〉和〈漏斗戶主〉,因此它們是如此的隱忍,痛苦的情感是如此地飽滿,一點一滴累積著、自我譴責著甚至接近自虐著,直到那歷史條件改變,而終得釋放的一刻,也因此別有一種撼動人心的力量。而〈陳奐生上城〉和〈陳奐生轉業〉的情感成分比較沒有那麼深與濃,仿佛也同樣身為農民的作者,跟著脫離了貧困、釋放完也自我救贖了一個階段後,終於能以較歡喜的態度,更為清楚而冷靜的頭腦,來看待中國農村和農民轉型的各項問題,其基調是樂觀、幽默的,但高曉聲又不像陸文夫,多了些抒情文人式的氣質與溫情,可用來中和性格與風格中的尖銳。一旦看出了這些農民的保守和限制,不注入一點諷刺又是不符合他忠於自我的原則,也因此這兩篇小說,整體上就又多了些戲謔味。看看陳奐生,在寒潮剛過初上城的悠遊傻氣,看看他付了五元錢後在房間亂踏睡躺的姿態;而〈陳奐生轉業〉中到了書記吳楚家,沒事可做只好在院子裡種菜,跟另外一個老練的供銷員香煙推來換去,還有農村太太發嗲撒嬌等,都是這兩篇作品,相當令人莞爾的細節。從悲涼隱

忍到喜感幽默，高曉聲在創作上，克服對不同情感形象的偏好與耽溺，進行藝術創作上的自我變異顯然是有自覺的，而這種在風格上，到了〈陳奐生包產〉亦再有轉折。

〈陳奐生包產〉（1982年），顧名思義也是高曉聲在八〇年代初，對新中國開始重新推動農村的包產到戶制對農村、農民產生影響的反映。這篇小說主要是在寫中國老實的農民，真正開始「選擇」工作的「掙扎過程」，風格既不到之前的隱忍，也不屬於有喜感的類型，難以名之下，勉強可以說大致上屬於較纏繞、細碎的調性。乍看下來，〈陳奐生上城〉、〈陳奐生轉業〉中的陳奐生，也選擇了去賣油繩、作業務，但其實這兩項工作，主要都是跟進他人和巧合之才去落實的。對陳奐生來說，從一九五八年開始成立人民公社以來，他已經長期習慣有人指引、命令，因此真正開放要搞包產到戶，陳奐生事實上是非常緊張而焦慮的。〈陳奐生包產〉也因此並不是真像之前的上城、轉業的書寫，有刻劃到實際「包產」的狀況，只是在寫其走向包產的煩惱，和擺盪在是否要繼續作供銷員的掙扎。在另一些小說，如〈水東流〉（1981年）、〈蜂花〉（1983年）中，由於主人公已慢慢傾向農村的第二代，他們可以較沒有精神包袱地面對新生活與新未來。但對陳奐生這一輩可說絕不容易。或許是因為高曉聲已經陸陸續續寫了多篇「陳奐生」的作品，這一篇包產的框架，又跟「轉業」雷同，除了出現一些新的外省農民，到陳奐生這邊的農村來兜售土產，順便交流各自的「包產狀況」（這個創意其實甚好，可惜沒能開展），在跟社會經濟等生產力條件的連繫的細緻度上，較沒有更多的新意。而敘事也顯得有點囉嗦，似乎會讓人懷疑，高曉聲是否已經喪失了他最珍貴的社會敏感度和叛逆的自我突破性。但在核對了同年、甚至之後的許多作品，發現仍有頗多有新意的小說後，我轉而認為，高曉聲正是以這種不避囉嗦的形式，來反映陳奐生選擇包產的轉型過程。這種囉嗦形式與纏繞的形象，正是像陳奐生這種保守的老實農民才會

有的行為與心理。同時,如果要說這篇小說在意識上,跟之前有何較有價值的不同處,它其實突顯了一個新中國的老一輩的農民,寧願以腳踏實地的勞動換取溫飽,也不願意跟進看似「現代化」的供銷的傭金制度的再選擇。陳奐生的歷史經驗和性格,基本上沒有辦法讓他說服自己,為什麼花了那麼多勞力卻沒有收入,或不見得有收入(如在〈陳奐生轉業〉最後,他為了替組織省錢,自己去拖運材料,但卻沒有任何回報,但似乎完全沒有什麼具體勞動貢獻,他在供銷上所得到的傭金,卻抵得過他一年的農民收入,這些現象都在在讓他覺得很不踏實。)所以,到了〈陳奐生包產〉裡,他連別人點到這一點時,都會臉紅。也因此,這個主人公末了終於決定,放棄沒有更實在勞動基礎的供銷員的工作,選擇開始學「包產」,維持一種素樸實在的生存方式。是故這篇小說,讓我們得以保留一種,類似於臺灣農村紀錄片《無米樂》式的想像。僅僅對當中農民,是否保守或落後進行判斷[42],我覺得不是一種複雜地批評文學作品的立場和態度,畢竟作者另有其他篇章,處理具有更「進步」意識的農村第二代的其他問題。〈陳奐生轉業〉以其掙扎於「轉業過程」,具體而微地為我們補充了八〇年代中國農村轉型的重要一面。

以上的農村小說,基本上可以說,是以一個比較老實、木訥的農民人物為核心,從建國前一直到文革間的各項社會制度,延伸到改革開放初期的包產制和經營副業等現象的背景,涉及到非常豐富的公共視野。由於主人公較不具備自覺力、活動力與企圖心,到了「包產」,其「社會剖析」所能展現的複雜度就只能往下降。但是在另外兩篇較具「生命力」的主人公的小說〈極其簡單的故事〉(1980年)、〈極其麻煩的故事〉(1984年),還是有一些繼續推

---

[42] 例如比較左翼的批評家,很可能就會以作者對底層的體貼或曝露的態度,來作為具有社會實踐性質的批評實踐,筆者認為對底層的關懷是批評家的重要責任,但不能完全教條化的用在文學作品的批評上,必須仍要複雜地與其他條件連繫起來。這樣的批評立場,我在第一章也有過陳述。

進地反映農村改革過程的其他新面貌與社會問題，但當然，也有著其他技術上的粗疏處。

〈極其簡單的故事〉的背景，放在四人幫下台後農村所推動的「沼氣化運動」。跟之前的推動包產、開放副業類似，也是一個在改革開放下的農村新產物。這篇小說其實故事可以上溯「包產」，下連〈極其麻煩的故事〉，因為它們都有一樣的問題：多少有點囉嗦，風格相當纏繞，失去了一種全篇的銳利的穿透力。同時無論是「簡單的故事」也好，「麻煩的故事」也罷，其實創作的「功利性」太過明顯，簡直是直奔對「基層官僚問題」的曝露與批判，作品的思想能推演出的，也只是相當簡化的：「四人幫雖下台了，但下面還同一批人」的問題，這個主題在前面的陳奐生系列也多少都觸及，因此多少有點了無新意。但是這篇小說出現了一個跟之前的農村小說很不一樣的農民形象，與一個對「官僚」問題的新的看法，就公共意識的歷史性來說，不完全沒有理解的意義。就前者來說，指的是活潑有活動力的農民陳產丙，他不像之前的陳奐生那麼好欺負與木訥，他做什麼事都很莽撞，也因此常跟幹部起衝突，但他又是在保守中實事求是，他原本堅決不接受基層幹部所交待下來的開沼氣池的指令，但當池子終於開通，他竟發現也確實好用後，心態也調整的很快，生出了「總不能把人看死了」的開明，也能彈性地立刻調整對幹部的惡劣印象與看法。這種對「官僚」觀點的變化，本來是還算有意思的，反映了農民的單純、善良與務實，和幹部也不一定是壞人的非庸俗框架，如果高曉聲能歷史性的細緻反映這種變化，讓我們更深刻地理解，究竟是哪些歷史和改革開放當下的力量，造成這種新轉折就會更有價值。但小說寫到後面，又繼續讓這個基層幹部跟底層的政治權力糾結在一起，以致於最後又回到了「反官僚」的主題，創作功利與目的性太過明顯，以至於解消了原本存在的那一點意識上的動態與推進性，正是如王曉明論高曉聲

時所說:「苦難在他內心造成的傷痕有多麼深刻」[43]的判斷,不過我對高曉聲為什麼會那麼耽溺於此,仍是抱持更為複雜的理解方式。(容後再綜述)

〈極其麻煩的故事〉也有類似的缺失。其實這個故事的創意也很好,也有其新人物形象(一個實幹派的新農民),辦一個新事件(開「農民旅遊公司」)的動態推進性,可以看出高曉聲似乎是想跟著當下的時代走的,符合他畢竟是從毛時代發展出來的「從生活」出發的現實主義觀,它的背景明確點出是在1980年的中國,故事的重點是農民江開良,在改革開放的熱潮下,想要辦一個農民旅遊公司的「經過」。明明是已經號稱「改革開放」,但在江開良的實際行動看來,仍然處處是「官僚」問題,呈計畫總是涉及到各關各卡的部門,要蓋上好幾百個章,制度雖在那裡,但實際問題還是要靠走後門、各種中國權術平衡與投靠旁門左道。在這一篇小說裡,高曉聲似乎也愈來愈失去了藝術上的耐性,他小時深受古典白話小說的影響,似乎不時給了他調取資源的機會,使他能像個古典白話小說的說書人一樣,不時跳出來對江開良所面臨的窘境打抱不平,不是將其命運模擬成中國共產黨的長征,就是引了打日本、國民黨的年限,彷彿照作者的評判諷刺,江開良這個被踢來踢去的皮球的命運,根本不足為奇。但作者又一方面隱隱間佩服像江開良這個「為了把事業辦成功,不怕到染缸裡去打個滾」[44]的務實派的死纏擔當,又忍不住要對他的命運進行嘲笑與諷刺,寫作姿態既想用一種啟蒙高度,又想跟「人民」貼肉貼心,這種雙重姿態在此篇中的融合就甚為失敗。本來,作家以較高的姿態,針對自己小說的人物和事件進行評論,古今中外的小說融合得好的也不是沒有。但是高曉聲似乎太執著那些不順遂的細節、太在乎一定要連繫到「反官

---

[43] 王曉明《潛流與漩渦》,(中國社會科學出版社,1991年),頁180。
[44] 高曉聲〈極其麻煩的故事〉,《一九八四年小說集》,(江蘇:中國文聯出版公司),頁179。

僚」的批判目的與總主題,使得明明原本很有創意的開場,到最後難免變得有點教條,高曉聲「干預社會」等當下社會的結合性與推進性,在此篇乃只停留在現實表面。

二、知識份子的自我安慰、文革的「世代」反思、社會主義的教育連繫──論〈周華英求職〉、〈系心帶〉、〈特別標記〉、〈定鳳珠〉與〈我的兩位鄰居〉

在高曉聲1978－1984年的小說中,另一類常被過去批評家忽略的人物形象是知識份子。就當中比較具有代表性的作品來看,可以分成兩種傾向。一種是藉女性弱勢角色的形象,在底層所受的委屈,投射一種知識份子的自我慰藉的感情,帶有高曉聲高度的自傳性質,代表作為〈周華英求職〉（1979年）。另一種則是以知識份子的立場,對文革經驗的「世代」反思,代表作可以透過〈系心帶〉（1979年）、〈特別標記〉（1979年）、〈我的兩位鄰居〉（1979年）及〈定鳳珠〉（1980年）來談。在這兩種傾向中,於此階段,又以後者（對文革的世代反思）較有豐富的歷史與美學價值。前者的知識份子的自我慰藉的題材,一直要到了1985年以後,在個人主體性愈被強調的歷史條件下,才有更多豐富性的展開。

〈周英華求職〉寫的是一女性農婦周華英,因為家裡經濟需要,不斷到公社處跟相關幹部拜託工作問題,領導原本因她的家庭確實困難,答應為她安排,但後來卻因為體制內的諸多官僚與利益運作因素,遲遲落實不下來。小說的時代,根據內文中的推算,已經到了建國後28年,推估應該是1978年以後,主旨仍又在感慨,在改革開放的初期,中國農村或弱勢小人物仍有一樣困難的窘境。本來,她對共產黨是一片赤誠的,從來不懷疑共產黨為人民服務的誠意和努力,而共產黨的幹部們,對她的狀況也確實非常同情,但她不知道的是,她應該被落實的工作,早就被其他官僚化的幹部「調包」,而公社書記也不願揭穿其同僚的腐敗,因為擔心揭露反而還

牽動「大局」。也因此,周英華只得在每日繼續到公社拜託的過程中,一點一滴在累積希望與絕望中擺盪,她的內心,也因此跟〈漏斗戶主〉的陳奐生一樣,有一種長期的壓抑(一方面是因其高度的集體性格,對造成共產黨困擾有極真誠的自我譴責,二方面又是對自己生活實在快過不下去的痛苦自貶)。就小說名〈周英華求職〉來看,很容易誤以為,它仍是一篇反映在社會主義的環境下,婦女求職的問題小說,或就小說有反映到共產黨內官僚化的意涵,而將其視為又是跟高曉聲的第一類農村小說一樣,貫穿著批判官僚化的主題,然而,這些理解都尚不能更精確地貼近這篇小說的最特殊的內涵,〈周英華求職〉真正寫得好、也更有特色的地方,其實是在於周英華「自我安慰」形象化純感性的書寫片段,而這個片段,恰恰可以被詮釋成是高曉聲以其知識份子的立場,渴望安慰的人情人性立場的投射。小說以周英華觀看她所在的公社辦公室磚頭的形象化,來表現她內心的複雜,她首先從這些磚頭中看出了各式壯闊、彷彿內含天機等高深莫測的風景,然後再在這些磚頭中,想像出她婆婆的形象,最令人心酸的一段,是這樣寫的:

> 往常,她跑到這裡來,如果碰不到人,需要等待;她總是強忍著先不去看它,一定要先數地面磚,再數椽子,再欣賞其種種巨畫。一直到最後,才懷著喜悅的溫暖的心境,把深情的目光投射過去。然後長久長久盯住細看。這時候,她就像坐在婆婆身邊,含情脈脈地看著婆婆慈愛地撫弄著自己的兩個孩子,心底裡非常安泰。[45]

這裡寫出了她長久地來到公社這個房間中,因心情沉重又百無聊賴,沒有任何出口下,只得靠「想像」來支撐「現實」的自我安慰,但更令人驚訝的是,高曉聲最後讓周英華在這幅本來屬溫暖

---

[45] 高曉聲〈周華英求職〉,《一九七九小說集》,(南京:江蘇人民出版社,1980年),頁89。

的畫作中,看到(其實是想像)了那畫中的婆婆,竟然在眼睛的部分,因被雨水滲透,而變得毫無生氣的可怕形象,讀之令人從溫暖直落到冷峻、甚至驚悚,使小說最後仍收在一種悲哀的情感中。高曉聲曾在其散文〈紮根在生活的土壤裡〉談到這篇小說,曾說:「我能夠找到這個情節,也決非偶然;因為二十多年來有許多時候(比如被關押在"紅色治安分部"裡),我無聊得只能神馳於那些"天然圖畫"中。」[46]由此可看出,〈周英華求職〉就其特殊性來說,實在是一篇高曉聲以知識份子的立場,投射自我慰藉需求的一種形式,儘管他終究也有止住這種軟弱的情感耽溺的自覺。

除了〈周英華求職〉,高曉聲在1978-1984年間的〈系心帶〉、〈特別標記〉、〈我的兩位鄰居〉、〈定鳳珠〉等,都主要是在反映知識份子對十七年,以及主要對文化大革命的「反思」。高曉聲這種「反思」,跟新時期所流行的那種以民族、文化等大框架式的「反思」的傾向不同,事實上,他的農村系列小說,才比較具有民族文化的反思性質。但就其以知識份子形象出發的「反思」的特殊性上,乃是具體化地落實在對「世代」問題的處理。

〈系心帶〉寫一個在改革開放條件下的知識份子,要從農村搭車回到原工作地,由於人多故一直搭不上車,主人公想開了繼續等待,因為他知道:「位置是需要正有得空,或者別人讓給你,才能獲得的。」這是一則有意味的社會隱喻,小說讓主人公,從準備搭車開始,因搭不上車,而遊走過去在農村所受的苦與溫暖、被批鬥的殘忍與不堪的回憶中,最後,他的車終於來了,但已是「末班車」了,他也終於能上得了車,但主人公頓時憤怒了起來,為的正是無法「世代交替」的問題:

---

[46] 高曉聲〈生活和"天堂"〉,《生活・思考・創作》,(上海:上海文藝出版社,1986年),頁89。

> 這已經是今天的末班車了。他一定能夠乘上去。這時候他騰地升起一股怒火：十年了，按照原來的計畫，已經會有幾十個、成百個新人可以站上他的位置，可以把他的工作推到一個新的境地。可是，時代的列車縱然隆隆地開著，卻駭人地只見一個個老的旅客下車，稀疏地缺少新上的乘客，他那個位置始終還是空著，有誰能容忍這滔天大罪！[47]

在這樣的片段中，我們看到了高曉聲有著魯迅〈孤獨者〉式的，對更新的人（如孩子）的重視，也因此，儘管他雖然能夠再重回自己的「位置」，卻也並不是多值得高興，因為就個人而言，雖然有著重新回到本屬於自己的位置的「利」，但就集體與更大的國家的「利」而言，卻也不見得是好的，也因此主人公要憤怒了，這種憤怒是一種帶有集體理想主義、真正的社會主義關懷的個人憤怒，這樣對於自己「右派」作家的世代立場的檢討，和對新的世代的期望，也表現了作家較為寬廣的心胸與氣度。

此外，〈特別標記〉與〈定鳳珠〉，處理對「世代」間的反思，則放在老師跟學生之間的關係來形象化。〈特別標記〉的主人公的學生史茂林，在文化大革命期間，曾經擔任打手，文革結束後，為了要參加文革之後的大學考試，拿了三篇作文來請主人公幫忙指點，但這個老師，卻因為聯想到當年學生打人的狀況，而一直對這個孩子耿耿於懷。小說透過對比，一條線是主人公自己在揣摩，對史茂林這樣的年輕打手的不諒解的心態，一條是他看了史茂林的作文的其中一篇，而慢慢改變想法的經過。在這篇作品中，史茂林對他坦露了當年在文革中，無知也不得已當上打手的心理痛苦，也解釋了他如何在原本相信其社會理想的群眾運動中，慢

---

[47] 高曉聲〈系心帶〉，《一九七九小說集》，（南京：江蘇人民出版社，1980年），頁11。

慢具體地看清楚了當中施暴者的罪行,以致於也曾偷偷地保護過一個同志的事實。也因此,這讓主人公頓時非常激動,才終於也同情地理解了這個年輕人,小說最後也讓這個老師和這個晚輩,及當年曾在文革場子上被批鬥的其他同志,一同相見歡與大和解。這篇小說中其實有兩個長輩,一個是擔任老師的主人公,另一個就是疑似曾被學生鬥傷的劉清同志。高曉聲在處理劉清和史茂林間的世代關係時,顯露了一個即使曾被施暴,但具有真正的社會主義理想的前輩,對更年輕的左翼激進青年的寬容與理解,例如,小說中有一段劉清挨打後,對史茂林說的話:「打人雖然在某些角落裡成了風氣,但畢竟是一種惡行。不過我很欣賞你的憤怒,因為你痛恨叛徒。」[48]這就使得高曉聲對於在文革中的暴力者,沒有過於去歷史化的本質性的簡化理解,保留了這些向應毛澤東文化大革命的年輕人,某種對現實再進行歷史辯證的理想主義者的心態,儘管這個歷史事件有其明顯的手段罪惡與人性卑劣等問題,但仍不能把參與其中的年輕人和繼續革命的理想,以一種孤立的形而上的人道人性論述完全抹煞掉。在這一點上,〈特別標記〉讓我們看到了更為細緻的對文革中的世代關係、對革命的暴力和理想主義間的較為豐富的辯證連繫。

〈定鳳珠〉也是一則老師對學生在文革間的不光明作為的「體諒」,但內涵更為幽微,在關鍵細節上,高曉聲使用了一些雙關來提示小說的內涵,使這篇小說帶更多幽微的睿智。跟〈特別標記〉的學生形象史茂林相比,〈定鳳珠〉的小知識份子胡定較為陰暗與軟弱,這個孩子平常看似乖順,實則完全沒有自我,判斷是非與價值的能力也很薄弱,他在文化大革命的期間,雖然不是鬥爭性強的出頭者與得利者,但卻也在關鍵時刻,惡意地批鬥了自己的老師。文化大革命結束後,他在報紙上看到了自己的老師又開始發表了文

---

[48] 高曉聲〈特別標記〉,《七九小說集》,(南京:江蘇人民出版社,1980年),頁135。

章,遂也想拿自己的文章再請老師幫忙指導。從胡定給他老師的信中透露,他希望老師能指點他這些作品,究竟是否適合「形勢」。這讓老師施竹平非常感慨,施竹平開始回想這個學生高中時曾替同學作弊,但最後卻只有自己拿下滿分的作為,回想起他當年那些看似深刻的自我檢討、看似面面俱到的圓滑為人,都在在讓施竹平隱隱間相當不悅,但因為當年胡定只是個小孩,遂也不太放在心上。然而,過了十多年,這個經歷了文化大革命的孩子,仍然沒有建立起自己堅實可靠的信念。施竹平在小說中,是一個馬克思主義的哲學家,向來以辯證與更寬廣的歷史連繫來看待與理解問題,他對自己的學生,到了多年後,仍然沒有辦法建立起屬於自己的信心而非常難過,他將胡定這個世代(大概是紅衛兵世代),和五〇年代青年人的世代作了對比,突顯了他對這胡定世代的價值觀和生命彈性的憂慮:

> 胡定並不是一個壞人,他既無害人之心,甚至缺乏保護自己的能力,他有文化,能工作,卻沒有主心骨。而像胡定這樣的人,近幾年來,施竹平常常碰到。真叫人憂慮,這些人沒有五十年代那種信心百倍的朝氣和幹勁。[49]

然而,儘管如此,他跟〈特別標記〉的主人公一樣,最終還是選擇要跟下一個世代的人和解,只是〈特別標記〉中的年輕人,無論如何都已有自覺的悔過,而〈定鳳珠〉的年輕人,卻連自己究竟問題在那兒都還不確定。小說結尾運用的雙關隱喻很有意思,主人公的太太對施竹平說,胡定來找他沒見著,他太太隨口對胡定說:「外邊冷,家裡暖,凍不著」,施竹平聽了笑起來,對他太太說:

---

[49] 高曉聲〈定鳳珠〉,《一九八〇年小說集》,(北京:人民文學出版社,1981年),頁67。

「你應該告訴他：北京正在調節氣候。他就放心了。」[50]在這樣的雙關裡，施竹平仍想為那年輕人保持一點曖昧的希望、空間與機會，表現了對那仍沒有挺立理想的主體性的學生的寬容，畢竟他覺得仍對胡定這樣的孩子有應盡的責任。

類似的題材，王蒙也有〈最寶貴的〉（1978年）和〈深的湖〉（1981年），但就閱讀的感性效果來說，本書以為高曉聲在處理長輩跟晚輩間的和解、理解的過程中，比較能透過過去與現在的具體情節或細節，來對比出兩代人之間的關係。雖然在結局與主要意識上，王蒙和高曉聲對待年輕人，在立場上都是採取了更為寬容與理解的態度，但高曉聲小說的寫法，在理解外，還更有一種將心比心的「體貼」，不忍心將自己「啟蒙」姿態拉的太高，載道仍是需要的，但要婉轉，運用的是一種要點為止的含蓄。他這種感情高度投入的方式，跟他寫的最好的農村農民的小說有一樣真誠的感染力與說服力。王蒙則是理性與更直接的多，因此他在〈最寶貴的〉，雖然在講的也是一則，主人公的兒子在文革十年間出賣一個長輩的故事，但並沒有為這個年輕人鋪陳更多的事件和細節，沒有機會讓我們比較豐富地，看出這個年輕人如何涉入具體的批鬥事件，及其性格的矛盾與成長。王蒙以一種比較直奔主題的實用方式，把姿態拉到更理想與更高的地方，以直接說理並憤怒地批判兒子沒有更強烈的憎惡與遺憾感來突顯小說題旨，在反映與反思兩代關係的比重上，其重心似乎仍多是在自己的這樣「老一輩」的身上。另外在〈深的湖〉中，藉由文革後年輕的主人公，跟幾個朋友去看畫展，不小心看到了自己父親的畫和雕塑的故事，帶出年輕人的世代，不瞭解其父輩深刻度的問題。年輕的兒子從小對畫家父親的記憶，不過是父親總是恭恭敬敬地畫一些沒有自我的東西，或是對著年輕的小紅衛兵緊張的念語錄，同時生活還過的很猥瑣小氣。也因此作兒

---

[50] 同上注，頁68。

子的非常驚訝,在改革開放之後,原來自己的父親的心靈竟然也可以那麼複雜與深刻,竟然能夠畫出「深的湖」和雕塑出深受眾人稱讚的「有深遂眼睛的貓頭鷹」。就小說的創意來說,這篇以藝術品為隱喻的載體,帶出父親在高壓下生活的不堪的父輩深刻性,還算是相當不錯的。就像日後鐵凝在〈沒有鈕扣的紅襯衫〉中,穿插讓女主人公安然評點畫的情節,讓我們驚豔其飽滿自信的感性,並以此對照出,其他人的社會主義理想性的耗損與匱乏。但王蒙的姿態,仍然比較像是個難以拉下顏面的父親／敘事者,明明那些畫作本身,就可以傳達出整篇小說企圖暗示的意義,但這個作家,硬是要安插人物說理與解釋那些畫作的片段,多少使得小說含蓄盡失。當然本書的意思也不是說,小說一定要含蓄(任何一種固定的批評方式都是教條的),而是就這篇小說的意識和技巧「有機」地整合來看,實是沒有必要把話說盡。同時,〈深的湖〉的世代關係的真正重點,也是在強調「父輩」的深刻的可能,為自己此輩張揚、發聲,辛苦了那麼多年,這當然也是應該的。但在參照下,我更覺得高曉聲的〈特別標記〉與〈定鳳珠〉的世代書寫,連繫上了更多的文革下的小知識份子／年輕人成長的歷史與社會問題,並且是在這些條件下,展現了父輩的寬容、理解與體貼,也間接地完成了體現自己這一代可能更深刻的氣度與格局。就小說寫法和歷史意識的豐富性、理想主義的層次性上來說,高曉聲在此題材上,可能仍是高過王蒙的。

　　高曉聲這種以對下一代的愛護,來同時彰顯自己這一輩的存在價值的「互相成全」的意識傾向,在其〈我的兩位鄰居〉有最濃厚感情的表現。〈我的兩位鄰居〉中的主人公方鐵正,應是取材於「探求者」最早過世的方之。從小說中方鐵正的年紀、他曾說過的再活五年的聲明,以及癌症過世的狀況,都跟方之的實際狀況相符。方之於1979年過世,此篇小說寫於1980年,或許是如此,〈我的兩位鄰居〉一方面是讚頌方之對下一代付出的堅持,更帶有作者

對文革後「世代」關係的反思與立場選擇。

　　小說一樣透過對比的寫法,不過別有意思的是,跟其〈特別標記〉、〈定鳳珠〉的老一輩跟下一輩的對比方式不同,最主要的是透過「我」這一代的兩種不同的世代觀,來帶出小說中的意義。〈我的兩位鄰居〉中的兩位鄰居,一直是好朋友,都在文化大革命期間被搞垮了身體,文化大革命結束後,其中的一位鄰居方鐵正,選擇的仍是繼續努力為祖國和理想的社會主義奮鬥,並具體落實在花大量的時間,教另一位鄰居劉長春的小孩功課,與不斷努力地為年輕人看稿,給予他們作文指導,好讓他們能繼續參加升學考試,方鐵正告訴敘事者「我」說:「他要用自己的體驗去感動學生,他要讓學生充分認識到自己的責任」[51]著實令人感受到他以行動實踐,來落實對下一代的責任。但另一位鄰居劉長春,雖然也是一個老好人,但卻因為文革後,坐不回原來的第一把手的工作,而拒絕再為集體服務,遂將精力都集中到健身與鍛練自己的身體上,方鐵正則是因為身體本來就很差,又將所有的時間都花在集體理想事物上,身體更每下愈況,最後發現得到癌症,驟然過世。劉長春得知後,也倍感心痛而大哭了起來。然而,如果我們以為,〈我的兩位鄰居〉只是高曉聲企圖讚頌方鐵正為下一代、為集體、為理想的社會主義,或暗示批判劉長春僅為個人,那很可能不符合這篇小說最精微的旨趣。畢竟能夠為值得大哭的人事物痛哭的強烈情感,正是一種內在高度生命力的彰顯,也是值得讚美的,也正是因為這種高度抒情的本質,劉長春和方鐵正能夠成為某種層面上的好朋友,作者充分掌握到這種幽微的感情品質。但是,儘管每個人都有其真誠的感情,但作者似乎認為還是不夠的,敘事者最終仍在一個小片段中,流露了他心目中對「世代」、對集體的理想責任,和個人生命和感情間的辯證關係。小說最後寫到,在方鐵正的葬禮後,有一天

---

[51] 高曉聲〈我的兩位鄰居〉,《一九八〇年小說集》,(北京:人民文學出版社,1980年),頁10。

清晨,敘事者遠遠地看到一個健身的人影,頓時覺得非常地優美與佩服,然而,一走進,卻發現那個人竟然就是自己的好朋友劉長春,忽然起了一股非常特殊的嫌惡情感,最後一段寫的很有意思,值得引述:

> 這時候,我心頭驀地湧起一非常厭惡的情緒,幾十年來我第一次失禮了,竟不曾招呼他就迅速回身走開。我憤怒,我憎惡,我頓時背叛了我一貫稱義的東西,我詛咒這種鍛煉!當時我的神經顯然出了毛病,我竟辨不清什麼叫生,什麼叫死,不知道我的兩位鄰居,活在世界上的究竟是老劉還是老方。我強制自己不再想下去,以免真的發起瘋來。[52]

我覺得,作者在這裡,之所以會說分不清生死、分不清活著的是老劉還是老方,乃是在於,無論是就劉長春和方鐵正的形象,仍都有其優美的、強而有力的生命本質,然而,劉長春選擇為個人卻活了下來,而方鐵正選擇了為集體、為下一代繼續燃燒,卻提早辭世。人究竟要生還是要死?要為了個人還是為了下一代、為了堅持曾存在過的社會主義集體理想?儘管敘事者在情感上的嫌惡,已經帶有他親向集體理想的立場,然而也仍些許地,保留了那種個人式的力量與美感的渴慕。也因此,在兩相衝突下,遂不敢再想下去,不敢面對這一存在的生死、個人與集體間的悖論。歷史已經不同了,五〇年代初,那種個人跟集體之間曾經相融無間的時代,終究因為十七年和文革十年間,過於壓制個人特殊性,挺立一種過於官僚與教條的集體性和社會主義,讓原本具有正當與正義的集體理想,也間接蒙上了陰影。高曉聲沒有再繼續探索造成這個困境的歷史因果,並在小說中擴充更複雜的歷史連繫性,實在是很可惜的,這是他思考與世界觀上的限制,本書在對其的世界觀進行分析時已

---

[52] 同上註,頁16。

有述。從這一點來說,也可以看出高曉聲,實在是比較欠缺一種更深遂、更勇敢地清理「右派」與社會主義的理想與矛盾間的關係的努力、能力與意志(當然這也是政治與歷史的產物與影響),以致於在長期上,更易被世俗左右動搖,成為高曉聲難以寫出更深刻與更大歷史格局作品的限制性。

三、農村婦女與工人階級的愛情與婚姻關係——論〈揀珍珠〉與〈趺跤姻緣〉

男女戀愛自由、婚姻解放,是新中國建國後強調「解放」的一環,四〇年代的農村小說家趙樹理的〈小二黑結婚〉、五〇年代蕭也牧〈我們夫婦之間〉、高曉聲的〈解約〉、〈不幸〉、陸文夫〈小巷深處〉、鄧友梅〈在懸崖上〉、宗璞〈紅豆〉等,也都是跟婚姻、愛情相關的題材。雙百之前,這一類的題材,比較強調的是走上新路的新中國兒女,不再受制於父母親的婚姻包辦,能夠自己選擇人生的另一半的「框架」。「雙百」之後,婚姻、愛情的題材,跟階級鬥爭似乎有更明確的連繫,一個主要的模式是:無產階級的主人公,與小資產階級背景的人交往,雖然在時代空氣較為寬鬆的條件下,表現了男女在愛情過程中的人情、人性的美好與痛苦的掙扎,但整體的情節結構仍有相當的一致性,如主人公最終拋棄小資產階級的情人,成為更好的無產階級革命的鬥士(如宗璞〈紅豆〉、楊沫《青春之歌》),或為終於發現小資階級的情人的劣根性,在無產階級愛人溫柔敦厚的品德感召下,重回到素樸實在的無產階級另一半的懷抱(如鄧友梅〈在懸崖上〉)。或為克服階級差異,在自我檢討後仍與願與無產階級的戀人在一起(如陸文夫〈小巷深處〉)。在這個階段,愛情的豐富性、複雜度、性關係、婚姻與社會問題等,在五〇年代中是是被省略的。這樣模式化與簡化的連繫性,到了改革開放以後,比較有所擴大。婚姻、愛情作為人類最重要的感情之一,同時又是一種特定社會與歷史條件的產物,事

實上存在非常豐富的集體與個人的問題意識,是一種非常重要的文學題材。高曉聲在改革開放後,也注意到了這個題材,較有價值的是〈揀珍珠〉(1979年)與〈跌跤姻緣〉(1984年)兩篇。

〈揀珍珠〉與〈跌跤姻緣〉,看似前者乃在探討「農村」男女的愛情與婚姻問題,後者是一個「工人階級」的「知識份子」,和曾被資產階級拋棄的女人結合的愛情故事,並以此種「混合」的結合模式,來重新辨證愛情的階級性與非階級性、激情與庸俗化等問題。但這兩篇小說,首先其實都交集到了一個非常有意思的「不知道如何談戀愛」的「社會問題」,而且有這樣問題的對象,主要都是男性。這是很好的題材,而且命意非常敏銳,男女交往、戀愛、結婚,古今中外好像很自然,但事實上,它們在鄉土社會與一個講究實用與重功能傳統的中國社會中,並不如想像中的容易,正如費孝通曾在其1947年出版的《鄉土中國》就曾言及,就戀愛來說:「在鄉土社會中這種精神是不容存在的……鄉土社會所求的是穩定。」[53]費氏的論點下的戀愛與愛情,當然是從知識份子的角度或立場的理解,但他的論點,對我們理解高曉聲的這些小說,仍不完全沒有詮釋效度,費孝通說:

> 戀愛是一項探險,是對未知的摸索。這和友誼不同,友誼是可以停止在某種程度上的瞭解,戀愛卻是不停止的,是追求。這種企圖並不以實用為目的,是生活經驗的創造,也可以說是生命意義的創造,但不是經濟的生產,不是個事業。戀愛的持續依賴於推陳出新,不斷地克服阻礙,也是不斷地發現阻礙,要得到的是這一個過程,而不是這過程的結果,從結果說可以是毫無成就的,非但毫無成就,而且使社會關係不能穩定。[54]

---

[53] 費孝通《鄉土中國》,(江蘇:江蘇文藝出版社,2007年),頁50。
[54] 同上注,頁49-50。

費孝通的說法即使在新中國建國後的中國農村社會的戀愛與婚姻關係，可能也有一定的效度。特別是對於比較缺少戀愛探索的經驗的木訥男女，農村的男女婚姻大事，雖然有自四〇年代〈小二黑結婚〉看似採取自由戀愛與婚姻自決的方式，但若仔細思考，不難發現小二黑和小芹，均是屬於比較開朗、主動的性格，而高曉聲的〈揀珍珠〉恰恰寫的是另一類：老實、木訥，只知道做事、不懂得說話和討好人的農村「男性」的婚姻「問題」。小說中寫到一個片段──想結婚的男人，不知道怎麼戀愛，只得由他的母親幫他安排介紹人撮合，見過一次面，「自由戀愛」也算完成了，這樣的狀況，在六、七〇年代的臺灣，似乎也存在，可能是一種第三世界國家共有的「戀愛」問題。也因此，這個介紹人撮合的小細節和將視為「自由戀愛」的完成，可能可以看成，辯證式地反映了，中國農村長期以來，男性「知識份子」實踐「自由戀愛」的歷史特殊性。

　　其次，高曉聲在〈揀珍珠〉中，剖析中國農村的戀愛和婚姻問題的方式，還別有意味的將男主人公，跟一個比他有文化、有權力的擔任幹部的女主人公連繫起來。男女主人公本來就都認識，一個是農民，一個是該大隊的婦女主任，因為忙於工作而一直到適婚年齡都沒有結婚。她是新中國建國後，女性脫離以家庭為主的立場，擴充到參與農務、公共事務與政治上的一個代表。性格和生活空間，都有比較大的解放，然而，正如賀桂梅所言：

> 在毛澤東時代，儘管在社會實踐層面上，女性獲取了全方位的政治社會權利，成為與男性同等的民族國家主體，但在文化表述層面上，性別差異和女性語話卻遭到抑制，女性是以"男女都一樣"的形態出現在歷史舞臺之上，缺乏相應的文化表述來呈現自己的特殊生存、精神處境。[55]

---
[55] 賀桂梅〈當代女性文學批評的三種資源〉，《文藝研究》，2003年第6期，頁13。

就小說內部的時間來看,〈揀珍珠〉應該是在十七年間內。擔任大隊婦女主任的女主人公劉新華,也大致如賀桂梅的概括所言,在形象上,由於其深入群眾、與男人一樣分擔農務、工作、協助解決人民問題等,具有"男女都一樣"的形象的「模式」。然而,高曉聲卻特別長於體察人物心理,其賦予人物們在歷史社會大框架之外的細膩性,在其農民與知識份子形象中,已可參見。也或許由於這篇小說,已經是改革開放初期的作品,因此高曉聲仍得以讓女主人公劉新華,並沒有太過於受限於她較有文化、權力的姿態,也能夠在有機會的時候,以一種非常有女人味的略帶撒嬌、任性、扭捏方式,主動地投入男主人公懷抱,以掌握了自己的姻緣良機。而男主人公的反應也很有意思,他覺得他真是對不起她,要「委屈」她這樣做,兩個人這時候的性別意識驟然都清晰起來,明顯地突破傳統十七年的男女關係的"男女都一樣"的概括。展現了農村女性,較自然地接受男性感情的溫柔形象,表現了「一統」之外的女性性別意識,應該在過去長期被忽略的狀況下,重新被視為高曉聲重要的代表作之一。

〈跌跤姻緣〉同樣也有一個不知道怎麼談戀愛的男主人公,但其背景並非放在農村,而是在建國後不久的工廠,男主人公是成分好的大學畢業的工廠工程師,女主人公是曾被資產階級拋棄的漂亮女人,這樣的愛情故事與組合,如果在五〇年代,就又會是一個革命加愛情的老套結構,而且一定以階級來作為判斷愛情素質的主要標準,企圖回應的,是毛澤東〈在延安文藝座談會上的講話〉,對愛跟階級的連繫:「在階級社會裡,也只有階級的愛,但是這些同志卻要追求什麼超階級的愛,抽象的愛,……這是表明這些同志是受了資產階級很深的影響。應該很徹底地清算這種影響,很虛心地學習馬列主義。」[56]

---

[56] 毛澤東〈在延安文藝座談會上的講話〉,《毛澤東選集》(第三卷),(江西:人民出版社,1966年),頁809。

然而，如果我們單純的以為，高曉聲的〈跌跤姻緣〉，是類似於日後知青或新生代作家輩，將愛情與婚姻個人化、概念化、孤立或相對地非階級化（如王安憶的「三戀」系列，可能多少有此傾向）的方式來處理，或因為要跟過去的極左辯證，而刻意突顯，或將重點放在愛的人道與本質意義（如張潔的〈愛，是不能忘記的〉），可能又會將高曉聲簡化。事實上，高曉聲對愛情跟階級關係的認識是較複雜的。〈跌跤姻緣〉的男主人公，在以工人為主導階級的新中國，原本有著極佳的前途，他既有大學工程學位，成分也好，但卻因為不知道怎麼追女人、談戀愛，而在某一天出外買肥皂時，因發生了一個意外，而認識了曾被資產階級拋棄的、已經有一個小孩的女人趙娟娟。由於男主人公完全沒有戀愛經驗，彼時對階級雖有意識，卻也還不僵化，故無法抗拒一個「資產階級」形象女人的吸引力。因此在趙娟娟的主動下，遂與其發生了關係，一直到了被工廠的組織發現，才在組織與社會主義「溫暖」的大家庭的要求下，跟趙娟娟分居。然而，這篇小說跟五〇年代以來，那種僅僅將愛情與階級、愛情與革命連繫起來的小說最大的不同是，小說的發展，跟主人公的性格，有著更複雜的連繫，也就是說，它並非是一則過於概念先行，或線性的下層建築決定上層建築式的小說，主人公之所以願跟趙娟娟分居，在眾人的遊說之下認為自己應該要檢討，把自己的問題上綱到黨內兩條路線（無產階級與資產階級）鬥爭的性質，不完全是出自於他後來所被激發的階級自覺，而主要是因為他的感情較為豐富，同時又「性格軟弱」。也由於這樣的性格，他才會在跟趙娟娟分居了很久以後，在某一天無預警地碰到了她，又完全忘了所有的階級判斷與原則，小說是在這個意義上，有一定的超越階級的感染力：

　　　　魏建綱不曾想到會這兒碰到她，毫無思想準備，一時情
　　緒衝動，把原則、立場、前途、思想改造的計畫和向組

織上遮的保證全部丟光,赤條條現出一個人的形狀來,撲上去一把抱住了趙娟娟,眼淚也簌簌地流。[57]

當然,魏建綱的激情也不過就到此為止。這是一篇新中國歷史條件下的小說,主人公雖然是個工人階級,也是受過一些建國前「封建」資產階級文化影響下的軟弱男子,因此就不可能像十九世紀末現實主義小說,如《紅與黑》、《雙城記》中的那種男主人公為了某個迷人的女人與愛情,發展出不顧一切的氣魄與英雄主義的形象。高曉聲事實上是歷史性地掌握住了魏建綱這種人物,戀愛與婚姻的「中國」性質——既然激情只是來自於一時的巧合,一種中國知識份子／男性的軟弱性格又無法克服,而集體黨性等又仍需遵循,他不可能有什麼「主動」的力量與形象。同事們鼓勵他要「進步」,要他拋棄一塊絆腳石(妻子)——反正也曾經是被資產階級拋棄的人,但魏建綱偶爾也會辯證式地興起,當年,那個資產階級的男人,是不是也是覺得自己在拋棄「絆腳石」呢?!總之,這個新中國的主人公,是不敢再想下去的。最後反而只有在女人興起了活力與力量,跟工廠的領導們死纏咒罵下,最終讓組織終於受不了,讓魏建綱失業「回家」,只得跟女人一起經營水果攤,從女人的立場,她也算終於達成圓滿重逢的目的。然而,失去了工廠工人階級光芒的男人／魏建綱,過的卻並不好,本來他自始自終,無論就愛情、婚姻還是工作,都沒有勇於奮進、獨立一面的擔當,日後自然也沒有在未來的生活中繼續發光發熱的能力。生活持續地磨損他,到了改革開放,雖然能夠重回原來的工作崗位,但他的工程師的技術,卻也早已跟不上時代,最後只能成了一個庸俗的老頭,喝酒、感歎終了餘生。綜上細節分析,《跌跤姻緣》不但一定程度上,延續了具有小資產階級出身的工人階級、知識份子,所不自覺

---

[57] 高曉聲〈跌跤姻緣〉,《一九八四年小說集》,(北京:中國文聯出版公司,1986年),頁27。

的階級認識與動搖性,但由於已既不同於五〇年代的愛情加革命、愛情加階級的敘事模式,也不同於知青那種較脫離社會性的愛情敘事,而是恰恰更既反映了新中國建國後的年輕的小資產階級／工人階級／男性知識份子,在具體的歷史經驗裡,偶爾會對社會主義階段中的感情問題有一點洞見／異見的靈光與行為,但更多的時刻仍是「不敢再想下去」的軟弱與不徹底性(某種程度上,有點像從維熙在其〈走向混沌〉第一部中,最後對中國知識份子性格問題的感歎),而在男性對生活的觀感上,也幽微地反映出一種中國男人事實上難以只透過愛情或婚姻,就能得到安頓的「現實」的「社會問題」。

四、「世代」視野下農村現代化與社會主義淵源的再聯繫——論〈水東流〉與〈蜂花〉

同樣也幾乎很少被批評家們注意到的作品,是高曉聲也以刻劃中國農村和農民為中心,但重點其實並非在反映「陳奐生」及其歷史和社會變遷,而是也跟作者以知識份子的啟蒙立場,反思文化大革命間的「世代」關係一樣,高曉聲也有一種以「世代」的視野,來試圖反映農村在邁向現代化的過程中,家庭關係、勞動與消費習慣、戀愛與擇偶等的新社會問題。如果說,陳奐生系列的重點,是以建國後第一代的陳奐生為敘事視角,但在這新一類對農村現代化的問題和反省中,高曉聲更多的是以農村第二代的立場與視角,來理解所謂的農村現代化的現象,因此在小說中的歷史意識上,也跟陳奐生式的保守與固著有相當的不同。代表作不多,〈水東流〉(1981年)與〈蜂花〉(1983年)是較經得起分析的作品。

〈水東流〉跟陳奐生系列中的〈陳奐生轉業〉,都是高曉聲《一九八一年小說集》中的作品,也具有〈陳奐生轉業〉一樣很強的社會剖析性質。這篇小說雖然短,但幾乎概括了農村的二代人,面對農村現代化和社會轉型下,方方面面的差異。一開篇,高曉聲

就運用了一幅隱喻了豐富的農村現代化的暗示的風情描繪，來引導整篇小說的意識，這一段寫的自然又富有現實涵義：

> 在蘇南東部平原上，縱是冬天，也早已喪失了荒涼的感覺。本來已經很稠密的村莊，這幾年一直在擴大，擴大……村與村之間，空隙在縮小，距離在拉近。新起的住房都在向高處發展，青的磚，白的牆，一幢又一幢；冒煙的大煙窗，丁字式架起的胖水塔，以及帶有長圍牆、日夜轟轟響的大廠房，一天天多起來，工業化的味道越來越濃。站在田野裡環顧四周，竟疑身居在城圍之中，牧歌式的生活早已結束。[58]

新建築大樓的出現、煙窗、水塔、工業化的味道，都指向那最終牧歌式生活的結束。這樣的現象，對不同世代的人，帶來的自是不同的體驗與衝擊。對如同陳奐生同輩的〈水東流〉的主人公之一的劉興大來說，顯然改革開放對他的具體好處實在太多了，他衣食無憂，還不時拿到額外的耕種獎金，自由市場也開放了，可以合理合法地賺取額外的收入，實在談不上不滿意。但劉興大基本上跟陳奐生一樣，都是從五〇年代過來的辛苦人，面對改革開放後一下子改善的環境和生活條件，他也常常會興起恍惚的感覺，因為同樣花一樣的力氣，他想不透為什麼現在過的日子和以前差那麼多。但總之賺錢和存錢的機會變多了，劉興大更認真的工作與生活了。也因此就產生了跟第二代的衝突。由於艱辛生活的歷史，讓劉興大產生了非常強烈的「實務」與「功利」的信念，但第二代跟劉興大已經不同，女兒淑珍想買收音機立刻得到其他全體家人的支持，就只有劉興大覺得浪費；而該是晚上全家一起打工做蒲包的時刻，兒女甚至妻子也都跑去大隊包場看電影，對多賺一點點錢已不感興趣；

---

[58] 高曉聲〈水東流〉，《一九八一年小說集》，（北京：人民文學出版社，1982年），頁1。

同時更令劉興大氣憤的是，原本幫女兒看好了一個同樣重視實際的對象，卻在女兒去了男方家一趟，被男方的一樣僅重視「實際」的母親，叫去做鞋做工後，更讓女兒覺得很沒意思，她一方面覺得生活有娛樂的需要（所以要看電影），而自己做蒲包或做鞋，加材料加工錢，根本不比買的要划算多少，卻喪失了生活的其他可能，連找對象如果只有生活「實際」的標準，那還有什麼新意！淑珍是新中國建國後農村的第二代，改革開放了，生活好過了，她因此更感興趣是要多見外面的世面，談一個不要那麼「實際」卻更能貼心的愛人，最後連父親劉興大都管不到她了，直說「隨她去」。也因此這篇小說形象化的反映了，改革開放後農村第一代和第二代，無論在勞動、消費、戀愛和擇偶的標準上，都已經有了正式差異的重要現象。從結尾讓第二代「隨她去」的書寫，可以看出高曉聲對第二代的寬容。對於陳奐生和劉興大這一類的農村第一代，高曉聲似乎覺得，他們已經很難改變了，無論是〈陳奐生上城〉、〈陳奐生轉業〉到〈陳奐生包產〉，我們都可以看到，貫穿在當中的，都是一個已經被務實的生活經驗所制約的農民，他們很難面對新的所謂農村「現代化」的風潮，他們還是會繼續用他們的老實方式過日子和工作，但是他們的下一代，〈水東流〉的淑珍這一代，將不一定要走一樣的路，所以最後作者願意讓第二代「隨她去」。作者在此展現了，能夠相容兩種不同視野與人生選擇的立場。

〈蜂花〉中的兩代，對於農村現代化過程中的問題，反映了更多與過去的歷史因襲的困境與新出口的歷史合理性。就整體閱讀接受度來說，這篇其實並不流暢，缺乏像〈水東流〉那般，對兩代面臨農村現代化問題時，一氣呵成的對其必然分流的了然意識（當然某個程度上來說，〈水東流〉因此也就比較簡單）。然而，就歷史問題連繫的豐富性來說，〈蜂花〉是一篇相當重要的作品。

〈蜂花〉的第一代的主人公苗順新是個教師，改革開放後的1981年，他終於決定辦理病退，原因是為了讓他的小兒子能夠接替

他的工作。但是苗順新對這種「病退」方案,有相當大的不安,他是社會主義、理想主義所栽培的一代,在他的內心中,卻覺得明明自己並沒有病,也很想繼續透過教育,來達到為人民服務的目的,但卻為了個人的私心——要讓小兒子接替,而不能再繼續自己的工作,也感到相當慚愧。他尚不能像有些人,能夠把假性病退完全不當一回事,只看作一種必然的社會現象。苗順新不是這樣,他還是在乎集體主義、社會主義理想,也因此也「固定」在他所「認知」的正確的社會主義發展的模式。他以前就支持大兒子到農村去,相信農村是一個廣闊的天地,在那裡可以大有作為。而到了改革開放初期後,領導想安排他的大兒子去當社員,穩穩定定地繼續社會主義的路線走,他也覺得很好,但大兒子已經不再願意接受安排,而要去學「放蜂」(養殖蜜蜂,採取蜂蜜的一種工作),這個行動苗順新剛開始很難接受,因為在他的理解,此類行動就是自發走資本主義道路,長遠看來,實有背他過去所認知的共產主義的路線,遂與大兒子鬧翻,決定分家。由於大兒子自己已經管不住,苗順新只得希望小兒子繼續他的工作,這樣如果那一天又來了階級鬥爭,至少家裡還有另一條社會主義希望。

　　明顯地,苗順新這一代受限於、或者說是受益於過去的社會主義、共產主義的理想教養甚深,但當中曾具體發生過的階級鬥爭的恐懼又如影隨形,其決策心理,乃是一種理想中混雜著威脅感的性質。苗順新難以接受新生事物,容易將在自由市場發展,看作是走資本主義道路也就不足為奇,顯示了他內在繼承的過去階級鬥爭歷史條件下,將社會主義與資本主義二元對立的思維方式,但這篇小說別有意味的是,小說中讓第二代學放蜂的大兒子苗成果,重新「解釋」很多舊有的歷史觀念,一個導致他敢於到處去放蜂的關鍵是,他將以前社會主義時期的口號:「農村是廣闊的天地」中的「農村」,重新詮釋成「全國農村」,這個不同於知青的農村的第二代農民苗果成,也就沒有什麼傷痕、反思式的敘事,反而有一

種無限寬廣的底層出發的活力，苗果成便能帶妻子到處去放蜂，跟不同的放蜂人交朋友，學到了各種重要的放蜂技術，慢慢地從虧損、打平到賺了大錢，他的父親苗順新也才慢慢覺得自己真是開了眼界，也慢慢地調整了自己的觀點，開始生出第二代的孩子們，不見得都要留在原來的農村與生活中的看法。小說最後的結局也頗有意味，它讓苗果成去跟朋友聊天，聊到了另一個年輕人，這個年輕人似乎是不敢走出去，而一直感激涕零地期待上面的領導為自己安排出路，令苗果成相當感歎，在苗果成心中，人是可以飛的。似乎是暗示著自己的命運，已經是可以靠自己掌握與開創的。

　　從某種角度來說，苗果成這個背離父親的傳統，離家開創事業，最後走出了一條新路者，是不足為奇的，甚至可以說是一種相當通俗而廉價的激勵故事，與資本主義式的敘事模式。然而，它的特點正是在上面所點到的，是這個新中國農村第二代的心態和發展力量的「根源」——仍然是相當「農村是廣闊的天地」這樣的一種典型的毛澤東式的社會主義理念，同時又再將它融合了其時代的新經驗，擴大了這個說法的可包容度，因此才能有新的未來。從高曉聲操作這個理念和理念的辯證方式來說，可以看出作者對於農村現代化，抱持著一種比較複雜的態度——這樣的「現代化」的可能性，仍來自於過去的社會主義的正面經驗與力量，而不是完全跟過去的歷史經驗切割的「現代化」。同時，這種意識的存在，是跟小說的具體情節合一的。作者根據所刻劃的對象，而賦予他們不同的歷史主義意識，李順大、陳奐生、陳興大、苗順新這一代，思想大致是堅守社會主義理想的務實與固著派的，而到了第二代，則是更勇於追求新的世面與更大氣魄未來的可能。這些農村小說均大致屬於同個階段（1978–1984年）也能夠說明，小說的歷史主體意識，並不完全是直線發展的，而是根據小說本身需要的實際狀況，同時並存豐富的歷史意識。

五、農民、幹部、知識份子的精神病症——論〈錢包〉、〈山中〉、〈太平無事〉、〈魚釣〉及〈繩子〉

除了以上四種,將小說中的人物,跟農民、知識份子的社會、歷史的變動性連繫在一起的敘事,反映了各式新中國建國到改革開放初期的社會、歷史、男女婚姻等各式問題。高曉聲另外還有一種,社會的「直接」連繫性沒那麼強,僅僅將焦點,集中在刻劃與剖析某些人物心理的作品。如果說在前四類中,高曉聲是以同主題下風格的變化,或將主人公的形象的豐富性,跟歷史、社會問題的密切連繫,從中細微地展現許多遠超過目前文學史所注意到的特質(含藝術上的特質與歷史意識的特質),高曉聲在這一類以人物的心理、精神病為中心的書寫,則又展現了他另外一面的寫作才華,證明了他有高度的自我變異性,和出入各種不同的存在狀態的能力。

高曉聲為什麼能夠如此在創作上自我變異呢?即使是在「右派」作家中排比,他可能都是在這個階段,擁有為數頗多的代表作的重要作家之一。以高曉聲來理解高曉聲來說,改革開放後,高曉聲在許多的創作觀/世界觀、演講錄中[59],一再提到農民對他的幫助與意義,這很容易給一般讀者有一個刻板印象,讓他對自己的寫作,有了一種過於實用與功利的自我期待:他是一個為農民而寫作的作家。這個意義回過頭來也時時提醒著高曉聲,彷彿他應該要多寫與繼續寫跟農民有關的作品。然而,正如葉兆言所說的:

> 高曉聲,他敏銳地意識到,既然是搞文學,就要把它當做藝術來搞,就要有探索,有試驗,然而這種探索和試驗,由於脫離群眾,註定是不會叫好的,對於一個成名的作家來說,不叫好將是一件很難忍受的事情。[60]

---

[59] 如〈且說陳奐生〉、〈《陳奐生》前言〉、〈《李順大造屋》始末〉、〈希望努力為農民寫作〉、〈為"十有八九"服務〉等,均收入高曉聲《生活·思考·創作》,(上海:上海文藝出版社,1986年)。

[60] 葉兆言:〈郴江幸自繞郴山〉,收入葉兆言《我的人生筆記:名與身隨》,長春:時代文藝出版社,頁203。

綜合閱讀高曉聲作品時的感覺，也確實感受到他那種力求在作品意識和藝術上，不斷自我更新的努力。也因此本書傾向認為，高曉聲這一類以農民、幹部、知識份子的「心理」剖析與社會寓言的書寫，也是他不滿足於，僅僅只被視為農民作家和農村敘事的另外一類作品，它們跟上面已分類分析到的，非農村農民的敘事（即第二類到第四類的性質與內涵）一樣，其實都有作者高度的藝術創意和多元豐富的歷史意識在當中，只是新時期以後，高曉聲的陳奐生系列，實在太過有名，多少遮蓋了他在其他敘事上的被充分認識的可能。

這第五類的這種小說，也就是洪子誠在其《中國當代文學史》中所謂之的「生活」寓言，然而，本書比較認為他們雖然有部分確實也可以被理解為「生活」寓言，但在寫的最好的幾篇裡，仍然被當成「社會」寓言的比較適合，以下舉較具代表性的〈錢包〉（1980年）、〈山中〉（1980年）、〈太平無事〉（1983年）、〈魚釣〉（1980年）、〈繩子〉（1981年）等五篇來分析。

〈錢包〉是這種心理剖析與寓言書寫的名篇。故事是在說一個農民黃順泉，在河中摸到了一個裝有很多錢的錢包，這個河裡的錢包在該農村早已傳聞已久，是每個農民心中都渴慕的「不義之財」。大家都想要，但大家都不願公開承認，直到有一天，大家不知不覺地都下河去摸錢包，彼此間互相揣摩與注意，是否有人摸到錢包了，最終在一場混亂中，黃順泉摸到了這個錢包，然而卻也不久就被其他農民發現了。這時候這些農民的心理就曖昧了，想要錢包而沒摸到錢包的，裝出一副不在乎的樣子，忽然間有了自尊心。就黃順泉這邊，也因為大家將他摸到錢包的事外傳出去，使得他的心也再也無法安寧。他想起過去也有人家因為一有了錢，而惹上土匪的，為了不再讓自己的心靈不安，他只好選擇將錢交還給過去的失主，但沒想到，這個失主竟然還嫌有錢不見了，打了他一頓才將他放回來，從此以後黃順泉就又癡又呆了，真是一個賠了夫人又折

兵的故事。它的抽象意義是：為了一個虛妄／不屬於自己的東西（可能具有追求某種社會理想的隱喻），而吃盡苦頭，最後又為了使自己心安，又只好放棄了原來那個虛妄的東西（在小說中指涉的是錢包，但似乎也可以帶入理想的社會主義），繞了一圈又回到了原點，而且自己的身體還又受損了，從意義和結構的抽象性質來說，跟莫泊桑的〈項鏈〉很相近。如果這篇小說，不是由高曉聲或新中國建國後的「右派」的小說家所寫，還真的可以被視為一則教人不要獲取不義之財的生活或欲望之虛妄的道德寓言，但小說畢竟是新中國作家所寫的，只看成是生活或道德寓言，似乎對作品的理解較窄化了，因此本書方是將其理解成作者對於過去歷史問題的一種態度、一種看法的社會寓言。

　　〈山中〉則是一篇很少被人注意到的作品，故事反映從文革歸來後的知識份子的一種精神上的嚴重焦慮症、恐懼症與神經質的創傷。主人公宗松生不敢搭火車，怕出軌，擔心：「不管什麼人，都得用同一個速度前進，都會以相同的命運結束。」[61]類似的形象隱喻，也曾經同樣出現在比較有具體現實感的〈系心帶〉中，〈系心帶〉中曾寫到：「有人駕船載著他迎著礁石開去，因為自己不願意毀滅，於是就先毀滅他。而他也明白，即使自己還待在船上，也沒有力量扭轉方向，好像他的毀滅已經註定了。」[62]似乎指涉的都是新中國社會主義階段的同質性問題。另一個在〈山中〉的形象化細節是爬山，這裡的主人公起了幻覺，總覺得後面有人要襲擊自己，甚至把別人手上的手提式攝影機，看成是一管新式手槍而驚嚇不已。主人公雖然在文革十年中，沒有枉送性命，但卻染上了其他的精神問題。這個寓言其實是寫的很好，寓言式的觸及到文革對中國知識份子的隱性傷害。陸文夫也有類似的一篇〈圈套〉，也是寫一

---

[61] 高曉聲〈山中〉，《一九八〇年小說集》，（北京：人民文學出版社，1981年），頁73。
[62] 高曉聲〈系心帶〉，《一九七九年小說集》，（南京：江蘇人民出版社，1980年），頁2。

個主人公神經質、怕死的寓言，兩相參照可以發現，高曉聲仍刻意要保留那些可與中國社會連繫上的具體現實暗示，而不願只將它寫成一般的恐懼症，陸文夫的寫法則是更為「生活」化且趣味性更濃的。也因此，〈山中〉的恐懼焦慮症，細讀起來會給人一種更為悲哀的感覺。同時，別有意思的，是這篇小說的結尾，這個主人公在歷經了一場自己的驚恐幻覺後，在聽到了身外的罵聲和笑聲後，終於回過神來，竟忽然覺得，自己應該可以扭轉方向、挺身向前，甚至繼續向上攀登了。這個結尾實在跟陸文夫的〈圈套〉大異其趣，〈圈套〉中的主人公最後仍繼續擔心：往後的日子怎麼過！從這篇寓言中，我們一方面可以讀出，作者對於「歸來」後的知識份子的恐懼症、神經質等的揭示，曝露十七年與文革十年對知識份子長遠的精神傷害，同時也不若更年輕一輩的作家如盧新華〈傷痕〉的耽溺、傷感，可以看出作者在當時，仍有較為剛強、奮進地面對人生的態度，當然這樣快速地，將態度從驚恐又調回到直面人生，就這篇作品來說，也仍欠缺鋪陳足夠的形象細節以支持這種姿態轉向的感性。

不同於以上兩篇寓言的主人公，一是農民、一是知識份子，在〈太平故事〉中，高曉聲將主人公的角色換成紅衛兵（更精確的來說，是帶有紅衛兵袖章的一個人物）。這個寓言旨在諷刺紅衛兵們真真假假的革命搭車大串連，和為了某種革命的形式象徵，讓自己吃盡苦頭的故事。就內涵上來看，有點像〈錢包〉，也一樣是為了某種虛妄的東西吃盡苦頭，但〈太平故事〉中的主人公的心理焦慮，顯然就〈錢包〉的主人公，有過之而無不及。主人公周松林好不容易擠上了車，車上有很多年輕的紅衛兵，打著革命的名號隨時盤查別人，周松林左臂上也掛著紅衛兵袖套，包中放著紅寶書，身上穿著借來的軍裝，乍看下來，真是一個地道的串聯革命家，然而，他的紅寶書卻連同他的錢都被扒走了，周松林心亂如麻，因為

沒有紅寶書:「就等於沒有火種,又如何燎原?」[63]失掉了這個象徵形式,周松林開始陷入了高度的焦慮,擔心自己被盤查,把自己揭露成逃犯、保皇派,甚至可能在車廂裡,就被其他的紅衛兵成立審查委員會處理。他一路胡思亂想,仿佛得了被迫害妄想症,高度注意著他人是否注意到自己,弄到最後甚至以身體不適躲到廁所。然而一切什麼也沒有發生,那幾個紅衛兵的小青年也根本沒有再注意到他,沒有人會記得周松林,也沒有人會多深刻地記得,這兩天一夜在車廂中的一切,包括那些小紅衛兵們在車上喊著什麼以革命的名義,審查可疑的人之類的狀態。當一切過去之後,只有周松林為了一場遺失紅寶書的高度精神焦慮,作為一種歷史病症,長期的保留下來,他永遠也忘不了這一趟旅行。這是一則對投入紅衛兵串聯運動非常精采的諷刺小說,不只諷刺幼稚的紅衛兵小青年,更諷刺在那些小青年之外,藉由這場運動得到點利益的機會主義者,這些人都在「主動地」對此一象徵形式物的投靠與制約中,將自己原本健健康康的精神狀態給毀了。從這層意義上來說,作者不只反省了紅衛兵的問題,也檢討了其周邊的跟進者,具有較具深刻的自省深度。

〈魚釣〉相對於前面較具社會寓言的小說,確實就比較接近生活寓言的性質,它是一則跟魚搏鬥的故事,類似於高曉聲日後為數頗眾的散文——那些寫他農村下放期間,跟各式各類的魚打交道的經驗,高認識各種不同類型的魚,知道他們不同的習性、優點和缺點,就像人一樣。但〈魚釣〉並不是要展現小說中的主人公跟魚搏鬥的力與美—那種海明威《老人與海》式的氣魄,相反的,高曉聲是以非常諷刺的風格,表現主人公在跟魚博鬥的過程中,不斷的透過想像、精神勝利,以至於最後反而變向被魚纏住,在死前一刻,都還在幻想自己是一條有刺的魚,能夠靠身上的刺把對手除掉的自

---

[63] 高曉聲〈太平無事〉,《一九八三年小說集》,(北京:中國文聯出版公司,1984年),頁6。

欺與虛妄。

〈繩子〉也是一則精神勝利的寓言，不過背景換到了某場將要把人處決的批鬥大會。〈繩子〉的主人公，事實上是個旁觀者，他將用來綁自己的臨時睡床的繩子，借給幹部去綁那即將處決的囚犯，並說好對方應該還他一條新的繩子，以免不祥。但最後對方卻仍然還給他原來的繩子，他原本內心非常不滿，但經對方的安撫與「善意」的欺騙後，也相信了該繩子，早在處死囚犯前一刻就解下，因此他也就不嫌棄了。而到了後來的某一天，當他終於知道，對方也只是騙了他，這時侯的主人公，脫離了當時需要繩子來繫床的具體狀況，也就又健忘與不計較了，甚至覺得這也算是一種英勇的「經驗」，馬上又在精神勝利下，讓自己順利度過了精神危機。

綜上所述，高曉聲在書寫這些社會與生活寓言性質較高的作品時，都跟農民、幹部或小知識份子的「精神病症」密切相關，但跟上一類以農村農民命運的小說，也有觸及到精神最大的不同是，這一類的社會或生活寓言作品，比較集中在這些「精神」本身，小說意義的來源，也主要是透過這些精神病症來開顯，抽象意義清楚的同時，現實的豐富性格自然就降低。雖然某種程度上來說，正如詹明信曾提出過的，第三世界國家的文學作品，都常具有民族寓言的性質[64]，但這樣一來，不是大部分的中國現當代小說，也都能夠被視為寓言了嗎？這樣終究消解了論述的差異性或特殊性，也是不合理的詮釋方式。本書以為，就高曉聲前四類型的小說來看，它們都有著從社會、政治、經濟、歷史等各式不同條件下，反映／剖析某種轉型過程中的「整體性」（類似於盧卡奇「社會整

---

[64] 詹明信在〈處於跨國資本主義時代中的第三世界文學〉，《晚期資本主義的文化邏輯》，（北京：生活・讀書・新知三聯書店，1997年），頁523，曾指出：「第三世界的文本，甚至那些看起來好像是關於個人和利比多趨力的文本，總是以民族寓言的形式來投射一種政治：關於個人命運的故事包含著第三世界的大眾文化和社會受到衝擊的寓言。」詹明信在此文中，還普以魯迅的〈狂人日記〉為例，來說明其這種寓言觀點。

體性」的意義）的可能，當然，由於高此期的作品，本身就受限其文體（短篇或中篇小說），在反映／剖析的幅度與複雜度上，不可能像三〇年代茅盾寫《子夜》，或一般批判現實主義小說所有的那種程度，若要更精確給這些短篇的現實主義小說概括，還是以「現實的橫切面」來謂之較合適。雖然是橫切面，但當中所連繫上的公共視野仍是相當豐富與寬廣的。相對來說，第五類以處理心理和精神病症為核心書寫的方式，其實反而是排除了許多「具體的」公共視野的可能，僅選用一些更帶有隱喻或象徵意義的符號，來投射作者所欲傳達的題旨，其他的細節的獨立性、豐富性，題旨和細節之間的內涵和張力，自然會因為要過於聚焦於最終某種「意義」，而有泛抽象知性或理性的現象，也惟其過於抽象，某種程度上來說，對作用（或干預）彼時當下社會問題、清理具體歷史問題，效果可能也就不若前四種題材、內涵與寫法[65]。當然作為具有寓言體裁的文學作品，其性質本就是較重知性、理性而弱化感性與存在感的，抽象的精緻度有，但一旦理解了當中的精緻，餘味等其他理解的可能就消失了，這是帶有寓言性質的文學作品的普遍問題，除非能連繫上非常特殊且獨創的細節與形式（例如德國小說家徐四金的《香水》），好在這一類的作品，在高曉聲1985年以前的作品的比重不多。1985年以後，「右派」的作家們，寓言書寫的傾向和比重愈來愈高，知青作家亦有此現象，這種狀況對作家的創作歷程，和在文學史上的意義究竟應如何理解，仍然需要具體落實在1985年以後的作品的歷史分析才能陸續說明。

---

[65] 本書對於寓言作品的意義與評價，並不是採用較抽象或普世性的標準，而是一方面分析其寓言的內涵與特質，二方面同時考慮它們對中國彼時社會與歷史（即改革開放後所面臨的新的問題與狀況）的干預、實踐或解放的作用，因此才會在詮釋上，突出高的寓言作品不若其現實主義作品佳的判斷，這乃是一種歷史分析時的相對判斷，而不是對寓言這種文體和內涵的可能性的絕對態度。

第三節：新時期意識型態下的社會反思、社會主義理想與文士性情——論陸文夫小說（1978－1984）

　　1957年，當陸文夫因為「探求者」案被牽連時，根據陳遼的說法，其實跟方之和葉至誠一樣，雖然也與「右派」之名發生連繫，但卻無真正被打成右派之實。儘管被下放回蘇州工廠進行勞動「改造」，但相對於真正被打成右派的高曉聲、從維熙、張賢亮、王蒙等人，或回農村，或蹲勞改隊，或遠赴新疆，幾乎不可能有機會與空間再創作，陸文夫在十七年間，還能繼續發表與創作，不能不說有其幸運與不幸。1959－1964年間，陸文夫其實寫出過19篇短中篇小說，改革開放後，1978－1984年間，雖只有17篇短中篇小說，水準較十七年高也很自然。

　　某種程度上來說，在21世紀初，再來論陸文夫的小說，有其困難。因為一方面討論陸文夫的創作歷程、重要作品的文本細評，較具代表性的評論，十七年間已有茅盾和范伯群的闡釋與疏理，深化性有限。二方面在改革開放後，1990年前，兩本專書《陸文夫作品研究》和《陸文夫的藝術世界》也收有許多代表作的點評，不像高曉聲，一直以來除了「陳奐生」系列，仍有很多作品幾乎不在學術界的視野裡，從材料到分析，都有一定重新闡釋的需要。而陸文夫的作品，似乎無論是就生活性、市井性，還是抒情、哲理、幽默、蘇州味等角度等的分析，在今天看來也已被學界所知覺與認識。

　　基於從陸文夫的材料出發，又希望能有一點，跟過去重要學者的研究不重複的觀點，在本節中，本書「不」採用像上節論高曉聲時，以多種「主題」為中心的討論方法——高曉聲之所以還可以這樣討論，是因為高該階段的作品多，除了「陳奐生」系列之外，也還有很多作品的主題和特質沒被學術界注意到，故以該角度，來統攝與展現高曉聲的豐富性，較有研究與敘述上的必要與合理性。

但陸文夫不能再用同樣的方法（每一個作家應該都有不同的論述方式，否則便會有先驗框架化與教條化之嫌）。我以為論陸文夫若要再有點新意，或有史料連繫上的縱橫性，可能必需要重新反省與自覺到，相較於高曉聲，對過去的社會主義時期的微妙態度和對農民、人民群眾的複雜感情，陸文夫在文革之後的小說，知識份子的啟蒙立場／姿態及視角其實更明顯一些，這使得他在創作官僚或教育問題的題材時，均深受文革之後的鄧小平時代，所隱含「新時期」以降的意識型態所影響，或說牽制，也因此有較強的本質化、重視啟蒙與人道人性的傾向，歷史和社會思考的深度其實不若高曉聲。這個部分，還可以跟過去毛澤東和社會主義階段一直關心的，基層官僚與黨內官僚的歷史問題連繫起來參照，可能可以看出陸文夫連繫歷史問題的部分敏感度，和其視野上的限制，〈特別法庭〉（1979年）、〈唐巧娣翻身〉（1981年）、〈圍牆〉（1983年）、〈門鈴〉（1984年）四篇比較有分析的價值。其次，本書也將分析他在此階段的作品中，所展現的對過去的社會主義理想性、矛盾的內涵，以及繼承了中國傳統文士性情結合的書寫現象，並由此所產生的中國式的「平衡的藝術」的特色，〈獻身〉（1978年）、〈小販世家〉（1980年）、〈還債〉（1981年）及〈美食家〉（1983年）是他一生中最有代表價值的作品。

一、新時期意識型態下的官僚與教育反思——論〈特別法庭〉、〈門鈴〉、〈圍牆〉與〈唐巧娣翻身〉

官僚與社會主義的體制問題，是新中國建國後，毛澤東在建設具有中國特色的社會主義國家上，最關心的問題之一。某種程度上來說，雙百運動和文化大革命的發生，也跟毛澤東為了有效打擊黨內官僚，與對抗在社會主義的新歷史下，形成的新特權階級與日趨明顯的科層制度（如幹部／黨員的職等、薪資的分級、較菁英化

的教育制度等）有關[66]。文化大革命結束後初期，雖然由華國鋒掌權，但實際更有權力基礎與能力的鄧小平，才是主導文革結束後的新中國局勢的領導，也因此，目前已成為文學史慣用的文革之後的「新時期」，事實上也可視為鄧小平所主導的意識型態下的「時期」。鄧和毛對於官僚和社會主義體制的不同理解與回應方式，恰恰是區隔此一時期與彼一時期的差異。

表面上來說，文革之後的鄧小平，對社會、農村、經濟和文藝都採極為開明的政策，比起六〇年代初的劉少奇的政策，可說有過之而無不及。他之所以能夠重返政治高層，很大程度上，也正是仰賴了他跟成千百萬的知識份子一樣，都是文化大革命的「受害者」的身分，具有廣泛的知識份子支持的群眾基礎[67]。也因此，正如同莫里斯·邁斯納在《毛澤東的中國及其後：中華人民共和國史》中的分析，鄧小平還曾經對知識份子，畫出了一張包括經濟和政治民主等美好的未來藍圖：

> 他許諾為知識份子提供更多的物質利益和更高的社會地位，解除對他們政治上的懷疑，迅速發展科學技術，給知識份子在專業上更大的自主權、在現代化高等教育體系中更大的發言權，從而成功地贏得了知識份子的支持。他還表示要實行澈底的經濟改革和政治民主化。[68]

從1978－1984年間的多數小說，和知識份子實際生活轉好的狀況來看，若先暫且存而不論政治民主化的落差（這個問題很複雜，而且跟1985年以後，到六四事件的發生，都有關係，本書目前難以評議），鄧小平確實落實了不少他的理想與承諾，特別是他策略性

---

[66] 可參見莫里斯·邁斯納(Maurice Meisner)著，杜蒲譯《毛澤東的中國及其後：中華人民共和國史》，（香港：香港中文大學，2005年），頁271－349。
[67] 同上注，頁397－416。
[68] 同上注，頁402。

的重新理解經典馬克思的社會主義發展理論，認為仍要先充分發展資本主義，才能日漸過渡到「真正的」社會主義，所以他自然也不可能，採用過去的那一套，相對來說較強調計劃經濟和理想主義的社會主義方式，而若是想要讓中國自行開發一套，更合理的所謂的社會主義式的經濟方式，比起直接援引西方資本主義的市場經濟模式，無論從理論還是實踐上，過去的歷史（即社會主義階段）也已經證明，有相當高的難度。再加上，文革之後的中國社會極需要秩序重建，也就部分地需仰賴黨和一定科層體制的集體力量，若讓群眾能夠直接掌握生產條件（這是社會主義的條件之一），將會像之前的合作化運動、大躍進與文化大革命一樣，很可能嚴重動搖黨的集權主義的性質，甚至最終解消國家（這也是馬克思主義的終極理想），正如莫里斯‧邁斯納的分析：

> 社會主義是直接生產者、而不是國家對生產進程的支配。……真正的社會主義手段以政治民主為前提，因而是對中國共產黨政權的直接挑戰。確實，真正的社會主義是雙重的挑戰，它既威脅到原有的經濟體制，也威脅到共產黨官僚的政治權力。[69]

如果莫里斯‧邁斯納所言合理，在文革之後，在鄧小平的掌權下，中國的社會、經濟快速穩定與成長，但也付出了沒有絕對的民主自由、與國家機器日漸擴張、城鄉差距日益拉大、菁英教育模式重新崛起，以及黨務系統的官僚腐敗更形嚴重等問題——而這正是毛澤東一直以來希望控制的。當然，這邊引毛曾經的理想為參照系，並不是簡單地要為毛澤東主義及過往所發起的政治運動和整風辯護，要對比突出的論點僅僅是：鄧小平實際上，並沒有直接繼承了毛的社會主義發展邏輯，來繼續解決中國的問題，正如1981年6

---

[69] 同上注，頁418。

月27日中國共產黨第十一屆中央委員會第六次全體會議一致通過的《中國共產黨中央委員會關於建國以來黨的若干歷史問題的決議》的「實事求是」的邏輯，鄧的思考方式，乃是將理論，上接到經典馬克思主義的資本主義先於社會主義的觀念，以將社會主義往後推延的策略，先為新的經濟發展和政治模式創造條件。在這樣新的發展框架下，原本在社會階級中，屬於較弱勢的知識份子，又重新成為相對於農工兵的新得益階級。恰恰是在這種微妙的層面上，「右派」的知識份子，跟鄧小平所強調的新的社會和政治體制，有某種意識型態的內在的同構性。在他們此階段的作品中，特別能看出這種以知識份子姿態／立場為主導的產物。

陸文夫此期的小說，特別是在官僚和社會體制中的教育問題的反映，受制於鄧小平的「新時期」意識型態較高曉聲明顯。這主要是因為，在十七年與文革十年間，高曉聲主要的身分為農民，雖然改革開放後，高曉聲也受益於鄧小平上台後的知識份子政策，但他在此階段的小說的書寫上，仍然因為其知識份子的習氣較低，對相對弱勢和農民的關懷和具體的社會、歷史感性的連繫性更為重視，他的性格也較為反骨，故對黨內官僚等新利益成員，帶有較強烈地揭露與批判的態度，雖然其筆下的官僚形象不見得很飽滿。而陸文夫雖然也對黨內官僚和相關制度問題，抱有諸多的疑慮，但他主要是採用一種相對「理解」的反省姿態、一種較為「溫和」地回應官僚體制負面現象的立場（某種程度上也是將官僚的現實問題合理化），因此不自覺地，更接近了鄧小平對官僚體制放鬆的新時期意識型態，若從馬克思主義最終企圖消解「國家」的理想來說，陸文夫明顯地比高曉聲保守許多，對歷史和社會的複雜性的理解，也較有簡化的問題。

陸文夫五〇年代初以〈小巷深處〉成名，1957年因「探求者」案被下放回工廠改造，由於「改造」成果佳，又適逢大躍進以後，過於激進的極左路線又較平緩，也放鬆了相關的社會與文化政策，

使得陸文夫在1960年初,又上調回南京當起專業作家,一直到1964年間左右,毛又開始抓新的階級鬥爭運動,鼓勵如「八九點鐘的太陽」的年輕人登上歷史舞台,進行文化大革命。在「千萬不能忘記階級鬥爭」的新歷史條件下,陸文夫再度受到波及,也因此被嚴重批判到甚至曾經想自殺。陸在散文〈微弱的光〉記錄到他當年被批鬥時的一種微妙的心態,他曾提到:「怎麼昨天還說我寫得如何好,今天卻突然成了反黨反社會主義,有些批判和讚揚我的文章前後竟然出自一人之手,這文藝界究竟還講不講理?」[70]陸文夫對新中國鬥爭歷史下,其實並不獨特的「反覆」現象感到很困惑,不能不說對歷史認知的視域太過於抽象狹窄,畢竟,類似的新中國成立後的鬥爭何止一二,中國共產黨官僚體系在歷次的鬥爭結果或下場,基本上是隨著毛澤東,和其他共產黨內領導人之間的「路線」認知(社會主義與資本主義)之爭上上下下。作為一個企圖將馬克思主義與中國實際經驗結合的理論創造者的毛澤東,為了建設一個具有中國特色的社會主義體制,其具體的生產力展開與其發展手段,自然也隨著不同的歷史條件、國際局勢而有所變異,但在這種動態辯證中,仍有一點共同的交集,就是毛在發展具有中國特色的社會主義時,對於黨內官僚體制的反感,他深怕黨內官僚又形成了另一種修正主義,或說成為了另一種黨內資本主義當權派,也因此需要以新的階級鬥爭,來破壞新形成的權力,抑制「資產階級法權」[71](當然這也很可能是毛為了掌控政治領導權的一種「理想主

---

[70] 陸文夫〈微弱的光〉,《深巷裡的琵琶聲——陸文夫散文百篇》,(上海:上海文藝出版社,2005年),頁251。

[71] 「資產階級法權」,最初出自1875年馬克思《哥達綱領批判》,意指涉的是在共產主義社會的低級階段和高級階段,前者不可避免地帶著舊社會的痕跡,此痕跡之一,就是「資產階級法權」,這種法權造成新社會裡個人收入之間的重大差別和其他社會不平等現象。在新中國,這個概念在1958年時曾被張春橋用過,後來在文化大革命後期又再出現,被毛澤東借用來批判當時仍存在中國的各種不平等的狀況,同時也引起1975年中共政壇的另一場鬥爭。詳可參見莫里斯.邁斯納(Maurice Meisner)著,杜蒲譯《毛澤東的中國及其後:中華人民共和國史》,(香港:香港中文大學,2005年),頁369-371。

義」式的策略,但若想想,自古以來,欲當權者,誰不是講求思想手段?)。只是,如果先存而不論毛在政治權術上的策略考慮的可能性,從社會主義的理想追求的立場,階級鬥爭不能說完全沒有理想性與必要,問題的關鍵是在於,是誰、在什麼標準下,來判斷誰是社會主義理想者、誰是資本主義當權派,由於各階段的鬥爭,都涉及到跟當下的歷史經驗辯證後的決斷,往往誰能掌握文化領導權,似乎就成為階級鬥爭勝負的某種主觀或唯意志下的標準——而這正是跟唯物論完全相反的邏輯與弔詭處。對於大部分的「基層」官僚或單純的知識份子來說,他們幾乎都不可能脫離這樣時常要被鬥爭的「現實」,但又常在領導人洗清了其對手後,歷史條件似乎又變了,部分新官僚登上歷史舞台,但大部分舊的基層官僚,日後也仍舊又可再度回到原位上。

這樣高層的「反覆」與歷史辯證,可能是當年陸文夫無法想見與看清楚的歷史現實,但作為一個三起兩落、歷次階級鬥爭下被牽連到的人,本書以為,陸文夫倒是在不自覺間,理解到凡事要如履薄冰的立場。在頻繁的階級鬥爭的歷史影響下,陸不同於高曉聲強勢的批判腐敗官僚,他較成功的寫作嘗試是,冷靜地理解與刻劃那些老成穩重、不敢放膽做事,也不願意得罪任何人,跟各種人物都有點關係,但懂得又保持適當距離的官僚的形象。〈特別法庭〉(1979年)的主人公是這樣的角色,陸文夫形容〈特別法庭〉中的主角汪昌平:「不批評任何人的錯誤,也不解決任何人的問題。他把領導當成了老闆,把群眾當成了顧客。」[72]這樣的官僚才得以在歷次鬥爭中存活下來,但由於活得小心翼翼,講任何話都考慮再三,也愈來愈沒有可信任的人或朋友,直到了文化大革命開始以後,在各派系的升降間,汪昌平也覺得活得苦悶,才找「我」聊天,但「我」最終還是發現,汪昌平連跟「我」談話,都是經過

---

[72] 陸文夫〈特別法庭〉,《陸文夫文集》(第三卷),(蘇州:古吳軒出版社,2006年),頁483。

一番算計,考慮到「我」既不屬於當權派、也不屬於造反派,更因為以前犯過錯誤,也不屬於「革命群眾」的行列,因此較為「安全」,從另一角度來說,汪昌平無論在做事和與人相交,都是不願意承擔任何風險與危險的人,既不願意強烈的投入、付出相對可能的機會成本,與其伴隨的可能幻滅、痛苦,自然也欠缺了更深刻的投入社會問題後的成長、見識與膽識,最終汪昌平只能成為一個沒有主見的安穩的人。多年以後,「我」終於參加了汪昌平的追悼會,果然印證了汪昌平這樣的精於自保的世故的下場——他的追悼會上缺少真正悲哀、沉痛與同情他的群眾,人們來到這個在公園中的追悼會,寧願選擇在富有自然生機的會場外聊天,也不願意立刻進入會場,形象化地諷刺意味成功而明顯。然而,作為一個知識份子的「我」,最終還是起了反省的意識,以為汪昌平今天落得如此下場,「我」覺得「我們」,包括「我」也並不是毫無責任的,然而,「我」又隨即轉念,覺得現在人們似乎對未來充滿希望:「我又何必用歷史的陳帳去糾纏」[73],也因此小說就在揭露與諷刺了一種,長期在鬥爭的歷史之下的保守的、安穩的「官僚」形象,但卻無法面對與思考,生產此種官僚的歷史條件或歷史複雜性的問題。從這個角度來說,這篇小說反而蘊含了一種,跟汪昌平或許相去不遠的「保守的」歷史主體意識。

　　類似的人物形象與性質,在〈門鈴〉(1984年)也可看到,但跟〈特別法庭〉不同的是,〈特別法庭〉最後仍有一種沉痛感,到了〈門鈴〉,陸文夫則是採用了較有喜感、或說幽默的風格,來反映此種待人處事保守、意識僵化,全憑政治和運動邏輯來理解與判斷人的問題。主人公徐經海是一個老幹部,經歷過各項新中國下的政治運動,從反右鬥爭開始,他就在家門口裝上一個門鈴,為的是每當有人要到他家裡來時,他可以立刻轉變正在做的事,表現出

---

[73] 同上注,頁491。

一幅認真學習毛選的社會主義主人公的形象,儘管他可能在家裡時常在看小人書,也不學習馬列,但這一切均不可對外人道也。徐經海從反右運動中就學到的是,人不可伸枝展葉,不能有什麼主見,就這樣努力既作不了什麼事,但也沒有犯什麼錯誤、得罪了什麼人,一路安穩到文革之後。然而,文革後的徐經海,那一套以政治和運動來理解人的方式,已經在改革開放經濟掛帥的狀況下不再管用,在這當中,陸文夫其實反映到一個很敏銳的歷史連繫性,那就是共產黨幹部的職等和其對應的待遇的狀況,徐經海就是用這個邏輯,來類推與理解他的朋友目前生活的「階級」和狀況的。有意思的是,共產黨內的職等與階級的劃分,一直以來就是毛澤東所企圖改革與發起鬥爭的原因之一,是被毛視為走修正主義路線的一種方式,陸文夫同樣也並沒有去處理與清理,支持或反對這種職等劃分的歷史問題(如果往此方面寫,就能夠連繫上,新中國建國後的各項重要的社會主義與資本主義之辯,問題意識將更為重要),陸文夫簡單的刻劃出了另一個在改革開放後,做了成功商人的「右派」,來跟徐經海見面,這個得利於改革開放後經濟利益的右派,大大地突破了徐經海完全以政治運動和共產黨的職等的邏輯來判讀人的方式——不但有一個年輕美麗的太太,還在其勇敢地迎上改革開放政策之下,開了大公司,賺了大錢,而讓徐經海私下羨慕與感歎不已。但徐經海終究受這種一步一步的等級制太久,心中又覺得那些從商賺大錢的人,將來總會再翻車,因此他仍不願意拿掉門前的門鈴,仍然寧願過一種如履薄冰的日子。是故,陸文夫〈門鈴〉,可說是典型地反映了徐經海這個老幹部,在改革開放後的社會關係的轉變與其心態變化,同時也諷刺了他僵化的思考方式和中規中矩的等級觀與價值觀,也暗藏了陸文夫對改革開放的新經濟政策的肯定。也因此可以看出,陸文夫此中的歷史意識,跟鄧小平改革開放下,維護既定新知識階級、全力發展市場經濟的同構性,當然改革開放有許多優點,但作為一個嚴肅作家,已經敏感地意識到

官僚等級制這種題材，最終卻簡化地讓它服膺於市場機制下，連辯證的掙扎都沒有，無疑相當可惜，陸文夫因此可以說，失去了一種以較大的格局，形象地檢討建國後歷史中對官僚及其等級制度間的社會主義發展的問題，儘管他曾經意識到這個題材的重要性。

陸文夫這種較為保守的對平庸官僚的反映，雖然在〈特別法庭〉和〈門鈴〉都因其人物形象和題材的敏感度，仍有可看處，但歷史主體意識和問題意識不夠深刻，也是在上面已經分析過的事實。而就藝術和內容的有機整合度來說，〈圍牆〉（1983年），可能是相對來說，較成功的一篇。當然〈圍牆〉的歷史意識仍是沒有多大突破的，作者聰明的讓娃娃臉的工人實踐派馬而立，周旋於古典派、現代派和折衷派三者間，來落實其重建圍牆的行動。這個不懂清談、意義，只懂將問題實際解決的工人階級形象，無疑地繼承了新中國建國以來，對工人階級的尊重與肯定。但到了改革開放後，這樣的主人公終究回到了一個不識政治複雜與深淺的位置，而且即使如此，作者還是讓他繼續自甘作螺絲釘地努力盡到自己的責任。從敘事者字裡行間的態度不難讀出，陸文夫對馬而立的好感，對古典派、現代派和折衷派的官僚知識份子們的諷刺，而也由於小說一剛開始，便將圍牆形容成已有上百年的歷史，本來就隨時都有倒塌的可能，也就可以部分地詮釋成，陸文夫企圖藉由這篇小說，寓言式的投射他對於新中國曾經存在的，對於工人階級、實踐派，比起各派清淡官僚知識份子更認同的傾向。從社會主義無產階級的立場，這樣的理解當然是合理的，但事實上也仍然沒有脫離，五六〇年代，就已經讓農工兵，成為先進階級的理解。陸文夫自己在五〇及六〇年代初時，就有如〈榮譽〉（1954年）、〈葛師傅〉（1961年）、〈二遇周泰〉（1963年）等以工人階級為社會主義先進主人公的代表作，改革開放後的〈圍牆〉如果說跟過去有何不同，主要是它更具有寓言的性質，以一個與過去莊重不同的「娃娃臉」的工人階級形象，來強化這樣的判斷，從內涵跟藝術整合與讀

者閱讀的效果來說,〈圍牆〉是很成功的作品,但從可能挖掘的歷史意識來看,便會發覺陸文夫選用了寓言式的文體,終究是將工人階級的可貴處與複雜性抽象概念化了,所以某種程度上來說,〈圍牆〉在官僚知識份子與工人階級之間的關係,仍沒有較開創性突破的意識。

而在同個階段的〈唐巧娣翻身〉,本書認為其實是一篇選題相當好的作品。這是一個名為唐巧娣的女工人的翻身故事,新中國建國前,她只是一個貧苦的女工,新中國建國建立後,由於她已有十年的工齡,身世又悲苦,因此被知識份子的「我」寫成典型通訊,登在報紙上,廣受大家重視。小說事實上涉及到了「女性解放」,而且是弱勢女性解放的問題意識,以社會主義的立場上來說,具有相當的進步性。新中國建國後,最重要的政策之一,就是頒佈了《中華人民共和國婚姻法》,同時進行了一系列解放婦女的社會變革,戴錦華在〈性別與敘事:當代中國電影中的女性〉中曾引到:「自新中國建立始,中國共產黨推行了一系列解放婦女的社會變革措施:廢除包辦、買賣婚姻,取締、關閉妓院、改造妓女,鼓勵、組織婦女走出家庭,參與社會事務及就業,廢除形形色色的性別歧視與性別禁令,有計劃地組織、大規模地宣傳婦女進入任何領域、涉足任何職業──尤其是那些成為傳統男性特權及特許的領域。」[74]陸文夫五〇年代的〈小巷深處〉,也是以一個女性妓女,在解放後翻身成為好工人的故事,約略地連繫上了弱勢女性解放的問題,但該小說的真正重心,乃是在於知識份子克服階級差異,跟這個妓女／工人彼此互相成全的意識,歷史複雜性與連繫性較低。改革開放後的〈唐巧娣翻身〉繼承了這種女性解放的題材,

---

[74] 戴錦華〈性別與敘事:當代中國電影中的女性〉,收入《斜塔瞭望──中國電影文化1978-1998》,(臺北:遠流出版事業公司),頁89。原出處為中華全國婦女聯合會編《城市婦女參見生產的經驗》,(北京:新華書店,1950年)與中華全國民主婦女聯合會宣教部編《婦女參見生產建設的先進榜樣》,(北京:青年出版社,1953年)。

雖然其目的並非在思考女性解放的歷史問題，而仍是帶入了陸文夫深受新時期意識型態的影響，小說真正的重點是，敘事者／知識份子的「我」，曾經一直鼓勵唐巧娣讀書、學文化、受教育，以脫離文盲。但一方面緣於唐巧娣的工人工作實在太累，又要時常開會，二方面唐巧娣也漸漸發現由於她的不識字，才得在文革時期要開會時，以一字不識為由，替自己擋掉許多無謂的麻煩，因此唐巧娣還對自己完全不識字、沒受過教育的背景，反而很自豪。然而，改革開放後，唐巧娣的兩個兒子，卻因為在母親過去的不用讀書，一字不識，仍有錢可賺的觀念影響下，走上歧路，故希望「我」能夠好好的教自己的另一個女兒，不要再「沒有文化」。從這樣的敘事和意識中，我們可以看到，這篇小說真正想強調與表達人應該要好好地受教育、學文化，不可因為看到一時知識份子的悲慘，而興起教育不需要的判斷，其採用知識份子的立場／姿態的視角，道德教化意味相當濃厚。這樣帶有「風水輪流轉」的簡單歷史觀，很明顯地不但浪費了「婦女解放」的題材，也因最後要突顯教育的道德教化功能，反而沒能處理新中國建國以來，和改革開放下的「教育發展」路線差異的歷史深層原因。畢竟新中國建國後的教育政策，在兩條路線的鬥爭下，一直是有著平均主義與菁英主義之爭，電影〈決裂〉（1975年）講述一個大躍進時代發展弱勢平均主義的教育模式，雖然帶有相當的教條性質，但就其社會主義理想性來說，不完全無可觀。相對來說，建國後的工人階級的教育問題，和日後在改革開放下，又恢復了菁英主義的教育模式，在〈唐巧娣翻身〉顯然都只有點到為止的反映。陸文夫明明涉及到了婦女解放、讀書、教育在兩個相對不同時期對比的題材，但卻沒有辦法綜合發展到一個更大的格局，嘗試形象化地反映這當中的複雜性，似乎也仍是以其較保守的新時期意識型態、過於執著與難以突破的知識份子立場，和本質化的載道心態的綜合結果。

二、科學、日常、商業、飲食文化中的社會主義理想、矛盾與文士性情——論〈獻身〉、〈小販世家〉、〈還債〉與〈美食家〉

另一方面，別有意思的是，在陸文夫1978－1984年的另一批同樣從知識份子立場／視角，但卻是以知識份子為「主角」（而非像前一類以官僚、工人或女性為主角）的小說時，雖然也有受到新時期主導的意識型態的影響，在作品中常有突出人道、人性等性質，但其無論是對新中國的現實歷史社會的連繫的豐富性，還是對作品內在的真誠、感染力、中國文士的趣味、機智與智慧等有意味的形式／藝術性質，都整合發展的較前一類小說為佳。這自然不是陸文夫單一個案的現象，新中國「右派」小說家的作品，由於多帶有其自身知識份子自傳的性質，某種程度上來說，只要作者敢於真誠地自剖，包括自己在新中國社會歷史條件下，各個階段的所見所聞與靈魂發展的狀態，表現其個人的特殊性的同時，比較有可能較自然地觸及了各式歷史、社會問題的深刻性，而且往往隨他們自己出身與命運的差異，不同程度上地反映了不同的歷史與社會面向。但在上一類的作品裡，作者雖然也有其真誠，但在把握現實的真實度與複雜度上，由於較不自覺地多採用知識份子的姿態與立場出發，對他者的瞭解事實上仍不夠深刻，故整體的綜合價值，實不如寫跟自己的自傳命運更相近的作品，其他的「右派」作家亦有此類現象。例如王蒙的《活動變人形》（寫於1984－85年），亦屬於他的自傳小說，如果跟其後來所出版的《王蒙自傳》三部曲來對讀，便會發現，他是以自己這一代的社會主義理想主義者的立場，來回視與看待從舊社會過來的他的父親、母親及其親戚那一代的文化人格與封建性因襲缺陷等問題，姑且不論其語言的刻意（當然也可以勉強理解成一種藝術上的艱難書寫），若就歷史意識和公共視野的連繫性來說，可謂相當豐富，而其小說的形式，也較後來平鋪直敘的自傳

三部曲要來得有張力；張賢亮的《感情的歷程》，包括〈綠化樹〉（1983年）、〈初吻〉（1984年）、〈男人的一半是女人〉（1985年），其他還有較早期的〈靈與肉〉（1980年）等，亦都連繫上了各式建國後特殊的兩性關係、勞動與精神辯證等豐富的內涵，都相當具有直覺的形象和藝術上的感染力，〈靈與肉〉不時在生活中，出現的神聖意象或說以神聖的想像來自我安慰的書寫，令人印象深刻；而從維熙的《走向混沌》系列，也是以知識份子的自我為中心，旁及當時的其他知識份子，與出身較好的妻子等人，來反映被打成右派的經過、知識份子的問題與勞改隊的現實狀況等。當然這樣的書寫現象（即作家以自身知識份子的命運為主體，寫的較其他小說好的現象），很大程度上，也可能說明了作為知識份子作家，在處理材料上難以出乎其外的限制，特別是作家沒有足夠檢討自覺的時候，就會長期影響了作家整體的成就，這個問題也是本論文後面陸續要綜合分析的一部分，容後再討論。在此僅要先說明的是：在1985年以後，這一類知識份子書寫自身的小說愈來愈多（其產生的歷史條件亦下章再述），連高曉聲也部分地移轉了其農民的視角與立場，專去寫以知識份子角色為核心的《青天在上》。然而，整體上還是可以大致看出，這種現象的階段性差異：在1985年以前的小說，若以知識份子的立場或主人公為中心的書寫，其寫作的目的或理想，仍多是在反映或連繫上各式各樣他們所理解的豐富的「現實」，這當中往往帶有相當豐富的公共視野。而在1985年以後，其重心則是愈來愈加重在知識份子的「命運」本身，其人物跟社會歷史現實等公共視野的連繫的密度、特殊性與豐富性降低，有愈來愈將小說的情節／細節，強於聚焦於坐實於某種人物的苦難或問題上。某種程度上，也可以說是愈來愈往「寓言化」的抽象精神性的方向發展。

在分析這一期這一類的代表作：〈獻身〉（1979年）、〈小販世家〉（1980年）、〈還債〉（1981年）與〈美食家〉（1983年）

前,乃需要先說明的是,陸文夫這一輩的「右派」作家,其身上所帶有的社會主義、理想主義的心態,雖然已經是理解「右派」的基礎知識,而在上一章分析到陸文夫五〇年代的作品時,也可看到這種信念的具體展現。但陸文夫的創作歷程較特別的是,他在反右運動到改革開放中間的六〇年代,仍有幾篇具有過度意義的社會主義理想性的作品,需要先進行分析,以作為後面的參照,較重要的為〈葛師傅〉(1961年)、〈牌坊的故事〉(1962年)、〈介紹〉(1962年)到〈二遇周泰〉(1963年),這些主要都是作者,以自己在機床工廠及蘇州的生活經驗為材料而書寫的小說。在六〇年代到文化大革命開始前,陸文夫創作的幽微的差異,跟五〇年代的作品比較,可以約略看出〈小巷深處〉、〈平原的頌歌〉式的陸文夫,雖然對自己帶有批判與自我檢討的意識,也會在小說末端留下希望,以求低調「獻身」,但不會「刻意」為作品歸結在某種過於明顯的無產階級的進步性。但是若仔細的閱讀這幾篇大躍進之後的小說,會發現它們都有更明顯的意識集中——特別肯定社會主義,認同勞動階級與勞動實踐,並暗示知識份子不識實務的心態及行為等,易言之,它們跟當時大敘事下的生產傾向同構,很明顯的展現了作者在處理現實上的日趨固著與框架化的問題。

〈葛師傅〉、〈二遇周泰〉的背景都在工廠。主題都是在寫「我」「真誠」的對勞動階層看齊、學習的故事,勉強可說特殊的細節是,作者以肯定勞動中所能自然生產出的「創意」成分,來對比自己根據僵化的英雄人物的理解,來對自己進行「改造」與「檢討」。例如〈葛師傅〉中諷刺與反省「自己」亂編評彈,散佈葛師傅的英雄事蹟又不落實「實務」的劣根性。而〈二遇周泰〉也表現了對無產階級、勞動階級「解放」的認同,「我」在當中,有很明顯的肯定打倒封建社會和認同共產意識的立場,甚至在小說結尾時,還以周泰師傅教訓「我」應該要更加努力回饋國家,效法毛主席作結。

而在〈牌坊的故事〉與〈介紹〉中,都以全知視角來表現「對祖國貢獻」與「肯定實務」的內涵,〈牌坊的故事〉寫一個醫生,將珍貴的藥方奉獻給「祖國」,這個藥方原本是只傳給真正有心學醫,且有良心的人,因此當小說安排將藥方從「個人」轉獻給「祖國」,仿佛就可以理解成是從小我到大我的「貢獻」。而〈介紹〉中,藉由男女相親戀愛的事件,又將兒女情長連結上維修機械的「實務」,使得個人式的愛情,成為成全集體理想的媒介。

這四篇小說的故事細節和人物形象,跟五〇年代中陸文夫的作品比較起來,實在是明顯的框架與教條化很多,很刻意地突顯:「肯定社會主義,認同勞動階級與勞動實踐,批判知識份子不識實務的心態及行為」等意識,四篇的敘述者,其實也都是該語境下的知識份子,但卻在敘事上進行刻意淡化,由此就可以幽微的看出:陸文夫作為一個被「改造」的「反黨集團」的知識份子,可能真是如履薄冰地,一心努力向勞動階級認同,明明創作個性就是較為欣賞低調、趣味、韻味與從生活本身出發的傾向,不斷在政治運動的「教育」下,似乎也愈變愈僵化,他調整原本對人物選擇與意識的表現方式,甚為明顯地「集中」到表現「勞動階層」,但對這個階層的人物,似乎仍是少了一種「不隔」的形象刻劃,嚴格來說連表現「我」／知識份子的形象部分,也是相當不飽滿與無生機的。

然而,陸文夫比較耐人尋味的地方其實是在於:雖然有被社會制約的一面,但是由於他長於自我調整、自我說服,跟汪曾祺有點像,與其說他們跟歷史困境妥協,不如說他們都有點在困境中「隨遇而安」的本事。本來,他們就不是西方資本主義式、個人主義式的知識份子(過去的客觀條件也不可能允許他們往那種方向發展),更是中國式的社會主義的虔誠追隨者,因此也就沒有過分誇張的感情與痛苦,至少寫這些小人物,儘管刻劃的不無教條,但還是可以感受到,陸文夫盡可能讓自己確實欣賞他們,在充分的自我說服下,便能從他們身上看出、刻劃出各種優點。而就算這些人物

有些什麼共同的、固定的、甚至是窄化的「意識型態」和刻劃的同一性,就一個創作者及作品而言,在六〇年代初的歷史條件下,他顯然仍然已經盡可能地,保持他創作上的理想與真誠。這也就是為什麼我們讀了這些作品,明明看出它在主題、刻劃模式、意識型態上有重複太高,以至於過於淺顯的局限,但我們仍然不完全覺得這些小說有嚴重到高大全式的「樣板」的程度,也不能以後來對自由、主體性、具體性、特殊性等的標準,視它們對新中國早期獨特的政治社會的簡化性,就予以全然否定。更精確地來說,大躍進之後到文革之前,陸文夫小說的大致特色,或許並不是在小說意識或藝術上的突出,但這些過度之作之所以不能算完全失敗,其根源就在於,即使在六〇年代,作者都努力地,維持與賦予他的敘事者與小說人物以單純而真誠的理想性。

　　正是在這樣的創作性格和新中國頻繁的政治鬥爭下,隨著社會改革的政治化的「急風驟雨」有增無減,之前的反右、大躍進,知識份子如陸文夫者還可以真誠又忍耐的面對,因為他們多少還是相信黨與政府的,多少都覺得自己「也有錯」,需要被「改造」,而正如洪子誠所云:「50年代就被放逐的作家,在很長時間裡被認為是在"正常"社會中,因自身過失而受到必要懲罰的"棄民"。」[75]這種狀態跟後來自願或被迫「上山下鄉」的「知青」有些不同。陸文夫這一輩的「右派」作家,某種程度上,比後來的知青「曾經」擁有過更純粹的理想性(至少在一剛開始的時候),這一點卻似乎也沒有被知青世代充分認識與好好繼承。例如,王安憶的〈叔叔的故事〉(1990年)雖然極為敏感,但對「右派」的叔叔輩的理解,仍不免相當簡化,但她所描述那種對理想的信念、贖罪的心情、對遊戲也仍是認真的態度,確實跟部分知青世代很不相同。豐富的生活經驗與歷練,也讓這些或多或少被傷害過的「右

---

[75] 洪子誠《中國當代文學史》(北京:北京大學出版社,1999年版,2003年3月第11次印刷),頁233。

派」,對傷痕的理解相對較少有自虐與耽溺,一個具體的文學事實是,改革開放初期的盧新華的〈傷痕〉和劉心武的〈班主任〉中的感情和思考方式,其實都非常單調,並建立在跟過去歷史條件的相對立上,「右派」的「歸來」作家在改革開放初期,無論作品中有多少其他缺點,但在思想以及感情上,歷史的複雜度仍是存在的。回到陸文夫,由於五〇年代就已經有了「被批鬥」的「經驗」,到了1964年開始,當陸文夫又繼續受到批判,1965年被逐出文藝界,歷經文革抄家、批鬥等「儀式」後,正式下放9年之餘,他對人生的理解,從文章中即可看出日益平淡冷靜的自制,這下面的一段自述中,他仿佛是以一種,追隨古代名士或被放逐的文人的生活形象,來渡過下放的歲月,並為自己的心態定調,陸文夫寫到:

> 我在那裡一住便是九年,造茅屋,種自留田,其餘的時間便是和一同下放的老朋友喝酒聊天,縱論天下大事,把我們的經歷和曾經讀過的馬列主義重溫一遍。把國家和個人所走過的道路都作了一些總結。從我個人來說這九年也沒有完全浪費,思考了不少問題。[76]

從陸文夫的性格和文氣來說,陸說這種話的應該不完全是客氣,也確實並不太委屈,而且再怎麼被下放,也還是改不了知識份子思考社會,檢討自己的自覺,但關心歸關心,要「行動」也實在不可能,只好「養成」長期藉酒澆愁的「習慣」[77]。這時候,在他長期的經驗與教養裡,那種小時候,所深受的古典文學傳統的影響,以及長期在蘇州養成的文人氣質,反而變成了讓他能夠有不同的精神與創作出路的資源。從精神上來看,若從印象的方法來模

---

[76] 陸文夫《陸文夫集》(福建:海峽文藝出版社,1986年),頁204。
[77] 陸文夫曾在多篇散文中提到他喝酒的習慣,如〈壺中日月〉、〈做鬼亦陶然〉、〈致魯書妮〉、〈酒仙汪曾祺〉等,同一批的「酒黨」還包括其同輩的作家如汪曾祺、高曉聲、林斤瀾等人,以上散文均收錄在其《深巷裡的琵琶聲》(上海:上海文藝出版社,2005年)。

擬,幾乎可以說,年紀漸長的陸文夫的生命特質,非常接近中國古典的文士傳統[78]。面對命運的局限,無論如何自己總是可以找到一點點「自圓其說」的理由,更沒有興趣(也是因為沒有能力)再以激情手段對抗。呂正惠曾從古典詩詞角度分析過傳統文士的內心世界,可以幫助我們「模擬」以瞭解這種仍帶有古典性格的「現代」知識份子的生命狀態,以及不難明白的吊詭處:

> 當他們意識到歷史的困境無法突破時,他們可以用儒家的「藏身」哲學或道家的「無為」思想來「解決」這一問題。但事實上,尼采所謂「權力意志」恐怕是人的基本欲望之一。一個人在一輩子之中完全不以自己的能力表現來「肯定」自己,這恐怕是很難做得到的。[79]

陸文夫的生命特質其實也很接近於此,而一旦當自由又重新恢復,歷史困境不再干擾他們,有才能者多少就會想要「表現」自己,這種「表現」在陸文夫文革之後的作品,其實是有兩種傾向:一個部分繼承他早期小說中的「社會主義理想性」,覺得知識份子有其集體理想、社會道德責任,創作時,要兼顧到上述內涵,同時要突出早年社會主義現實主義教養下的「光明」的傾向,陸文夫曾說:

> 一篇作品不管怎樣,看了以後總要叫人奮起,想做一點有益於人類的事情。[80]

---

[78] 中國古典文人、士人或說知識人的傳統,有其內在非常複雜的譜系,各個朝代、不同的歷史階段,其具體的內涵也不一樣,余英時《余英時文集・第4卷・中國知識人之史的考察》(桂林:廣西師範大學出版社,2004年)及龔鵬程《中國文人階層史論》(宜蘭:佛光人文社會學院,2002年)等書,均有專門的研究。本處不嚴格界定陸文夫究竟是屬於文人、士人或知識份子等概念,而只是藉由作者小時深受古典文學傳統影響、長期生活在文人化的蘇州的生命經驗,以及愛喝酒、重交友、重情趣、重感性等的習性與個性,將陸文夫跟文人、名士傳統等內涵連繫起來,以類比理解他的性格與文中在「某種程度上」,融合了一些不同於現代性的理性知識份子的傾向。
[79] 呂正惠:〈「內斂」的生命形態與「孤絕」的生命境界——從古典詩詞看傳統文士的內心世界〉,《抒情傳統與政治現實》(臺北:大安出版社,1989年),頁218。
[80] 陸文夫《小說門外談》(廣州:花城出版社,1982年),頁52。

甚至當高曉聲復出文壇，寫出〈李順大造屋〉時，也曾請陸文夫提供建議，高曉聲原本的寫法，是要讓李順大，在經歷了新中國建國後的二十餘年後，最終還是沒能造起房子，但陸文夫提意見要他修改結尾，他自己在散文〈又送高曉聲〉中誠實的記錄下這一段，陸文夫要高曉聲留點「光明」：

> 上天有好生之德，讓李順大把房子造起來吧，造了幾十年還沒有造成，看了使人難受。另外，讓李順大把房子造起來，拖一條「光明的尾巴」，發表也可能會容易些。……高曉聲同意改了，但那尾巴也不太光明，李順大是行了賄以後才把房子造起來的。[81]

但是，另一個部分的陸文夫，有時又不是那麼預設了作品的「目的性」——無論是載道的目的，或是將社會主義與理想道德連繫起來的傾向。有時候，遇到好的題材，他那種富有文人魅力的個人性情、情趣、感性，那種渴望表現自我深層特殊性的才能，若能綜合地調動他對於歷史複雜豐富的理解，便能中和了作品中過於框架化的歷史形象，和固著化的道德教化意義，反而更多地反映了一些豐富具體的蘇州風情畫與歷史社會的形象性。當然，也由於陸文夫實在不是一個能開發出更具有超前解放意義的意識型態的作家，即使在他最好的作品中，其思想深度，往往遠遠不及他所營造出來的豐富的、文人化的、獨特的藝術感性（當然這個部分，也是跟思想融合在一起的），在這層意義上來說，他實在僅僅是一個中規中矩、中等之資的作家。然而，無論如何，理解這兩大意識，或說傾向性的並存，還是能幫助我們理解，陸文夫在文革結束之後的小說，所呈現的內在張力。事實上，他最好的狀況下的作品，能夠同時將他對社會、歷史的複雜認識、關懷，和他的文人性情結合在一

[81] 陸文夫《深巷裡的琵琶聲》（上海：上海文藝出版社，2005年），頁111。

起,不但能不著痕跡地,總結過去社會及歷史的豐富性與矛盾的一些本質,也同時亦能夠結合其文人性格中迷人的洗湅知性的風格,閃現靈光與機智的餘韻。但大部分的時候,陸文夫還是會自覺也刻意的「節制」他的性情、他複雜地看待事物的眼光,突顯他「社會關懷」載道的那一面,將小說的意義,坐實在某種光明的所在。

〈獻身〉(1978年)是陸文夫在文革結束後寫的第一篇小說,寫作技巧在此時已經有非常明顯的提升。他設計了一個以土壤研究為職志的知識份子盧一民,具有聰明、性格高尚、有意志與行動實踐能力的特質,即使在文革時被批鬥、妻女被拆散、被下放到農村,都能夠貫徹始終的從事土壤研究,忍耐痛苦也絕不放棄。小說從各個角度,連繫上了當時的知識份子在建國熱情真誠地投入祖國建設的行動實踐,和在家庭、同僚等社會關係中的矛盾與問題。〈獻身〉的主人公盧一民,他首先是一個重視「實學」與「實踐」人,連對他人的禽獸行為,他都認為要仰賴科學依據才願意判斷,陸文夫以敘述來呈現盧一民的思考方式:

> 盧一民從來不對唐琳講人的禽獸行為,因為他還沒有找到足夠的科學依據。[82]

這種知性不免有點執著,但也惟其執著,方能傳達其自重的真誠與感染性。而盧一民之所以一定要貫徹他的理想,絕不動搖的從事科學性的「土壤研究」,作者乃是將其歷史性的連繫上,盧一民貧苦的出身,與在解放前與大部分知識份子一樣,走上街頭對抗國民黨的現實。他為自己,能夠為人民的社會主義、而不是為過去的地主、資本家服務,而感到有強烈的責任感。也因此,即使在貧乏的生活中也不以為苦,甚至有時希望過的「有情趣」一點的妻子也不太能完全諒解他,因此引起了家庭的危機。而在文化大革命期

---

[82] 陸文夫〈獻身〉,《小巷人物志》(第二集),(北京:中國文藝聯合出公司,1986年),頁94。

間,盧一民的穩健、正直,又被同事中的機會主義者陷害。但他還是在各式各樣的困境中,堅持自己的社會主義與實學信仰,他把自己比喻為土壤裡的種子,代表無論如何是消滅不了的,他對妻子說:

> 魔鬼想消滅種子,卻又把種子撒在土壤裡![83]

在〈獻身〉中,我們看到盧一民的主體中,不但繼承了作者早期對人物所賦予的社會主義理想性(即使不完全沒有教條的性質),更將過去人物對工廠師傅「實學」的看齊,連繫上對「科學」的嚮往,相同的則是厭惡虛浮與機會主義。當然,陸文夫在作品中,對虛浮與機會主義的理解也較框架化、泛道德化來處理,沒有能充分開展其歷史的複雜性和人物的張力。小說最後,自然也是在新時期的意識型態的框架下,順利讓知識份子「撥亂反正」,以其溫情的形象化的結局,讓盧一民的女兒要繼續從事土壤研究工作,賦予其有志於繼續將社會主義理想紮根,傳承在「土壤」裡的隱喻,以及「好人好報」與「光明」式的結局。整篇小說雖然不免老套,但就這篇小說所整體連繫上的,知識份子之所以走上社會主義革命、科學救國、在貧乏的工作與情趣間的家庭衝突、同僚間的忌妒,以及在文化大革命中的小人得勢等現實與掙扎等,仍然具體而微的形象化地豐富了我們,對新中國建國後的「科學」型的知識份子,獻身於社會主義道路的,一種較基礎的框架式的認識。

〈還債〉也是一篇強調社會主義主人公的高尚情操,與末了走「光明」路線的篇章。小說情節建立「一件小事」上,主人公宋坤寧和林文山是一對老同學,在大躍進期間排隊吃肉的一段經驗。宋坤寧好吃肉,但大躍進期間糧食匱乏,幾乎都沒有吃肉的機會,直到有一天機關殺了兩隻豬,每人發了一張肉票,宋坤寧期待萬

---

[83] 同上注,頁104。

分，但卻在最後一刻時，發現肉票不見了。敘事者透過其友人「林文山」的眼光，見證了宋坤寧的沮喪，但由於自己也有吃肉的需要，所以在一番心理掙扎後，也沒有將肉分給宋坤寧吃。這個記憶便一直停留在林文山的心中，彷彿成為他的一種罪過與心靈或精紳上的污點。然而，這篇小說的重點並不是在寫「吃」，而是作者企圖將這個「吃」的事件，連繫上一種理想主義的觀點——作者以林文山的口中說：「世界上所以發生大災大難，就是因為在災難剛剛開始的時候沒人敢挺身而出，只想到保住自己。」[84]林文山在小說中是一個在文化大革命中，既沒鬥過人，也沒有被人鬥的角色，所以他這邊的判斷與理解，便可能過於純粹本質化而欠缺歷史性的說服力，但林文山贖罪的真誠無可質疑，他是有意識到自己可能也是屬於共犯結構的一環的——陸文夫對這一點非常敏感，也可以說是他的自省與自我懺悔意識的形象化投射。也因此在文化大革命後，他輾轉地聽說了宋坤寧還活著，便堅持一定要請他到家裡來「吃肉」，好還清他當年的心靈污點與罪惡感。當然宋坤寧現在已經是大腹便便，肉不但已經吃夠，同時更因為健康的關係而不敢再吃，但惟恐讓林文山及其太太失望，宋坤寧還是大口大口地吃肉，以致於回到家中還大拉肚子，被老婆大罵嘴饞。這是一篇很溫馨充滿友誼人情味的故事，根據小說內在的結構隱喻來看，其實可以說作者與林文山想還的，終究是當年那種沒能挺身而出，只想保住自己的心結。而這個債也終究要還與了結，也可以間接看出作者高度重視關懷他人、理想與個人道德責任的傾向。

以上兩篇來看陸文夫在寫這類小說的特質：第一、在這樣的小說裡，作者事實上非常少使用（即使到後面的作品也是一樣）太抒情、整大片段的意象或結構性的隱喻，來表現某種人物心理與場景，他並沒有採用讓讀者感受式的「陌生化」技巧，而長於直接明

---

[84] 陸文夫〈還債〉，《陸文夫文集》（第三卷），（蘇州：古吳軒出版社，2006年），頁451。

朗的陳述整個故事,並選用一二個關鍵概念的內涵統攝整篇小說的主題,使它們富有知性的意味。其二、這兩篇小說,事實上可以看作陸文夫繼承他文革之前,對知識份子的責任感與理想性強調的證明,作者無論如何都想要把小說收在較光明、正面的傾向,因此我們讀陸文夫的這些小說,很難產生「悲憤」的情緒(悲憤也是一種重要且可貴的文學情感),歷史社會複雜性的反映其實也很有限,主要的特質是明朗乾淨的責任感和知性的風格。

　　但是,在同一個時期,陸文夫的〈小販世家〉(1980年)、〈美食家〉(1983年)又讓我們覺得除了明朗知性之外,內涵卻更為豐富與微妙,〈小販世家〉及〈美食家〉的寫作框架其實雖很一般,都是歷時性的排列自解放到文革的各項社會運動,當中的「我」也都是知識份子。但是跟〈獻身〉、〈還債〉這一類的小說最大不同的是,在前者的小說,陸文夫「一剛開始」就會很清楚的認同盧一民及林文山這樣堅持理想與責任的角色,也繼承他文革前期小說的傾向,賦予他們較「一貫」的形式性(意即無論是強調社會主義理想,或是六〇年代突出農工兵上,陸文夫處理小說意義的方式,都是習慣將其刻意匯歸與坐實到某一點上,在此創造形式上,顯示出了陸文夫上列小說中的一致性與自我複製性。而在〈小販世家〉及〈美食家〉中,「我」是隨著外在客觀社會環境的變化及其對人的實際影響,來動態調整與修正「我」對他者的認知及行為的理解,因此小說的意義,就等於隱藏在「我」理解另一個對象的「歷史變化過程」中,也因此這一類的小說內涵充滿變動性,涉及到的社會歷史、人物、背景、主題也更為立體與鮮活。

　　〈小販世家〉的朱源達繼承他父親的職業,從解放前就開始作小販,「我」在解放前每晚都跟朱源達買餛飩,他推攤子的聲音,在「我」聽起來曾經是那麼的跳躍、頑皮而歡樂。但是解放後,「我」成了推行社會主義的「幹部」,朱源達成為要被打倒的小資本主義的對象。作為幹部的「我」,非常盡責的批鬥小資,一心單

純相信未來一定能建立偉大的社會主義國家,但是在五八年後的大躍進期間,不但糧食匱乏、經濟困難,更失去了過去生活中的小小樂趣,因此,「我」也常常「覺得少了點什麼」,看到朱源達變身「黑市」在地攤賣水紅菱及嫩藕,竟然也非常心動,陸文夫描寫這一段「我」的心理矛盾,非常具有典型性:

> 我從來不向朱源達買東西,也不許愛人和孩子們去,認為買他的東西便是用行動支持了自發的資本主義。記得有一年的中秋節,機關裡的反右傾正進行得火熱,我和右傾分子進行了一場舌戰之後,回家時月亮已經升到了中天。滿城桂子飄香,月色如水。鬥爭是如此的猛烈,景色卻如此的幽美,我的心中有一種異樣的感覺,好像這個世界的格調很不統一。走過一座小石橋的時候,忽然發現朱源達在橋頭上擺的地攤,一筐是水紅菱,一筐是白生生的嫩藕。我立刻停了下來,真想買一點回去。[85]

在大躍進的洪流裡,「我」彷彿以直覺,而不是以似懂非懂的社會主義先驗的任何理想或思想,意識到生活缺少了、也需要一點「什麼東西」,但「我」那時還是不甚明白。同時,「我」在跟朱源達的相處時,也慢慢開始質疑自己所理解的膚淺「資本主義」,因為「我」意識到,如果說連朱源達也算「資本主義」,為何收入比「我」還低,生活都快過不下去?而後,朱源達及一干被視為「資本主義」的小販,在文革中全部被抄家,下放到農村,在這裡,「我」透過聽到巷子裡老太太的直爽的話語,也愈來愈意識到這些社會運動,對實際生活產生的不合理的衝突,這一段引文,反映出革命與日常性的對立,最後連人民群眾都不以為正確:

---

[85] 陸文夫〈小販世家〉,《小巷人物志》(第一集),(北京:中國文藝聯合出公司,1984年),頁114-115。

> 和朱源達同時消失的，巷子裡還有四家，一家是幹部，其餘的是開老虎灶的，擺剃頭攤的，修鞋子的，這都屬於吃閒飯之列。從此以後，泡開水來回要走一裡多路，修鞋子起碼要等二十天，老年人要理個髮，也得到大街上去排隊。老太太開始罵啦：「是哪個沒竅的想出來的，說人家是在城裡吃閒飯，他們到鄉下吃閒飯去囉，你也就別想喝開水，老頭子哎，乾脆留辮子吧，別剃頭！」[86]

　　這裡面有一些需要注意的歷史細節。文化大革命的性質的其中一部分，是毛澤東為了打擊黨內日漸形成的走資本主義當權派，因此不只是知識份子，共產黨內的幹部往往也是時常受到波及的對象，作者顯然注意到這個歷史事實，因此在這個下放名單中，也寫到了幹部。但小說之所以比歷史要更複雜的可能便在於，作者在幹部後，另延伸出受到更多波及的對象，如擺剃頭攤的、修鞋子等日常化的「資本主義」體制，正是在這個意義上，文化大革命雖然有其「神聖回憶」（蔡翔語）的一面，但也可能存在著給普通平凡百姓，帶來許多日常上的不便。這種跟精神無涉的日常性，有時候反而是影響與決定人心長期的關鍵。最後一句話：「別剃頭！」既回應前面所提到的「老年人要理個髮」的窘境，也暗示在民國之前還沒「革命」的留辮子年代，日常生活可能都沒有那麼不合理。陸文夫對於「革命」內涵的理解，雖然不乏窄了些（意即在此主要連繫上了日常性，但至少這種日常性，仍是一種具有公共政治視野的日常性），同時他以這種非常平實的觀察、注重日常生活的態度、運用素樸的語言，沒有任何一絲刻意的修辭，也沒有過於一廂情願的理想，就清楚呈現出了這樣的社會的一種本質矛盾，當然，小說中還有非常多類似的精采片段，結尾甚至收在朱源達已經不再

---

[86] 同上注，頁123－124。

願意花心思作小販,只想進工廠隨便做點雜事,吃大鍋飯渡過餘生,一個原本在自己的小小工作上,曾經擁有那麼活潑生命力與生活細節的形象,最後只剩隨波逐流的麻木,小說中「我」以非常清醒的自省,意識到——這就是「我」及「我」曾經投注入過巨大理想的「結果」吧!所以即使眼看著朱源達失去生命中的寶貴活力,「我」也不再敢有意見了。畢竟,「我」也是造成這種狀況的「共犯結構」之一,作者在此顯示出了相當深刻的慚愧與辯證自省。

當然,慚愧歸慚愧,畢竟還沒有「解決」這種心理困境。於是,在接下來的〈美食家〉(1983年)中,陸文夫除了繼續突破了他思考上習慣歸於一點,和框架性看待歷史的模式,也更將他性情中傾向中國古典文士重情趣、重細節的那一面,有機地展現在小說中,完成了他的作品,在歷史真實性及藝術豐富性整合的最佳的作品。〈美食家〉也跟〈小販世家〉一樣,有兩個看似對立的主要角色,但是跟〈小販世家〉一開始就表現出最大的不同是在於:〈小販世家〉的「我」跟「朱源達」的關係是從認識、誤會、理解到接受。而〈美食家〉中的「我」與「朱自冶」,則是從頭到尾都是完全不同類型的人,「我」是社會主義的信仰與實踐者,「朱自冶」則代表追求細緻情趣與貫徹個人性情的資本家,從敘述結構來說,「我」與「朱自冶」簡直如影隨行,頗有兩者的生命其實正是象徵人一體兩面的建構隱喻,但是小說最突出的,是已經走出了過去的模式,發展成:「我」還是我,「朱自冶」還是朱自冶,「我」可以認識你、理解你,但是,「我」還是不能「接受」你,及你所代表的美食個人主義的人生意義。因此,我們可以在這裡看到陸文夫的微妙轉折——在〈美食家〉以前,「我」或是小說中的知識份子,其實都可以概括為一種溫情的、突出一種歷史框架性濃厚的、帶有理想責任感的社會主義者,而〈美食家〉中的「我」雖然也有這些特色,然而「我」還得有自己的個性發展與堅持——「我」是一個「有個性、特殊性」的社會主義者。「我們」雖然有可能是

「一體」的，但實存上，「我們」不一定要「統攝」在一起，也可以「分開」，這樣的社會一樣能存在與成立。

〈美食家〉的歷史主體意識，其實可以概括成「我」的「物與心的辯證史」。「我」是個高中小知識份子，由於家境清寒，住在朱自冶的房子裡，所以只得幫忙跑腿買蘇州點心以為代價，「我」從「觀察」與「常識」（尚未經過理性過程驗證）中認為，朱自冶就是個不學無術的資本家，專門剝削別人，因此「我」滿心嚮往革命、期望共產，於是離家出走，將理想付諸實踐。解放後回到蘇州，並當上了共產黨的幹部，協助進行社會改革。在這個過程中，「我」之所以成為一個社會革命者，完全就只是憑藉「我」對資本家朱自冶的壞印象，和從書籍上看到的蘇聯革命的概念，再加上年輕的熱情，便擔任起了蘇州高級餐廳的經理，擔負起餐廳改革的責任，把高檔菜改革成大眾菜，把小房間改成大空間，把服務員改成自助式，「我」的理想如此誠懇、絕無私心，因此改革手段貫徹起來也特別痛快，這段文字充分表現年青的小知識份子「我」直率的理想與心理，語言文字本身也較多地融入了，這個年輕小知識份子的當時的心態，帶著也誇張的正氣、稚氣的正義感：

> 首先拆掉門前的霓虹燈，拆掉櫥窗裡的紅綠燈。我對這種燈光的印象太深了，看到那使人昏旋的燈便想起舊社會。我覺得這種燈光會使人迷亂，使人墮落，是某種荒淫與奢侈的表現。燈紅酒綠的時代早已一去不復返了，何必留下這醜惡的陳跡？拆！

> 店堂的款式也要改變，不能使工人農民望而卻步。要敞開，要簡單，為什麼要把店堂隔成那麼多的小房間呢，憑勞動賺來的錢可以光明正大地吃，只有喝血的人才躲躲閃閃。拆！拆掉了小房間也可以增加席位，讓更多的勞動者有就餐的機會。服務的方式也要改變。服務員不

> 是店小二，是工人階級，不能老是把一塊抹布搭在肩膀
> 上，見人點頭哈腰，滿臉堆笑，跟著人家轉來轉去，抽
> 下抹布東揩西拂，活像演京戲。大家都是同志嘛，何必
> 低人一等，又何必那麼虛偽！碗筷杯盞可以放在固定的
> 地方，誰要自己去取，賓至如歸嘛，誰在家裡吃飯時不
> 拿碗筷呀，除非你當老爺！[87]

「我」如此意氣痛快改革的「下場」，就是造成名菜館的細緻一落千丈，最後連原本支持的勞動階級也嫌棄，何以如此，小說藉「我」的朋友丁大頭的幽默的話，解釋這種「吃」的「共相」：

> 那資產階級的味覺和無產階級的味覺竟然毫無區別！資
> 本家說清炒蝦仁比白菜炒肉絲好吃，無產階級嘗一口之
> 後也跟著點頭。他們有了錢以後，也想吃清炒蝦仁了，
> 可你卻硬要把白菜炒肉絲塞在人家的嘴裡，沒有請你吃
> 榔頭總算是客氣的！[88]

慢慢地，「我」才發現，「我」原本一廂情願的相信，只要改革「客觀環境和制度」（物）就是正確的，但是「判斷」這種改革結果的好壞，卻是從人心的實際感受而來的，尤其歷經反右運動與大躍進的困難年，「我」從「生活」與「日常」的立場，終於深刻的意識到，整個過程與結果都是有問題的，改革還是很重要，但是人心的感受與認知也是必然存在的，兩者根本就是「辯證依存」的：

> 千千萬萬像阿二爸爸這樣的人，所以在困難中沒有對
> 新中國失去信心，就是因為他們經歷過舊社會，經歷過

---

[87] 陸文夫〈美食家〉，《小巷人物志》（第一集），（北京：中國文藝聯合出公司，1984），頁208-209。
[88] 同上注，頁227-228。

第四章 雙重姿態下的公共視野

183

> 五十年代那些康樂的年頭。他們知道退是絕路,而進總是有希望的。他們所以能在當時和以後的艱難困苦中忍耐著,等待著,就是相信那樣的日子會回頭,儘管等待的時間太長了一點。我很後悔,如果當年能為他們多炒幾盤蝦仁,加深他們對於美好的記憶,那,信心可能會更足點![89]

陸文夫在此連繫上了建國初期五十年代的康樂來對比,試圖知性的說明,新中國的底層人民,之所以在後來的長久的歷史中,仍願意支持黨與政府的原因——這些人民群眾的判斷、傾向,正是來自於曾有過的正面的具體歷史經驗,甚至厚道地努力維持與遞延這種經驗的後續想像,間接地也響應了「心」在「物」的辯證過程中的重要作用。

更進一步來說,這種物與心的辯證,形象化的反映到更高的層次上,就是飲食與文化的問題。小說主要透過「我」與「朱自冶」的關係流變來表現:飲食不僅是物的層次,更有文化、歷史等精神的寄託與繼承。作者將這種歷史觀,舉重若輕的落實在,主人公與他者的趣味互動上,有一次朱自冶來討伐「我」,就是認為「我」弄塌了蘇州的飲食文化,下面的書寫,帶有一些刻意誇張的趣味:

> 「高小庭,我⋯⋯我反對你!」
> 資產階級開始反撲了,這一點我早有準備:「請吧,歡迎你反對。」
> 「你把蘇州的名菜弄得一塌糊塗,你你,你對不起蘇州。」[90]

友人丁大頭也曾對「我」說:

---
[89] 同上注,頁234。
[90] 同上注,頁215。

> 蘇州的吃太有名了,是千百年來勞動人民創造出來的文化,如果把這種文化毀在你手裡,你是要對歷史負責的。[91]

是故,文革終於結束後,「我」請朱自冶回餐廳擔任講座,也是出自於對飲食文化、歷史等傳承的警覺,最後還讓部屬包坤年去成立「烹飪學學會」,準備將飲食拉高到學術層次來探討,陸文夫以非常幽默又諷刺的口吻寫到:

> 「學會」兩字也很有吸引力,反動學術權威早已打倒了,現在人人都知道,任何學術總比不學無術好,贊助學術不會犯錯誤,即使錯了,學術問題也是可以討論的,討論得越多越有名氣![92]

而在這樣的「物與心的辯證史」的形象化的過程中,「我」的形象,不斷地開放對他者的包容,因此「我」也變得愈來愈豐富、飽滿。然而,正如我在前面已提到的分析:〈美食家〉最成功與微妙的地方就是在於,即使能「包容」,也並不一定要「完全支持」或被同化,這篇小說處理主人公成功的方式便是,至始至終,都將「我」與「朱自冶」立場分開,一直到小說結束,都沒有要刻意溫情式的「統攝」在一起,當然也不可能完全「認同」或「接受」朱自冶,「我」始終非常磊落、光明的實踐與堅持自己的社會主義理想,有錯「我」也承認,你「朱自冶」好吃成家「我」也可以理解與包容,但要「我」「接受」,很抱歉,並不行。某種程度上來說,作者形象化地反映了曾走過的歷史價值,是不可能完全用某一種理想或對象的「真實」來坐實或總結的,歷史總在動態發展中,就像「我」與「朱自冶」至始至終的關係。陸文夫在〈美食家〉的結尾,甚至以非常孩子氣的任性作收,硬要把小孫子口中的巧克力

---
[91] 同上注,頁228。
[92] 同上注,頁262。

搶走,就因為怕孩子再變成下一個「美食家」(個人主義者),滿座都以為這個老傢伙神經有問題。就是這種寫法,讓「我」而成為陸文夫筆下的知識份子人物中,情感最豐富、自省最徹底、立場最清楚、態度最坦誠,總言一句,就是「有童心」,人物之生動立體,較作者之前刻劃的非知識份子與知識份子的角色,實有明顯躍進,也因此只有在這種形象裡,我們才能充分理解,為什麼〈美食家〉中的各個部分,反映現實矛盾的細節都那麼有趣味。是故,〈美食家〉當然是陸文夫將他的社會主義理想性,及文士性情結合的最佳作品。

　　陸文夫此階段,最大的特色也就在此——由於他始終都將自己定位為一個小巷的知識份子,因此他文革之後的小說歷程看似有傾向上的不同,但內在溫情意識實則接近一貫,總的來說是因為:他是一個努力的平衡者、節制的藝術家。他會為了強調社會理想意識而收斂他的個人才情,理解悲痛,所以書寫殘忍時,也總是中和以溫情。因此,陸文夫很難成為西方式的大格局現實主義小說家,也很難像高曉聲在1985年以後,仍力求跟進現代派與先鋒派的否定力道,更沒有那種接近人格分化式的自我與風格的多元變異。他此階段的作品始於平易近人的理想性與日常性,終於低回餘韻的中國文人性。過分西化的讀者可能很難理解這樣的作品,他此期個人及小說最關鍵的特色也就在此交會——他仍是一個「現代」的中國古典知識份子,小說充分實踐與緬懷的是:一種在中國古典傳統中,敏感的自我克制傾向與力求平衡的藝術。

第四節:中國共產黨革命史中的路線之爭及其問題——論方之小說(1962－1979)

　　方之(1930－1979),原名韓建國,是「探求者」最早過世的一個作家。他的人生經驗、創作歷程,葉至誠在其《方之作品選·

曲折的道路（代序）》已有相當完整的說明。根據本書的搜集與考察，他一生的創作不多，成書雖有7本，但就小說篇數來看，其實只有16篇。1957年，他雖然因「探求者」案受到波及，但也跟葉至誠、陸文夫一樣，前面的論述中已提及，乃屬於性質較模稜兩可的「採取邊戴帽子邊摘帽子繼續留在黨內」的定位，在十七年間仍能創作，一生的作品也主要集中在此時期。

　　根據方之的自述與葉至誠為其所寫的他傳，方之中學時就跟王蒙一樣，即已經是中共的地下黨員，熱衷參與社會主義革命，後來也和葉至誠一樣，成為正式的共產黨員。也因此他一生的創作，跟新中國的各項政治、社會、各階段整風與革命運動的連繫性與緊密非常高。雖然，這種跟社會歷史密切結合的特質，高曉聲、陸文夫的作品中也有，也是大陸「右派」小說家，如王蒙、張賢亮等，在1985年前作品的普遍性質，但更細緻地來說，方之的黨員身分，或者說即使被黨視為一個傾向「右派」的份子，在他的自我認知與期許裡，仍堅定地賦予他的作品更明確的社會主義理想主義的「黨性」立場。毛澤東在〈延安文藝座談會上的講話〉的引言中曾經說過：文藝工作者是站在無產階級的和人民大眾的立場，這已經幾乎為研究大陸當代文學的常識，但對於解析方之這樣的作家，更重要的可能是要理解毛澤東接下來所說的：「對於共產黨員來說，也就是要站在黨的立場，站在黨性和黨的政策的立場」[93]，因為方之終其一生，都是以一個「真正」的共產黨員自居。

　　這樣的傾向，無疑地在相當程度上，會影響作家創作的限制。但如果我們再深一層思考，即使不站在這樣的立場，每個作家依其各自不同的立場、信念或信仰，也都有其各自的限制。因此對方之作品的詮釋，應該首先進入他的世界，理解其所理解的黨性和黨的立場，是否有其特殊性或深刻處上來著手。具體地來說，儘管方之

---

[93] 毛澤東〈在延安文藝座談會上的講話〉，《毛澤東選集》（第三卷），（江西：人民出版社，1967年），頁805。

努力跟進他理解的所謂的黨的立場、性質或理想,他還是在文革時因文獲罪,並未倖免於鬥爭外。有意思的是,「新時期」下的「新時期」式的評論,似乎不太願意從這個部分(即其歷史書寫所對應的黨性、黨的立場的內涵)去進行詮釋,畢竟,這會多少涉及了到極左的歷史中的各式意識型態的糾葛。陳思和《中國當代文學史教程》中,詮釋方之在改革開放後的代表作〈內奸〉時,就有這樣「新時期」式的前提,他以「同路人」為核心,評點此作時說:「沒有越出四十年黨史鬥爭的範疇,與當時流行的"傷痕文學"和"反思文學"作品的題材也並無多大的差別,但作者所選取的敘述視角卻是相當獨特的。小說以田玉堂這個富於民間色彩的人物為主人公,以他的眼光看取四十年來的政治風雲。」[94]也就可以看出,陳思和理解這篇作品的角度,一是注重其反映中共四十年黨史鬥爭的「概括」化的「抽象框架」。二是他將小說中所採取的民間視角與說書特色,理解成是藝術形式的創造。這樣的概括雖然有其部分合理性,但當中的一些歷史連繫和真正有價值的問題意識,仍未被詮釋出來。文學批評常常因此就成了一種思想史,甚至嚴格來說,是思想的「框架」揭示,相當忽略作品細緻的「存在」性質。同時,太過概括與重視框架式的批評,亦可能仍未能賦予動搖僵化的另一種意識型態的張力。例如「四十年黨史鬥爭」是一個重大的題材,不同作家可以有不同的側重書寫,對方之來說,他的〈內奸〉的特殊性,其實一方面是,他塑造了一個其他「右派」的作品中都很少出現的一個較複雜的主人公——他是既有機會主義者的傾向,但亦不乏社會主義理想性的「民族資本家」。二方面,其作品雖確實有民間視角與說書特色,但將這種形式僅視為藝術形式創造,可能還談不上,畢竟說書是一種中國古典白話小說就存在的傳統,同時在四〇年代以降的趙樹理的小說中亦被實踐過,將其視為「創

---

[94] 陳思和《中國當代文學史教程》,(上海:上海復旦大學出版社,2003年),頁209。

造」可能相當勉強，把它作為一種改革開放下各種多元文藝方法的社會實踐的傾向，可能更適合。所以本節歸納了兩個層次，來重新解讀方之的〈內奸〉。一是先從其基層黨員的立場，和上溯其六〇年代的兩篇代表作〈出山〉、〈看瓜人〉的歷史敘述與寫作縫隙的特質，來描述其對「理想的」與當時實際的／極左的社會主義發展的問題與歷史纏繞性。二是從對方之的黨性立場的理解為基礎，分析方之的〈內奸〉在共產黨革命史上的歷史連繫，嘗試說明小說中的「古典」與「說書」等傳統典故或形式，跟小說內容之間的生產互動關係，並兼論此種運用說書的模式，其實還可以看作是一種相對於過去文革十年，文藝日益坐實固著的文藝觀（無論是社會主義現實主義，或革命的現實主義與革命的浪漫主義）再辯證的技巧實驗。雖不無保守，但仍可以視為，是他對歷史上可能的、理想中的「社會主義現實主義」的一種溫故知新的再建構。

一、基層黨員方之及其對社會主義發展的現實認識——論〈出山〉與〈看瓜人〉的「革命路線」問題

1979年，方之在寫完了〈內奸〉驟然因癌症過世。或許是因為正臨改革開放初期，方之的死激起其妻子、友人們強大的激情。《方之作品選》很快的被編出，並於1981年出版，此書同時也收錄了方之創作觀的演講錄，多篇包括「探求者」成員（高曉聲、陸文夫、葉至誠等）、文壇老將巴金、及方之的妻子李艾華等人的紀念文。本書在論及高曉聲時曾提及，高曉聲的〈我的兩位鄰居〉，也明顯地是以方之為題材，企圖反映改革開放後，兩種社會主義知識份子的理想發展及其選擇，方之被形象化地賦予了至始至終堅持「理想的」的共產黨員的黨性和集體理想主義的化身。以一個基層黨員、小知識份子、創作也相當有限的作家來說，能夠獲得這樣的重視，除了處在時代轉型的交叉口之外，不能不說該作者本身，自有獨特的魅力。

方之五〇年代的作品,在上一章已述過其真誠而敏銳的「理想的」社會主義與理想主義的特質。而後,受到反右運動及大躍進的波及,他一直到1962年才又開始創作,在這個階段到文革之前,〈出山〉(1962年)和〈看瓜人〉(1963年),可以說是兩篇很有意味的作品。它的歷史敘述內涵,不但在「探求者」中的其他成員高曉聲、陸文夫、葉至誠那都未見,以我目前有限的閱讀經驗,在「右派」小說家的作品中,也覺得有其特殊性,需要在正式討論改革開放後得到全國文學獎的〈內奸〉前,先分析這兩篇小說。

〈出山〉反映的是大躍進之後,農村生產隊和人際關係重新盤整下的新現實和新人物。這一篇作品,很隱約地,可以看出此時期的主體意識中,混雜了建國後共產黨內不同路線的鬥爭,我們很難直接對應地說,他就是反映當時的劉少奇和毛澤東路線的差異,只能抽象地說,是有兩種不同的革命路線的差異。目前,歷史學家一般認為,大躍進乃是由毛澤東發起,他依據其所認定的社會主義發展進程的主觀理想與意志,認為在第一個五年計劃成功後,全國可以開始往共產主義社會過渡,該時期大力動員底層群眾,鼓吹群眾土法煉鋼,後來的歷史陸續證明,其結果不但導致農產品欠收,同時也因為基層官僚為了跟上先進的「形勢」而虛報生產量,連帶地影響國家收購農產品的比例,導致本來就缺糧的狀況,因為要上繳而更顯得雪上加霜,農民的生活苦不堪言,也造成極大量人口的死亡。六〇年代初,毛澤東也因此作出退居第二線的決定,將日常事務交給了劉少奇處理,故自1958年開始的人民公社制度也漸漸轉向,陳永發認為其具體轉變,不只是在公社,組織權力的變動亦是重點,陳指出:

> 政經一體的人民公社名存實亡,而生產和分配的權力,都從人民公社的國家幹部,轉移到生產大隊和生產隊的黨委書記手中,尤其是到後者手中為多。這些大隊和隊

的黨委書記都是當地農民出身,所受教育不高,對政治多半沒有雄心壯志。尤其是因為他們的收入並非來自國庫,而是和一般農民一樣來自生產大隊和生產隊,所以比較能夠反映一般農民的想法和期望。[95]

〈出山〉發表於1962年8月《上海文學》,開篇提到「調整生產隊規模的時候」,再加上方之從五〇年代開始寫作時就養成的跟進現實的習慣,這篇小說因此很可能可以看成是大躍進之後的農村再度狀態調整的具體反映。但從它的故事細節,和人物的主體內涵,可能比史家所說明的歷史要來得複雜一些——就這些細節的形象性來說,實有補充歷史的功能。這篇小說形象化的向我們描述,大躍進後農村中的權力重新回到了生產隊後的新的問題(就像人民公社有另一些歷史問題,但也是企圖解決另一些問題的方式),因為他們的村莊窮,周圍的村子不願意帶他們,因此這個生產隊的農民,決定自己推舉一個隊長出來,但問題是,大家所推舉的農民王如海,非常知道作為一個隊長所要負擔的責任和自我犧牲的必要性,因此遲遲不敢給村民回覆。王如海一方面因其本身就是農民,所以確實有歷史學家陳永發所說的那種能理解農民的想法和期望的條件,但他也並不是完全對政治沒有雄心壯志,也並不完全是因為他的收入來源跟農民雷同,所以他才能較反映農民的想法。〈出山〉中的主人公,並不是出自於這麼功利的動機或連繫,來考慮是否「出山」擔任生產隊長,王如海在作家方之的筆下,被賦予了的仍是具有高度社會主義理想與覺悟的角色,是滲透了作者高度理想的「黨性」的對象。他先是不敢答應,就如同按兵不動,四處觀察目前他們的狀況及可用的條件,然後才跟全家人托出他的計畫,並指派了相當重的工作給自己的家人,同時也要求家人把家中的財物

---

[95] 陳永發《中國共產革命七十年》(下),(臺北:聯經出版公司,2006年),頁750。

充公,以求先自我犧牲以服眾。小說描寫王如海、妻子和父親,介於公與私之間的心情,人情味即文學性甚佳。最後甚至安排先讓王如海再為父親打一次魚,買了酒,再盡一次孝道後,才開始正式準備投入他犧牲家人權益的「公共」事業,這樣富有人情味的文學書寫,可以說是大躍進之後的「修正」路線下,才能容許的生產,就這個層面上來說,方之是不自覺地,脫離了階級鬥爭書寫的路線,但這同時卻也並不能說,他寫得這個王如海的形象,是帶有對「修正」的經濟路線與其意識型態的認同,因為這篇小說剛開頭就暗示了,雖然生產隊規模調整,但周邊的村子不願帶他們,主因仍是因為他們窮,因為「家無斗量金,攀不得王家親」,這種寫作立場仍明顯地是站在「人民」以及支持弱勢的傾向,其實跟方之五〇年代在〈浪頭與石頭〉中支持毛澤東搞合作社的擴大化,有著非常接近的邏輯。無論其歷史的後果如何,從〈浪頭和石頭〉到〈出山〉,裡面暗示的底層農村需要合作、互助的邏輯還是不變的,〈出山〉是在別人不願意協助這個貧困的農村的狀況下,主人公最終才要出山的。從這個層面上來說,許多新中國的農村政策,例如人民公社雖然在後來看似是失敗了,但其社會主義的理想,並不能就說完全都錯,因為任何一種社會實踐方法,都有可能會造成不同程度的歷史問題,就這篇小說來看,也才需要〈出山〉的主人公這樣的具有社會主義理想的主體,為其進行再進行辯證。也因此讓我們看到,作家從現實出發,而不是從任何一方(無論是否對應於毛澤東或劉少奇)的路線或框架出發,所可能蘊涵的纏繞的歷史複雜性。當然,到了文化大革命,文藝邏輯日益再度簡化為階級鬥爭時,〈出山〉也就因此再度成為方之的罪狀。

另一篇〈看瓜人〉也是大躍進之後的1963年的作品。這篇小說也是脫離階級鬥爭路線,甚至是反映「人民內部」矛盾的作品。故事的背景放在大躍進之後,原在一個公社的加工廠廠長,下放回農村看瓜的狀況。從歷史上所可能對應的實際背景來說,大躍進之

後，毛澤東將日常工作交給劉少奇、周恩來和鄧小平處理，當時他們為了儘快將中國從大饑荒的狀況下恢復平穩，除了恢復少數自留地、將供給制調回勞動工分制、允許個體工商市場等之外，其中一個比較特殊的政策，就是控制城鎮人口，具體的措施，就是將原本在城鎮工作的人，送回農村工作，以降低城鎮的負擔。〈看瓜人〉中的主人公朱長順就是這樣歷史條件下的人物形象，他是一個黨員，抱持著高度真誠的社會主義理想，在這一波幹部下放的政策中，「自願」從公社的加工廠廠長一職，回到農村看瓜，連當地的縣長都覺得大材小用，曾經到他家裡面來談話，考慮他是否可以回鍋當大隊幹部，但主人公朱長順不以為意，他知道共產黨幹部已經太多，覺得在那裡都一樣，沒有「幹部」的位置，活也是一樣要做，完全是一個真誠的理想共產黨員。跟〈出山〉一樣的是，同樣面對的是大躍進之後的政治調整，所連動到的個人事業的影響，兩位主人公都一樣願意在當下艱困的狀態裡，繼續共體時艱，犧牲一己的好處，善盡到屬於自己的社會責任，但跟〈出山〉所隱含的共產黨內所一直存在的兩條路線的纏繞意識不同，〈看瓜人〉的歷史時間應該在〈出山〉之後，它的企圖反映的則是：即使你願意為此繼續保有你的社會主義理想，但「人民內部」還是有不同的聲音，有來自於日常性正常需求的不滿，這在小說中，表現在主人公的妻子覺得很沒面子，處處跟隊裡的平庸膚淺的女大媽計較，都給主人公帶來些許煩惱，主人公不得不時常跟自己太太作「工作」（即思想工作），有一次甚至提到自己以前曾經領導過別人，別人今天也能領導自己之意，完全展露出作為一個真正有理想的共產黨員的高貴情操，其表述方式甚真誠，雖然不免有教條化的傾向，但還是有一定的說服力。葉至誠在憶及方之時，曾經提到五〇年代雙百期間也是站在反對官僚化與教條化的一方，但是他們並沒有簡單地將官僚就說的一無是處，葉的原話是這樣的說的：

> 說來叫人不信,就在打算辦"探求者"的同時,我們對於那些把黨員說得一無是處的言論和大字報,對於街上鬧事……等等,是很反感的。方之還特地趕寫了一篇小說,希望感動上街鬧事的青年學生切莫忘了舊社會的苦難。我們當時的反感,其實也帶著許多"左"的情緒。然而,曾幾何時,我們都成了反黨集團的成員。[96]

這當中的訊息是微妙的,葉至誠的意思是說,他們確實是反官僚與教條,但並不是要上綱上線地認為全部官僚都有問題——這並不是一種歷史主義實事求是的態度。而到了六〇年代,〈看瓜人〉中的舊官僚回鄉,竟又在部分的「人民內部」的人的眼中看來全是問題,這是方之不能忍受的,從他所塑造的主人公的形象來說,這個基層官僚至始至終還是為了黨與人民的。

從歷史的後見之明,從許多的中共歷史的史書中,可以看到中共的基層官僚被處分與受到打擊的狀態,可能跟處理知識份子問題一樣複雜,基層官僚自然可能有好有壞,方之曾經同為「理想」的共產黨員、基層幹部的「人民內部」立場,讓當他要寫小說刻劃他們時,選擇了幹部較良善的一面反映,也自有其歷史合理性。然而,這就讓方之一點都沒有趕上六〇年代「修正」路線的「形勢」,因為如果依照目前歷史學家的敘述,六〇年代劉少奇處理大躍進的邏輯,是認為基層幹部是最大的問題,才有日後毛澤東推出的社會主義教育運動,但毛澤東後來為了要鬥倒劉少奇,又將責任的歸依轉化到黨的上層,或所謂的黨內走資本主義道路的當權派。但對於方之來說,他也未因曾經支持基層官僚的立場,而在六〇年代中,毛澤東再起的新形勢下而命運稍微好些,反而因為在〈看瓜人〉之後,他跟了葉至誠同寫了反映三年困難時期的歷史痕跡的劇

---

[96] 葉至誠〈憶方之〉,《方之作品選》,(南京:江蘇人民出版社,1981年),頁422。

本〈江心〉,而在文革中慘遭批判。總之,雖然在六〇年代初期,他尚能繼續寫作,但寫作的內在傾向,其實很吊詭地,某種程度上,正好又跟「修正」的路線有不重疊與不一樣之處,甚至某些細節中所反映的,還比較符合毛澤東當年的路線,如站在較支持基層的立場,但歷史形勢一變再變,方之根據生活的真誠和其對理想的「社會主義」所堅持的社會主義理想,在愈往文革階段,愈來愈縮小的「社會主義」的內涵的標準裡,就總是被排除在外了。

作為一個在文革中慘遭批鬥的作家,方之是不幸的,甚至因此在日後的改革開放的形勢下,他提早的結束了他的生命。然而,由於他始終堅持讓他代表作中的主人公,具備高度的理想的社會主義「擔當」,以具體行動實踐,來連繫上新中國的歷史條件變化下的新現實與新人物,使得在文藝相對貧乏的六〇年代,仍留下了不無可觀的共產黨內部路線不同的歷史敘述與真誠姿態。從這些層面上來說,方之為了他六〇年代寫作雖然付出了代價,但也為日後改革開放的代表作〈內奸〉,奠定了無論就感情上,還是歷史認識上,都累積了相當程度的發生條件。

二、論〈內奸〉對共產黨革命史的橫切面重構——兼論其說書立場的實踐意義

《內奸》繼承了方之在五〇、六〇年代書寫中的理想主義的社會主義者的姿態,具體的地說是一篇,透過一個民族資本家,連繫上中國共產黨的崛起與發展的關係,並由此見證了這段歷史的橫切面,前面已經提到過,以「民族資本家」這種形象,出現在中國共產黨崛起的小說中,可說是相當少見的,特別是他扮演的功能還甚為正面,與國家興亡緊密結合,不若三〇年代茅盾在《子夜》中,成日周旋於各式腐敗的資本主義經濟場域中的主體。然而,很明顯地,由於是一篇中篇小說,在短短的篇幅裡,方之企圖將背景落實在解放前的抗日戰爭,與文化大革命兩個橋段,又要納入資本家、

偽縣長、土匪、日本人、國民黨、共產黨等不同的人物,在不同的歷史時間內的現實表現與人物關係的轉變,在歷史現場和細節上,難免都有不足甚至過於簡化的現象,比較適合看成是一種現實的橫切面。

不同於新中國建國後,五、六〇年代出版的革命歷史小說,如《紅旗譜》、《智取威虎山》、《青春之歌》等小說,雖然它們基本上,也都共用了一組共產黨跟各方勢力的鬥爭角力、小知識份子／小資產階級的自我改造、投入革命事業的歷史過程等,但這些小說中的歷史時間,主要都放在解放、也就是建國之前。而改革開放以後,對十七年與文化大革命期間的歷史社會的思考、反省,在許多作家的著作中也都多少有涉及。〈內奸〉的特殊性其實是在於把這兩者的題材,整合在一起,並以一個很少作家注意選用的,親共產黨的「民族資本家」的形象,來貫穿抗日戰爭時期與文化大革命時期,十七年時期在此是斷裂缺席的。

〈內奸〉在抗日戰爭到解放這個階段,可從以下的諸多線索中,來分析其歷史主體性與技術上的特色,和它跟「傳統」的關係。首先必須要將它跟毛澤東在〈新民主主義論〉中對民族資本家的立場連繫起來看,才較能詮釋它的意義。1940年,中國在抗日抗爭的形勢下,毛澤東發表了〈新民主主義論〉,在他的觀念裡,他將中國的革命的歷史進程,分成「新民主主義」和「社會主義」兩個階段,毛認為,由於中國具有殖民地、半殖地和半封建的性質,因此即使是民族資產階級,也有一定程度的革命性(因為他們也是被帝國主義壓迫的一部分),因此他提出可先聯合小資產階級、民族資產階級跟無產階級聯合的「統一戰線」的說法。〈內奸〉中的田玉堂就是這樣的民族資本家,為了作生意,他可以跟各路人馬(共產黨、國民黨、日本人等)都有一點交情,其中讓他最感到佩服的,是他的家鄉中一個財主家的少爺,先是和幾個窮教員先自組了抗日司令部,後來索性將財產「共」了,加入共產黨。這樣一個

司令主動派人找他,希望他能幫忙為軍隊採購一些東西,要「聯合一切民主力量共同抗日」,田玉堂雖可能不無其機會主義的考慮,但對國家和人民也都還是有一定的理想,所以就加入了。這種「新民主主義」的立場,一般認為,共產黨大概一直延續到建國後的「社會主義過渡的總路線」的提出前(即1953年前),在此之前社會的階級劃分,雖已經有強調農工兵與新人的傾向,但對民族資本家的立場,都還維持相當的彈性。但有意思的是,〈內奸〉這篇小說,在反映這種抗日戰爭到解放期間的「新民主主義」的關係時,其勾連的基礎,並非是將這個民族資產階級之所以協助或投入共產黨,連繫上中國是世界革命的一部分這樣大的框架,或連繫其被其他的帝國主義或封建主義壓迫的現實,它採用的其實是非常中國古典,也就是很「傳統」的「民族情感」的邏輯,例如小說中曾以古代的愛國商人弦高來比喻,說服田玉堂轉作一個愛國商人。敘事者讓田玉堂在同意接受之餘,也將為共產黨當採購員的驚險過程,以「比唐僧取經還要多一道」為模擬,這種相當古典或說傳統的文學淵源和表現方式,在這篇小說中,成了推動或轉向從事革命事業的背後的力量與媒介,從這個角度來說,可以看出〈內奸〉對抗日初期「統一戰線」間,對人際關係和思考資源的民族性/本土性強調。

〈內奸〉的民間性,誠如陳思和在《中國當代文學史教程》中所說,是一具有「民間喜劇色彩」的人物[97],這主要是就這人物作為一個在戰爭動亂時期的商人,必須要利己利人,總得八面玲瓏、面面俱到、敢吹敢說的判斷,從這個角度來看,田玉堂確實被塑成一很有喜感的性質。但方之在處理這樣的人物的形象時,事實上還是有滲透,其作為一個理想的基層的共產黨員的意識,它們也是這篇小說重要歷史主體意識和藝術特質的一部分。最關鍵的一段

---

[97] 陳思和《中國當代文學史教程》,(上海:上海復旦大學出版社,2003年),頁210。

是：田玉堂被請求幫忙該共產黨的太太去看醫生兼待產,但那個醫院的所屬地,由於有日本人在把守,還有反共分子穿梭其中,萬一被發現就有危險,田玉堂雖然跟醫院的大夫有交情,但也是用半哄半騙的方式,把該夫人(還曾經是一個富家小姐,也是因為認同共產黨而革命)終於送到了醫院,但醫院有她認識的反共人士走動,田玉堂只好再跟醫院的大夫懇求,正反理想正義等說一堆,最終說服醫生願意幫他們渡過難關。作者對田玉堂這種八面玲瓏、面面俱到的行為,並不是沒有高下的判斷,正如這篇小說所採用的傳統民間說書的視角,他這時便以說書人的敘事者的身分,跳出來評價田的行為,他說:「田老闆這番話,真真假假,雖不免張冠李戴,雲天霧地,感情卻是真切的。」[98]這裡幽微的表現了,作者一方面也看清楚了田玉堂的圓滑與不誠實處,但也對於他的感情、愛國的責任心和實事求是的機警或權衡給予了肯定,從這兩者同時都被揭示出來看,田玉堂的意義,就不只是喜感的、諷刺的,還是延伸與承載了作者六〇年代小說中就有的,對實事求是、感情性的雙重探求,也因此仍有其一定的複雜性與嚴肅性。從作者對〈新民主主義論〉那種統一戰線的掌握,到對田玉堂這個角色,在解放之前的彈性的個性的賦予,可以被理解成一方面是作者對於共產黨早年崛起歷史的掌握有一定的客觀認知,而其敘述方式援引古典的民族性與傳統性,較不突出此階段的階級鬥爭性,再加上對人物理解的雙重性、彈性的賦予上,很大程度上來說,又是小說處於新時期下生產的結果。

特別的是,到了作品的下半段的文化大革命時期,歷史連繫性雖仍有,但卻跟傷痕小說的模式沒有太大的差異,其框架大致是被四人幫迫害的人的傷痕,因而它們的日後平反或再受肯定,也就是在常理的邏輯性內了,從主人公的形象性的發展來說,田玉堂的

---

[98] 方之〈內奸〉,《方之作品選》,(南京:江蘇人民出版社,1981年),頁304。

形象也比較沒有解放前那般豐滿。主人公田玉堂在四人幫當道間，由於被揭發當年曾幫助過某個現在已經被打成反革命的共產黨人及其妻子，而也被抓去作揭發交代。但田玉堂雖然是個商人，但卻很講「良心」，不願意出賣當年他曾經真誠幫忙過的理想的共產黨。與他相對比的，是田玉堂早年所收的一個徒弟田有信，田有信當年曾經追隨田玉堂，一起幫忙過那個共產黨人及其妻子，本來應該是最能親自見證，這些人並沒有反革命的企圖，然而，此時期的田有信，已經因一路小心、慎慎聰明，升到了副縣長的工作，又因為其修養好，平日和顏悅色，沒做什麼事，因此也沒得罪過什麼人，所以一路過關，在文化大革命期間沒有受到什麼波及。文革之後的撥亂改正風起時，甚至自視是黨內「民主派」，也很開明的協助落實「撥亂反正」的工作，但其實這個人甚為勢利，更可說是個機會主義者，品格更不端正。文化大革命期間田玉堂等人會被抓出來批鬥，就是田有信私下的通風報信。田有信在此被寫成田玉堂的對立面，以人物對比的形式意義，來突顯田玉堂的無論如何都不願意出賣共產黨的高貴。但方之以其曾作為共產黨員，對黨內鬥爭或許有一定程度的敏感，小說有力地將田有信形容成「似／是」黨內「民主派」，實則是一投機主義者，將其縱橫於權力場中的「運作」模式都揭示出來。田有信每個階段都有不同的面貌，解放之前，他追隨田玉堂協助共產黨的工作，也隨著共產黨的成立而得到回報，最初的田有信是一個兢兢業業、廉潔奉公、夾著尾巴的青年，看不出多好的形象，但也絕對不壞。但這樣的人，到了文革後，卻趁著機會崛起而官愈坐愈大。方之是這樣敘述這個在文革中的田有信：

> 田副縣長在原來常委中不過居於末位，但是，他修養之好無疑是第一的。他是分工管財經的，沒抓過重大政治運動，還經常鬧點高血壓之類，因而人緣不錯。在運動中，他不是打倒對象，只被"火燒"了一陣。……造反

派叫他戴高帽子就戴高帽子，叫他跳忠字舞就跳忠字舞，和顏悅色，毫無牢騷。[99]

方之這裡面點到了三大重點：修養好、沒抓過重大政治運動，以及經常鬧點高血壓，前兩項可以參照陸文夫同階段的〈門鈴〉和〈特別法庭〉來談，這兩篇小說中的黨員幹部的書寫，也是被作者用來諷刺一種好修養、面面俱到、深藏不露，政治敏感度高，但也因此為求自保，什麼事都不敢做，平衡個人和他者的關係，以求未來繼續發展的通權達變的能力倒是很強。但是，在陸文夫那裡，陸對這樣的人物到了文革後的下場，仍是抱持著一種比較微妙的態度——陸不是黨員，長期生活在蘇州的文人式的態度，都讓他的待人處事為文時，有一種平衡的能力，或者說：將自我對信念的執著解消的習慣，這一點在其〈美食家〉中發揮到最精采的程度，之前也已經論及，某種程度上來說，也是陸文夫的最大限制之一。所以，陸文夫在看出了這樣的人物的問題以後，儘管在風格上是有諷刺的，但對他們也總有那麼點理解後的同情，在〈特別法庭〉中，甚至也帶有自省，反省是不是自己也是造成這樣的人物出現的條件，但也因其自身的限制，最終也放棄了這樣再深入歷史追問的機會，放棄了更嚴肅與沉重的面對更大歷史問題的擔當。但曾作為共產黨員的方之，對田有信這樣的機會主義、投機又害人者，是不給予原諒的，這才是跟主人公田玉堂對比下更有價值的意義——田玉堂雖然曾作為一個民族資本家，但卻有真正的社會主義理想，雖然他說話假假真真，各路人馬都有一點往來，但在大是大非與社會主義的人道上，他是不妥協的，反觀田有信，不但從人情世故上，背叛了當年提拔／有恩於自己的田玉堂，更為了自己的前途，選擇性的詮釋毛語錄，間接迫害於人又不沾上灰塵，方之對這類人物的態度是非常明確不恥的，他的好惡在此便更接近了儒家「以德抱怨，何以

---

[99] 同上注，頁319-320。

報德」的質疑，而非道家式的立場。

現實主義小說家對自己筆下的人物，本來就可以有明顯的偏好與厭惡，才能藉以將作者的思想、對道德、倫理等的展示反映出來，這當中當然有思想深淺的差異，同時其意識也必須跟人物和情節本身發展的邏輯合理性辯證，才能維持藝術的自律性，但又不是僅僅只是為了藝術性本身。〈內奸〉的說書性的運用的歷史意義也可作如是觀。在新時期強調人性、人道主義、啟蒙精神的新意識型態框架下，為了要強調改革開放後的藝術性特質跟過去有所不同，好顯示有「多元」的可能，不論是作家或評論家，都有不少特別注意形式性開發或詮釋的現象，這種現象到了1985年以後尤為甚，1985年前，就作品來說，王蒙、宗璞和茹志鵑也有刻意學習西方現代派的現象，但在意義的層次上，仍是現實主義式的。對方之而言，1979年的〈內奸〉，處在剛剛改革開放的歷史條件下，同樣地也並不是為技巧而技巧的，而更適合解讀成一種在文化大革命明顯地破壞傳統的歷史條件後，援引古典白話小說的資源，對小說與社會實踐產生正面意義的嘗試。這一點跟〈內奸〉寫到解放前的敘述中，不時帶有古典典故、比喻的意義是一貫處。1957年，在〈"探求者"文學月刊社啟事〉中就有云：「我們的理論研究方法是：具體的研究古典作品和當代的優秀作品。探索他們的創作方法。只有這樣，才能逐步明確現實主義在那些方面是豐富了、發展了。」[100] 方之〈內奸〉的說書實踐，也可以說是他們早年文學觀的一種延伸。

其次，〈內奸〉選擇說書的視角與立場，跟他六〇年代的作品〈出山〉、〈看瓜人〉的視角比較起來，可以看出一種微妙的轉化。〈出山〉、〈看瓜人〉的主人公的視角，基本上都是比較英雄式的、陽剛的，帶有無怨無悔、心甘情願投入社會主義事業的擔

---

[100] 〈探求者文學月刊社啟事〉，《雨花》1957年10期，頁15。

當,但〈內奸〉選擇的確是一種活活潑潑、刻意避免掉俯視的民間、或說更接近人民群眾的姿態,以彷彿是對著一群群眾講故事的方式,同時也降低陰暗面的刻劃,以說書者的權力,選擇性將較光明正義的那一樣反映給讀者,當然這樣的敘述方式,無疑地會大大降低某種經典的現實主義對歷史性和真實性的標準,甚至表面上,似乎更接近了五〇年代的「教條化」的「社會主義現實主義」的講究的光明面的寫法,然而,我們不能因為作品可能具有某些看似框架與教條化的連繫可能,就以為其一定不佳,相對的,標新立異,或立場又更接近了新的意識型態的條件,也不能就說一定是佳作,仍然還是必須具體地、綜合地對作品之於該歷史條件,作出評價。本書以為像方之在〈內奸〉的視角,和突出光明面的寫法,不但富有跟底層群眾說故事連繫的親切和隨和,也是自我激勵與激勵同時代人的一種方式,就文學作品之於「當時」的歷史的作用來說,仍是重要且必要的。

　　整體來說,〈內奸〉的說書寫法的效果,雖然不能說多有創意與技法上的價值,但相對於方之五〇、六〇年代就已經能寫出流暢的現實主義小說來看,作者顯然是刻意選了一種不同於過去十七年與文革十年間的技術,來總結與反映中國共產黨革命史的大問題。雖然連繫上的歷史意義相當有限,同時這樣的形式,與其說是對過去的現實主義模式的「進化」,不如說仍只是在位於改革開放的條件下,對過去已經僵化的現實主義的觀念與模式的一種補充,目的可以看作是一種為了繼續促進社會主義,豐富現實主義寫法的方式,就像他們當年曾說過的:「只要對社會主義有利,各種創作方法都可以運用。」[101]說書的〈內奸〉之於方之,不是純技巧或所謂為藝術而藝術,而是一種社會實踐,其因也就在此。

---

[101] 同上註。

第五章　雙重姿態下文學面貌的窄化：「探求者」1985年後的小說

　　1985年被視為是中國當代文學史上的一個重要轉折。從文學批評論述上來說，這一年劉再復提出了著名的「文學主體性」的討論[1]，一個更為強調所謂「藝術性」或文學的自律的傾向、人的精神主體性等日漸躍升主流。作品流派，從過去的傷痕、反思、改革等框架，位移到所謂的尋根、先鋒、現代派、新歷史小說、新現實小說等新面向。代表作家，也日漸由「歸來」的右派世代，轉向紅衛兵／知青世代作家為主體的傾向。當時的許多重要文學選集，如吳亮、程德培所編的《新小說在1985》的〈前言〉中就曾這樣評點1985年的小說，云：「1985年的小說創作以它的非凡實跡中斷了我的理論夢想，它向我預告了一種文學的現代運動正悄悄地到來，而所有關在屋子裡的理論玄想都將經受它的衝擊。回顧起來，與其說是我主動地向1985年的小說靠近，不如說是它向我逼來使我無法逃避更為確切些」[2]，尹昌龍也以1985年為對象，著有《1985延伸與轉折》[3]，可略見其將1985年，視為八〇年代文學發展的「延伸與轉折」的關鍵中心。洪子誠在其《中國當代文學史》中，以1985年為闡述文學場域變遷及後續的文學特質的轉捩點，對其後的文學傾向和文學特質，他作出的概括是：「回到文學自身和文學自覺是熱門話題。這些命題的提出，既延續了對文學在人的精神領域的獨特地位的關切，也表現了對人道主義為核心的啟蒙精神的某種程度的離異。」不僅是對該時期重要史料、思潮和現象的綜合判斷，也隱

---

[1] 關於劉再復在八〇年代中所提出的文學主體性的相關看法，見以下文章：劉再復〈論文學的主體性〉，《文學評論》，1985年06期，頁11－26；劉再復〈論八十年代文學批評的文體革命〉，《文學評論》，1989年01期，頁5－22。
[2] 吳亮、程德培選編《新小說在1985年》，（上海：上海社會科學出版社，1986年）。收錄有包括韓少功、徐星、劉索拉、莫言、馬原、張承志、王安憶、殘雪等紅衛兵／知青世代，在1985年的代表作。
[3] 尹昌龍《1985：延伸與轉折》，（濟南：山東教育出版社，1998年）。

微地指出了彼時開始出現的某一種文學危機。

本章在繼承1985年作為轉折年的前提下,展開對「探求者」1985年以後作品的分析。但首先需要反省與補充的就是,這些對1985年,或廣義來說是八〇年代中文學轉折的條件的前理解。一般認為,1985年之所以能夠作為文學史上的轉捩點,或以此年區分八〇年代中之前與之後的創作上的差異,主要是在於後者更有所謂的文學自覺、文學本身來界定的(1985年以後,對所謂文學「本身」的指涉,主要內涵指的乃是在西化思潮下的眾多豐富的藝術／技術的變異與實驗的各種傾向),但這樣脫離中國具體社會、歷史性的文學發展與文學史建構的邏輯,在九〇年代中後,也已陸續開始被質疑[4]。從我們今天更為複雜的思考水準和視野來看,實不難理解這種建構背後的某些預設——乃是對於1985年以前作家與作品更為突出的社會、政治、歷史與公共視野等「相對」大敘事的傾向的再辯證。事實上,從自古以來的文學史的流變來說,這有其重要與必然性,但辯證後的作品的實踐與傾向,是否就一定是更有價值的「藝術」,放眼中西更長遠的文學史,實難以給出絕對的判斷。但無疑的,對於任何藝術與技術性較為強調的歷史辯證現象的發生,都是一種民族文學史上「長期」能夠生產出「未來的可能傑作」的必經歷程。

當然,自八〇年代中起,文學批評界將公共視野與重藝術／技術的傾向二元對立地來理解的現象,明顯地也是批評家們對於中國當代文學與文學批評,跟過去的極左的一種辯證,並渴望納入更多的「精神」發展的合理結果。而這當然也會形成另一些在八〇年代中,甚至之後的文學作品與文學批評手段與空間窄化的問題。畢竟到了今天,如果我們從具體的作品來探究,便不難發現,即使是在1985年以後,無論是右派世代,還是知青世代的文學作品,完全

---

[4] 如蔡翔〈何謂文學本身〉,《當代作家評論》,2002年第6期。收入蔡翔《何謂文學本身》,(瀋陽:春風文藝出版社,2006年)。

徹底的「文學本身」，無論就是從作家寫作的目的、讀者的閱讀反應，或者在歷史與社會的辯證意義上，都是難以成立的。

所以，另一些影響作家在1985年有所轉折的原因，或1985年以後文學作品內涵與藝術／技術轉向的歷史生產條件，就必須要重新進入我們的分析視野，才能更豐富地詮釋八〇年代中以後作品的內涵，當然，也更看清它們的問題。首先，除卻上述講究去社會歷史脈絡的文學與藝術主體性說法的流行，八〇年代中那種繼續採用高度的經濟改革與保守的政治策略（如不能動搖到共產黨的政權、不能涉及民主），也導致了改革開放初期的經濟「成果」之外的新危機：例如農村經濟停滯、失業人口大增、高度的通貨膨脹、嚴重的城鄉差距，至於公社解體後農村的基層福利的解消，中國官僚體制的眾多腐敗等，也幾乎都是歷史學家常言及的現象。

這些史學家所言的現象，雖不無概括（畢竟中國各省分的具體狀況與細節更複雜），但應有其一定的代表性。也一定程度地影響了「右派」作家在1985年以後的取材、題材與意識型態的生產，必須跟之前過於從西化思潮下的「文學本身」等突出藝術實驗的面向綜合考察，才能綜合地理解此階段及其後，他們在文學創作上的特質與歷史限制。對於早年深受俄蘇文學淵源、毛的文藝傳統，以及中國古典白話小說影響下的「右派」作家來說，1985年以後的寫作傾向，其實可以說是綜合與調動以上各種淵源，和他們此階段愈形突顯的知識份子立場，或結合更新的1985年以後的具體歷史、社會、政治、經濟、農村等問題，繼續其「探求」，亦有對於新時代的難以融入，而愈來愈傾向活在知識份子的個人內心與回憶等的複雜多元產物。若僅僅從這些概括的複雜性來看，便知其文學作品的具體狀況，實難透過「文學主體性」或「文學本身」來概括之。當中的公共視野不能說不存在，某些藝術特質有隨著文藝思潮而更新與變異，但也仍有一些藝術特質，隨著內容的萎縮而一樣窄化，這些狀況很複雜，都要落實到以下的具體分析才能清楚說明。同時，

這種狀態,又跟同階段的知青作家的代表作究竟又有何不同?在本章後面的分析中,也將一併作一些基礎性的分析。

由於「探求者」的方之已於1979年過世,而葉至誠的創作文體主要為散文,品質有限。本章主要是以高曉聲及陸文夫兩人1985年以後的代表作來分析他們1985年後的作品,跟八〇年代中後的各項社會、政治、文藝思潮、個人的生命狀況間的生產與互動關係,並論述他們作品的發展及其歷史困境的發生。

第一節:社會意識固著化、歷史性質抽象化與情感的個人性窄化——論高曉聲1985年以後的小說

1985年以後,高曉聲仍有不少作品問市,成書者1988年出版的《覓》[5]、1991年出版的《陳奐生上城出國記》(新作有〈戰術〉、〈種田大戶〉、〈出國〉)、長篇小說《青天在上》,以及1993年出版的《新娘沒有來》的短篇小說。此階段的代表作的內涵少人關注,但當中較重要的一篇是欒梅健的〈高曉聲近作漫評〉(1988年),據欒在該文中指出,他曾跟高聊過此階段作品的看法,高曉聲:「認為這時期的大部分作品不論在思想意蘊還是在藝術探尋上都有所發現、有所提高,並不比前期作品遜色。」[6]

高的自評有其合理性,但也有其片面性,1985年以後的高曉聲,仍然是一個敢於關懷與干預現實的作家,雖然外在的尋根、現代、先鋒、新歷史、新寫實,已日漸比傳統的現實主義,或更精確的說,是比教條化的現實主義寫法更蔚為風尚,但就高曉聲創作觀的理解裡:「現實主義好比一棵大樹,一切流派都是從這棵大樹的樹段上伸出去的樹枝」[7],這是一種企圖辯證式地擴展與吸收各種

---

[5] 作者原想將此書繼續命名為《一九八五年小說集》,後來因為出版機會不順利,遲於一九八八年出版,故以「覓」來隱喻欲尋覓知音之意。
[6] 欒梅健〈高曉聲近作漫評〉,《當代作家評論》,1998年03期,頁88。
[7] 高曉聲〈就教於世界文學研究者〉,《生活・思考・創作》(上海:上海文藝出版社,1986年),頁176。

淵源，以壯大其心目中的現實主義的理想，如果能徹底推展到極端，將其建構成一種中國式的理論，或許有機會開出一種中國文學上的新壯闊。雖然本書以為，這種觀念終高曉聲一生，大概只有發展到信念的階段，但已足以維持他企圖繼續關注現實的習性。以至於當其他的特質：如較為奮進的性格，長期緊跟政治風向的敏感，甚至連動地也努力想跟上當下的文藝潮流，因此1985年以後的高曉聲的小說，其實無論在內涵和技術實驗上，相對於在視野和技術面的豐富度上，與可能日趨固定的鄧友梅和汪曾祺來參照，可說更有其回應社會與公共問題的複雜性。當然，這樣的複雜並不代表其文學價值能同步提高，本書比較傾向認為，「右派」的創作水準和內涵，特別是在社會主義理想和現實或說公共視野上，到了1985年以後，實有愈趨窄化的現象。這種現象的歷史生產非常複雜，上面已經稍言及，1985年以後的作品，由於既繼承了85年前的某些淵源，又受到85年後各項政治、社會、歷史清理、文藝思潮的認知與影響，因此相當具有解釋其文學窄化的面貌與傾向的問題。

　　具體到高曉聲此階段的作品來看，此階段其作品的面貌可歸納成四大主題，結合1985年以後的文化場域、社會和歷史等的各種生產關係及其問題，分別包括：農村與經濟「現代化」轉型問題及其新保守態度、文革歷史清理的政治困境與寓言困境、「歸來」知識份子的「生活」危機與自我安頓的矛盾、中美「現代化」參照、反省與思考的定型。本節將試圖從中分析，為什麼當中仍富看似多元的類型和技巧、為什麼確實仍有著許多題材、思想和藝術上的新意，但其實並沒有真正讓高曉聲再一次登上創作的高峰？也難以產生讓自我主體更飽滿的意義感？這些問題的詮釋將能幫助我們理解，「右派」的困境的一些複雜的有機原因，也能作為未來日後知青和新世代作家寫作發展與困境的參照系。

一、農村與經濟「現代化」轉型問題及其新保守態度——論〈送田〉與〈美國經驗〉

〈送田〉（1985年），收入小說集《覓》（1988年），是一篇繼85年前的「陳奐生」系列，繼續發掘中國農村，在社會主義轉型新階段社會問題的小說，但跟過去的問題內涵的最大差異是，〈漏斗戶主〉、〈陳奐生上城〉、〈包產〉主要是在反映改革開放下，農村發展的進步「初階段」，無論就生活、還是經濟上來說，農民運用其土地或自留地，依靠本業、農產品副業，都得以獲得一定的滿足，人物也在這樣的過程中，仍以「農民」的立場及姿態獲得繼續發展，農村的耕種習性，仍是中國農村發展時的主要的基礎。這樣的形象化反映，跟實際的歷史事實有一定程度地相互扣合，莫里斯・邁斯納在《毛澤東的中國及其後》中，分析到改革開放到1984年間的中國農村的狀況時，就指出：

> 1978年到1984年，農業總產值以每年平均9%的速度增長。……農業經濟發展的高潮在一定程度上是由於實行了家庭聯產承包責任制和農業經濟的市場化，從而調動了農民的生產積極性；另一個原因（可能是更主要的原因）是1979年國家大幅度提高了糧食收購價格、放寬了此前對農業經濟施加的壓力。[8]

然而，中國農村的發展仍然存在著眾多問題，雖然改革開放後，恢復了包產制得以提高農民的耕種動機，而提高收購價也讓農民的收入直接上升，但由於原採集體耕種的土地，又重新被切割地很零碎，「嚴重地妨礙了中國農業機械化長遠目標的實現」[9]，而八〇年代中及以後，幹部腐化問題愈來愈嚴重，通貨膨脹也開始出

---

[8] 莫里斯・邁斯(Maurice Meisner)著，杜蒲譯《毛澤東的中國及其後：中華人民共和國史》，（香港：香港中文大學，2005年），頁430。
[9] 同上注，頁432。

現,再加上開放農民可以去從事其他行業,作雇工、辦工廠或商業等的收入機會,都比傳統種田生產的收入要來得更好,儘管存在著其風險,但農民或為了多賺點錢、年輕人或為了求得所謂「更寬廣」的出路,再加上新的歷史條件下所日漸塑造的新的、愈來愈親向西方資本主義式的現代性的想像,都廣泛地影響各階段的人民,農民也開始渴望有更多的財富,並從事不同於傳統農民耕種的道路。路遙的長篇小說《平凡的世界》(1988年)就有這方面較為豐富的反映。總之,八〇年代中的農民的耕種意願,實較改革開放初期時下降許多,也因此到了八〇年代中期,一種史學家的論斷就認為:「維持農民收入及部分農村地區繁榮局面的,不是由於農業產量或農業生產率的增長,而是以『鄉鎮企業』形式出現的農村工業的飛速發展」[10]。

〈送田〉(1985年)敏感地回應到此種社會轉型狀態的作品,小說的重點在反映了八〇年代中的某個中國農村,大家都跑去作工廠或開採石頭的轉變,雖然跟種田一樣也很辛苦,但收入卻好的很多,因此也造成了田地無人種,甚至把田「送」給別人種的新現象,因為田地若愈多,就必須要有人去種,相對人力就不能用到賺更多錢的工廠或其他工作上。這樣的現象也因此給中國農村的家庭關係和社會關係,產生了新的危機與問題。

從題材來看,〈送田〉仍然維持了高曉聲一貫精準地發掘有意義、有價值的社會問題的傾向,但令人遺憾的是,高曉聲並沒有把這個題材發揮的很好。正如同他85年前的所有農村小說一樣,作者的社會意識,愈來愈有一種固定的「定見」,總是會在當中連繫上中國的「官僚」化的問題,但因為在「陳奐生」系列中,各篇的細節和形象,都還相對的飽滿(尤其是〈漏斗戶主〉與〈轉業〉),因此「官僚」問題,僅僅是在反映社會轉型過程中的一

---

[10] 同上注,431。

環,不會僵化與固定成一種強而有力的主導傾向,但〈送田〉卻很明顯地有這樣的問題,同時若再參照〈極其麻煩的故事〉、〈極其簡單的故事〉來看,更會發現作者對官僚的「態度」也有日益鬆動與妥協的現象,這種妥協的態度,也是導致作品的意識、風格和文氣難以有力的原因。相對於兩部「極其」作品中對官僚的諷刺、厭惡的立場,雖然有過於囉嗦之敝,但到了〈送田〉時,對官僚的批判力度更明顯下降,甚至還將其視為一種,在中國社會與歷史發展的進程中,難免一定會存在的一種功利的平衡,事事都可以為其找到藉口、合理性,對文學創作的影響,導致價值觀或世界觀,往實用主義方向傾斜,也因此難以產生令人覺得崇高與深刻的感覺。當然,筆者的意思也並不是說,崇高和深刻在這裡是判斷作品優劣的絕對標準,而是從否定辯證法的立場來說,妥協和實用的傾向,對作家刻劃文學細節的耐心,絕對會有明顯磨損的作用,而細節是作為一個文學家,或者文字工作者品質發展的基礎。具體來說,〈送田〉的主人公為了想要蓋房子,向另一個官僚化的鄰人借地,鄰人不想要種田,便要求連原有的田,再加上主人公想要的地,一起讓給他,主人公深知這是因為鄰人不想要靠種田賺錢,大家都寧願從事其他行業。然而,主人公為了要蓋房子,也只好接受鄰人的條件,並將多出來的田地改種「樹」,沒想到,過不久那塊「樹」的田地竟然將被政府徵收,原本的鄰人又發現有利可圖,也知道主人公是老實人,索性找來了各級幹部,以賠罪的姿態請主人公吃飯道歉,表示願意收回那塊種樹的土地。但理由卻是說要消除群眾的輿論影響,免得輿論覺得鄰人占了主人公的便宜。主人公在這樣的「民間道義」的感染下,當然答應。然而鄰人的真正目的是要圖政府徵收的錢,甚至把主人公種下的樹,轉賣給徵用單位,展現了前人種樹、後人賺錢的諷刺性,然而鄰人也不是不夠意思的人,他也把屬於他的進工廠的工人名額,讓給了主人公的兒子,主人公便在這樣的利益平衡下,雖然最後也獲知了鄰人的「權術」運作,但也

「心滿意足」了。在這樣的細節和意識平衡的最終的傾向下，我們可以看出〈送田〉存在著至少三點問題：第一，〈送田〉的題材被浪費了，它原本可以延伸出，更嚴肅的中國農村的家庭、倫理，在面對新一波的農村經濟「現代化」的過程中，田地與農村的生活方式，之於農民的各種複雜辯證的意義思考，但最終卻僅僅被坐實在「官僚」化的向度上，無疑地是簡化八〇年代中期的中國農村問題的複雜面貌。第二，〈送田〉對「官僚」的判斷，導向了「心滿意足」的新態度，顯示了作者在此篇中，將意義的思考，僅僅限制在「當下」的經驗與現實中，而難以或不願去思考造成這種「官僚」現象，反省主體對這種官僚「接受」的麻木態度的「歷史」形成原因，也因此作品的歷史性也是被簡化了。第三，如果說八〇年代中的文學作品的思潮主流的其中一項，是在現代派的興起下，有日益強化的注重「個人」主體的傾向，我們也可以說，在〈送田〉中，高曉聲顯然也是窄化了對「個人」問題的思考，並不是讓作品中的每一個人的「利益」都得到平衡與滿足，就是擴充了「個人」意義與價值的內涵，每個人通通都得到利益的這種模式，雖然在利益的向度上，比85年前中，農民總是處在相對弱勢的條件下，某種程度上來說，是可以看作一點與一種「進步」，但若僅僅停留在這個層次上，似乎間接地認同了被市場經濟腐蝕的現實，而失去了文學對社會更複雜的嚴肅作用。

另一方面，收於1993年出版的短篇小說集《新娘沒有來》中的〈美國經驗〉（1989），則是從經濟模式轉型的角度，來反映八〇年代中後，在通貨膨脹下的中國農村工業化發展下的經濟問題，以及在美國資本主義集資模式的影響下，對長期社會主義經驗所造成的衝擊與矛盾。這是一篇題材極佳、格局和企圖都相當大的小說。前面已經提到過，八〇年代中以降，中國農村與社會自有其危機（某種程度上來說，這也很正常，特別是從過去較為集體控制的狀況下解放出來，騷動在所難免。）其中一項跟中國農村工業化最

密切相關的是通貨膨脹的問題及其影響。〈美國經驗〉首先連繫上的就是這個社會現象，它從農村中的一個小工廠展開，小工廠本來是老老實實的小本經營，但沒想到遇上了原材料價格上漲，頓時導致連工資都發不出來，主人公「我」是工廠的一名員工，由於在城市的銀行中有認識的朋友，因此被工廠派出城，去交涉貸款的可能性。本來，這家工廠平常也是有貸款的，資金周轉很正常，要貸的款項數目其實也不大，但無論如何就是無法像之前一樣能順利獲得貸款。在「我」的四處走動下，才終於發現，原來錢都被我昔日的友人張志東的「大廠」給貸走了，「我」在銀行的友人表示，如果張志東願意還一點錢，那麼就有錢可以貸給「我」的小工廠，於是小說的情節就轉向「我」與「張志東」的關係與對話。張志東是「我」初中的同學，文化大革命的時候，還當過造反派的頭頭，為人雖然很霸道，常讓別人吃虧，但由於各種門路都熟，因此文化大革命後，迅速轉向經商工作（高曉聲描寫的這一點也符合歷史事實，文化大革命結束後，能夠立即獲得經濟發展好處的，許多就是這些共產黨內的「老幹部」，可說是另一種新得利的階級。）並取得相當的成功。但是，現在開了大工廠的張志東，明明欠了銀行很多錢，卻硬是不還錢，還繼續不斷地跑到銀行和各處搞關係，爭取繼續再貸到更多的款項以再壯大其工廠，甚至也仍是「成功」的。「我」對此種「現代化」企業經營的方式，非常不能理解，因為「我」覺得，「我」的小工廠雖小，但倒是根牢固實，而「我」又是在中國社會主義理想主義教育下的一員，對小工廠也相當帶有責任心，有時為了替廠裡面省錢，連回城的車資都想替廠裡省下，但顯然這樣純樸省錢的美意，在愈傾向美國資本主義經濟發展模式的中國，其意義似乎也是「保守」的，令我們聯想到在其〈陳奐生轉業〉的結尾，陳奐生想為工廠省錢，自己跑去拖運工廠要的材料，但這樣的勞動卻已經得不到任何的報酬和肯定，反而是走走人情，左右權衡卻能拿到高額佣金的買空賣空，才謂之能幹。此中狀況，

顯然在在都讓這些老實的農民感到困惑。而到了89年的這篇〈美國經驗〉，高曉聲顯然已經能將其內涵，拉抬到更高的視野。小說末，張志東直率地對「我」說，以為：「你們開工廠哪，是小農經濟思想」[11]，甚至將自己之所以不斷貸款背後的意識型態運作模式拖出，這段話在今天來看，似乎已成為熟悉資本主義運作模式的常識，但在八〇年代末的中國，高曉聲以一個作家的角色，能對中國親美的經濟模式有這樣的洞察，可說相當難得了，小說寫到：

> 我們是學"美國經驗"，拉大場面，拖多頭債。你要說我窮，我的企業年年發展；你要說我富，我的赤字年年不斷。我賺了錢，就擴大工廠，自己投一百萬，就拉有關方面投兩百萬；我虧了本，虧掉一百萬，就要求有關方面拿兩百萬來支持我，……我的廠一關會影響"大局"，比如美國金元垮了合，日本、西德、法國、英國——都不得了，全要亂成一團糟。[12]

進一步，作者在這篇小說中，對這種美國式的運作模式的中國化，仍不無諷刺、困惑與反思之意，特別是「我」並不完全覺得張志東說的就是切實的「美國經驗」，因為「我」覺得，這根本就是「具有中國特色的美國經驗了。所以，即使是美國人聽了他的介紹，也不會明白他究竟在說什麼。我則因為和他生活在同樣的環境裡，不懂"美國經驗"也聽得懂他的話。」[13]此時，經驗是否真的為「美國經驗」已經不重要，重要的是八〇年代中末，中國其實是選擇性地運用美國經驗，並以此將其低道德與權術運作全盤合理化，作者顯然是企圖將問題的責任，重新轉回到中國的身上，這樣與時俱進的歷史自覺，在筆者目前所閱讀到的右派世代與知青世代

⓫ 高曉聲〈美國經驗〉，《新娘沒有來》，（北京：華藝出版社，1993年），頁57。
⓬ 同上注，頁58－59。
⓭ 同上注，頁59。

的作品中,可說是極為少見而難得的。

　　然而,〈美國經驗〉的許多內部細節仍有不夠飽滿,而結尾也處理的相當草率而單薄。可以看出作者顯然缺乏更大的企圖或氣魄,來全面性地認識與理解西方資本主義運作方式對於中國農村的方方面面的影響,它末了以一種非常「日常化」,同時又不了了之的敘述方式作終,可能是作品處在八〇年代中末的新現實主義寫法下的生產。而在小說的深層意識上,雖自覺到中國在吸收「美國經驗」的限制與問題,但作者也並不若85年前的敘述方式一般,給予較明確的批判與否定的立場,從這一點來說,其跟〈送田〉對官僚的妥協性,倒是相當接近的,也惟其妥協與「不爭」,也因此難以透過小說的某個人物為中心,發展其深受「美國經驗」或社會主義傳統下的掙扎。在小說中難以看出這種「美國經驗」是如何傳進中國,和被中國文革後的幹部所迅速吸收的歷史感性,現實性過於坐實在幾個關鍵點(通貨膨脹、美國經驗、社會主義理想傳統),歷史的豐富性與具有意味的形式就沒有處理的很好。而作者雖然想要肯定過去曾經擁有過的社會主義的理想傳統的內涵,也僅僅連繫上為公家省錢、為人厚道等小處或本質化與常識性的性質,未能為其刻劃更多具有歷史特殊性的理想的社會主義形象與細節,因此可說其歷史感性的開發度仍都是不夠。也就是說,高曉聲的〈美國經驗〉,既不願意批判新的,又不願意肯定舊的,也無法創造兩者之外的價值,這不能不說是作者在世界觀上的限制。

　　同時,就這整篇小說的技術面來看,雖然不能說不完全沒有所謂的典型環境與典型人物的現實主義的寫法(本來,這也沒有關係,現實主義本身也可以是繼續不斷發展與再建構,作者也有這方面的自覺。)這種寫法(典型環境與典型人物)作為現實主義小說主要的一種刻劃的方法,對作家而言是一種理論式的後設邏輯,只要自覺度足夠,仍可以用來引導寫作者補充其感性經驗,以理性控制的方式,連繫上更多的具體的歷史、社會、政治等的現實面向、

關係、形象,以進行延伸以形象化,讓小說的發展更為複雜與有意義。然而很顯然的,高曉聲在此(八〇年代末),顯然不願意再完全用這種方式寫,以〈美國經驗〉不了了之的狀況來說,實比較接近當時的新現實小說的寫法,但是,高曉聲可能還沒有很充分的意識到,這種寫法跟他要寫作的「擺渡」的理想間的斷裂與矛盾,還有他的心靈,跟劉震雲寫那種〈一地雞毛〉的新現實的庸俗,仍有很不一樣之處,吸納新現實的技法與無意義的傾向,對他而言的「意義」究竟是什麼?高曉聲某種程度上,仍有那麼點「為跟進而跟進」的從眾式的歷史姿態,可能是以為這仍是一種下層建築決定上層建築的結果。這樣欠缺超越向度的寫作與思考方法,實在是高曉聲85以後明顯的創作上的困境之一,當然,後面的〈老清阿叔〉、長篇小說《青天在上》的書寫方式,也都有類似的問題。

二、文革歷史清理的政治困境與寓言困境——論〈回聲〉與〈觸雷〉

同樣題材極佳,但卻也顯示了文學內涵與藝術特質愈形縮小、簡化的問題的,是兩篇歷史寓言小說〈回聲〉(1985年)和〈觸雷〉(1989年),這兩篇都是高曉聲在1985年以後,相當有自覺的反思與總結文化大革命問題的小說,有其相當的重要性,但卻長期地不在學術研究的視野裡,因此很有分析的必要。兩篇作品都採用了現實加「寓言」化的方式來處理這種題材,我以為這並不完全僅僅只是寫作藝術/技術上的運用與巧合,而是跟作者對如何歷史性的理解、認識與總結文化大革命,仍有高度的困難有關。再加上知識份子,本身多是文化大革命下的參與者或受害者,對文革的立場和態度,感性遠遠高於理性,過早對此段歷史作出交待實有困難,也有某種程度上的政治,故只得選用了本身就一定無法承載眾多的歷史複雜性的寓言方法來寫,這兩篇小說明顯的「寓言」模式,本身就是高曉聲在現實寫作困境上的一種體現。

〈回聲〉從一個城市即將開始新建設起,作為起草這個新建設的成員之一的主人公,計畫改造一個在建國後,曾用來聚集群眾開大會用的廣場為公園。但在這個廣場內,有一個檢閱台,主人公在文革時期,曾在這個檢閱臺上,被人進行批鬥,在主人公後來的想像裡,他將檢閱台比喻為一張惡獸的大嘴,廣場(似乎有隱喻為群眾)是它的糧食,主人公原想,反正只要改造了廣場成了公園,那檢閱台(文革的象徵物)也就沒有了吞食的對象,就會餓死,因此並沒有想連檢閱台都拆掉,只要好好改造廣場就好了。但案子提出後,各路人馬都提意見,大家都希望拆掉那個檢閱台,有意思的是,「大家」首先就包括了當年曾經在此批鬥人的當權派／造反派,包括曾坐在檢閱台高樓上的某些領導,對他們來說,檢閱台的消失,一種歷史的「證據」也消失了。小說藉由主人公和另一個老友的談話,意識到這當中拆不拆檢閱台的敏感的「政治」問題,主人公對拆檢閱台很激動,而老友則是沉靜且複雜,因為他也意識到,完全拆了檢閱台(文革的象徵物),也可能將「失去許多瞭解的機會」——這不乏是一種對歷史比較複雜與實事求是的態度。但主人公覺得,對方已經看得夠多了。最後,到了檢閱台即將被拆的那一天,大家都來看了,拆除工作則形象化地採用「爆破」的方式進行,因為據說這種方式,「一塊磚、一片瓦都不會飛出來」,果然最終的結果也是如此,小說最後寫到:「那爆破的聲音也不大。如雨底的悶雷。純是一個遠去了的、歷史的回聲。」[14]

透過以上的細節和框架的描述,我們不難發現,高曉聲這篇將歷史寓言化的「技術」是既乾淨又巧妙的,從這裡我們可以說,高曉聲確實有著極佳的寫作才能,絕不只是固定化或採用單一立場去寫農民或底層就以為成功的作家。一方面,它以拆檢閱台的隱喻,和眾人對檢閱台的共同憎惡的態度,來表現對文化大革命的痛

---

[14] 高曉聲〈回聲〉,《覓》,(江蘇:江蘇文藝出版社,1988年),頁112。

恨，眾人齊心旁觀它的爆破與倒塌也頗有熱力；然而，二方面，作者也知道歷史不是那麼簡單的，從原本沒有規劃拆檢閱台，到最後檢閱台仍然要被拆，這當中仍有另一種政治力的權衡，帶有最終消失了一項歷史證據的同時，許多複雜的瞭解機會和提醒的媒介／中間物，也都一起消失了。這當中的隱喻的豐富性，令人欣賞高曉聲不是沒有開掘思想高度的潛力。然而，跟〈送田〉類似的歷史簡化性又再度出現，〈回聲〉最終是以一塊磚、一片瓦都不飛出來、如悶雷、遠去的歷史的回聲的形象化方式作終，似乎想以一種淡淡的心情，以一種「一筆勾消」的方式來磨平歷史。反正廣場都即將改建為公園了，消滅了歷史，而又多了一個年青人可以談情說愛、老年人可以養心健身的地方（公園），一滅一生，似乎也就可以接受了。

　　作為一個擁有相當才能、個性敏感、感情豐富，又有豐富的社會、歷史經驗的作家—某種程度上來說，相對於以知識水準遠大於生活經驗與歷練的大部分五四名家，這些歸來作家的「非知識份子」的人民群眾經驗，應該是相對豐富的。而高曉聲在將現實和寓言融合使用的「技術」上，從上面的分析來說，能力也是算不錯的。但如果我們要說〈回聲〉這樣的小說還有什麼差強人意的地方，就是在於它最終採取以寓言的隱喻性作收，導致中和、降低與壓倒這篇題材與細節，使原本可能延伸出去的歷史豐富性與更大的張力，再沒有什麼新的辯證後的正面或複雜價值的建樹。比起在1985年前寫到文革題材的〈定鳳珠〉、〈特別標記〉，作者尚能以長輩對晚輩的立場或姿態，來重新建立起一種「倫理」的希望，到了1985年後的文革題材，似乎除了破壞、平衡，正面的價值卻都開不出來了，而且還是那種明明已經意識到了社會和歷史的諸多問題，卻不願意拿出更有勇氣的承擔，實在令人感歎。高曉聲和許多「右派」作家，似乎多多少少都有點「看輕」自己，不太明白自己在所屬時代、甚至長遠的歷史中，不完全沒有機會創造出更開闊的

新世界與價值的可能。本來，寓言性也可以同時帶有現實的豐富性的暗示，前者可以作為後者的一種技巧來豐富後者，特別是在短篇小說的體裁中，這是一種擴大作品意義承載容量的重要方法，但高曉聲卻沒有能力處理好。〈回聲〉顯示的，是作者處理歷史的能力和態度的限制：儘管意識到了當中的問題和複雜性，但由於預設了新生事物（新的一代和新的公園）必定優於過去，便跳過了他原本可以更氣魄、更有格局、更複雜的回溯歷史、清理歷史，並從中汲取養分與意義，來滋養新的時代的可能，歷史就這樣被消解，又只剩下了「當下」，這種「進化」，又怎麼不令人覺得可惜呢？

　　然而，接下來更有意思的是，高曉聲似乎對於自己無法處理／清理文化大革命這樣的題材的限制，也想要從政治上，而不僅僅如上述的〈回聲〉中轉嫁到未來的希望上，揭示當時面對此段歷史的困難度。而根據本書目前粗淺的理解，文化大革命的題材、文學史料及相關討論等，改革開放以來，一直仍有其禁忌，究竟這種禁忌，是如何複雜地對改革開放以後的作家和批評家，進行身體或精神上的不自覺地規訓，我們身在臺灣的研究者，目前實很難深入進入與理解。目前只能這樣說，處於八〇代中的〈回聲〉，與八〇年代末的〈觸雷〉，敢於觸碰這個主題，連繫上的不是什麼過於本質的、人與人道的傷痕、反思、改革之類的命題，而想企圖連繫上更幽微的政治操控，和當中不同路線者的是非與正義等的關係，雖然只能輕輕點到上了一點，但從題材和主題本身來說，對當時的時代與歷史，實應有其進步的辯證性。這就是雖然也採取了抽象化的寓言的技法的〈觸雷〉的重要性。它採取了一個小孩子的視角，托出成人世界之所以不願意清理文化大革命的幽微原因。小說的情節是，某一天，主人公家附近的好幾戶人家都遭了小偷，小偷雖然很快就被抓到，員警也將「失物」一一放置在警察局中，希望被偷竊的人家前來認領。但在被偷的人家中，其中一個是當地某工廠的廠長，一個是鎮委委員，他們都宣稱，家中僅僅被偷走的只是錢

財，而無失物，因此也不願意來認領這些東西。主人公王小林只是一個學生，以他的眼光來看，他覺得非常的奇怪，不但因為據說小偷是他的同學的父親，王小林覺得一點都不像，同時還有外邊的輿論也非常曖昧，很少人敢直接、公開談論此事，而有些人甚至不許人家談這件事。原來，在員警所查扣的「失物」中，有些正是在文化大革命期間被「抄」走的東西，根據這樣的邏輯連結，那些「被竊」的人家的主人，才正是當年在文革中，擔任紅衛兵時，抄／偷的原凶。

小說以小孩來擔任主人公，並多次運用小孩的視角、立場來表達對文化大革命歷史的好奇與探求，有其特殊的涵義。在〈回聲〉中已經談到，高曉聲似乎對於文化大革命的歷史意義和複雜性難以展開，但他確實直覺地意識到，當中細微的政治、革命中的道德與是非等問題，這一方面既是高曉聲的歷史知識、視野的問題，二方面也有八〇年代中末的政治現實上的考慮，而使用小孩的立場或視角來發問，一則可因其幼稚或單純的立場，降低了其碰觸文革題材的敏感的刺激性，二方面也基於同樣的姿態（幼稚或單純），使得其可以塑造出一個比成人更勇敢的、天真的形象，來對顯大人們難以對文革中的正義和複雜性作出回應的張力，小說中就不只一次的讓主人公王小林跟不同的成人互動，來突顯清理文化大革命的重要性與困難度，如主人公問一個叔叔，為什麼不肯將這整件事的真正犯罪者的問題講出來，這個叔叔是這樣回應的：

> 講也沒意思，白得罪人，講了就有人說："這件事中央已經澈底否定了，還去講它做什麼！""現在還講那些事情，是什麼意思？不是指和尚罵賊禿嗎！"一到運動來了，比如清除精神污染，反對自由化，鎮上就有人查誰還在翻文化大革命的帳，還公然拍桌子說："這種事不要再說了"恨得像挖他們的祖墳呢！"他氣惱地說：

"有些人呀,如果你曉得了他們的底細,……"[15]

　　高曉聲在此連繫上的歷史問題,內在頗為複雜,至少有好幾個層面,其一它將人們之所以不願意清理文化大革命的原因,跟所謂中央已經徹底否定了文革的說法連起來,這個說法,應該指涉的是1981年6月27日中國共產黨第十一屆中央委員會第六次全體會議一致通過的《中國共產黨中央委員會的關於建國以來黨的若干歷史問題的決議》,當中明確的指出:「"文化大革命"是一場由領導者錯誤發動,被反革命集團利用,給黨、國家和各族人民帶來嚴重災難的內亂。」[16]但從小說中的上下文判斷,高對人們運用這種簡單的關聯方式,就把文革內部的複雜性化約帶過,隱隱中是不以為然的。所以接下來,他又企圖更細緻地,連繫上了八〇年代在胡耀邦任內的所謂清除精神污染,或說反精神污染事件,來思考不清理文革跟改革開放後,仍佔有位子的當年當權派等「官僚」階級間的幽微關係。

　　在我所讀到的右派世代作家的作品中,幾乎沒有看到像高曉聲這樣,把反精神污染事件,跟文化大革命的內在問題連繫在一起思考的。為什麼他會這樣想?這當中又可能有什麼意義?事實上需要對照一些歷史論著,才能來進入此語境以求解釋。陳永發曾指出,論到反精神污染事件時,「老幹部」是對此反應最強烈的一群,黨內元老之所以呼應,其實自有間接對付胡耀邦之意,這可能跟胡耀邦在八〇年代中大量提拔年青才俊,導致對老幹部產生了排擠效應有關,雖然這也是當時的黨的政策走向,但也因其提拔了不少自己當年的屬下,而總有落人口實之處,因此黨內元老乃藉胡耀邦在「反精神污染」處理不力上,對其指責,其結果最後就是導致了胡

---

[15] 高曉聲〈觸雷〉,《新娘沒有來》,(北京:華藝出版社,1993年),頁289。
[16] 《中國共產黨中央委員會關於建國以來黨的若干歷史問題的決議》,(鄭州:人民出版社,1981年),頁25。

的下台,趙紫陽正式接上了總書記的位子[17]。而莫里斯‧邁斯納也以為:「胡為限制高幹子女的腐敗現象而採取的措施及胡與民主知識份子的連繫,激怒了老一代黨的領導人。」[18]也都說明了改革開放後的當權派、新得利階級,跟新生力量之間的角力關係。幽微的是,我們可以看到,〈觸雷〉隱隱在批評的,可能也正是這些當年在紅衛兵革命期間,抄過別人家的「當權派」,當權派們一方面支持清除精神污染,內在其實可能是,要反對的是當時論述中強烈的民主、自由和人道主義的那一面(畢竟如果真的實踐民主、自由、人道主義,很多歷史的舊帳,幾乎就要一筆一筆公佈與清理),二方面可能也不乏藉一定政治事件的運作,來達到固化自己權力的結果。也由於這些「幹部」在文化大革命期間,可能多多少少都不太「乾淨」,也因此自然會反對再繼續深入清理文革。在這裡,反對再繼續深入清理文革,跟支持清除精神污染竟是同構的。總的來說,就文化大革命中的是非,與文革時的當權派和被批鬥的兩造而言,後者在當年,可能因文化大革命的觸景傷情,而不願意徹底清理與回顧,而前者,即可能的當年的加害人/改革開放後的新獲利者、新官僚,對他們來說,不清理,或反對清理文化大革命,自然對他們才是最安全的選項。一者基於感情,一者基於權術與利害關係的考慮,最終都使得兩造都能接受用一種極為保守低調的方式,回避了清理中國自身歷史的責任。在這篇小說的最後,主人公和新一代,最後也認同這種模模糊糊的面對歷史的方式,小說這樣寫到:

> 上一輩的人幹了些什麼,我們還是不曉得好。要是曉得了他們的底細,我聽人說過,只怕沒有幾個乾淨的

---

[17] 參考陳永發《中國共產革命七十年》(下)(臺北:聯經出版公司,2006年),頁943。
[18] 莫里斯‧邁斯納(Maurice Meisner)著,杜蒲譯《毛澤東的中國及其後:中華人民共和國史》,(香港:香港中文大學,2005年),頁455。

人,叫他們爹爹、伯伯、叔叔,他們的臉都沒有地方放呢![19]

由此,可以看出高曉聲在〈觸雷〉中,其實隱約地,仍只能採用當下的經驗回應——一種安全卻也是欠缺超越向度地來理解、闡釋歷史問題的傾向,從這種結果來看,這實在也可以算得上一種保守的「干預現實」的書寫。畢竟人事複雜,不能好好檢討文化大革命可能的優點與限制,那政治和歷史問題應如何清理呢?高曉聲語帶諷刺的寫到:

欠中國人民最多的應該是國民黨和日本帝國主義,也都一筆勾銷了。那別的還值什麼呢,一致向前看吧。[20]

高曉聲明確的注意到,改革開放後,愈來愈抽離歷史具體討論的現象,和將歷史複雜性上升到一些抽象的對象裡消融掉(如上引由的「國民黨」和「日本帝國主義」)的問題,目的都是希望不要細緻地處理過去的歷史。但這麼做真的是正確的嗎?〈觸雷〉最終仍以王小林孩子的立場,表達了對大人世界的懷疑:

王小林原以為大家都明白了,唯獨他不明白。後來問了許多人,才知道大家都不曾明白。大人和孩子竟一樣糊塗。不過大人是糊塗慣了,不把糊塗當一回事。孩子倒還沒有習慣,卻要問一問。[21]

同樣的,小說〈觸雷〉的寓言性質,很大程度上,也跟作者難以對文革有效的提出回應互有因果關係,〈觸雷〉以碰觸地雷的危險、連動和刺激性、影響層面廣的可能性的隱喻,來收納與化約文

---

[19] 高曉聲〈觸雷〉,《新娘沒有來》,(北京:華藝出版社,1993年),頁292。
[20] 同上注,頁300。
[21] 同上注,頁301。

革的具體複雜性，形式化的展現了其內容在八〇年代中後，仍難以有效處理與真正「面對現實」的艱難。

三、「歸來」知識份子的「生活」危機與自我安頓的矛盾——論〈臨近終點站〉、《青天在上》、〈天意〉

類似的意識到社會與歷史的新轉折性和複雜性的靈光，但卻又隱約地存在著一些發展不開的問題，在高曉聲這一期以知識份子命運為題材的小說中，主要反映在主人公面對「歸來」知識份子的「生活」危機和自我安頓的矛盾上。

〈臨近終點站〉（1985年），收入《覓》（1988年），是一篇帶有高曉聲自傳性質的作品。小說中主人公是一個知識份子，改革開放後，從農村上了城，由於第一任妻子早已過世，所以上了城後，娶了一個新的妻子。新的妻子也是一個再婚的人，雙方都有孩子，兩人圖的顯然是相互照顧，所以也並不在意。然而，結了婚後，主人公發現自己跟第二任妻子，在個性、飲食、生活方面的習慣，都有很大的差異。同時更讓主人公難以接受的是，妻子常運用自己的隱性影響力，幫別人開後門，也讓別人幫自己開後門，在在都讓主人公覺得喪失過去的社會主義理想而深感痛苦。然而，作者在連繫上這種「開後門」的現象時，雖然並不僅僅只想將這種問題僅視為一種主人公和妻子間，相處上的私人或個人感情上的問題，而是企圖將其跟八〇年代中以降的「通貨膨脹」的社會問題關聯起來，使其有相當的社會與公共視野（儘管後面愈往結尾，愈往個人性質的方向窄化），小說一剛開始，放在這樣的背景下：「這幾年工資調整不多，副食品價格上漲不少，但是姚順炳餐桌上反映出來的市場情況，價格似乎在逐漸下降。」[22] 這個細節跟實際的歷史狀況也相符合。80年代中的中國的經濟和市場狀況都是相當混亂而複

---

❷ 高曉聲〈臨近終點站〉，《覓》，（江蘇：江蘇文藝出版社，1988年），頁209。

雜的,鄧小平一方面,希望將社會制度日漸傾向資本主義的模式發展,但二方面隨之而來的國營企業整建、通貨控制等也都進行的差強人意,莫里斯·邁斯納就說:

> 1985年實行「價格改革」後,在繁榮階段後繼之而來的通貨膨脹造成的蕭條週期性地出現。到1989年上半年,官方承認的通貨膨脹率每年高達25%,在北京和其他大城市,通貨脹率還要更高。……幹部的嚴重腐敗行為使民眾感到恐慌和憤怒。[23]

陳彥也指出:

> 1985到1986年中國社會形勢十分微妙。一方面,由改革引起的通脹、腐敗、道德敗壞以及階級貧富分化越來越多地影響民眾的日常生活;另一方面,民眾物質生活水準整體上升、住房短缺有所改善、國內外的流通便利等等,改革使生活品質明顯提高的民眾歡欣鼓舞。……他們參加遊行示威不是反對現有體制,而是覺得改革速度不夠。[24]

由此可見,高曉聲對這個新的社會現象的注意,乃是繼承其一路走來始終如一的高現實感。他讓小說中的主人公,不論其主觀上願不願意,客觀上就是在局勢的發展下,日漸成為過去所大力反對的官僚與腐敗的媒介。同時,作者還將主人公明明知道有這些問題,卻不願意出手或想辦法改善的理由,歸因在主人公經過了幾十年的政治運動與勞動改造下,早就被規訓地聽話、保守的因果關係

---

[23] 莫里斯·邁斯納(Maurice Meisner)著,杜蒲譯《毛澤東的中國及其後:中華人民共和國史》,(香港:香港中文大學,2005年),頁439。
[24] 陳彥著 熊培雲譯《中國之覺醒——文革後中國思想演變歷程》,(香港:田園書屋,2006年),頁78。

上,更何況是對自己有利的具體好處。這樣的歷史習慣的因襲,誠如洪子誠追溯五〇至七〇年代的文學規範和文學環境時的分析:

> 在50-70年代的中國,作家的文學活動,包括作家自身,被高度組織化。而外部力量所實施的調節、控制,又逐漸轉化為那些想繼續寫作者的"自我調節"和"自我控制"。[25]

從這種層面來看,改革開放步入八〇年代中後的高曉聲,對於自己所屬的「右派」所受的「歷史傷痕」,或說挫折所產生的限制,仍有一定的自知之明。事實上,右派世代在「歸來」後,由於一度被視為英雄,他們的悲劇和理想主義形象,曾一度打動了許多知青和許多富有類似情感需求的年輕人的心,一直到王安憶在1990年寫出〈叔叔的故事〉,帶有某種終結與清理這種運用歷史理想與悲劇性的「消費」前,歸來的「右派」的生命經歷,在一定程度上,確實如同歷史上的各式受難者,不論其自覺與否,都是可以視為一種歷史「資源」,並以此讓自己和身邊的人獲得許多物質與精神上的好處。然而,右派世代也並非完全像〈叔叔的故事〉中所刻劃的人物那般,較少社會和歷史自覺的反省力,就〈臨近終點站〉來看,主人公對自己的歷史,成為一種可消費的資源,對自己的性格,因歷史傷痕或歷史挫折而愈變愈軟弱,有一定清醒的認識。也因此他才會對自己妻子搞腐化的行為難以忍受,對自己也帶有相當的罪惡感和慚愧感,而不至於走到像〈叔叔的故事〉那般最終跟兒子對刀的局面。本來,以高曉聲對於社會和歷史的敏感及才能,又有其豐富的社會主義實踐經驗,如果能更有自信並且夠用功(例如像日後的路遙在〈早晨從中午開始〉自白的對《平凡的世界》的創作投入),是不無機會從清理過去的歷史和社會經驗中,

---

[25] 洪子誠《中國當代文學史》(修訂版),(北京:北京大學出版社,2007年),頁22。

為自己和主人公的生活危機,找到一種更高或說更具有超越向度的層次結合,建構一些可能更能妥善安頓自己的方式與社會實踐的法門。然而,1985年以後的中國文壇,在歷經八〇年代一路的「潘曉討論」、「人道主義和異化問題爭論」與「姓『資』姓『社』大討論」後,反「左」或去「左」的勢力,已經日亦取得較高的影響力,而這邊的「左」的內涵,又因為可能在當時的政治條件下,難以嚴肅的分辨與區隔,當中所對應的對象的不同階段歷史內涵,導致了作者和主人公一樣,也因此也站到非常化約、即抽象性質的反「左」的立場上(高曉聲在《覓》的代前言〈沉重的擔子〉中,就提到了其認同當時的中央和當時思潮下的反「左」傾向)。這也是高曉聲及其「右派」作家們,在85年後的寫作上,正跟他此階段的其他類型或主題的小說一樣,不約而同地產生難以突破的歷史的原因。一方面,這使得他能一筆簡單且痛快地解消或回避了文革十年「左」的錯誤的複雜性(上一類分析到的文革小說亦復如此),同時,對十七年「左」的歷史實踐的優點和正面光明的階級命題的可能性,也不用試圖更有效的繼續連繫、開發與轉化。所以,高曉聲和「右派」作家們,自然只得在過去教條的「左」之外,尋找其他有限的解決困境(無論是人生的及文學的)的投入方式。〈臨近終點站〉如果要說,還有任何文學及社會解放的價值或意義,就是在於它反映了,作者提出與重構了,另一種得以寄託生活意義與生命出口的愈來愈「個人」化的方式,及當中的必然的矛盾。這種「個人」的傾向性非常重要,也幾乎是日後知青世代作家,可能到目前為止,都還沒有克服與再辯證出一條更寬廣的寫作道路的問題。

首先,由於去「左」的效應,連帶的牽動去「集體」的心理,使得作者得以因其政治慣性,快速連繫上八〇年代中期,文學愈來愈重視文學主體與「個人」主體的思潮(當然這還不是九〇年代更以「個人」為主的敘事),作者畢竟是長期毛和社會主義中國栽培的作家,還不至於完全地突出「個人」與自我,完全將個人與自我

去具體社會或歷史化,像劉索拉的〈你別無選擇〉(1985年)的那般的虛無主體,或集中全副精力,去寫一個特殊的個人,如韓少功〈爸爸爸〉(1985年)或王安憶〈小鮑莊〉(1985年)中,那一類載承抽象仁義的主人公,以其抽象、特殊與邊緣式的尋根,來作為文學與社會實踐的新出路。「右派」的高曉聲,用的方式是較為幽微的綜合,作品的主題中,有顯示了更為重視個人,尊重每一個人都有其獨特的世界,而不願再以強烈的、決裂面對社會問題的立場(注意,其仍有連繫上具體的社會問題,只是態度上不是將解決問題的方式,像以前一樣,主要交給社會／下層建築或集體)。具體到〈臨近終點站〉就是主人公面對自己第二任妻子走後門搞腐化的行為、跟妻子間完全不相容的個性與價值觀,以及第二任妻子對第一任妻子的照片看似忌妒,實則是故意製造矛盾的行為等,他選擇了「平靜」或說「麻木」以對。他產生了出一種獨特的個人式的心理:「他們都走過了很長的路了,都有一個別人無法闖進去的獨特世界。」[26]這句話很有意思,有那麼一點孤芳自賞的孤獨,可以解讀成高曉聲在反「左」的潮流下,雖想堅持理想(包括清廉的社會主義理想和感情的理想),但總之認清與妥協,自己畢竟是生活在一個中國人的世界,人太多,無論如何都超脫不了,而夫妻也總還是有互相照顧,不完全是那麼不堪的地方,也有生活和身體上的需要,因此最後轉向了讓對方、他人,和自己都能保有一個「別人無法闖進去的獨特世界」這樣去「集體化」的轉向,無疑的,這樣的希望是相當個人,同時唯心的。

其二,在「去集體化」之下,主人公還企圖將這樣的獨特的世界再「固定與坐實」,以期獲得一種基本的安頓感,反映在這篇小說中的是,這時候主人公愈來愈難以容忍「日常生活」,生活本是難免有庸俗和平凡的,但也有其飽滿的可能,也是人活在任何具體社會歷史下的主要意義來源,主人公並不是對這一點沒有自覺,在

---

[26] 高曉聲〈臨近終點站〉,《覓》.(江蘇:江蘇文藝出版社,1988年),頁217。

小說的前半部,都有不少生動的生活細節的展現,但在企圖坐實個人的「獨特的世界」的希望,他寧願選擇的是活在愛情中,或說活在愛情的「回憶」裡,在〈臨近終點站〉是後者,但顯然來不及在此篇小說中展開,只得留待1987年間的長篇小說《青天在上》再處理。而在高曉聲的晚年的實際人生中,則是前者,許多材料,如程紹國的《林斤瀾說》、陸文夫等友人的散文中,都曾指出,高曉聲晚年仍堅持跟第二任農村妻子離婚,繼續勇敢的追求,類似於他五〇年代已故的第一任妻子那般能相互理解的愛情。[27]此階段的高曉聲和他的主人公,追求愛情乃是其轉嫁「社會」理想之無法落實的一種「個人」的方式,目的仍是要為當下生活、生命之無意義感尋找出口,這一類的小說對他而言,實有自我救贖的功能。然而,無論是第一種企圖在心中保有一個獨特的世界的「去集體化」傾向,或是第二種坐實在某個曾經的愛情對象的個人「回憶」的性質,都脫離從社會與歷史發展的具體性、脫離了從「生活」中再建構意義的可能,無論是人生還是小說,都將導致其靜態性遠高於動態性的、出路愈朝精神化的必然,使得〈臨近終點站〉後半到最後結束的方式,便從前面還存在著跟友人、同儕互動的豐富生活感,轉到後半愈漸充滿著自憐、自慰和感傷基調。顯示了「去集體化」後,擁有「個人」的「獨特的世界」及愛情的「回憶」,仍無法真正開展出作者和主人公渴望的新理想與生命意義。

這樣的焦慮,讓高曉聲企圖重回「過去」的時空,尋找其重新建立起意義的可能,一稿於1987年10月,於1990年1－6月改寫的長篇小說《青天在上》,就是一個重要的嘗試。

一般來說,長篇小說是考驗一個作家,能否在藝術、內涵和思想高度上更上一層樓的體裁。但事實上,就像契訶夫不以長篇取

---

[27] 參見程紹國〈天堂水寒──林斤瀾與高曉聲、葉至誠、林昭(彭令昭)〉,《林斤瀾說》,(北京:人民文學出版社,2006年),頁58－96;陸文夫〈又送高曉聲〉,《深巷裡的琵琶聲──陸文夫散文百篇》,(上海:上海文藝出版社,2005年),頁109－113。

勝，而以短篇揚長，不是每個作家都一定適合長篇的寫作，特別是如果在材料、技術上和心態上沒有充分的調整和準備，要寫出成功的長篇，將遠比短篇要來得更為困難。然而，「右派」在八〇年代中後，似乎興起了一波轉向長篇的「實驗」，茹志鵑陸續有《她從那條路上來》的第一部及第二部、王蒙有《活動變人形》（寫於1984－85年）、從維熙也有《走向混沌》的勞改回憶錄，高曉聲的《青天在上》在內涵和結構上跟它們共同的交集是，這些作品仍都採取了高度自傳性質的材料，企圖對自己或家族成員的某段過去進行一種總結與反思，但對於長篇這種文體，顯然都欠缺一種中西文學史視野下的典律認識，以致於「右派」的長篇小說，很多都明顯欠缺有意味的形式，讀其部分片段尚可，通讀全篇便難有一氣呵成或一開新局的思想高度或審美趣味之感。而最主要的相異處，從史料性質和題材上來說，乃是《青天在上》是右派世代的長篇作品中，以1957－1959年間為背景，從一個知識份子等待右派處分結果開始自我懺悔，並在回顧下放回農村、參與公社化與大躍進等經驗下，反思五〇年末許多社會主義歷史經驗的「珍貴處」及其限制，從小說的敘事者、主人公跟作品中的其他農民的互動看來，高曉聲在此作中，仍可說維持了相當高的人民群眾的姿態，而不太被新時期知識份子的啟蒙姿態滲透太深。跟此階段的〈鄰近終點站〉和〈天意〉在結構上的雷同則是，《青天在上》中的主人公不是獨自一個人面對這一切的，它的歷史時間，以主人公和他的愛情結合起，寫到愛人因肺病過世為止。小說的發展憑藉的不是某些重要事件或情節的推進，主要人物的性格也因行動較少或單調而顯得不夠立體，其幾乎可以說是以流水帳的方式，逐一將主人公的自我反省、對社會發展的觀點和跟愛人在1957－1959年間相處的「生活細節」全盤托出，行文非常瑣碎，鮮有高曉聲最敏銳時的智慧風貌，因其創作時空跟「新寫實」風潮有重疊處，因此大膽推論可能跟其創作方法的相互滲透有關。

當然，不想固定某種框架式或觀念性的批評的尺度，或將批評的尺度先驗化，而是想盡可能從作品本身的豐富性，或背後對同階段作品的隱性的參照系，對應其歷史條件，來思考它的相對特質。筆者注意到，《青天在上》其實塑造了一個非常特殊不合乎八〇年代中後「去左」的思潮下的主體。這個主體雖然在1957年因反右運動被下放回農村，但整個運動對於像他這個的小知識份子來說，似乎並不如想像的嚴重，而回到了農村的主人公，由於仍是農村中，少數受過教育的子弟，也仍受到親戚朋友的歡迎與肯定，農村人民似乎並不如城市人所想像的那麼「泛政治化」，仍然熱情地對待他們，而他的愛人，雖然跟他一樣身染肺病，但性格溫和、待人親切，也幾乎能夠完全地融合進農村生活裡，這樣的農村生活對他們來說反而帶有著相當的牧歌情調，生活簡單、質樸，而在主人公的眼裡，女主人公更是覺得，自己生活的比以前在城市裡還健康，像生活在童話或民間故事裡。

　　此外，這篇小說還很細碎，靈光式的連繫到了很多社會問題，例如思考讀書跟種田之間的關係，小說曾提到讀書把思想讀壞，把心讀野了的說法，可以看出作者對菁英主義和平均主義的教育問題、知識與農民的平等問題有所自覺；而作者對人民公社和大躍進的描述，也很持平，人民公社和大躍進，在剛開始實行時是頗受到大家歡迎的，而後者（大躍進）在加速社會主義建設的邏輯下，也間接地讓階級鬥爭緩和了下來。而在人民公社的食堂實踐的過程中，主人公也是支持的，他以自己的小知識份子在學校吃食堂的經驗，來說服農民加入公社食堂的好處，而在初期，人民公社的食堂的食物確實也很不錯，汪曾祺在〈黃油烙餅〉中也有類似的敘述，但到了後面，就慢慢顯露問題。公社的統購統銷制度也造成了虧糧的現象。這些社會問題和視野，某部分都具體地展開在高曉聲85年前的農村小說中了。我們要問的是，高曉聲為什麼要在日趨「去左」化的八〇年代中後，還要再多所提示這些社會主義時期的「正

面」現象？作為一個曾經被打成「右派」的小知識份子，他不但沒有對社會主義多所抱怨，反而仍繼續開發當時曾經存在過的優點（儘管只是點到為止），並曝露其問題（儘管這些問題在85年前的小說中有些部分已被處理過）。在下面的這一段對人民公社的檢討與敘述中，也可以用來說明，作者為什麼要在這樣「去左」的歷史條件下，寫出這樣一篇帶有相當程度肯定早期社會主義建設，揭示社會主義建設中的許多優點和關鍵問題的小說：

> 每種食物、動物，都是隊裡種的，但大家在「人民公社」這個招牌下拼命吃，所以食物很快就不夠了，突顯出大家受到政治力的干預，而忽略了具體的歷史狀況的問題，雖然當中是有人有疑義的。[28]

這段話是在評價人民公社功過的，可是同樣也適用於對八〇年代中後「去歷史化」的新小說實驗的評斷。高曉聲對八〇年代中後的小說書寫的遊戲傾向是有其不滿的，雖然他也是一個願意跟進各種技法實驗先鋒的作家，自己也親身創作了一些實驗性的作品，但藝術實驗的目的，在他來看絕對不是停留在「技術」或所謂的「藝術本身」，「擺渡」畢竟是預設了一個彼岸的可能，而這個可能，在新中國建國的社會主義歷史上，曾被提示了各種方向，有優點、也有錯誤，政治力的干預更是事實。但重要的是「具體的歷史狀況」，新中國的社會主義實踐僅僅才剛開始，文化大革命的極左又造成了複雜的歷史的挫折，但它仍不乏有許多值得留下來的優點，特別是針對底層和弱勢群眾的關懷而言，社會主義以其不同於資本主義式的人道方式，提供給不同的階級其他種的新的更健康的生活的可能——這才是「青天在上」的關鍵旨趣與價值，也才是高曉聲為什麼要在八〇年代中後的現代、先鋒、新寫實的趨勢下，仍要斤

---

[28] 高曉聲《青天在上》，（上海：上海文藝出版社，1991年），頁244。

斤計較與辯護的立場。從美學的革命性質,多少應帶有某種解放性來說,《青天在上》與八〇年代中後日漸「去左」的歷史條件下,還敢與社會主義的革命文化再進行連繫,正是此作少數可看成優點的部分。

當然,正如同前面分析〈鄰近終點站〉時曾參照出的分析,《青天在上》之於作者,是一部自敘傳的作品,是他跟第一任妻子的恩愛的「回憶錄」,小說中花了相當的篇幅,來敘述他跟這位妻子間的親密與交流,妻子如何深愛他、給他支持與力量,讓主人公得以在被打成右派後,仍能維持自我改造的信念,甚至活下去的動力,如下面類似的「愛」的「回憶」的感覺,充滿在這部小說裡:

> ……四周包圍他的是酷冷的冰山,只有珠珠的愛情是熾烈的。這愛情就是他的活力,這愛情就是他的信仰。他是想著珠珠的愛情才覺著還要活下去,還要去奮鬥,還要去改造,還要去付出巨大的代價的。
>
> ……珠珠是人民中間最了他的人,在許多人不信任他,枉對他的時候,珠珠作為一個人民的代表靠在他的身邊,給他信任,給他溫暖,給他熱烈的愛,給他前進的勇氣。[29]

然而,這樣的愛情還是在女主人公短暫的生命中,很快就結束了。但是主人公最後還是非常天真又浪漫的,希望建立起跟死去的妻子之間的連繫,他將兩棵李苗種到了妻子的墳邊,等待著它們有一天開花,形象化的象徵自己仍抱持著對「愛情」的希望,而由於現當代文學史上,一直有著「革命」加「愛情」的互為隱喻的傳統,《青天在上》最終這種結尾的方式,可能也不乏帶有作者對未竟的社會主義革命理想的希望,特別是作者把女主人公,不斷地跟

---

[29] 同上注,頁23。

「人民」互為隱喻。

　　也因此，從〈鄰近終點站〉到《青天在上》，我們可以看到，作者很努力的，想要在八〇年代中，日益去大敘事、愈來愈喪失集體性和理想主義精神的歷史條件下，希望能夠重新建立起「生活」的意義，上面已經說過，〈鄰近終點站〉是企圖以去集體的「獨特的世界」和對愛情的回憶，來作為新的生命意義的來源／出口，《青天在上》的愛情題材的部分，可說是繼承了〈鄰近終點站〉曾有的想法，而它（《青天在上》）對五〇年代被下放的知識份子，在社會主義中的部分「生活」面向的「肯定」，多於改革開放後的那些去歷史化的「傷痕」與批評，也可以看出是作者企圖清理歷史，賦予歷史更多複雜可能性的努力。從這種面向來說，其性質也很接近他此期對文革題材的清理嘗試，然而，就像其文革書寫因受制於「現代」思潮，而有被「寓言」化的現象，《青天在上》的愛情書寫和歷史清理的瑣碎與零散性，也很明顯的帶有被八〇年代中後「新現實」所滲透後的結果。高曉聲當然還不致於完全走上「新現實」那種不求事物背後的意義的後設觀，他仍然有很多的情感介入和價值評斷，然而其細節主要以瑣碎、衣食住行、生老病死、生存的艱難、困窘等性質，即使有著好的社會敏感度和執著於愛情／社會主義革命的理想，也都會被稀釋和解消掉，整部小說乃是零碎的片段佳，整體實在不能說好。由此也可以說，作者實在深受政治思潮、文藝主流方法的影響，再加上其世界觀中，本來就沒有對長篇這種文體的自覺，這當然不只是他個人的問題，也相當普遍的存在於「右派」在85年後的小說。總的來說，其小說中的社會公共視野和其能凝聚的張力、革命性，相對而言仍不若1985年前的強度。自我矛盾在這樣的個人與經驗型的精神裡，自然也無法找到新的出口與安頓。

　　這樣的困境，到了1989年的〈天意〉，從題目的命名可以看出其暗示，作者似乎有想將「歸來」知識份子愈到晚年的困境，以一

個更大的「天意」來理解與解決。但事實上，這個「天意」也僅僅是小說中的一點「靈光」、一種裝飾，就高曉聲一生的世界觀和實際企圖來說，他並沒有機會和能力，自覺地發展或實踐出一套強而有力的形上思想，或者說，深受馬克思主義影響的作者，「天」意的建構，本身就很難有其土壤和條件。但是這並不是意味〈天意〉不是一篇值得讀的作品，事實上，這篇作品在高曉聲最後的創作階段中非常重要。也由於其仍具有自傳的性質，是作者對其「寫作」的一生經歷，進行檢討與總結的代表，同時可以看出作為右派世代的高曉聲，如何不自覺地歷史性地流露了歸來知識份子再度固著在「官僚」中，而難以轉出從新的「生活」中開發與重建價值／意義的現象，以致於被虛無感一點一滴滲透，最終連自己的「愛情」底線，都將被自我的消極而解構掉。

乍看起來，〈天意〉的框架是相當「古典」的，它延用了85年之前，那種以時代、歷史條件的變遷，跟主人公各階段命運發展的方式：一個有社會主義理想的主人公，在早年就深愛寫作，在作醫生的妻子的支持下，辭去工作寫作，正當有機會出版，而自己也發奮修改的差不多時，一場政治運動降臨，就讓主人公只能冷凍在家裡，改革開放後，雖然順利寫了些作品，也受到了一陣子的重視，但新的世代很快就趕上來，而八〇年代中後又因市場導向，使得作品難以出版，還要靠自己包銷，主人公在在都覺得愈來愈沒有尊嚴。

然而，〈天意〉並不僅僅只是一個，以一種很普遍認知的框架，來反映一生都不得志的右派世代作家的小說。事實上，我覺得高曉聲在這篇作品中，無意間保留了相當多的「生活」（廣義的，仍在社會與歷史條件下的）細節，但很顯然地，問題是由於作者過於執著，將社會、歷史和個人命運，仍要連繫上「官僚化」的問題「框架」，使得他難以在本來就有著豐富的社會和歷史的豐富性中，賦予那些已被注意的「生活」實踐的新的有價值的、非完全功

利的意義（這邊指的「生活」，跟日後新現實所開發的自然主義傾向的生活書寫不同，而是指在一定社會歷史的條件下，非社會歷史「框架化」的生活）。所以，〈天意〉一方面，它有著高曉聲小說發展下的老問題——有一些很好的社會與公共問題意識，但最後總是坐實在「官僚」的層面上，顯示了作者深層後設思考與邏輯的自我重複，和關懷視點的難以擴展與轉化的困境。二方面對官僚問題的妥協，如同〈送田〉般的意識，又讓其社會主義理想性愈來愈被削弱，情感也因過於妥協而失去了激情，以致於繼續流向小我的感傷。

　　此外，〈天意〉的主人公由於沒有工作，閒在家中，在文化大革命期間，無意間幫了別的基層幹部寫了一次「檢查」，而竟然還寫得「很好」，也因此開始了他幫忙寫檢查的「專業」，他歸納出了一套「模式」，每次都相當順利地讓委託人不太難地就渡過了難關，也因此這些人為了要報答主人公，紛紛送上各式東西，主人公的生活本來就很清貧，光靠太太的收入又要養小孩更是雪上加霜，有了這種「外快」，也慢慢地被腐蝕，覺得也沒有什麼不好或不對。但是，小說中的妻子，無疑地是扮演了見證主人公曾經有過的社會主義理想的角色，她雖然很心疼主人公的才華無處發揮、生活也確實有需要，但也清楚地看出，主人公在這種寫檢查的生活裡，眼光已經愈變愈淺、愈狹，人簡直是愈來愈庸俗的問題。改革開放以後，主人公也因為有文革時這些寫檢查的「人脈」，因此得以跟其中一個熟各路供銷管道的幹部，很快地組了一個買賣東西的「資訊」公司，雖然只是坐辦公室處理行政，不用實際跑外務，但買空賣空就得以分紅賺到了不少錢，也讓妻子覺得很不安。事實上，前面的分析已指出過，改革開放後先富起來的一批人，並非是農民，其實更多的是這些曾經掌握國家資源的「幹部」，高曉聲可以說是很敏感地觸及到這一點，因此他藉由女主人公的口說：「多少年來她依靠（她看到所有的人都如此）辛勤勞動去得到勉強能維持生活

的那點工資,倒習慣了。」[30]而今,賺錢竟然變得如此容易,寫作的意義又在那裡呢?雖然在女主人公的堅持下,主人公終於還是離開了這種買空賣空的工作,繼續回到了寫作的事業,但在日後的商業化趨勢下,他的作品也愈來愈不受到重視了,甚至還要他包銷五千冊才肯為他出書,主人公當然並沒有足夠的錢,所以想求助於朋友,但朋友又恰恰是瞧不起文人的人,不知道主人公正是為文學的「錢」而來,所以自滿地諷刺了文人一頓,讓主人公覺得顏面盡失,毫無尊嚴,只好最後回到深愛與瞭解自己的妻子身邊,大醉大哭一場,以妻子也善體人意地為其掉淚作終。

小說中面對自己因間接納入官僚體系被腐化的現象,作者顯然創造出了一種新的妥協的解釋,他寫到:「如果人們不能不忍受不該忍受的一切,那就不可能阻擋人們去得到不應得到的一切。所有這都在不知不覺中自然而然地互補。」[31]這種自我說服的邏輯,跟此階段的小說的後設邏輯簡直如出一徹。由此可以看出,為什麼〈天意〉中的主人公,對於無論是文革時期寫檢查所拿到的「好處」,或是改革開放後作生意迅速累積的利潤,都有了「合理化」的理由,如果不是因為還有一個時時提醒自己應維持社會主義理想的妻子,主人公或許早就「下海」了。可見〈天意〉中,其實帶有相當強烈的渴望功利的念頭,而某種程度上也可以說,歸來後作家的寫作事業,本也就有一定的功利性,也因此當他的寫作事業一遇到不順遂時,主人公就更容易虛無,他解決困境的方式完全是求諸於所謂「自然而然」的利益「互補」。坐實在這種被傷害以致於要求補償的心態下,小說中本來得以繼續開發的各式生活深刻的可能性,也就不可能被延伸了。

微妙的是,高曉聲在這篇小說中,甚至有時還會生出一種對自己的處境的深刻自覺後,對虛無必然的自知與妥協,我們不能不

---

[30] 同高曉聲〈天意〉,《新娘沒有來》,(北京:華藝出版社,1993年),頁172。
[31] 同上註,頁167。

說他確實有相當的才智,如果說在〈臨近終點站〉時,我們還會為主人公那種當社會主義理想未境時,以企圖活在自己的「獨特的世界」和追求「愛情」、活在愛情的「回憶」中,而稍微能感受到其「浪漫」的「意志」,到了〈天意〉,作者儘管也安排主人公身邊有深愛的妻子一路陪伴,但顯然這種承載著寫作理想與社會主義理想的「愛情」追隨的互為隱喻,對他而言,又已經是仍然是不夠的,以致於主人公竟曾如此理解女主人公:「他發現他的生活常常被水靜打斷或打亂。吳水靜在給他墊背皮的同時,也使那在望的成功始終到不了手。」[32]什麼「成功」呢?在小說中指涉的恐怕是主人公投機的事業吧。這真的非常有意思,顯然到了更晚的〈天意〉,高曉聲既無法堅定的排斥掉官僚投機與功利(甚至對它們抱持著一種「合理」的接受態度),又對愛情/愛人/社會主義理想的隱喻帶有嫌隙,而其作者與主人公的寫作事業,正如同〈天意〉中主人公自暴自棄的一席話:「於是他也學著那些沒出息的作家一樣認為:偉大的作家都是孤獨的」[33]——我們最終發現,原來作者和他的主人公,連文學、作家的意義都是不相信的,都被他視為「沒出息的」!就在這些在不同時期歷史條件下的各種功利的妥協,對新的生活無法有效開發,對愛情/社會主義理想的嫌隙,甚至對自己作為一個作家的否定,主人公/作者一再讓自己曾經有的社會主義理想,一點一滴「擺渡」給虛無。

四、中美現代化參照、反省與思考的定型——論〈災難古龍鎮〉、〈戰術〉及〈陳奐生出國〉

從上面三類的小說題材與主要意識來看,可以說高曉聲在1985年以後的創作,仍有努力跟進現實,與挖掘新的現實視野與題材的企圖,也有想清理過去的歷史、社會問題的嘗試,儘管如上所分析

---
[32] 高曉聲〈天意〉,《新娘沒有來》,(北京:華藝出版社,1993年),頁141。
[33] 同上注,頁178-179。

到的許多複雜因素，作品並非完全成功，甚至可說存在著諸多問題，但無疑地，卻也相當程度地展現了高曉聲自視作為一個嚴肅作家，敢於裸露困境的真誠與為社會主義服務的立場，而其寫作的部分歷史困境的複雜性的揭示與連繫，也有助於我們日後參照與理解知青世代作家作品的發展，並照現出一條更能回應現實、促進繼續改革與解放的一種文學的問題意識。

此階段最後一類高曉聲的創作嘗試，乃是奠基在其實際的「美國經驗」上，很明顯的，作者企圖對八〇年代中後，中國愈來愈高度的經濟發展的模式下，中西現代化／生活習性的差異進行一定程度的反省。根據本書編的〈高曉聲重要生活年譜〉，可看出作者曾於1981年及1987－88年間訪問美國，後者的期間，更在聶華苓及李歐梵的協助下，得以順利參訪美國的農民及農場，相關的經驗，應該跟他此階段的作品中，所呈現的西方形象有密切關係，此中的代表作，當然是高曉聲繼1982年寫完〈陳奐生包產〉，8年後再一次以「陳奐生」為主人公的〈陳奐生出國〉，後收入1991年出版的《陳奐生上城出國記》。

然而，跟〈陳奐生出國〉同屬85年以後，同屬思考中西現代化差異的，還有鮮為人知的〈災難古龍鎮〉一篇，嚴格來說，這是一篇主人公形象很不飽滿，同時意義頗為晦澀的小說，實驗性格強烈。小說的主人公狄克文是一個美國建築師，據小說的設計，他曾參與三藩市的金門大橋的安裝的工作，年輕時曾到過中國，也提供給「古龍鎮」的鎮民修橋的建議，那時他覺得，「古龍鎮」所造的某一座橋很堅固，即使中國人很多很多，後腳接前腳走過去，都沒有問題，然而，這一座橋卻在某一次的端午節活動時，一大堆人湧上橋歡呼時，忽然斷掉而死了非常多人，這也讓狄克文覺得非常難過，他終於明白了自己的錯誤，並以一個美國人的立場，檢討自己對中國的實際狀況的不瞭解，這個主人公是這樣反省的：

> 在美國,他只知道造橋是用來通行的,想不到中國要用它作看台。他只知道中國人多,多得可能會肩膀挨著肩膀,前腳踩著後腳在橋上走,卻沒有想到會擠到橋上去把它壓斷。[34]

在此,高曉聲似乎有把狄克文誤判橋的承載容量的失誤,歸因到他對中國現代化的「生活習性」的認知錯誤上。他似乎看出了不同的文化土壤,應該有不同的規劃與發展的方式,這一點在〈陳奐生出國〉時也有同樣的意識。但是,這樣重視本土資源的立場,也並不代表對美國式的制度的不接受。在小說中,他設計了狄克文開始擔心金門大橋有一天也很可能會倒塌,因此他總是不斷的在金門大橋附近提醒旅客,該橋有倒塌一天的可能,然而金門大橋卻始終沒有倒,不但沒有倒,還在遇到類似於「古龍鎮」的狀況時——在某次金門大橋建橋的周年慶上,萬人一齊搭上了金門大橋,轉出了「自我調適」的機制,上橋的人們感到了橋可能會倒,遂想起了曾經有一個人(即狄克文)的提醒,遂一個個默默地,小心翼翼地退出了橋面,使得橋終究沒有倒下。高曉聲這樣高度抽象、寓言化式的寫法,很容易讓我們聯想到,他是否是要表現八〇年代中後,中國對引進美國資本主義的態度和看法,還有美國資本主義本身的自我調適,跟中國作為「他者」的辯證關係。一方面,中國開始將馬克思主義中,所提示到的社會主義的發展,建立在充分的資本主義的發展下才能順利過渡的說法,因此合理化了充分發展經濟,以及先讓一部分富起來的立場。二方面,當長期深受社會主義教育的人們,開始擔心資本主義會帶來更多的腐敗,導致最後仍會「倒塌」時,人們似乎又給出了它(資本主義)是會「自我調節」的說法,似乎有為中國引進資本主義體制辯護的意思在當中。

---

[34] 高曉聲〈災難古龍鎮〉,《新娘沒有來》,(北京:華藝出版社,1993年),頁272。

更有意思的地方是在於，這篇小說似乎有意的稍微點到了中國革命和「世界革命」（小說中有提到「世界革命」）的關係，小說以非常不合乎理性的「奇幻」寫法，讓狄克文到中國的某處釘了一個大釘子，這個釘子原本計畫是要穿過地球，從金門大橋的橋下挺出來，才能撐住大橋的東側，以使得金門大橋永遠不會倒。但由於沒有算準位置，使得最後突出來的釘子成了「電報大樓」（非常有想像力），但終究，金門大橋也仍沒有在狄克文的「拯救」下，日後真的倒下，是故主人公的努力，遂只能證明是一場徒勞，只能是在日後被人想起時的一則曾經的「警告」。模糊中，高曉聲好像是要暗示，中國的革命，是世界革命一環的隱喻。但最終，中國的革命失敗，如小說中所投射出去的狄克文到中國釘的釘子失敗，但金門大橋卻也仍然沒有倒的狀況，乃是因為其有自己的內在轉化機制。這樣的隱喻性的解釋若合理，一方面就可以說明，高曉聲可說極難得的，注意到了中國革命和世界革命間的連繫關係——這是毛時代論述革命必要性與合理性的一項重要邏輯，二方面它的意識傾向，也顯現了跟八〇年代中後，甚至九〇年代中國的內在意識型態的扣合——雖然有自覺到中西現代化的差異，但總之要先發展經濟，而其他的社會問題，都不在小說關心的視野內。再加上又形式化的，簡化了中國革命和世界革命間的「歷史」關係，「抽象地」以為西方體制有其自我調適的可能，小說最後似乎也覺得這樣形式化和有炫技之嫌的寫法，難以在歷史意義與深度上產生說服力，故莫名奇妙的以「迷信」的說法帶過，讓小說的整篇意義，辯證式收在「不可信」的自我解構中。

　　類似的矛盾，當具體形象化到農民身上時，抽象和寓言程度就能稍降（但仍然有），作品整體的意義與價值也較豐富。在這個階段的「陳奐生」系列的〈戰術〉中，高曉聲開始讓其筆下的農民，在改革開放大家都不願意耕種，愈來愈想往城市、工廠發展的條件下，慢慢地轉出與挺立了自身的主體，儘管陳奐生之所以如此，就

小說的刻劃,主要乃是因為他在其他各方面找機會的「能力」甚差,但他作為一個農民,總之是可以有一種在被人同情、啟蒙、改造的性質外,而有另一種自信、康健感作主人公的主體性,在〈戰術〉中,這段引言是重要的:

> 他把工夫全都花在田裡。包產以後,隊裡不論哪一家,都不像集體勞動那樣,天天下田。有的是巧安排,有的是懶安排,有的甚至已經不放在心上,準備賠產,他們忙於賺大錢,不在乎田裡的收成了。只有奐生,全力以赴,一心撲在禾苗上,弄得田裡沒有一棵雜草,田四周刈得乾乾淨淨。禾苗因為乾濕得宜,施肥及時,長得旺盛而又清秀。有時已無事可做,他也一天兩趟,繞著田轉圈子,看見別人家的稻苗要加工,還去提醒主家。主家聽了,不管採取什麼措施,心會詫異,從前他們怎麼沒有想到要選奐生做隊長呢![35]

在這裡,我們可以清楚看到,包產到戶對中國的農村變革,不只是在85年前曾經出現過的好的一面,而是像此階段的〈送田〉一般,仍有其對農民生活形態的負面和更複雜的影響,是一個值得作家繼續開發的題材。陳奐生在這個階段,既然仍不會找其他的機會,反而實在的投入農耕生活,偶爾還有餘力幫助其他人家,主體性十足。他的內心世界則是這樣的:

> 奐生自己卻心得滿意足。他也看得出來,隊裡許多人家收入比自己好,有的像發了大財,但那是人家的本事大,他陳奐生種田能種出這樣的結果,還是平生第一次,也算中了狀元了。……他不肯(也不會)做騙人的

---
[35] 高曉聲〈戰術〉,《陳奐生上城出國記》,(上海:上海文藝出版社,1991年),頁103。

> 江湖郎中，也不信世上真有一本萬利的行業。人無橫財
> 不發，暴發戶總沒有好結果，共產黨的政策，不會一直
> 寬下去。能放寬也能抽緊，等到抽緊的時候，會把他們
> 的腦髓都榨出來。"善有善報，惡有惡報，如果不報，
> 時辰未到"，陳奐生有耐心等著看結果。[36]

　　這當中的訊息是相當微妙的，原來陳奐生之所以心滿意足，一方面是來自於他在種田上的努力和跟之前相比下的收穫，而二方面還來自於過去長期禁止包產的共產黨的政策的恐懼，他甚至泛道德化的以「善惡」之別，來理解那些新的社會現象——發橫財與暴發戶的行為，以自我說服達成農民的主體的建立。然而，高曉聲在這邊再一次顯示他思考的困境，連同藝術上失去耐心的問題是在於：他無法在小說中，賦予在這個新的歷史條件下，一個要樹立自身農民主體性的新的形象化的具體歷史內涵，這必然還是跟更新的農村經濟的問題，是要連繫在一起反映的。例如傳統中國農民生存狀態的大改變，究竟在那些層面（如那些家庭問題、倫理問題、教育、生活、甚至兩性關係等）有如何「具體」的影響，進而使作者可以給他們泛道德化的評價，並藉此挺立自我的主體性？這當中的「現實」的「發展過程」完全沒有被刻劃與形象化呈現，也因此這樣泛道德化的立場，來挺立自身的主體性，反而又弱化了這篇小說前面，以實在的耕種和幫助他人，來獲得主體尊嚴的方式，其道德連繫性由於並非從更具體的社會與歷史細節推出，而難以有說服力。

　　進一步，我們在〈陳奐生出國〉更可以看到，陳奐生一方面如劉姥姥逛大觀園一般，對美國的「現代化」的生活、工作、農民與其耕種方式的驚訝與羨慕，二方面也不斷地在跟自己的中國經驗作參照，而在隱隱之中，懷疑起那些美國式的「現代化」制度不適合中國的問題，這種問題意識本身是很好的。前者主要表現在陳奐

---

[36] 同上注，頁104。

生看到美國女人穿著清涼曬太陽、一個月的打工收入比在中國賺一年還多、美國農業的機械化發展，以及美國農民生活的優厚等。其實這當中的細節，雖然尚有莞爾的效果，但事實上沒有太大的意義和特殊性，任何一個初從第三世界到美國的人，不一定是農民，也都可能對美國式的生活方式和農村狀況，產生類似的驚訝，可說並沒有真正地寫出屬陳奐生的到美國的「中國」式的特質。我覺得〈陳奐生出國〉比較有價值的地方，是陳奐生在整個參訪美國的過程中，一步一步地慢慢地理解中國的農村與農民的發展，不能、也不需要完全像美國一樣的反省與心理掙扎。其中最重要的兩個連繫是，第一，高曉聲讓陳奐生意識到中國的農業人口眾多，是中國的農業發展，不能美國化的因素之一。這主要是反映在陳奐生去參觀美國的機械化農業後的反思，陳奐生注意到，美國由於人口少，農民耕種面積大，同時又運用產業分工的方式來管理農田，所種得的物產幾乎完全用於銷售而不自用，因此僅需使用最少的人力，就能得到最大的報酬，但中國的農民人口眾多，不可能採用像美國的方式。同時中國農民耕種的「目的」也不同於美國，不完全只是為了營利銷售，而有很大的一部分的「自給自足」，也因此可推出，中國式的農業耕種不完全是為了經濟上的目的，而是其「本身」就是生活的目的。第二，高曉聲寫出了中國農民有很強的融入集體的能力、實用主義的精神和樂於助人的習性，因此陳奐生才能短暫的美國行中，雖然數度轉換住宿地、甚至到餐廳打工，雖然不懂語言但仍能跟美國農民互動等，都展現了極好的適應能力和生命彈性，可說都是陳奐生式的中國農民相當珍貴的特質。而他的實用主義和樂於助人的習性，則是主要展現在他更重視實用的動物而不喜寵物，以及企圖想將美國教授家中的草坪用來種菜等，這些細節雖然也有點幽默感，但可以看出的是，作者對陳奐生的態度，並不是完全是視他很無知，或總是要站在一種「啟蒙」姿態，覺得陳奐生很跟不上時勢的，這些都是高曉聲企圖想為陳奐生的中國優點發聲，與建

立其主體性的嘗試。當然高曉聲仍又是極矛盾的，八〇年中後，到九〇年代的歷史條件，是愈來愈傾向美國式的資本主義社會看齊的年代，這樣的發展在高曉聲看來，也是很有問題的，但社會的發展究竟要怎麼走，對中國農民才是較合理與理想的？以高曉聲的知識和智慧，明顯地也有很大的困惑。再加上，在本節前面所論到的，從知識份子的立場，他自己的困惑與感情上的問題也非常多，因此年齡明顯邁向老年的高曉聲，也很難真正在小說中，提出一種更有思想與歷史深刻性的出路，這也是為什麼，〈陳奐生出國〉發展成了這樣的結局：它讓陳奐生原本計畫帶了一些美國菜的「種子」回中國，似乎可以被理解成，「美國經驗」是可以移植在中國的，但小說最後卻又一轉，陳奐生上了飛機後，才發現上飛機前，還一直檢查過還都在的美國「種子」竟然「不見了」，這究竟是暗示中國可以不需要美國式的資源嗎？可能也不盡然，否則作者就不會要讓陳奐生一直想將它們帶回中國，在此，比較合理的詮釋可能還是：美國式的資源可能有需要，但由於不知道怎麼樣因應與面對才是理想的，因此自我忠誠度高的作者，只能將其以一種模棱兩可的思惟與方式，將此困惑寓言式的停留在小說中。

第二節：感情的文人化與社會主義理想的非辯證性解構——論陸文夫1985年以後的小說

2005年2月，陸文夫過世前，曾經寫了一篇〈又送高曉聲〉的散文，替高曉聲總結其一生激烈、執著的命運與追求的形象，這一篇除了印證他們同為「探求者」的君子之交外，文中的不少內容，也可以同時看成作者信念的「夫子自道」。雖然他倆同為「探求者」，雖然其寫作的理想與淵源相近，但愈到晚年，陸文夫愈來愈顯示了他內在陰柔、渴望美、與現實和生活妥協的高調適立場，對生命及生活的調適與意義來源的尋找，高曉聲也有，但卻絕不若陸

文夫更往古典文人的精神靠近。而這也幾乎決定了，陸文夫在1985年以後的生活和作品傾向，在這篇文章中，他寫到：

> 你不能把失去的東西全部收回，特別是那精神上的創傷，是永遠不會痊癒的，唯一的辦法只有忘記。高曉聲的個性很強，他習慣於逆向思維。你說不能收回，他卻偏要收回，而且要加倍收回！此種思維方式用於創作可以別開生面，用於生活卻有悖常規，而且是不現實的。[37]

對已失去的東西，試著「忘記」，也不以激烈的態度，來面對生活與寫作，正是陸文夫85年以後的人生和寫作的基調。他在八〇年代中後，除了散文之外，僅僅生產出中短篇小說6篇和長篇一部，跟高曉聲同階段仍有近30篇的小說量，有明顯的差距。但這並不是表示，陸文夫對寫作不再重視，事實上，由於篇數量少，陸在85年後的作品，也仍有其相當自覺自我變異的「探求」的企圖。例如在主人公的角色的刻劃上，不在局限只有知識份子和官僚，更多了特定歷史條件下的女性與底層女性。而在作品內涵的開發上，其最有價值的是他那種在歷史社會變動及文化大革命等的歷史背景的設計下，對文人式的「美」的堅持與刻劃、對五四啟蒙話語的再連繫及其懷疑，以及在改革開放後，對昔日社會主義正面經驗的懷舊，以及對日漸興起的新意識型態的困惑態度。然而，也由於陸文夫一貫的渴求「平衡」，對社會困境的高調適接受，也讓他此階段所意識到的社會和歷史問題，都有著一種點到為止和在敘述上自我封閉的現象，在對象及題材等的現實視野，看似有擴展，實則停留在表面，無法激起我們產生一種社會各階層，在步入愈來愈經濟與複雜化的新階段後，更為豐富的整體性的認識。當然這不是陸文夫

---

[37] 陸文夫〈又送高曉聲〉，《深巷裡的琵琶聲──陸文夫散文百篇》，（上海：上海文藝出版社，2005年），頁112。

個人的問題，右派世代中文人性強的作家，如汪曾祺、鄧友梅等，也同有類似的限制。

一、孤立的「美」與五四啓蒙話語的再連繫及其限制——論〈臨街的窗〉、〈井〉與《人之窩》

陸文夫1985年以後的作品的主人公，跟之前最大的差異，就是主要的角色為女性，而且也仍然保持了跟社會現實，包括文化大革命密切連繫的模式，但具體現實內涵／公共視野也很明顯的窄化。

〈臨街的窗〉（1985年）是一篇涉及到改革開放下，將領導班子接班、文藝策略性「現代化」，以及女性在當中的作用與限制的佳作。在新中國改革開放的新形勢下，一般認為，中共黨中央開始進行幹部「革命化、年輕化、知識化和專業化」的主張，也就是希望慢慢調整領導結構，將權力慢慢移交到新生代的手上，這個過程絕對不簡單，涉及到的是各方權力與利益的角力與平衡，它究竟是怎麼過渡的？文藝又在這當中發揮了什麼樣的功能？男性與女性在這場「世代交替」的歷史下是什麼樣的狀態與關係？這些都是別有意味的歷史問題。從所觸及的多面向來看，陸文夫可說是社會意識敏感度極高，在〈臨街的窗〉中，它讓老派的當權者，「策略性」地選一個美麗的、曾是一個唱戲的女性來作為接班人，並運用了文革以降老派控制文藝的方式，以及利用「現代」文藝興起的「策略性」，有名無實的作世代交替。小說從一個唱戲之家出身的女性開始說起，這個女主人公，雖然從小跟隨著母親唱戲，但由於受過高人指導，到了一定階段就教她文章辭令，以讓她在面臨到關鍵瓶頸時，能夠繼續突破，也因此，女主人公范碧珍，不但能唱戲、談吐風雅，甚至也還有大專的學歷，在改革開放擴大用人的新歷史條件下，脫穎而出被提拔為準局長候選人。然而，老派的領導班子，之所以要選這個女主人公來接班，乃是有其心照不宣的隱性策略的考慮。小說就在這樣的背景下展開，女主人公新官上任，暫時跟在原

局長／領導身邊學習,並準備接手一個戲劇會演的工作,這原本正是女主人公的專長,她和她的朋友,一個寫劇本的創作者,早就不滿於過去地方戲在文化大革命期間,所受到的過度干預的傷害。改革開放後,又因為電視的流行,導致戲劇失去更多的觀眾,這些困境,在在都讓女主人公和她關心戲劇創作的朋友,感到有必要來進行一場新的戲劇改革。女主人公的「領導」,表面上也很支持,但過不了幾天,就開始「干預」創作,要求劇本的創作者來作「報告」,使得一場原創作者,本來希望重新將古典西施之美再現於當代的題材,卻在一堆領導的「善意」指導下,改編成了一部「打擊嚴重經濟犯罪」的「現代戲」──這樣微妙的連繫,正觸及了八〇年代中,文藝發展的關鍵矛盾。

一方面,「打擊經濟犯罪」,符合了中國左翼文學傳統下一貫關心的社會題材的需要,比古典的「西施」題材要來得討喜,二方面,八〇年代中開始流行的「現代」派技法,又給了這樣看似古老的取材方向一種新意的可能,在這樣現實、現代的雙重「策略性」考慮下,惟獨不受重視與沒有空間發揮的,就是創作者的個人意志。但是,這樣的「策略性」,在小說的安排中,是完全「成功」的,雖然參加會演的評審都覺得這樣的「現代」戲,似乎跟會演的性質不合,但由於隱隱地大家都有中國現代化總是要往前「進化」(這可能也只是「進化」的一種)的「習慣」思惟,誰都也不敢說,會演時不應該有一部戲「流」到「現代」。因此,儘管此戲現實的很庸俗、現代的很策略,一點都不出於創作者的才能與努力,只是應用一些基本的現實與現代的「框架」去落實,但仍然成功脫穎而出,獲得獎勵。更印證了女主人公身邊的資深男性「領導」對時勢的判斷與「政治正確」的眼光,而女主人和其創作文友,由於無能力回應這種現實加現代的策略性操作,雖深感荒謬,但也只能自行落淚,一路沮喪作終。

陸文夫這樣的寫法,其實相當程度的,可以看作是八〇年代中

期的社會條件和他的「右派」屬性的生產的合乎內在邏輯的結果。小說以非常幽默諷刺的筆法，描寫老一輩的領導，以文化大革命時期的操控文藝的模式，來繼續掌握文化領導權，他們老成持重，又看準時勢，小說也明確地點到八〇年代的「反精神污染」的歷史背景，在這樣的條件下，某種「策略性」的「左翼」的「機會主義」勢力捲土重來，及它們對文藝的傷害。當中有一段大家「集體創作」寫劇本的過程，充分展現這種「左」的機會主義的取巧性：

> 內含見義勇為、心靈美，挽救失足者，打擊經濟犯罪，農村富起來了，反對精神污染。十全大補，複方合劑。[38]

然而，陸文夫這篇小說的視野問題乃是在於，作為一個知識份子，由於在文化大革命之後，屬於新的得利階級，又在反右與文革中曾受到折磨，使得他和同世代的知識份子傾向較重的作家一樣，都有著對「極左」的懷疑，但他們的信念，基本上卻又還保有從五〇年代過來的，社會主義對社會的理想與關懷，也就是事實上仍可算是具有左傾的關懷傾向。這使得陸文夫和許多右派世代的作家，到了八五年以後的立場變得非常微妙與尷尬。一方面，他們還是想要寫些跟社會歷史連繫的作品，知道人若是脫離了具體的社會與歷史關係，主人公的形象實難以豐富與飽滿起來，也很難關注除了自己的知識份子身分之外的弱勢他者。但是，由於陸文夫又很「清高」，不願意沾染上另一種左的機會主義者的味道——包含對這種「策略性」的運用「現實」和「現代」的不願苟同。在這一點上，他比高曉聲、王蒙等更微妙，或者說，更保守一些。高曉聲、王蒙，甚至是同世代的茹志鵑和宗璞等，在繼續開發社會歷史的相關題材時，也敢不斷嘗試連繫上八五年以後的各種相對新的創作方

---

[38] 陸文夫〈臨街的窗〉，《小巷人物志》（第二集），（北京：中國文聯出版公司），頁78。

法,儘管他們也有其他各式的歷史限制(如上節的高曉聲論),也可能不乏同時並存某些創作上的機會主義,但想要對社會有所實踐的企圖,仍是真誠的,因此基本上,並不會正面避開自己要面對的新的責任與新的擔當。

可是,當陸文夫不願意像其他的「右派」的作家,輕易的就靠近現代派或新寫實時等時尚技法與意識型態時,他怎麼樣來面對與回應文學的推進與自我的安頓呢?我覺得這就是陸文夫之所以要採用女性主人公,或在同期,採用文人與藝術家形象的主人公的「秘密」了。小說中曾提到,原要以西施為主角的劇本的考慮是這樣的:

> 他寫的西施也與眾不同,不是一個巾幗英雄,也不是做地下工作的。她是一個美人,是美的化身,可她的一切災難和凌辱恰恰是由美而引起的,是美的悲劇,美的毀滅。美麗的女人並不是禍水,只是那醜惡的邪念才毀了美。[39]

由此可見,陸文夫在此階段,甚至可以說,愈到晚年,他愈顯露他真正欣賞與在乎的是,人生與作品中那種對「美」的堅持——在〈臨街的窗〉是以未完成的西施劇本、女主人公范碧珍等為媒介,其純潔、善良,都要跟當下現實無涉(如西施),或對藝術執著但不懂政治現實(如范碧珍)的「美」的形象。如此,他才能維持「清高」,不帶任何策略性和機會主義,對機會主義的「左」,也就以間接的方式加以排斥與拒絕。陸文夫這種寫作態度上的潔癖,讓我聯想到臺灣小說家朱天心,她的某些小說中,對煽動族群以獲得政治利益的本土機會主義者甚為不滿,但又因為自己「外省人」的身分,既不能徹底自覺檢討,其在某些歷史條件下的發展優

---

[39] 同上注,頁71。

勢，以對更多的他者有將心比心的公平關照，又不能／不敢提出或建構，另一些更富有現實感與開闊性的立場與回應可能，故在寫作上，時常會採用一種態度相當天真、真誠，但技巧明顯大於內涵的書寫，不自覺地失落了她對現實的掌握度，某種程度上來說，朱天心的創作，無論就世界觀和美學特質，也因此也就很難徹底突破。

同時，〈臨街的窗〉的主體意識，對展現了他在現實主義小說的實踐上的另一種困境——這可能也是為什麼高曉聲、王蒙寧願仍冒著被視為老套，或多或少仍不能、也不願放棄將小說的主人公要介入社會和歷史事件，以取得連繫的原因。陸文夫雖然在〈臨街的窗〉仍有社會與文革等歷史問題的連繫，但他的重點並不在於回應這些社會問題或歷史後果，儘管小說題材，涉及社會領導權的世代交替、涉及八〇年代中的文藝策略性操控等好問題，但最終卻只能收在這種孤立於社會之外、無能面對社會複雜性的「美」的堅持與真誠的哀傷中。這又不禁讓我們可以模擬的聯想到，六朝美學和臺灣式的散文美文，聯想到他上個階段的〈美食家〉最後的結尾：上了年紀的「我」，也是如此的純真和保有赤子之心，但這樣的去歷史化的本質「純粹」，這樣把「美」脫離了跟社會和歷史複雜性辯證的結果，儘管睿智並富有意味，但深長也只能是靈光的一現，主人公在新的歷史條件下，無法「發展」仍是停留在原點的老問題。因此〈臨街的窗〉的女主人，最後只能寫成跟創作劇本的長輩／友人一起流淚，心痛在這種文藝策略性和在機會主義者的把持下，他們——真誠的藝術創作者，沒有自己的位置，而他們對此似乎一點辦法也沒有，既無法面對左的機會主義，也無法抵擋電視等商業大眾化興起後，對古典戲劇的現代轉化的興趣，最後當然只能微微地諷刺，這樣的文藝將走向單一化的可能，小說末端寫到：

> 從此以後西邊聽不見有人唱戲，東邊看不見有人梳頭，只看見姚大荒弓著個背，在十二扇長窗內從這邊踱到那頭，象個大袋鼠關在籠子裡。[40]

事實上，陸文夫的歷史判斷是正確的，確實當機會主義的「左」，加上策略性的「現代」派把持文藝時，文藝反而會是走向單一的——包括在〈臨街的窗〉這樣排斥掉古典戲劇的單一。但陸文夫沒有想清楚的是，他用來解決此歷史困境的方式——那樣脫離社會與歷史性的「美」，無論是古典的還是現代的，某種程度上，不正好跟去社會與歷史性的「現代」派一樣，也有相當程度的抽象與形上的性質嗎？這樣的現實主義小說，還能開展出更富有格局的具體性嗎？

進一步，此階段的〈井〉，也有著陸文夫對去社會歷史化的「美」的肯定，和對「左」的機會主義者的厭惡，但這篇小說之所以比〈臨街的窗〉更為重要，還是在於作者在前項基礎之上，又連繫上了，傳統街巷中的「封建」勢力與女性命運間的關係，同時無論在女主人公徐麗莎，或是其他的一些配角，如「左」的機會主義者的代表朱世一，也都將其形象，展現的相當飽滿。小說從朱世一開始寫起，他曾為世家子弟，生活習性不佳，但由於在中共解放前，就將家產敗光，反而成功地被劃為城市貧民與工人階級，在新的制度下更如魚得水，甚至當上了共產黨的幹部，為人民服務。他喜歡女人，希望結婚，但小巷裡誰都知道他的人品不佳，他自己也瞧不起小巷中的女性，雖然自己家道中落，也在講究農工兵至上的新政權下過活，但他骨子裡真正欣賞的，仍然是高貴且有文化的資產階級小姐，而徐麗莎的出現，正好就滿足了他一切的需要與條件。徐麗莎作為一個資產階級女性，是陸文夫繼〈臨街的窗〉後，所賦予的另一種「美」的化身，她跟〈臨街的窗〉的范碧珍類似的

---
[40] 同上注，81。

是,雖然處在以唯物史觀建國的歷史條件下,但她們幾乎完全不懂得外面社會制度與人情世故上的複雜性,再加上她的母親很早過世,父親又拋下她據說去了外國,因此雖然生的漂亮,但從小卻都沒有受到應有的疼愛。這些條件都導致了當他遇到了老練的朱世一時,一方面自己的個性非常軟弱,二方面也完全沒有辦法判斷他的素質,但朱世一卻非常瞭解此類女性對社會無知的弱點,那時期已進入了大躍進的階段,任何沒什麼「關係」的個人都很難存活,朱世一卻在此時期,不斷提供給徐麗莎許多食物和額外的照顧,在在都讓徐麗莎覺得自己終於有了人疼愛,而人似乎也不可能光靠自己就「獨立」地活下去,因此就正式地跟朱世一結婚。婚後的朱世一和他的母親立即變臉,以非常封建的方式要求徐麗莎的生活作習,徐麗莎難以忍受,又不知道怎麼處理,只得採取最激烈的方式對抗,就在這樣的對抗中,徐麗莎這個角色,展現了被作者賦予了去社會化的「美」的「問題」。

首先,徐麗莎完全不能理解自己的先生所擁有的權力的社會基礎,朱世一既是一個「左」的機會主義者,便也長於運用同樣的邏輯與方式,來對付已愈來愈不聽話的徐麗莎,新中國的社會講究素樸簡約,朱世一便硬是將徐麗莎曾經有過的美麗衣服,搬到她工作的地方去告狀,以徐麗莎沒有好好的改進自己的資產階級小姐的習性來批鬥她。其次,徐麗莎也不懂得,女性「解放」雖在新中國建國後被視為一個標竿,但長期被封建勢力因襲生活下的女性,在行為模式和性格上仍然有很多問題,也因此,她以為她能夠採取,小巷鄰居馬阿姨所告誡她的「傳統」的逆來順受「熬」的方式,來處理她的婚姻,沒想到卻因為她完全不能根據自己的實際現實狀況微調方法,使得只是想要多掌管一些錢的需求,掀起了更大的家庭糾紛。此外,徐麗莎更不明白傳統女性的偏狹與忌妒的歷史淵源,也不知道如何做「現代」女性,她的自我解放之路只考慮自己,建立在主觀意志而非客觀現實上,而未注意到「她」人的觀點,當她

年輕時被夫家欺時，尚能因其悲慘的命運，而獲得小巷中其他女性的同情，但一旦改革開放後，她終於因其自身的專業變強，在事業上有了一席之地時，激起仍處在保守街巷中的女性的反感，仿佛她不應該也不值得擁有連男性都沒有的地位與成就，使得她的處境，因為外在的遭忌而更雪上加霜。其三，徐麗莎也不了解除了自己的先生之外的其他的男性，對男性的感情的複雜性並不真能理解與掌握，她在感情上長期的渴望關愛始終都沒有克服，因此當身邊有其他的對自己也甚有好感的男性出現時，她以為這就是愛情，但卻完全不曾考慮到對方和自己均已有家庭和婚姻，所可能帶來的流言與麻煩，因此不但被誤會，還被有心人拿來作文章利用，既無法對付封建市井傳統下的社會輿論與妒忌，又不若陸文夫上一期的〈獻身〉中的盧一民，有著不在忽個人榮辱，全身投入事業的社會實踐使命感，她對愛情、渴望被關懷的「自我」生命仍然看得非常重要，甚至以決絕的手段傾力追求，最終當然只有走向了自殺一途。不過，就這個資產階級小姐的形象刻劃來說，是相當立體而相對成功的。

　　整篇小說仔細讀下來，雖不乏看到徐麗莎奮勇的反抗、激情的失控，但由於作者刻意賦予她明顯地欠缺社會認識和歷史視野的能力、欠缺理解除了自己之外的他／她者的能力，造就了她單純的「善良」和「美」之餘，也使得她完全無能以實事求是的現實立場與態度，來削弱與妥善地克服她的限制。我們當然也可以說，作者正是以這種接近批判現實主義式的寫法，來反映新中國建國以來的社會和政治，對徐麗莎的「迫害」，但問題是這樣批判現實主義式的性質，和接近傷痕文學的「被傷害」的意念，不是已經在陸文夫85年之前的作品中，就不時呈現了嗎？陸文夫難道完全沒有自覺到，他所為女主人公所堅持的「美」的形象，和去社會和歷史化的限制，不就是他此階段的創作，難以突破的主要原因之一？

　　在論及高曉聲85年以後的作品時就已經論及，事實上85年以後

的文藝思潮,由於有著愈來愈重視所謂的文學主體性,和個人主體性的狀況。而這也使得,當「右派」的作家在創作時,一方面有感於仍要堅持一定的社會和歷史性質的書寫,但又要抬高所謂的「文學主體性」和個人主體性,這就使得作家在權衡題材、寫法和世界觀時,「怎麼寫」變成了是最重要的問題,要強調人、要突出個人的主體性,所以就算徐麗莎在怎麼對社會和歷史認識淺薄,某種程度上可以說,她反而能因這種「特色」,而在八〇年代中的文壇中變得有其合理性。但我們也要知道,一個作家的成就,並不是爭那一時,在二十一世紀初的今天再來讀〈井〉時,我們更要看的是,它是否提供了更多豐富性的方方面面的連繫,讓我們能獲得啟發,並繼續促進我們當下現實的辯證?我以為,〈井〉仍是有這方面的內涵的,這一點可能連作者都不自覺,就在小說的一個情節的縫細中──徐麗莎的先生因忌妒她,故意找她麻煩,暗示她紅杏出牆,並且設了一個局,讓她在破口大罵中,淋漓盡致地大談了女性愛情的權力,和婦女解放的必要,聽起來就像是一則短篇的婦女解放宣言。就在這裡,陸文夫非常微妙的對徐的這種說法,作出以下評述:

> 這演說還帶有學生腔,好像是在八十年代宣讀了一篇"五四"時代的婦女解放宣言。[41]

陸文夫此說隱約帶有諷刺,但更有「價值」的是,明明〈井〉其實是想要突顯,跟〈臨街的窗〉一樣的缺乏社會視野和歷史見識的「單純」的「美」的個人主體性的偏好,但作者以其歷史過來人的複雜性,其實也隱隱地明白,徐麗莎的發展,同時也是這篇小說發展上的困境,在抽象的單純與美之外,還有著不知不覺往上繼承了所謂的「五四」的婦女解放的「理念」(而且還被諷刺為帶著「學生腔」),此說一出,能夠看得出來,陸文夫其實是有注意

---

[41] 陸文夫〈井〉,《陸文夫集》,(福建:海峽文藝出版社,1986年),頁127。

到，八〇年代中以後，單憑上溯「五四」時期的文學資源，是不能解決徐麗莎及其現實主義小說的困境的。

　　這其實是一個非常有意義的現象，當然我從這個細節之於整部小說的靈光一現，可以合理推論，陸文夫並不是有自覺地，從以一個更寬廣的文學史的視野，來反省五四啟蒙話語的限制，並從中繼續思考，日後之所以，會出現另一種新的人民文學的歷史合理性，甚至企圖回頭來反思，為什麼改革開放後的中國文壇，又重新將五四「人的解放」的啟蒙文學的連繫在一起再建構上的限制。陸文夫之所以不可能深入下去清理，正如前面也提到過的，主要很可能都跟他和大部分的「右派」／五〇年代就已步入文壇的知識份子一樣，是在改革開放這一波因連繫上「五四」的人的文學的辯證下的新受益者。放眼中國當代幾部重要文學史，從洪子誠及陳思和的文學史的論述中，亦可明顯看出，儘管改革開放以後的文學作品何其多，但其論述框架，和能進入論述視野的作家與作品，主要都是以能跟五四啟蒙資源連繫在一起的作品。從這個角度來說，改革開放以後的右派世代的命運，因此也比另一些，如以十七年毛時代的「人民文學」為核心的作家與作品，要來得幸運許多，尤其在85年之前，像陸文夫這樣的「右派」作家，要他們深入思考自己成為「主流」背後的「生產機制」，是否可能造成另一種程度的不夠多元（意即又再度將毛時代的「人民文學」擠向邊緣）當然有困難。然而，陸文夫在〈井〉中對徐麗莎的這種刻劃方式，至少是他已經注意到，單憑批判現實主義的寫作方法、單憑賦予人物和主體意識的單純與美、單憑連繫上五四的啟蒙與抽象的、本質的人道主義話語，是不能解決徐麗莎人生道路的問題的。徐麗莎的問題是在於，她幾乎沒有自己所屬的特殊歷史條件和社會現實的認知，所以她採取的激烈反抗的手段、那種不明白女性之間的忌妒的冷漠態度，才會在在地給她帶來了更多的麻煩。如果徐麗莎能夠稍微意識到，自己和他人的階級、性別、社會政治運作的方式等，她就能夠

比較務實地,以另一種方式開展自己的生命,或說,避開許多不必要的麻煩。而〈井〉這篇小說,也就有可能不至於最終成為「美」的悲劇,而能有所超克與發展。模擬來說,張潔的〈方舟〉(1981年)、〈祖母綠〉(1984年)中的女主人公,就非常清楚地自覺到,自己是「新中國」社會歷史條件下的「產物」,縱使作為女性,她們也有著這樣那樣的問題,但是她們仍能理解他者(連帶著也理解他者的社會歷史性質),也就能有效把自己解救出來。像〈祖母綠〉的曾令兒,年輕的時候不懂事,為了一份想像中的理想愛情,為了保全愛人而自我犧牲,兒子又意外身亡,但也能不斷成長、逐漸領悟,甚至最後也願意跟過去的愛人合作,都是因為她能夠不斷調整自己,繼續勇於面對新的現實,而不是被一種抽象的理想信念所固定。張潔這樣的寫法無寧是很令人印象深刻的:

> 曾令兒覺得,她已越過了人生的另一高度。她會去和左葳合作。既不是為了對左葳的愛與恨,也不是為了對盧北河的憐憫。而是為了對這個社會,做一些有意義的事情。[42]

從某種程度上來說,陸文夫的〈井〉是一篇社會寓言小說,裡面的徐麗莎雖然是女性,但也可以看成是一種陰柔的文人性的男性的隱喻,所以當徐麗莎找不到出路,似乎正好也暗示了陸文夫寫作之路的困境。但〈井〉還是一篇很有價值的小說,追求美而隱隱明白美的不足;身為五四話語連繫下的新得利者,也不自覺地將那新時期才重構出五四人道主義話話的脆弱的邊界,重新裸露出來。儘管八〇年代中的思潮仍限制了他,但他的不安與掙扎,從今天來看,不完全是沒有價值的,它讓我們看出了現實主義小說發展的一些關鍵問題。

---

[42] 張潔〈祖母綠〉,《張潔集》,(福建:海峽文藝出版社,1986年),頁255。

歷史的進程到了1995年，陸文夫在這一年發表了他的長篇小說《人之窩》，依照陸文夫的文集和選集的排序整理來看，這是他最後一部小說作品。小說的背景設定在解放前到文化大革命初期，在一個蘇州的許家大宅院展開。許達偉是這個大宅院的少主人，是封建家庭的大少爺，但心地善良，沒有被處理成早期階段鬥爭敘事裡，地主後代所常被賦予的腐敗特質。但跟1985年前，陸文夫筆下的知識份子型主人公最大的不同，是他跟此階段的徐麗莎一樣，內在性質的都連繫上了五四的啟蒙話語與人道主義意識，在《人之窩》中，許達偉是個喜歡讀書，關心新文藝，懂得看《雷雨》、《日出》，知道有娜拉出走、布爾喬亞、大眾普羅等五四時期所推廣的視域內涵的人。在這樣話語的影響下，他主動地將自己家的大宅院，公開一部分，跟志同道合的好朋友一同居住，以杜甫「安得廣廈千萬間，大庇天下寒士俱歡顏」的氣魄，來實踐他心目中人與人之間的「平等」理想。小說分上下兩部展開，第一部的主軸有兩條線，一條是以「我」的眼光，看著許達偉的大宅院，公開入住包括自己在內的各個年輕人，和他們的新的生活、愛情與對社會改造的清談，第二條是描寫原大宅院的「舊人」的各式命運，兩條線共同發展，有兩類人對比的效果，與突顯出新的生命和舊的勢力的狀態與糾葛的意義。

　　表面上來看，這種大宅門式的小說背景，跟五四時期的家族小說頗為雷同，但《人之窩》的特色乃是在於，它是作者企圖賦予的一個，追求人與人間真正的「平等」的園地／烏托邦，但不無諷刺的是，他們不但有專人煮飯（雖然他們對煮飯的妹妹也很平等），還想要仿照《紅樓夢》弄一個海棠詩社，理想的空想性質曝露無疑。而他們的愛情模式，也大多是繼承陸文夫此階段所強調的「美」與純情的特質，同時還帶有一點騎士救贖美人，外加一點古典牡丹亭的解放與浪漫的細節，如少主人公許達偉，喜歡上曾為他人作妾的美女柳梅，學藝術會畫畫的學生朱品，跟鄉下來的妹妹的

自然吸引及最後也演變成愛情，以至於當他們跟大宅院內的舊勢力鬥爭時，也因為大多數人這種「外來」的性質，人物形象的發展，實缺乏有力的動機、明顯的行動與生動的情節，而顯得有點沉悶。但作者對這些問題，也並不是沒有自覺，跟〈井〉一樣，他偶爾會藉敘述者「我」的眼光與口吻，一邊觀看許達偉等人的純潔的平等理想，一邊又刻意保留了對這個大宅院的年輕人們，對外在現實無涉的大宅院的小烏托邦／大觀園，略帶嘲諷的評價。然而，陸文夫對他們這種純潔的理想的讚美與偏好，仍大過於他對開展與解決歷史問題的理智。因此明明知道他們的平等理想既是清談，也經不起考驗，但仍然要花大幅度的篇幅來推展這些無現實功利的細節，使得這部小說，整個上半卷反而可以看作一則很特殊的「寓言」：主人公們在五四的教養與話語下，在「大宅院」裡清談社會與平等的理想，追求純粹的、無功利的愛情／美及其失敗──上半卷最後收在「封建」勢力控訴他們為共產黨（當時還未「解放」），主人公們為求避禍，紛紛從「大宅院」內撤離。

　　下半卷的歷史時空發生在文化大革命初期，一直寫到第一波大規模下放前。比較有特色的意識內涵有二，一是敘事者「我」在文革中為求避禍，趁還沒被抓出來批鬥前，再度溜回了這個蘇州大宅院，逐一拜訪舊日友人，並在這些跟友人的互動對談的過程中，思考文化大革命的問題與意義，這樣的框架的發展明顯地有些不自然，同時，由於這部小說的歷史時間的設定，僅僅是在文革初期，因此「我」對文革的思考和檢討，也仍然是充滿困惑的。這些困惑一方面藉小說中友人的說法，把文革的發生，既歸因在搶房子、搶坐位等「功利」的面向，二方面也同時也對這種經驗性與實用主義的思考方式，流露了困惑與不足感，小說是這樣寫的：

> 毛主席他老人家的本意也許不是搶房子，不是搶坐位，因為他老人家不愁沒有房子住，而且總是坐在最高位置

> 上的。可是下面沒有房子住，沒有大馬騎的人多著呢，要是論資排輩輪著騎大馬的話，哪一天才輪到他呢？何況還有千千萬萬的人，他們命中註定沒有資格騎大馬，沒有可能住好房，不如造反吧，碰碰運氣，反正是革命無罪，造反有理。……張南奎的演講卻像撥弄著算盤珠一樣，把史無前例的、偉大的"文化大革命"說得如此的簡單而又實際。[43]

接著，「我」又想到：

> 人們捲入了一種民主的狂熱。可惜的是人人都不知道此種民主的目的，只是說緊跟著毛主席的革命路線；毛主席的革命路線到底是一條什麼的線，人人都說不清楚，人人又都說我是對的，你是錯的。一言不合便拳腳相加，兵刃相見。這就使野心家有了可乘之機。[44]

在這裡，陸文夫中性的把文化大革命理解為一種「民主的狂熱」，這個說法不完全沒有合理性，改革開放後雖曾一度允許可張貼大字報，但很快就被禁止，相對來說，文革允許所有的人都擁有平等的自由，也可以說是一種極端與特殊歷史條件下的民主，但是這樣路線究竟應該如何來理解，於陸文夫位處於基層知識份子的角度與立場，再加上改革開放後，正如高曉聲仍必須以寓言化的方式（即〈回聲〉與〈觸雷〉）來書寫文革，說明對文革的精細探索，仍有其政治的敏感性。也因此，文化大革命的問題、豐富與複雜性，在日益講究經濟發展、1992年鄧小平南巡講話以後，也仍不可能更仔細地被重新開發與認識，故陸文夫在此作中，也只能將文革問題的發生，歸咎在人心私利與機會主義者上，而這樣的機會主義

---
[43] 陸文夫《人之窩》，（上海：上海文藝出版社，2003年），頁260。
[44] 同上注，頁261。

者,在小說中,雖在知識份子身上也有展現,但更多的,陸文夫是集中地展現在一個底層的小工人,為求女人、房子與出頭,在文革中掌握了翻身的機會而大行其惡行惡狀,而大部分的知識份子,在這場運動中,只能被動地的是被欺負與壓迫的對象。這樣的刻劃方式,雖然是其作為小說家的自由,但把知識份子抬到一個過於清高的位置(雖然在上半卷,他對於知識份子繼承五四話語的清談清高也有困惑與諷刺),把底層工人追求革命完全視為一種功利動機下的產物,仍然有其很明顯對現實開發的片面和窄化的問題。洪子誠在論及知識份子時,曾說過一段很有意味的話:

> 在中國現代歷史上,他們早就加入了社會的整個系統之中。他們並非游離、自外於這部社會機器的轉動運作,而是參與推動它的運作;他們並非一時失去應承擔的責任,而是總在承擔著認定的責任。……如果將知識份子在"文革"及另外些時期的"失誤"看作是一時的迷失,看作是一種"例外",看作是被"社會"所排斥的結果,那也並不能說明問題的實質。[45]

這段話在我目前的理解是:作為在整個社會歷史系統中,推動其發展與流變的知識份子,不能說跟文革的發生沒有關係,不能說其命運或狀態,都僅僅只是被動地是社會排斥或造成的結果,個人也應該在這個歷史事件中承擔責任。雖然,陸文夫有著寫作的真誠、道德的高尚和對社會主義獻身的誠意,但他還是很難,以及不知如何地去深入檢討,知識份子在文化大革命中所扮演的更複雜的角色跟生產關係──可能不只是受害者。《人之窩》因此也不可能,在九〇年代更為複雜的歷史轉型時期,進一步清理文革甚至更早期時,對歷史、對社會仍有可能有益的思考資源。當然,這也並

---

[45] 洪子誠《作家姿態與自我意識》,(陝西:陝西人民教育出版社,1998年),頁137。

不只是陸文夫個人的限制,在現當代的其他作家那邊,也一樣有其很明顯的思考上的不足,洪子誠在《作家姿態與自我意識》中,對從維熙、巴金和楊絳的評析,某種程度上都說明了,他們難免有著「以價值判斷來取代事實判斷」[46]的抽象、道德化看待歷史問題的限制,因此他們的心態及其效果,仍然只能是:「懺悔與自省,也並沒有能真正解決他自己所提出的這樣的尖銳問題。」[47]

因此,若要說《人之窩》的下半卷,跟陸文夫過去和此階段小說,有何繼承與推進的文學形象,乃是他給了上半卷的那個從鄉下來煮飯的農村妹妹,更進一步的解放與發展,因為她是相對於知識份子之外的無產階級與底層,在新中國的新歷史條件下,擁有更受到尊重的地位。然而,由於陸文夫此階段,對無功利、純真與美的偏好,他仍不願意從階級的角度去發展這個女性形象,僅把她寫成,對政治及各項運動,都不是很明白很自覺,故其心靈和狀態,始終能保持無功利與純真的美。在一個對知識份子來說的混亂時代,他似乎認為只有這樣的女性,才能安頓並帶給人(仍主要是知識份子)慰藉。而且可能更重要的是,由於這個阿妹也不是知識份子,不會如〈井〉般的徐麗莎一樣,因受過五四啟蒙話語的洗禮,而對於自己的處境感到特殊與痛苦,她的理想仍是農村姑娘嫁個勤勞人、好好生孩子的理想,既沒有機會製造出一個娜拉式的困境,也沒有需要出走以及面對隨之而來的必然困局。《人之窩》上半卷,尚且意識到的五四啟蒙話語的限制,也就這樣微妙地在下半卷,被這樣的才子佳人的田園詩情給取代了。《人之窩》因此並不是一部成功的現實主義長篇,陸文夫和高曉聲都有著同樣的問題——對於長篇的寫法和世界觀的推進,都較欠缺明顯的自覺。他們也因此無法為長篇,找到其更具有歷史意味的形式,故其短篇的成就,明顯都比其長篇高。但《人之窩》對五四啟蒙話語的限制的自

---

[46] 同上註,頁111。
[47] 同上註,頁134。

覺（雖然並未超克），對抬高鄉下底層的阿妹的意義（雖然開展有限），也很難說完全不是從延安與毛傳統的文學淵源而來的資源與靈感。這些連繫性本身，也說明了陸文夫的理想及其未盡。

二、社會主義日常生活懷舊及其非辯證性解構——論〈畢業了〉、〈清高〉與〈享福〉

另一方面，八〇年代中以後，面對改革開放後日漸複雜化的現實，陸文夫內在的矛盾仍有增無減，他在性格上帶有的文人性與對中國古典傳統的偏好，某種程度上較接近汪曾祺、鄧友梅與林斤瀾。因此他不像高曉聲或王蒙那般——對於新生的事物，即使有困惑與看不清之處，仍然要往前嘗試看看，以期在具體的新的生活與現實實踐中，繼續認識新的現實和過去的歷史社會的關係。除了性格的因素，在不斷仔細閱讀陸文夫1985年以後的作品，並思考他跟汪曾祺這樣也很文人化的作家的差異時，筆者慢慢有一種感覺，就是說陸文夫某種程度上，其實是一個，對社會和歷史的發展，很容易受到各個階段的主流政治意識型態的影響的作家，這種狀況在其五〇、六〇年代的作品中都可以看出，而在上一類作品企圖想採用美、五四話語等的連繫，作為個人在新的歷史條件下安頓的方式（儘管他同時也有稍微自覺到當中的限制與問題），事實上也跟這種孤立的美、五四啟蒙話語在改革開放後，被視為重要的主導意識型態有關。也因此，同樣對傳統、美、和諧、日常生活中的各式細節與趣味懷抱好感，但汪曾祺在取材和寫作方法上，就仍跟陸文夫有很大的差異，汪曾祺1985年以後的小說產量，相對於陸文夫的6篇，可說仍非常豐富，改革開放和1985年新的轉折，對汪曾祺也似乎並沒有什麼影響，這當然一方面主要是因為，汪曾祺其實是在1985年後才日漸受到重視，而另一個可能更重要的事實是，汪曾祺至始至終，都像他自己定位為：一個通俗抒情詩人、一個小品作家來實踐，在其重要的創作觀自述〈回到現實主義，回到民族傳統〉

（1983年）中，他說雖然也寫反映現實的作品，但在取材上與反映的對象上，仍以舊社會為多，當代則很少。之所以這樣選擇，乃是因為：

> 過去是定型的生活，看的比較準；現在變動浪大，一些看法不一定抓得很準。一個人寫作時要有創作自由，"創作自由"不是指政策的寬嚴，政治氣候的冷暖；指的是作家自己想像的自由，虛構的自由，概括集中的自由。對我來說，對舊社會怎樣想像概括都可以，對新生活還未達到這種自由的地步。[48]

然而，我們也可以以此批評汪曾祺寫作上的保守，但問題不能那麼簡單和教條的從材料和寫法上，來批評汪的現實感與新現實豐富性較弱。事實上可能恰好相反，從跟八〇年代的歷史條件下的「辯證」意義來說，汪曾祺去寫各式各樣的小人物、小事物，把舊社會中的各種可能的面向開發出來，其實也可以說是反映了另一些現實豐富性（當然，當這種寫法又再度「固定」或蔚為主流，另一種較跟大歷史、社會發展連繫的作品，也就又才能說是較「進步」與具有現實豐富的意義）。相對來說，陸文夫就沒有那麼幸運，他文人式的才情不若汪高，性格雖有文人的那一面，但對主流意識型態的敏感、對現實干預的興趣，都讓他不可能不去注意新的現實意識型態和新的社會問題。也就是在〈畢業了〉（1985年）、〈清高〉（1987年）和〈享福〉（1992年）這三篇代表作中，我們更多的可以發覺，陸文夫對1985年以後，日亦崛起的新意識型態愈來愈感到不安與困惑，導致於他對於過去的社會主義歷史階段，開始出現了一種「懷舊」的傾向（當然陸文夫的這種懷舊，由於在當時尚未被市場化所滲透與影響，因此有其真誠度與一定程度的說服力，

---

[48] 汪曾祺《汪曾祺全集》（第三卷），（北京：北京師範大學出版社，1998年），頁288。

而不是後來九〇年代亦興起的為懷舊而懷舊的風潮下的產物），但也由於這幾篇作品，都是在八〇年代中後愈來愈去左化的生產條件下的產物，陸文夫「懷舊」的對象，自然也跟高曉聲此階段在清理文革一樣，無法碰觸到更具體、可能更具有關鍵性的政治與歷史決策內涵，同時又在新寫實等思潮與寫法的歷史條件下，陸文夫「懷舊」的眼光，便只能更多的採用當下的日常生活的材料。在這幾篇作品中，他企圖透過今昔的對比，揭示過去社會主義時期的許多生活意義、人倫道德、對勞動的尊重等優點，似乎想以此來跟當下的新意識型態進行再辯證，但是，陸文夫在這方面的實踐仍然並不成功，他的現實推進，仍然無法開展出一個更新的局面。

〈畢業了〉（1985年）是此階段的佳篇。故事整體可以看作一則，即將邁入老年的女性知識份子的妥協的社會寓言。小說中的女主角原名李曼麗，大學原本念的是家政，後來改念社會教育學系，早年既研究社會改革，也研究家庭結構，大三就隨群眾革命，三十五年退休後才拿到大學畢業證書，對於自己彷彿是念了數十年的社會大學，終於拿到畢業證書，內心不勝感慨。然而，此時已是改革開放時期，兒女、女婿、甚至先生，都希望能將家中從反右、大躍進、文革時代就存在的舊傢俱、舊物品來個除舊佈新大掃除。李曼麗原本也不願被人視為落伍，她覺得當年先生會看上自己，也並不是以漂亮取勝，而是有頭腦的，因此對新生事物，也願意根據新的經驗與生活狀況而慢慢接受改革。然而，就在一點一滴整理舊物品，決定哪些東西要丟棄更新時，她忽然覺得，每一樣物品似乎都有著它們的歷史、回憶與自身的價值——那張自己的老床是當年大煉鋼時期死都不肯交出去「煉」的；先生的小木板床又牽涉到他以前被打成右派，下放階段企圖為家庭贖罪的回憶；那件舊衣服的布料又是自己硬是跟某個裁縫據理力爭討回來的……。似乎，每一樣物品都代表著在過去社會主義生活的辛苦歲月中，所有曾努力捍衛的某個信念、經驗，及隨之而來的細微甜蜜，而一旦大

家希望「它們」清除,似乎就等於把自己過去的努力全部掃除,李曼麗三十五年來的日子只是一個普通的辦事員,人生的精華都已荒廢掉,唯一能證明自己曾努力的存在過、活過的,就只剩這些「舊物」了,小說就在這樣的框架下,寓言式的展示一場李曼麗的大掃除記,最後卻是一切「如舊」,李曼麗還是不想改變,因為她既珍惜著自己的「痛苦的回憶」,又覺得市面上現在賣的「現代」的傢俱也不過如此,哪裡有自己以前年輕時認識世面的氣派,但總之至少「大掃除」過,東西拿了出來又再放了回去,「看起來」似乎也比原先的整齊,陸文夫以非常幽微的文字敘述「物歸原位」的這一段:

> 不到兩個小時,家裡一切如歸,大家一看,都覺得並不那麼混亂破舊,還很整齊清潔。這種感覺的產生,主要是從前兩天的大混亂而來的,那兩天到處都攤著東西,沒有站處,沒有坐處,甚至連睡處都成了問題,現在一收,咦,蠻靈的![49]

陸文夫在寫李曼麗這個角色是很微妙的,是既同情又諷刺的,小說名為〈畢業了〉似乎即在隱喻:數十年的各項社會革命運動,就是特殊的大學教育,而今,日子是過來了,畢業證書是到手了,但改革真的算成功嗎?經歷了那麼多的辛苦,過去的痛苦回憶又成為今日的資產,難道不應該「保留」或「緬懷」嗎?或者至少也「整理」過,也算盡過了心,也就溫情的讓李曼麗繼續活在她的「看起來」像是新的「舊生活」中吧!陸文夫以極佳的藝術家的直覺,以社會女性專屬的理家事件,推演出一個帶著諷刺與同情跟進新生活的社會寓言,也帶有對整段的社會改革,可能還是不以為成功的個人暗示。但是,他也似乎覺得活在這個「整理」過的狀況也

---

[49] 陸文夫〈畢業了〉,《陸文夫集》(福建:海峽文藝出版社,1986年),頁195。

可勉強接受，因此李曼麗最終也與命運妥協，小說最後也因此只能收在一種不了了之的狀況下。昔日的社會主義經驗，有好的一面，但卻因為個人經驗的感傷性，封閉了清理這段歷史中，內在更多剩餘價值的可能——只能承認個人在這段歷史中，生活過得辛苦也扎實的日常意義。也因此舊的不願去，新的也無法進來，總的來看，可以說是陸文夫將過去的社會主義改革的正面意義的可能，和八〇年代中的新意識型態的發展性，雙重都封閉住了，自我也陷入了進退維谷的困境中。

〈清高〉（1987年）也一樣有這樣的困惑，這個故事是在講述一個男人在改革開放後去相親，改革開放之前，身為長兄的他，為了照顧自己的家庭，一直努力工作也不敢結婚，改革開放以後，弟弟們各各事業有成，家裡也不再有什麼經濟上的負擔，他才開始想要有自己的婚姻與家庭。然而，新的時空條件下的新擇偶條件已經不同，主人公雖然是一個老實、清高也厚道的小學老師，但這樣的工作，在改革開放後卻被視為保守而鮮少有多少前途的可能，因此新的女性，對他也不太容易感到興趣，而主人公在擇偶的過程中，在觀看「她」者時的姿態，其實也處處流露了缺乏自我更新、與將過去的優點，再加以繼承和轉化的意志與能力，因此也難以開展出跟新意識型態下的女性交往的機會與行動，使得其過去理想的社會主義所曾陶冶的優點，反倒全成了今日的包袱，只剩下自己的親人和自己孤芳自賞的「清高」，和對這種清高自我嘲諷的解構性。此等細節，在在顯示了陸文夫在處理今昔意識型態繼承與轉化的困限。

進一步來說，1987年以後，中國的改革開放日亦複雜，學術界也開始有了「新時期終結」的說法，陳曉明就曾指出，無論是在經濟上，或是在文學文化上，八〇年代後期都愈來愈預告了一個更消費化、知識份子和文學（依照陳的邏輯，這邊的文學，應該也包括了先鋒式的"純"文學）都失去影響轟動效應的時代的來臨：

> 八十年代後期中國社會的經濟結構和文化秩序發生了很大變動。經濟增長與"文化失範"構成了不太協調的文明情境。知識份子奉行的價值準則，在社會現實中不再起到"中心化"的創造作用，而經濟實利主義上升為社會的主要價值取向。文學無法以意識形態為歷史軸心構造社會化熱點，報告文學和紀實文學追蹤現實熱點而迅速成為消費性產品，"純文學"只能退回到藝術探索的有限代後期，準確地說是在一九八七年，文學的歷史轉變乃是不可阻遏的趨勢。[50]

同時，雖然1989年六四的複雜性，之於文學文化的影響，非本書之性質及篇幅所能直接說明，此處只能暫採用一些學者對1989年以後的背景分析，作為我們理解1989年以後，陸文夫書寫上轉變的理解前提。汪暉在《去政治化的政治·當代中國的思想狀況與現代性問題》一文中，就曾提到，1989年，以至於到1992年鄧小平南巡講話以後，要分析新中國九〇年代的新意識型態和各項問題，已經有愈來愈困難的趨勢，汪暉指出：

> 從思想層面來看，1990年代的中國知識份子所面對的問題也已經大大複雜化了。首先是，當代社會的文化危機和道德危機已經不能簡單地視為中國傳統腐敗的結果，因為許多問題恰恰產生於現代化的過程之中；其次是，在中國經濟改革已經導致市場社會的基本形成和國有企業僅占國民生產總值百分之三十左右的時候，我們也不能簡單地將中國社會的問題說成是社會主義的問題；再次是，在蘇聯、東歐社會主義體系瓦解之後，資本主義

---

[50] 陳曉明〈"新時期終結"與新的文學課題〉，原載1992年7月8日《文匯報》。後收入孔范今、施戰軍主編；路曉冰編選《中國新時期文學思潮研究資料》（中），（濟南：山東文藝出版社，2006年），頁390－393。

的全球化過程已經成為當代世界的最為重要的世界性現象,中國的社會主義改革已經將中國的經濟和文化生產過程納入全球市場之中。在這樣的歷史條件下,中國的社會文化問題,包括政府行為本身,都已經不能在單一的中國語境中加以分析。[51]

汪暉這段話的重點,依我的理解有三個重點,即九〇年代以後的中國社會問題,不只簡單是中國傳統腐敗、社會主義問題,還有全球資本主義已成為世界性現象的事實。這些現象在敏感的作家的意識中,也都會演化成生產他們主體意識的一部分。只是,九〇年代以後的較嚴肅的作品,在面對新的意識型態下,無論就作家的世代差異上,反映或表現的內涵與方法上,都是存在著明顯的差異。以知青世代來說,九〇以後的代表作,張承志有《心靈史》(1990年)、王安憶有《長恨歌》(1995年)、韓少功有《馬橋詞典》(1996年)、張煒有《九月寓言》(1992年),不算是知青,但跟知青世代同階段的莫言,也有《豐乳肥臀》(1995年)等長篇,整體上概括來看,我認為嚴肅的知青世代們對待九〇年代後,日趨個人化、集體理想喪失、生命意義難以安頓的社會問題,主要是採用兩種方式來稀釋其痛苦與保存其寫作理想,一是將己身僅剩的社會主義理想,投身到另一種信仰,張承志的《心靈史》追尋哲合忍耶就是明顯的典型。其二是運用不同程度、不同方法的歷史書寫,同時還幾乎不約而同的跟所謂的「民間」連繫在一起,以保存其關懷知識份子以外階層的可能與必要性,例如《馬橋詞典》以詞典、詞條的形式處理馬橋的人文、傳奇、民俗,《九月寓言》、《豐乳肥臀》都帶有新歷史小說的性質,不約而同的去處理「過去」(在《九月寓言》中是五〇至七〇年代,在《豐乳肥臀》裡,則是從抗日戰爭時期寫到八〇年代)的歷史,都帶有刻意向底層與

---

[51] 汪暉《去政治化的政治》,(北京:生活・讀書・新知三聯書店,2008年),頁61。

民間人物汲取養分,開發知識份子之外的鄉土生活、生命力,用陳思和《中國當代文學史教程》的說法,即是所謂的知識份子的民間立場。而即使是寫上海女性命運的《長恨歌》,王安憶的處理方式,雖然很大程度上採用了傳奇的方法,但基本上也將其放在了四〇至八〇年代的歷史背景下展開,取材也有採用小巷弄的鄰家女孩的自覺。這些作品雖並未直接面對九〇年代,但均以其取材(底層或知識份子以外的對象)及帶有相當程度的民間認同與鄉土的主體意識(儘管反映的幅度仍非常有限),不同於九〇年代日趨上升的「新富人」(王曉明語)階級的新意識型態,也因此,雖然文學已失去了轟動效應(王蒙語)[52],但這些作品,也都多少間接地,帶有著文學之於承擔社會、人生的責任的「辯證」性質。對於這些身分上仍是知識份子的作家來說,也誠如陳思和所言:「轉向邊緣性的民間世界,以民間文化形態作掩護,開拓出另外一個話語來寄存知識份子的理想和良知。」[53]總的來說,雖然其寫作方法並不是很經典的現實主義式的,但其作仍均有一定的現實意義。

然而,九〇年代初期到中期,知青世代這樣「回望」過去的姿態及其效果,從另一個角度來說,也可能不乏是其無法以小說為媒介,來妥善直面新的當下與新的意識型態的必然結果,所以我們可以看到,韓少功在此階段,對九〇年代後,日益功利化的社會,對策略性及虛矯的後現代主義者們,乃是更多地採用了散文的文體,來對它們進行批判,他分別在1993年及1995年的《讀書》雜誌上,發表的散文(或說理論雜文)〈夜行者夢語〉和〈心想〉是重要的代表作。特別是在〈夜行者夢語〉中,他以不乏將包括自己在內的這一代,也列入批判的對象,對這一代所生產的文學各種主義的惡果,作出了如下的檢討與再辯證:

---

[52] 參見王蒙〈文學:失卻轟動效應以後〉,寫於1988年,後收入王蒙《王蒙文存》(第二十三卷),頁178-185
[53] 陳思和《中國當代文學史教程》,(上海:上海復旦大學出版社,2003年),頁372。

第五章 雙重姿態下文學面貌的窄化

269

> 曠日持久的文化空白化和惡質化,產生了這樣一代人:沒讀多少書,最能記起來的是政治遊行以及語錄歌,多少有點不良記錄,當然也沒有吃過太多苦頭,比如當"右派"或參加戰爭。他們被神聖的口號戲弄以後誰也不來負責,身後一無所有。權力炙手可熱的時候他們遠離權力,苦難可賺榮耀的時候他們掏不出苦難,知識受到尊重的時候他們只能怏怏沉默。他們沒有任何教條,生存經驗自產自銷,看人看事決不迂闊一眼就見血。他們是文化的棄兒,因此也必然是文化的逆子。[54]

> 當學院型和市井型的叛逆都受到某種遏制,很多後現代人可能會與環境妥協,⋯⋯至於主義,只不過是今後的精神晚禮服之一,⋯⋯他們既然不承認任何主義,也就無所謂對主義的背叛,沒有許諾任何責任。最虛無的態度,總是特別容易與最實用的態度聯營。⋯⋯眾多權勢者都深諳實用的好處,青春期或多或少的信念,早已日漸稀薄,對信仰最虛無的態度其實在他們內心中深深隱藏。只要是爭利的需要,他們可與任何人親和與勾結,包括接納各種晚禮服。[55]

在上面的引言中,韓少功思考的參照系,很隱微的乃是以「右派」來跟自己這一代相參照,這一點可說相當難得。事實上,這一點王安憶也曾在1990年《收穫》第3期發表的〈叔叔的故事〉中,作出跟韓少功非常類似與敏銳的觀察:

> 我們總是在虛無主義的邊緣危險地行走,虛無主義以它的神秘莫測吸引著我們的美感。而頭腦其實非常現實的

---

[54] 韓少功〈夜行者夢語〉,發表於1993年《讀書》,收入隨筆集《心想》(天津:人民出版社,1996年)。頁85–86。
[55] 同上注,頁87。

> 我們,誰也不願以身嘗試。我們是根除了浪漫主義的一代,實用主義是我們致命的救藥。……我們壓根兒沒有建設過信仰,在我們成長的時期就遇到了殘酷的生存問題,實利是我們行動的目標,不需要任何理論的指導。我們是初步具備遊戲素質的一代或者半代。這遊戲對於叔叔則是危險的,因為叔叔是將遊戲當作了他的信仰。
>
> 叔叔遊戲起來不是像我們這樣有所保留,只將沒有價值的東西,或者與己無關的利益作為代價。叔叔做不到這樣內外有別,輕重有別。叔叔做遊戲的態度太認真,也太積極了。[56]

　　現在,問題是在於,當九〇年代的知青,在九〇年的文化場域間的各式具有民間／新歷史性質的長篇小說,已經也很難直接且具體地介入九〇年代的新意識型態批判,而像韓少功的散文〈夢行者夢語〉,或王安憶〈叔叔的故事〉這樣的小說,在敘述上都是以訴諸說理的方法,對新的意識型態或自我的危機進行檢討,卻也有著看似動人的道理,實則也非常抽象而仍然無法指出另一條生活與飽滿的意義出路的可能。儘管韓少功和王安憶已經算是知青一代頗富才能與理想的作家,但或許是由於他們也仍是新中國的歷史產物,對於文學創作,也一路受到改革開放後,在創作方法上不斷要變異的影響,他們很可能並沒有去思考一些,文學創作很根本的問題:現實主義是否真的就應該讓它成為過去式了嗎?如果他們別富創意的各式技法,無法順利回應九〇年代日趨複雜的新意識型態,解決的可能性「之一」,是否也應該重新召喚他們可能認識不清的現實主義流變,並企圖去解決現實主義在十七年及文革十年所遇到的挫折,然後在融合新的創作思維、方法和現實,才能繼續壯大自身?

---

[56] 王安憶〈叔叔的故事〉,《憂傷的年代》,(北京:新世界出版社,2002年),頁136-137。

知青輩可能沒有能好好思考上述的問題，至少在九〇年代時的狀況是只能在抽象的層次上，理解右派叔叔輩們的限制，也就難以歷史和具體地超克與擴展自身的創作。事實上，九〇年代以後的「右派」，仍關注著當下現實者仍不乏其人，他們仍努力要在具體的歷史社會中，建立他們的信仰。（當然，這跟九〇年代中以後的「現實主義衝擊波」也又有所不同，然限於本書的主題及篇幅，「現實主義衝擊波」也暫不列入討論的參照。）例如，我前面論到的高曉聲的〈陳奐生出國〉，在陳奐生歷經美國式的生活震撼之後，他還是最終亦明白，中美兩地有各自的歷史特殊性和必然的差異，用理論的說法，就是各自的「現代性」明顯是不同，也可以不同的。所以最後才安排讓陳奐生原準備攜帶回中國的種植的美國種子，遺失不見，暗示陳奐生再度回到中國的本土的特性上來。我們當然可以質疑，高曉聲這樣的意識型態是否會過於保守，但我認為，問題的關鍵是在於，高曉聲仍提出了一種，以重視自身的本土性和歷史具體性，來回應當下意識型態的姿態，這姿態可能是更接近人民群眾的，這是他作為嚴肅作家具有歷史針對性的一種立場，是一種具有社會責任感的選擇，而不是完全將出路解構與抽象化。

　　在這樣的參照下，我們來讀陸文夫1992年的小說〈享福〉，才會覺得有其特殊性與詮釋上的新意，同時也才能看出他的限制。這也是一篇非常不同於九〇年代一般常態，所見到的個人話語和策略性後現代的作品。它連繫上了過去社會主義階段的重視集體的倫理道德、勞動與親子關係等內涵，講述它們在新的意識型態下的悲涼命運。作者在這篇小說的態度，也有著此一階段他自身的矛盾，一方面，他很肯定這些價值的重要性，也不願意將他們上升到，一種絕對普遍的形上人性的層次來肯定他們——因為陸文夫以其右派世代的身分，敏銳的知道那會回避掉很多具體的現實與事實，但陸文夫又不願意，直接為這些來自於過去的社會主義經驗中的正面價值辯護，因此僅僅將它們的意義，連繫到日常生活的意義來強調。

具體來看,這篇小說的重點是這樣的:主人公是一個拉板車運煤球的老婦人,改革開放後,還繼續帶著自己的小孫子一起運煤球,她從不以為苦,雖然收入很微薄,但因為有著小孫子陪伴,同時每天賺到的錢,也能夠為孫子,以及孫子的父親,也就是老婦人的兒子買糖買煙,而覺得自己的勞動非常有意義,生活也因此可以說過的相當飽滿。然而,就在改革開放後的某一天,一群西方旅遊者來中國觀光,他們拍到了老婦人辛苦和小孩子拉板車的圖像,覺得非常的特殊。而在另一方面,小巷內也有另一個老人,年輕的時候,曾經在反右、大躍進及文化大革命中風火過,是屬於積極份子的那一種,八〇年代以後,他又跟上了時代潮流,創辦了老年人保障協會,也因此對於這個老婦人拉板車的事件,覺得很不是滋味。在他的揣測,這一定是兒女虐待老人的事件,應該要嚴肅處理,以正改革開放後的倫理、道德及世風,為此特地去煽動這個老婦人去告她的媳婦,老婦人對媳婦本來就有意見,因為她的媳婦,不同意她的孫子去她那裡住、跟她一起拉板車,所以也就同意告了,但當兩造上了法庭,卻產生了意想不到的狀況。

老婦人的媳婦,是一個在改革開放後,因擔任餐廳經理事業有成的女強人,她之所以不讓兒子去看婆婆,也是因為擔心婆婆沒有賺多少錢,但錢卻被孫子及她的丈夫(也就是老婦人的兒子)給花用掉,因此站在她的立場及收入狀況,她也絕對沒有虐待婆婆之嫌。這個法庭的審判員,也是從早年社會主義生活過來的,還曾學習雷峰的精神在小的時候就幫過這個婆婆,本來他也是想給這個改革開放後的女強人一個教訓,以重建社會主義時期的正面價值觀,但兩造具體事實一交會,連審判員和陪審員一聽馬上就知道,整個事件只是一場誤會,為了讓女強人的兒子能夠再去看婆婆,也為了讓婆婆不用再拉板車過一個「享福」的晚年,同時也公平的避免了媳婦會被惡批的可能。審判員最後也判出了老嫗不能再從事拉板車的工作,同時,孫子也能夠天天來看她了。

但是,顯然這樣結果,並沒有讓大家都覺得滿意,也並沒有真的讓老婆婆覺得獲得幸福。她原本習慣的勞動和生活作息全部被打亂,再也沒有人敢請她送煤球,都要她好好「享福」,也擔心受到額外的道德制裁。而老婆婆雖然此後有了小孫子陪伴,但也因為賺不到錢,不能自由自在的花錢買東西給孫子及兒子,也覺得人生喪失了生活的目的與努力的意義,更在過了這樣不久的「享福」的日子後,很快就過世了。而當初那個為老婆婆協助告訴的積極份子,也終於給人批評了,以為他之前是沒事找事,但是當然他並不這樣認為,還是覺得是自己畢竟仍是有貢獻的,老婆婆才能在最後的晚年,享了一些清福。

透過這個有趣的故事,我們可以幽微的理解到,陸文夫回應九〇年代以後的新意識型態的一些看法和他的困局。其一,他其實是非常肯定人無論到什麼年齡,都應該是要勞動,特別是這種勞動,有著歷史的連續性與生活的慣性,是他自願而為的生活意義的來源。其二,作者對於改革開放後的一切分的清清楚楚、訴諸理性的親子、親屬關係,也是略有懷疑的,所以在小說中,他事實上是刻意的把這個媳婦寫的非常強勢,於理雖然是她贏,但於情卻明顯的欠缺體貼老人的同理心,陸文夫明顯地是企圖在這當中的隙縫中,隱約的帶有對過去重視集體、人與人之間的互相體貼的倫理道德的懷念。其三,也就是陸文夫在〈享福〉中的困局,作者雖然其實是站在老婆婆這一方,帶有對過去社會主義各種正面價值的肯定與懷舊,但他卻又要突顯出社會主義中機會主義者的那一面,事實上過去的社會主義傳統也當然有其問題,但問題是,在〈享福〉中,陸文夫事實上是讓這個角色,起了一粒屎壞一鍋粥的效果,同時也使得他面前對各種社會主義時期優點的回顧與強調,等於全數被解構掉——因為道德、倫理、集體性、人與人之間的互相體貼等內涵,都跟這個角色緊密地連繫在一起。由此也可見,九〇年代日益個人化、解構化、後現代的風潮,對理想的虛無現象,也隱隱地對「右

派」作家,努力尋找出路的可能,產生了負面的生產效果。

然而,比起九〇年代初至中期的知青輩的代表作,誠如前面已經作出的印象式分析,陸文夫在〈享福〉中,事實上仍連繫上了相當多具體的社會主義正面的日常生活的意義與價值,這些從日常生活中開發出來的對勞動本身、人與人的互助、倫理道德、集體性的肯定的「方式」,相對於九〇年代初,知青在欲重新尋找理想時的「抽象」路線——如張承志的《心靈史》、韓少功的說理雜文及《馬橋詞典》、王安憶《叔叔的故事》等,可說更為具體。且有機會能夠重新作為一種在日常生活裡實踐的資源,甚至進而以此社會主義日常性,注入九〇年代日益消費市場化以為抗衡。但陸文夫沒有能將理想堅持下去,他不願意最終將這樣的社會主義式的理想再次突顯出來,很弔詭地也顯示了,他對於過去的歷史的內在的矛盾與虛無的傾向。但我們要注意,〈享福〉所連繫上的這種——以社會主義日常生活,作為人的生命意義與理想再寄託的出口,並不是完全不可行的。毛澤東在〈在延安文藝座談會上的講話〉中的這一段話,我以為仍有其部分的參考意義:

> 人民生活中本來存在著文學藝術原料的礦藏,這是自然形態的東西,是粗糙的東西,但也是最生動、最豐富、最基本的東西;在這點上說,它們使一切文學藝術相形見絀,它們是一切文學藝術的取之不盡、用之不竭的唯一源泉。[57]

當然,從我們今天的歷史狀況和文學視野來說,人民生活雖然已經可以不是「唯一」的寫作源泉,但確實可以是最重要的作家創作的源泉或養分之一。陸文夫意識到當中的價值的可能性與重新連繫性,但其最終在〈享福〉輕易地以非辯證性的解構的方式,又

---

[57] 毛澤東〈在延安文藝座談會上的講話〉,《毛澤東選集》(第三卷),(江西:人民出版社,1966年),頁817。

將社會主義正面的文化與優點解消了,這就使得〈享福〉在某種程度上來說,陷入知青世代或朝向個人精神、歷史地抽象性類似的限制,終究讓文學的發展,不是跟愈來愈多的公共視野連繫在一起,而是愈來愈走向一種必然的自我窄化的困局。

第六章　結論：面對失落的公共視野

> 「……政治犯而上獠，並非從他們開始……以為文明至今，到他們才開始了嚴酷。……」
> 　　　　　　——魯迅〈為了忘卻的紀念〉（1930年）

　　過去的文學史及許多專論，在論及「探求者」或1957年被打成「右派」的青年作家時，習慣性地將他們列入「傷痕」、「反思」、「改革」文學等框架，然而，在經過以上各章的論證與分析，直接細微地揭示與重構此困境的「歷史生產」過程，增加／擴充了對這些作家研究的各式細節分析與新的論述聯繫後，本書呈現出了一些跟過去研究結果的差異。這些結果與差異最終概括如下：

　　「探求者」作家群的文學道路與創作困境，展現在幾個面向上。首先，跟他們的創作立場／姿態有關，「探求者」及許多「右派」，由於兼有五四啟蒙文學傳統的淵源和視野，又參與了日後中國共產黨的社會主義革命經驗及知識份子向工農兵學習的新傳統，他們事實上實兼有五四知識份子的啟蒙立場，以及毛「講話」以降的人民姿態。這種「雙重姿態／立場」的混合及其消長，左右了他們一生的創作與基調。其次，在世界觀上，其文學淵源雖廣涉十九世紀批判現實主義、二十世紀社會主義現實主義、中國古典白話小說傳統與毛傳統等，但就具體「接受」的歷史事實來說，對其一生創作發生關鍵作用的，乃是在五〇年代中時，他們將「教條化」的「社會主義現實主義」，理解成「社會主義現實主義」的「可能性本身」，混淆了某種文學觀念的可能性、可建構性與歷史實踐性質的差異。也因此，在「雙百」運動下，他們事實上乃又不自覺地再度啟用五四知識份子的啟蒙立場，和批判現實主義的世界觀與創作方法。以這種上對下的觀看姿態、陰暗的風格來刻劃「人民群

眾」，未若有後來的柳青在《創業史》（1958年）或周立波在五〇年代中後的小說中，那種與人民更為平等、融合、同情的理解，及並不完全是教條的融入集體的寫作姿態。若從新中國與新政權欲發展一種「理想的社會主義」（雖然日後漸行扭曲）的新傳統的角度來看，他們當年被劃為「右派」或「反黨集團」，不能說完全沒有其歷史與政治（而非抽象的道德或倫理）的合理性。

改革開放後，「探求者」的世界觀中的特質是：在最佳的狀況下，他們對文學淵源的典範學習，有更寬廣的古今中外兼收的眼光，而在選擇材料、處理題材、塑造人物、運用語言時，亦能透過豐富口語的白話，來對「生活整體性」進行探求，換句話說，他們能夠將小說的主題意識與關鍵人物形象，放在具有廣泛的參照體系的思惟格局下，進行理解與形象轉化，並有高度口語白話的流暢性與可讀性。同時，其世界觀中，也注重人在特定歷史與社會條件下精神性的追求，但也因過去十七年及文革十年的「極左」陰影，造成了他們對「神聖」、道德與精神等向度的焦慮與緊張，使得他們在世界觀上，難以再往更深刻的、非經驗性而具有超越、甚至再辯證向度的社會主義精神深度開發。這些觀念上的限制，不只是知識／理論水準的問題，也是中共體制下，長期「教條化」的社會歷史政治問題的制約，整體上都牽動了他們日後文學作品的開展。

落實到改革開放後「探求者」作家群的作品的評述，他們在八〇年代中以及其後，更具體的發展與困限的典型狀態，可再分兩階段來說明：1978－1984年間，高曉聲及陸文夫等作品的優點與特質，乃是在創作題材、主題、風格、視野、人物形象、語言上，均相當程度地連繫上過去與當下社會與歷史細節的豐富性，並在許多代表作，如高曉聲的〈李順大造屋〉、〈漏斗戶主〉、〈陳奐生上城〉、〈陳奐生轉業〉、〈周華英求職〉、〈我的兩位鄰居〉、〈蜂花〉、〈山中〉等，陸文夫的〈圍牆〉、〈美食家〉等，展現了相當的歷史辯證見識與文學的具體形象性與感染力。同時，前述

及外於前述的這些作品,其主題與題材等內涵,也實非目前的文學史的傷痕、反思、改革等框架所能充分概括之。就高曉聲來說,他這個階段,其一方面剛從底層出來,仍有著激動與飽滿的底層人民的感情與立場,二方面又能發揮其知識份子的啟蒙與超視的眼光,使其在創作題材上,廣涉農村經驗、文化大革命的歷史清理、農村婦女婚姻、工人階級的愛情與婚姻問題、世代視野下的農村現代化與社會主義淵源的再聯繫、各式人物的精神病症等。在其人民立場、知識份子立場融合、世界觀與創作實踐融合的最好的狀況下,既能夠有深入形象、將心比心的形象與情感的感染力,同時也能夠間接彰顯各種社會與歷史問題的錯綜複雜的原因,帶有一定促進彼時社會意識型態再解放的先進性。而即使是書寫同一類的對象,如農民,高曉聲都會盡可能在不同的篇章中,進行更具體的歷史社會內涵的辯證推進與風格變異,由此可以說,他對作品的意識和技術變異實有力求不自我複製的自覺。而即使是在這個階段的寫作立場,更為親向新時期主流的五四知識份子啟蒙立場的陸文夫,其此階段的作品中,亦展現了並不完全以「知識份子」形象或「個人命運」為中心的「公共視野」,他處理小說題材時,仍能夠在一己經驗下,一方面連繫上了官僚與教育問題,展現了其干預社會的現實主義小說家的擔當,二方面則與他內在的文人名士性格、氣質、風格相結合,廣泛地連繫上了科學、日常生活、商業、飲食文化等題材或靈感,有時亦能不著痕跡的反映彼時的社會矛盾,同時也兼成全了作者與作品風格的性格情趣,形成具有其歷史特殊性的中國式的「平衡的藝術」。總的來說,高曉聲和陸文夫等「右派」的作家,在改革開放到1984年間,他們的作品中的公共視野,遠大於對純粹的個人命運及個人生活瑣事的關注,展現了較寬廣的社會、文化和歷史的複雜見識。同時,促進其心目中社會主義理想,在此階段,仍是他們創作的動力與目的。

　　1985年以後,西方文藝思潮大舉進入中國,經濟改革仍繼續推

進,許多歸來作家也努力跟進其風潮,高曉聲是其中之一,他在此階段,亦有運用現代派及新寫實等技法的作品,但整體上來說,世界觀並無推進。他作品的題材雖然仍努力地維持了多面向,但無論在處理轉型時期的農村新問題、文革歷史、「歸來」後的知識份子的生活矛盾,以及中美現代化的反省等,多多少少都展現出社會意識固著化、歷史性質抽象化,以及情感的個人性窄化的文學困境。具體來說,就是社會意識僅歸向與坐實到「官僚」的面向,對不同歷史社會階段的新官僚的具體內涵與其生產條件,已欠缺更具體而非抽象化的掌握能力。而作品中的歷史性質,又因為中國長期的政治規訓,如1983年的「清除精神污染」事件,為了要回避敏感的政治問題與人事/人情糾葛,對文革題材也只能繼續採用「寓言」方式處理。而在知識份子命運的向度上,在過去過於強調「集體性」的辯證下,作者筆下的主人公,又產生了對於個人獨特的精神世界和愛情的執著,耽溺於個人的感情世界,有一定程度的自我救贖的意味,然吊詭的是,由於其內在的某種實用精神,和對更大的社會理想的渴慕,導致作者無法皈依其所追求的感情境界,因此感情的品質,具有又將細節意義與深度解消的現象,所以作品中難以維持豐富而激動的感情形象。而在陸文夫這一方,由於他的敏感和清高,使他過早看清,八〇年代中的文藝風潮的機會主義與策略的性質,也因為他不若高曉聲勇於不斷跟進最新的社會歷史問題(儘管高在此階段的社會與歷史敏感度,也已弱化),所以陸文夫此階段的小說創作和思想水準其實相當有限。其面向之一,乃是繼〈美食家〉後,繼續走回古典的文人的精神世界,並希望在市井和日常細節中,追求一種孤立的「美」與五四時期的人的解放的抽象理想,然而,也由於他對具體歷史社會經驗差異的自覺,陸文夫仍很快就發現,五四啟蒙話語資源在改革開放後的不完全適用性。也因此,另一方面,陸文夫也嘗試想強調與保存過去社會主義時期的正面資源,但也由於他們大多仍受限於過去「極左」的負面經驗,使得他

雖然對過去社會主義階段中的一些優秀品質，如和諧的人倫關係、不求實利等低功利的價值等面向，但在連繫的同時，卻也難以抵擋更為功利的新意識型態的滲透。甚至在作品中，舊理想與新功利相互中和解構，理想與意義頓時又只能回到日常與荒蕪。總的來說，高曉聲和陸文夫，這個階段作品的困境，嚴格來說，並不是他們欠缺西方更現代化的意識，或某種更先進的形式技巧的掌握能力，而是在長期的政治運動的影響下，他們雖然理智上，具備某些非常豐富的文學淵源和「生活整體性」的世界觀，但就實際創作中，並不能發揮其更高的視野，縱橫地入乎其內、出乎其外來觀照到更多社會、歷史、自我及他者的細節並形象化之，進一步有力地為可能的社會主義的理想辯護與建構。他們在此階段作品中隱約流露出——欠缺超越向度的實用主義的世界觀、以一己經驗為理解範圍的價值感或信念，因此只需政治風潮的風吹草動，負面的政治記憶／恐懼再度回來，他們的文學作品的面向、內在的形象與細節的豐富性，就只能愈來愈走向弱化與窄化。

從具體的社會與歷史辯證的意義上來說，文學本身、文學獨立、文學與政治無關都是難以成立的命題。因為其「本身」、「獨立」與「與政治無關」的企圖，事實上也都是另一種政治。以今日文學場域理論之發達，這應該已經是不難理解的學術判斷。然而，在某些特殊的歷史社會條件及時機下，有些作家並不能那麼幸運充分自覺到這一點。「探求者」正是如此，他們的文學生命與社會主義理想，始於政治，因政治包容度擴大而格局擴大，也因政治需要「去政治化」而弱化與窄化。但本書仍欲強調：他們在八〇年代中之前（1978－1984年）的作品，確實整體水準相對於八〇年代中後（1985年以後）要來得高，這是結合了他們的創作姿態／立場、世界觀和實際作品實踐，並「辯證作用」於當時社會歷史的解放性質的一種「綜合判斷」。我不認為：坐實或刻意採用底層的立場、書寫弱勢的題材、回應大敘述、政治與社會性的普遍大問題……等等

理念／概念先行的實踐，就一定能生產出較高社會主義理想與價值的文學作品——縱使關注多數、底層與弱勢族群，確實是有骨氣的作家與批評家應擔當並為之而戰的優先選擇；也並不認同，為了間接確保一己階級之利益、知識份子的獨立與清高、藝術／技術之靈動與創意，就完全採用去政治、去社會與去歷史化，或表現過於抽象或形而上精神的特殊寫作方式——畢竟我們都還活在「人間」。在這樣的立場下，「探求者」作家群的文學道路與創作困境的優點與限制，就值得我們再複雜化地溫習。某種程度也上可以說，本書所展現／發現的複雜面向，正是補充、面對與克服，目前「知青」世代文學以降的文學困境的一種歷史資源，也可能間接對臺灣當下極為個人化與抽象化的「純文學」與欠缺「公共視野」的文學觀念與實踐再進行辯證，進而言之，也可以作為一種第三世界國家文學發展困境與克服之道的參照系。

　　終究，在一個已經可以看到近百年、甚至近千年古今中外優秀作品的時代，「代不過數人，人不過數篇」已為有志識者所明白。但假使我們還願意期望，在未來兩岸與第三世界的文學史與歷史的長流中，還能有任何新一波，具有新辯證後的社會主義或理想主義的文學作品，作為歷史上的一種「探求者」，作為一種「中間物」，如果能召喚出更多應有的「紀念」到位，如果能促進曾有的公共視野陸續回歸，既使他們的一生和文學創作最終可能被忘卻，也很難說沒有完成其應盡的文學史與社會價值。

主要參考文獻

一、文學作品

（一）「探求者」作家群作品　　（未特別注明者，均為短篇小說集）

高曉聲（1928－1999）

1. 高曉聲《王善人》（詩集）（上海：新華書店，1951年）。
2. 葉至誠、高曉聲《走上新路》（戲劇）（南京：江蘇人民出版社，1955年）。
3. 高曉聲《七九小說集》（南京：江蘇人民出版社，1980年）
4. 高曉聲《一九八〇年小說集》（北京：人民文學出版社，1981年）。
5. 高曉聲《創作談》（散文）（廣州：花城出版社，1981年）。
6. 高曉聲《一九八一年小說集》（北京：人民文學出版社，1982年）。
7. 高曉聲《一九八二年小說集》（成都：四川人民出版社，1983年）。
8. 高曉聲《高曉聲小說選》（北京：人民文學出版社，1983年）。
9. 高曉聲《一九八三年小說集》（北京：中國文聯出版公司，1984年）。
10. 高曉聲《一九八四年小說集》（北京：中國文出版公司，1986年）。
11. 高曉聲《生活・思考・創作》（散文）（上海：上海文藝出版社，1986年）。
12. 高曉聲《覓》（江蘇：江蘇文藝出版社，1988年）。
13. 高曉聲《生活的交流》（散文）（北京：中國文聯出版公司，1987年）。
14. 高曉聲《極其麻煩的故事》（臺北：新地文學出版社，1987年）。
15. 高曉聲《李順大造屋》（臺北：新地文學出版社，1989年）。
16. 高曉聲《李順大造屋》（臺北：遠景出版社，1989年）。
17. 高曉聲《青天在上》（長篇小說）（上海：上海文藝出版社，1991年）。

18. 高曉聲《陳奐生上城出國記》（上海：上海文藝出版社，1991年）。
19. 高曉聲《新娘沒有來》（北京：華藝出版社，1993年）。
20. 高曉聲評點、馮夢龍原著《三言精華》（全三冊）（桂林：灕江出版社，1994年）。
21. 高曉聲《幽默作品自選集》（小說與散文）（桂林：灕江出版社，1995年）。
22. 高曉聲《錢往那裡跑》（散文）（北京：中共中央黨校出版社，1998年）。
23. 高曉聲《高曉聲散文自選集》（散文）（北京：作家出版社，1999年）。
24. 高曉聲《高曉聲文集》（全四卷）（北京：作家出版社，2001年）。

陸文夫（1928－2005）

1. 陸文夫《小巷深處》（上海：上海文藝出版社，1980年）。
2. 陸文夫《有人敲門》（北京：人民文學出版社，1980年）。
3. 陸文夫《小說門外談》（散文）（廣州：花城出版社，1982年）。
4. 陸文夫《特別法庭》（廣州：花城出版社，1982年）。
5. 陸文夫《圍牆》（天津：百花文藝出版社，1984年）。
6. 陸文夫《小巷人物志·第一集》（北京：中國文聯出版公司，1984年）。
7. 陸文夫《小巷人物志·第二集》（北京：中國文聯出版公司，1986年）。
8. 陸文夫《陸文夫集》（福建：海峽文藝出版社，1986年）。
9. 陸文夫《小販世家》（臺北：遠景出版公司，1988年）。
10. 陸文夫《陸文夫》（北京：人民文學出版社，1991年）。
11. 陸文夫《夢中的天地》（臺北：幼獅文化公司，1995年）。
12. 陸文夫《壺中日月》（瀋陽：春風文藝出版社，1995年）。
13. 陸文夫《美食家——陸文夫中短篇小說自選集》（上海：上海文藝出

版社,1997年)。
14. 陸文夫《秋釣江南》(散文)(北京:東方出版社,1998年)。
15. 陸文夫《老蘇州:水巷尋夢》(散文)(南京:江蘇美術出版社,2000年)。
16. 陸文夫《人之窩》(長篇小說)(上海:上海文藝出版社,2001)。
17. 陸文夫《深巷裡的琵琶聲》(散文)(上海:上海文藝出版社,2005年)。
18. 陸文夫《陸文夫文集》(全五卷)(江蘇:古吳軒出版社,2006年)。
19. 陸文夫《陸文夫散文》(北京:人民文學出版社,2007年)。

方之(原名韓建國,1930－1979)

1. 方之《組長和女婿》,(北京:通俗讀書出版社,1954年)。
2. 方之《浪頭與石頭》,(上海:新文藝出版社,1957年)。
3. 方之《在泉邊》,(南京:江蘇人民出版社,1956年)。
4. 方之《出山》,(南京:江蘇人民出版社,1963年)。
5. 方之《看瓜人》,(南京:江蘇人民出版社,1964年)。
6. 方之《內奸》,(南京:江蘇人民出版社,1979年)。
7. 方之《方之作品選》,(南京:江蘇人民出版社,1981年)。

葉至誠(1926－1992)

1. 葉至誠、高曉聲《走上新路》(劇本)(南京:江蘇人民出版社,1955年)。
2. 葉至誠《啥人養活啥人》(歌詞與歌譜)(北京:音樂出版社,1964年)。
3. 葉至誠《沒有完的賽跑》(散文)(北京:中國少年兒童出版社,1983年)。
4. 葉至善、葉至美、葉至誠《花萼與三葉》(散文)(北京:三聯書店,1983年)。

5. 葉至善、葉至美、葉至誠《未必佳集》(散文)(北京:三聯書店,1984年)。
6. 葉至誠《倒楣的橄欖核》(散文)(天津:百花文藝出版社,1993年)。

(二)相關右派世代／同期作家文本、研究專輯與年譜等

汪曾祺(1920－1997)

汪曾祺《汪曾祺全集》(全八卷)(北京:北京師範大學出版社,1998年)。

林斤瀾(1923－)

林斤瀾《林斤瀾文集》(全六卷)(北京:北京師範大學出版社,2000年)。

鄧友梅(1931－)

鄧友梅《鄧友梅文集》(全五卷)(北京:作家出版社,1995年)。

從維熙(1933－)

從維熙《從維熙文集》(全八卷)(北京:華藝出版社,1996年)。

王蒙(1934－)

1. 王蒙《王蒙文集》(全十卷)(北京:華藝出版社,1993年)。
2. 王蒙《王蒙文學‧演講錄》(北京:人民文學出版社,2003年)。
3. 王蒙《王蒙文存‧創作談、文藝雜談》(第二十一卷),(北京:人民文學出版社,2003年)。
4. 王蒙《王蒙文存‧綜論、代言、附錄》(第二十三卷),(北京:人民文學出版社,2004年)。
5. 曹玉如《王蒙年譜》(青島:中國海洋大學出版社,2003年)。

張賢亮(1936－)

1. 張賢亮《男人的一半是女人》(北京:中國文聯出版公司,1985年)。

2. 張賢亮《綠化樹》（臺北：新地出版社，1987年）。
3. 張賢亮《肖爾布拉克》（臺北：林白出版社，1987年）。
4. 張賢亮《土牢情話》（臺北：林白出版社，1987年）。
5. 張賢亮《習慣死亡》（臺北：圓神出版社，1989年）。
6. 張賢亮《我的菩提樹》（北京：作家出版社，1994年）。
7. 張賢亮《張賢亮小說新編》（上中下三卷）（寧夏：人民出版社，1996年）。

宗璞（1928－）

宗璞《宗璞文集》（全四卷）（北京：華藝出版社，1996年）。

茹志鵑（1925－1998）

1. 茹志鵑《不帶槍的戰士》（劇本）（上海：文化生活出版社，1955年）。
2. 茹志鵑《高高的白楊樹》（上海：上海文藝出版社，1959年）。
3. 茹志鵑《靜靜的產院》（北京：中國青年出版社，1963年）。
4. 茹志鵑《惜花人已去》（散文）（上海：新華書店，1982年）。
5. 茹志鵑《草原上的小路》（天津：百花文藝出版社，1982年）。
6. 茹志鵑《她從那條路上來》（上海：上海文藝出版社，1983年）。
7. 茹志鵑《漫談我的創作經歷》（長沙：湖南人民出版社，1983年）。
8. 茹志鵑《百合花》（北京：人民文學出版社，1984年）。
9. 茹志鵑《兒女情》（上海：文匯出版社，1997年）。
10. 茹志鵑《殘雲小箚》（上海：新華書店，1998年）。
11. 茹志鵑《她從那條路上來》（上海：上海文藝出版社，2005年）。
12. 王安憶編《茹志鵑日記》(1947－1965)（鄭州：大象出版社，2006年）。
13. 孫露茜、王鳳伯編《茹志鵑研究專集》（浙江：浙江人民出版社，1982年）。

（三）其他重要參照作品（中國大陸）

1. 張潔等《愛，是不能忘記的》（臺北：新地文學出版社，1987年）。
2. 張承志《北方的河》（臺北：新地文學出版社，1987年）。
3. 張潔《方舟》（臺北：新地文學出版社，1990年）。
4. 楊沫《青春之歌》（北京：北京十月文藝出版社，1992年）。
5. 梁斌《紅旗譜》（北京：中國青年出版社，1992年）。
6. 張承志《心靈史》（臺北：風雲時代出版公司，1997年）。
7. 阿城《棋王、樹王、孩子王》（臺北：新地文學出版社，2002年）。
8. 王安憶《憂傷的年代》（北京：新世界出版社，2002年）。
9. 王安憶《長恨歌》（臺北：麥田出版公司，2003年）。
10. 韓少功《馬橋詞典》（北京：人民文學出版社，2004年）。
11. 柳青《創業史》（全二冊）（北京：人民文學出版社，2005年）。
12. 魯迅《魯迅全集》（第六卷、第七卷）（北京：人民文學出版社，2005年）。
13. 浩然《豔陽天》（全三冊）（北京：人民文學出版社，2005年）。
14. 趙樹理《趙樹理文集》（全四卷）（北京：人民文學出版社，2005年）。
15. 韓少功《爸爸爸——韓少功作品精選集》（臺北：正中書局，2005年）。
16. 路遙《路遙文集》（全五卷）（北京：人民文學出版社，2005年）。

（四）其他重要參照作品（西方現實主義文學）

1. 麗尼譯，契訶夫原著《萬尼亞舅舅》（上海：文化生活出版社，1946年）。
2. 斯湯達爾《紅與黑》（臺北：桂冠圖書公司，2003年）。
3. 杜斯妥也夫斯基《罪與罰》（臺北：桂冠圖書公司，2004年）。
4. 高爾基《母親》（臺北：光復書局，1998年）。
5. 蕭洛霍夫原著，草嬰譯《蕭洛霍夫文集・新墾地》（原名《被開墾的

處女地》）（全二卷），（北京：人民文學出版社，2000年）。

6. 巴爾扎克《巴爾扎克全集・高老頭》（第五卷）（北京：人民文學出版社，1999年）。

7. 巴爾扎克《巴爾扎克全集・歐也尼・葛朗台》（第六卷）（北京：人民文學出版社，1999年）。

8. 列夫・托爾斯泰著，汝龍等譯《列夫・托爾斯泰文集・安娜・卡列寧娜》（第九、十卷）（北京：人民文學出版社，2000年）。

9. 列夫・托爾斯泰著，汝龍等譯《列夫・托爾斯泰文集・戰爭與和平》（第五、六、七、八卷）（北京：人民文學出版社，2000年）。

二、批評與研究專著　（此類別依姓名筆劃、本國到外國文獻排列）

1. 丁抒《陽謀—反右派運動始末（2006修訂本）》（香港：開放雜誌社，2006年）。

2. 丁抒主編《五十年後重評「反右」：中國當代知識份子的命運》（香港：田園書屋，2007年）。

3. 尹昌龍《1985：延伸與轉折》（濟南：山東教育出版社，1998年）。

4. 孔范今主編《中國新時期文學史研究資料》（上、中、下）（濟南：山東文藝出版社，2006年）。

5. 孔范今主編《中國新時期文學思潮研究資料》（上、中、下）（濟南：山東文藝出版社，2006年）。

6. 方華文《20世紀中國翻譯史》，（西安：西北大學出版社，2005年）。

7. 毛澤東《毛澤東選集》（全四卷）（上海：人民出版社，1966年）。

8. 毛澤東《毛澤東選集》（第五卷）（上海：人民出版社，1977年）。

9. 牛漢、鄧九平主編《原上草：記憶中的反右派運動》（北京：經濟日報出社，1998年）。

10. 王曉明《潛流與漩渦》（中國社會科學出版社，1991年）。

11. 王曉明《太陽消失之後——王曉明書話》（杭州：浙江人民出版社，1997年）。
12. 王曉明《王曉明自選集》（桂林：廣西師範大學出版社，1997年）。
13. 王曉明《半張臉：中國的新意識型態》（香港：牛津出版社，2003年）。
14. 王曉明《無法直面的人生——魯迅傳》（臺北：業強出版社，1999年）。
15. 王曉明《在新意識形態的籠罩下——90年代的文化和文學分析》（南京：江蘇人民出版社，2000年）。
16. 朱地《1957：大轉彎之謎——整風反右實錄》（山西：山西人民出版社，1995年）。
17. 朱正《兩家爭鳴——反右派鬥爭》（臺北：允晨文化實業公司，2001年）。
18. 江渭清《七十年征程——江渭清回憶錄》（南京：江蘇人民出版社，1996年）。
19. 江蘇省地方誌編纂委員編《江蘇省志‧文學志》（江蘇：江蘇古籍出版社，2003年）。
20. 艾曉明《中國左翼文學思潮探源》（北京：北京大學出版社，2007年）。
21. 李揚《50－70年代中國文學經典再解讀》（山東：山東教育出版社，2006年）。
22. 杜潤生《杜潤生自述：中國農村體制變革重大決策紀實》（北京：人民出版社，2005年）。
23. 汪暉《去政治化的政治：短20世紀的終結與90年代》（北京：生活‧讀書‧新知三聯書店，2008年）。
24. 周恩來《周恩來選集》（上下卷）（北京：人民文學出版社，1984年）。

25. 孟繁華、程光煒《中國當代文學發展史》（北京：人民文學出版社，2005年）。
26. 孟繁華《中國20世紀文藝學學術史》（上海：上海文藝出版社，2001年）。
27. 孟繁華《遊牧的文學時代》（北京：作家出版社，2009年）。
28. 邵荃麟《邵荃麟評論選集》（全兩卷）（北京：人民文學出版社，1981年）。
29. 金漢主編《中國當代文學發展史》（上海：上海文藝出版社，2002年）。
30. 洪子誠《當代中國文學的藝術問題》（北京：北京大學出版社，1986年）。
31. 洪子誠《中國當代文學概說》（香港：青文書屋，1997年）。
32. 洪子誠《1956：百花時代》（濟南：山東教育出版社，1998年）。
33. 洪子誠《作家的姿態與自我意識》（西安：陝西人民教育出版社，1998年）。
34. 洪子誠《冷漠的證詞》（北京：社會科學文獻出版社，2000年）。
35. 洪子誠《問題與方法：中國當代文學史研究講稿》（北京：三聯書店，2002年）。
36. 洪子誠等主編《當代文學關鍵字》（桂林：廣西師範大學出版社，2002年）。
37. 洪子誠《中國當代文學史》（北京：北京大學出版社，2003年）。
38. 洪子誠《文學與歷史敘述》（開封：河南大學出版社，2005年）。
39. 洪子誠《中國當代文學史》（修訂版）（北京：北京大學出版社，2007年）。
40. 胡健玲主編《中國新時期小說研究資料》（上、中、下）（濟南：山東文藝出版社，2006年）。
41. 茅盾《夜讀偶記》（天津：百花文藝出版社，1979年）。
42. 夏志清《中國現代小說史》（臺北：傳紀文學出版社，1991年）。

43. 徐采石編《陸文夫作品研究》（北京：中國文藝出版公司，1987年）。
44. 徐采石、金燕玉著《陸文夫的藝術世界》（四川：四川文藝出版社，1988年）。
45. 高皋《後文革史：中國自由化潮流》（臺北：聯經出版事業公司，1999年）。
46. 高華《紅太陽是怎樣升起來的：延安整風運動的來龍去脈》（香港：中文大學出版社，2000年）。
47. 張玉法《中國近代現代史》（臺北：臺灣東華書局公司，2001年）。
48. 張樂天《告別理想—人民公社制度研究》（上海：人民出版社，2005年）。
49. 莫里斯·邁斯納著，杜蒲澤《毛澤東的中國及其後：中華人民共和國史》（香港：中文大學出版社，2005年）。
50. 陳永發《中國共產革命七十年》（上下二卷）（臺北：聯經出版事業公司，2006年）。
51. 陳思和《陳思和自選集》（桂林：廣西師範大學出版社，1997年）。
52. 陳思和主編《中國當代文學史教程》（上海：復旦大學出版社，1999年）。
53. 陳思和《中國當代文學關鍵字十講》（上海：復旦大學出版社，2003年）。
54. 陳思和《談話的歲月》（上海：復旦大學出版社，2004年）。
55. 陳順馨《社會主義現實主義理論在中國的接受與轉化》（安徽：安徽教育出版社，2004年）。
56. 陳曉明《不死的純文學》（北京：北京大學出版社，2007年）。
57. 陳遼主編《江蘇新文學史》（南京：南京出版社，1990年）。
58. 陸定一《陸定一文集》（北京：人民出版社，1992年）。
59. 陸鍵東《陳寅恪的最後二十年》（臺北：聯經出版公司，1998年）。
60. 麥克法誇爾、費正清編，謝亮生等譯《劍橋中華人民共和國史：中國

革命內部的革命：1966－1982》（北京：中國社會科學出版社，1998年）。
61. 程光煒《文字中的歷史》（開封：河南大學出版社，2006年）。
62. 程光煒《文學想像與文學國家：中國當代文學研究：1949－1976》（開封：河南大學出版社，2005年）。
63. 程紹國《林斤瀾說》（北京：人民文學出版社，2006年）。
64. 華民《中國大逆轉——「反右」運動史》（香港：明鏡出版社，1996年）。
65. 費正清、費維愷編，劉敬坤等譯《劍橋中華民國史（下）》（北京：中國社會科學出版社，1998年）。
66. 費正清編，楊品泉等譯《劍橋中華民國史（上）：1912－1949》（北京：中國社會科學出版社，1994年）。
67. 費正清編，謝亮生等譯《劍橋中華人民共和國史(1949－1965)》（北京：中國社會科學出版社，1998年）。
68. 費孝通《鄉土中國》（南京：江蘇文藝出版社，2007年）。
69. 費振鍾《江南士風與江蘇文學》（湖南：湖南教育出版社，1997年）。
70. 賀桂梅《歷史與現實之間》（濟南：山東文藝出版社，2008年）。
71. 賀桂梅《轉折的時代——40－50年代作家研究》（山東：山東教育出版社，2003年）。
72. 賀照田《當代中國的知識感覺與觀念感覺》（桂林：廣西師範大學出版社，2006年）。
73. 黃子平《革命‧歷史‧小說》（香港：牛津大學出版社，1996年）。
74. 黃子平《邊緣閱讀》（香港：牛津大學出版社，1997年）。
75. 黃子平《"灰闌"中的敘述》（上海：上海文藝出版社，2001年）。
76. 黃子平《害怕寫作》（南京：江蘇教育出版社，2006年）。
77. 葉永烈《歷史悲歌－反右派內幕》（香港：天地圖書公司，1995年）。

78. 董健，丁帆，王彬彬《中國當代文學史新稿》（北京：人民文學出版社，2006年）。
79. 趙園《艱難的選擇》（上海：上海文藝出版社，2001年）。
80. 趙園《北京：城與人》（北京：北京大學出版社，2002年）。
81. 趙園《地之子》（北京：北京大學出版社，2007年）。
82. 趙園《中國現代小説家論集》（臺北：人間出版社，2008年）。
83. 趙鼎新《國家、社會關係與八九北京學運》（香港：中文大學出版社，2007年）。
84. 劉小楓《拯救與逍遙》（上海：華東師範大學出版社，2008年）。
85. 劉禾《語際書寫——現代思想史寫作批判綱要》（上海：上海三聯書店，1999年）。
86. 劉青峰編《文化大革命：史實與研究》（香港：中文大學出版社，1996年）。
87. 樊星《當代文學與地域文化》（武漢：華中師範大學出版社，1997年）。
88. 蔡翔《一個理想主義者的精神漫遊》（杭州：浙江文藝出版社，1987年）。
89. 蔡翔《躁動與喧嘩》（上海：上海文藝出版社，1989年）。
90. 蔡翔《此情誰訴——中國知識份子的歷史性格》（杭州：浙江文藝出版社，1994年）。
91. 蔡翔《神聖回憶》（上海：東方出版中心，1998年）。
92. 蔡翔《寫在邊緣》（成都：四川人民出版社，1998年）。
93. 蔡翔編《融入野地》（北京：社會科學文獻出版社，1998年）。
94. 蔡翔《回答今天》（上海：人民出版社，2000年）。
95. 蔡翔《何謂文學本身》（瀋陽：春風文藝出版社，2006年）。
96. 蔡翔《一路彷徨》（濟南：山東友誼出版社，2006年）。
97. 蔡翔《中國現當代文學精品導讀》（上海：上海大學出版社，2006年）。

98. 鄧小平《建設有中國特色的社會主義》（鄭州：河南人民出版社，1987年）。
99. 鄧小平《鄧小平文選》（全三卷）（北京：人民出版社，1993年）。
100. 錢理群《拒絕遺忘：1957年學研究筆記》（香港：牛津出版社，2007年）。
101. 薛毅《當代文化現象與歷史精神傳統》（桂林：廣西師範大學出版社，2007年）。
102. 薛毅編《鄉土中國與文化研究》（上海：上海書店出版社，2008年）。
103. 謝冕、洪子誠主編《中國當代文學史料選》(1948－1975)（北京：北京大學出版社，1995年）。
104. 瞿志成《中共文藝政策研究論文集》（臺北：時報文化出版事業公司，1983年）。
105. 曠新年《寫在當代文學邊上》（上海：上海教育出版社，2005年）。
106. 嚴家炎《中國現代小說流派史》（北京：人民文學出版社，1995年）。
107. 蘇敏逸《「社會整體性」觀念與中國現代長篇小說的發生和形成》（臺北：秀威資訊科技公司，2007年）。
108. 欒梅健《二十世紀中國文學發生論》（桂林：廣西師範大學出版社，2006年）。
109. 中共中央馬克思恩格斯列寧斯大林著作編譯局編《列寧選集》（全四卷）（北京：人民出版社，2004年）。
110. 中共中央馬克思恩格斯列寧斯大林著作編譯局編《馬克思恩格斯選集》（全四卷）（北京：人民出版社，2006年）。
111. 中國社科院文學研究所蘇聯文學組編《蘇聯作家論社會主義現實主義》（北京：人民文學出版社，1960年）。
112. 巴爾扎克著；艾珉，黃晉凱選編；袁樹仁等譯《巴爾扎克論文藝》（北京：人民文學出版社，2003年）。

113. 巴赫金著，錢中文主編《巴赫金全集》（第一卷）（河北：河北教育出版社，1998年）。
114. 日丹諾夫《論文學與藝術》（北京：人民文學出版社，1959年）。
115. 瓦爾特・本雅明著，王才勇譯《發達資本主義時代的抒情詩人》（南京：江蘇人民出版社，2005年）。
116. 伊格頓《馬克思主義與文學批評》（臺北：南方叢書出版社，1987年）。
117. 列夫・托爾斯泰著，汝龍等譯《列夫・托爾斯泰文集・文論》（第十四卷）（北京：人民文學出版社，2000年）。
118. 托洛茨基原著，劉文飛等譯《文學與革命》（北京：外國文學出版社，1992年）。
119. 艾德華・薩依德原著，單德興譯：《知識份子論》（臺北：麥田出版，2004年）。
120. 呂西安・戈德曼《隱蔽的上帝》（天津：百花文藝出版社，1998年）。
121. 周揚編《馬克思主義與文藝》（北京：作家出版社，1984年）。
122. 韋勒克、華倫著，王夢鷗譯《文學論》（臺北：志文出版社，1976年）。
123. 納拉納拉揚・達斯原著，欣文、唐明譯《中國的反右運動》（西安：華嶽文藝出版社，1989年）。
124. 高爾基《論文學》（桂林：廣西人民出版社，1980年）。
125. 高爾基等《論寫作》（北京：人民文學出版社，1955年）。
126. 張京媛主編《新歷史主義與文學批評》（北京：北京大學出版社，1997年）。
127. 喬治・盧卡契著《盧卡契文學論文集》（一）（北京：中國社會科學出版社，1980年）。
128. 喬治・盧卡契著《盧卡契文學論文集》（二）（北京：中國社會科學出版社，1981年）。

129. 萊昂內爾・特裡林原著,劉佳林譯《誠與真》(南京:江蘇教育出版社,2006年)。
130. 費蒂納・薩莫瓦約原著,邵煒譯《互文性研究》(天津:天津人民出版社,2003年)。
131. 黑格爾《美學》(第一卷)(北京:商務印書館,2006年)。
132. 詹明信原著,張京媛譯《馬克思主義:後冷戰時代的思索》(香港:牛津大學出版社,1994年)。
133. 詹明信著,張旭東編、陳清僑等譯《晚期資本主義的文化邏輯》(北京:三聯書店,1997年)。
134. 漢娜・阿倫特編,張旭東、王斑譯《啟迪:本雅明文選》(香港:牛津大學出版,1998年)。
135. 盧卡奇《現實主義論》(臺北:雅典出版社,1988年)。
136. 盧卡奇著,杜章智、任立、燕宏遠譯《歷史與階級意識──關於馬克思主義辯證法的研究》(北京:商務印書館,2004年)。
137. 盧卡奇著,張亮、吳勇立譯《盧卡奇早期文選》(南京:南京大學出版社,2004年)。

三、期刊、報刊文獻及學位論文等

(一)探求者部分

1. 方之、葉至誠、高曉聲、陳椿年〈意見和希望〉《雨花》,1957年第6期,頁7-9。
2. 〈探求者文學月刊社章程〉,《雨花》,1957年第10期,頁13-14。
3. 〈探求者文學月刊社啟示〉,《雨花》,1957年第10期,頁14-15。
4. 高曉聲〈《三言精華》選評簡記〉,《明清小說研究》,1994年第3期,頁191-207。
5. 高曉聲〈家園隨筆〉,《理論與創作》,1997年第1期,49-52。

6. 高曉聲〈轉瞬又將二十年〉,《文學自由談》,1999年第3期,43－44。
7. 高曉聲〈關於寫農民的小說——在斯坦福大學的講演〉,《當代作家評論》,2006年第2期,頁78－81、107頁。
8. 陳椿年〈關於探求者、林希翎及其它——兼評梅汝愷的《憶方之》〉《書屋》,2002年第11期,頁52－60。

(二) 1957－1964年期間「探求者」作家群被批判、評論的文章目錄

1. 1957年10月9日第6版新華日報:〈江蘇省文聯舉行常委擴大會 批判探求者反動的政治和藝術主張〉
2. 1957年10月9日社論:〈探求者探求什麼〉
3. 1957年10月10日第2版新華日報:〈十月號的雨花向左轉了:……全力投入了反右派鬥爭〉
4. 1957年10月11日第3版新華日報:尹子〈探求者的志和道〉
5. 1957年10月13日第3版新華日報:〈攻擊馬克思主義、探求者反對階級鬥爭,反對通過階級鬥爭建立起來的社會主義社會〉
6. 1957年10月13日第3版新華日報:謝聞起〈對探求者的政治觀點的探求〉
7. 1957年10月15日第3版新華日報:左小卒〈探求者們獨立到那裡去了〉
8. 1957年10月24日第3版新華日報:陳中凡〈文藝反映階級鬥爭——斥探求者〉
9. 1957年10月25日第3版新華日報:冬信〈不利的空氣〉
10. 1957年10月27日第3版新華日報:〈批判探求者 痛斥江南草〉
11. 《雨花》1957年10期:謝聞起〈對探求者的政治觀點的探求〉
12. 《雨花》1957年10期:本刊記者〈在文藝戰線上兩條道路的鬥爭〉
13. 《雨花》1957年10期:夏陽〈從那裡找出矛盾〉
14. 《雨花》1957年10期:靜人〈斥文藝界右派野心家的謬論〉

15. 《雨花》1957年11期：社論〈在反右派鬥爭偉大勝利的基礎上堅決、徹底、大膽地改進文藝工作〉
16. 《雨花》1957年11期：胡小石〈從古典文學的實質證明「探求者」否定文學中的階級鬥爭的反動性〉
17. 《雨花》1957年11期：方光燾〈駁斥探求者片面強調文藝特殊性的謬論〉
18. 《雨花》1957年11期：施法樓〈且說文藝的重要性、特殊性──論江蘇文藝界某些右派謬論的惡毒性〉
19. 《雨花》1957年11期：陳中凡〈駁斥探求者的所謂人情味〉
20. 《雨花》1957年11期：陳瘦竹〈是文學流派還是反黨宗派〉
21. 《雨花》1957年11期：秦宣夫〈駁斥探求者啟事中的一個論點〉
22. 《雨花》1957年11期：邱夫〈從創作實踐看探求者同人的反黨面貌〉
23. 《雨花》1957年11期：以錚〈探求者同人之──陳椿年的幾篇反動作品〉
24. 《雨花》1957年12期：江樹峰〈從作品看社會主義現實主義的優越性──批判「探求者」否定社會主義現實主義的錯誤〉
25. 《雨花》1957年12期：蘇小林〈探求者高曉聲的不幸〉
26. 《雨花》1957年12期：張鳴〈通俗文藝不容詆毀〉
27. 《雨花》1957年12期：張炳文〈方之的楊婦道是──株醜化農民的毒草〉
28. 《雨花》1964年9期：蕭風〈陸文夫的翻案和自我吹噓〉
29. 《雨花》1961年12期：范伯群〈年輪──評文夫同志今年發表的五個短篇〉
30. 《文藝報》1964年第6期：茅盾〈讀陸文夫的作品〉

（三）論文或單篇文章

1. 范伯群〈年輪──評文夫同志今年發表的五個短篇〉，《雨花》1961年12期，46－48。

2. 茅盾〈讀陸文夫的作品〉,《文藝報》1964年第6期,頁28－38。
3. 葉公覺〈文壇三人行──陸文夫、高曉聲、方之小說創作比較〉,《當代文壇》,1985年第8期,頁34－38。
4. 欒梅健〈高曉聲與趙樹理的比較研究〉,《蘇州大學學報》,1986年第3期,頁79－84。
5. 欒梅健〈高曉聲近作漫評〉,《當代作家評論》,1988年3期,頁88－95。
6. 費振鐘〈遲開的薔薇──評葉至誠散文的"有我"品格〉,《讀書》,1988年5期,頁51－55。
7. 欒梅健〈大眾化：高曉聲的藝術旨歸〉,《小說評論》,1991年06期,頁20－25。
8. 張玉玟〈論高曉聲作品的現實主義風格〉,《瀋陽師範學院學報（社會科學版）》,1994年第1期,頁7－10。
9. 張玉玟〈尊農民為上帝的作家──高曉聲創作散論〉,《社會科學輯刊》,1994年第6期,頁142－144。
10. 劉傳馨〈作品的構造──高曉聲陸文夫小說比較研究之二〉,《小說評論》,1994年第2期,頁44－47。
11. 屈雅紅〈含淚的笑──論陸文夫小說的美學特色〉,《南京理工大學學報（社會科學版）》,1994 年03期,頁15－17。
12. 姚思源〈小巷的歌──陸文夫作品散論〉,《成都師範高等專科學校學報》,1994年01期,頁48－51,57。
13. 劉傳馨〈作品的構造──高曉聲陸文夫小說比較研究之二〉,《小說評論》,1994年02期,頁44－47。
14. 張繼責〈敢為常語談何易　百煉工夫使自然──陸文夫小說藝術淺論〉,《江蘇廣播電視大學學報》,1995年03期,頁2－6。
15. 朱青〈高曉聲的語調──讀《陳奐生上城出國記》〉,《解放軍外國語學院學報》,1995年第2期,頁106－111。

16. 夏一鳴〈陸文夫筆下的蘇州和民間社會——兼評長篇小說《人之窩》〉,《當代文壇》,1995年06期,頁15－18。
17. 張德林〈為普通人、小人物"立傳"——評陸文夫長篇小說《人之窩》〉,《當代作家評論》,1996年02期,頁53－61。
18. 范准〈論高曉聲小說的幽默風格〉,《江蘇社會科學》,1996年第6期,頁156－160。
19. 王堯〈"陳奐生戰術":高曉聲的創造與缺失－重讀:陳奐生系列小說"箚記〉,《小說評論》,1996年01期,頁72－75。
20. 鄭承鋒〈高曉聲筆下的陳奐生〉,《廣西右江民族師專學報》,1996年第1期,頁30－36。
21. 吳海〈審美視點:對人性深度的探尋與開掘——陸文夫長篇小說《人之窩》散論〉,《江西社會科學》,1997年12月,頁49－53。
22. 陳建華〈論五十年代後期的中蘇文學關係〉,《外國文學研究》,1998年第2期,頁13－15。
23. 陳建華〈論五十年代初期的中蘇文學關係〉,《外國文學研究》,1998年第4期,頁40－45。
24. 徐采石〈"探求者"與吳文化〉《江海學刊》,1998年04期,頁183－190。
25. 金紅〈論高曉聲與魯迅"國民性"思想的內在聯繫〉,《學術交流》,1998年第6期,頁113－116。
26. 王啟凡、宿豐〈高曉聲農村小說的"文化批判"視點〉,《瀋陽大學學報》,1999年第1期,頁72－75。
27. 王啟凡〈高曉聲鄉土小說創作的文化反思〉,《瀋陽師範學院學報（社會科學版）》,1999年第3期,頁65－67。
28. 董貴傑、李唐〈相同使命感下的歷史性挖掘與共時性剖析——談高曉聲與賈平凹在農村題材創作上的異同〉,《黑龍江教育學院學報》,1999年第2期,頁79－80。

29. 蔡起泉〈論陸文夫小說的意境〉,《南通師範學院學報（哲學社會科學版）》, 1999年04期, 頁38－42。
30. 劉際鋼〈五、六十年代的知識份子政策〉,《特區展望》, 1999年第4期, 頁54－56。
31. 葉兆言〈紀念〉, 收入葉兆言《葉兆言》,（北京：人民文學出版社, 2000年）。
32. 謝廷秋〈描寫農村生活的兩位聖手——趙樹理、高曉聲之比較〉,《貴州師範大學學報（社會科學版）》, 2000年第4期, 頁108－111。
33. 朱希祥〈江南俗食與美食——陸文夫筆下的飲食文化〉,《食品與生活》, 2000年01期, 頁46－48。
34. 司曉輝〈"小人物"的悲歌——兩岸鄉土小說作家黃春明與高曉聲創作的交融〉,《聊城師範學院學報（哲學社會科學版）》, 2000年第5期, 頁66－69。
35. 劉景宏〈高曉聲對魯迅的繼承與發展〉,《丹東師專學報》, 2001年第1期, 頁17－22。
36. 郭泉〈前蘇聯"解凍文學"對中國"百花文學"的影響〉,《南京師大學報》, 2001年第3期, 頁103－109。
37. 黃毓璜〈高曉聲的小說世界〉,《當代作家評論》, 2001年第6期, 頁46－50。
38. 胡湛〈淺談高曉聲對魯迅小說的承繼〉,《新余高專學報》, 2002年第4期, 頁57－59。
39. 肖佩華〈解讀"農民意識"——魯迅、趙樹理、高曉聲筆下農民形象的比較分析〉,《培訓與研究——湖北教育學院學報》, 2002年第4期, 頁14－17。
40. 王吉鵬、趙月霞〈魯迅、高曉聲對農民心路探尋的比較〉,《北方論叢》, 2003年第2期, 頁69－73。
41. 劉利波〈論高曉聲的幽默藝術〉,《瓊州大學學報》, 2003年第3期, 頁86－89。

42. 劉蓓〈新時期高曉聲小說研究綜述〉,《彭城職業大學學報》,2003年第1期,頁52－54。
43. 劉蓓〈"探求者"的不懈探索——試析高曉聲象徵性小說的創作心態〉,《鎮江高專學報》,2003年第3期,頁23－26。
44. 蘇錦果〈理性的思考 奴性的審判——重讀高曉聲的陳奐生系列小說有感〉,《保山師專學報》,2003年第3期,頁37－39。
45. 王岩〈論王蒙、高曉聲創作風格之差異〉,《遼寧師專學報(社會科學版)》,2003年第6期,頁13－14。
46. 陳國恩〈論俄蘇文學對20世紀中國文學的影響〉,《外國文學研究》,2004年第2期,頁97－103。
47. 彭荊風〈淚酒不分——憶高曉聲〉,《文史天地》,2004年第3期,頁17－20。
48. 浩嶺〈時代精神與個性心理——高曉聲農村小說藝術淺論〉,《紹興文理學院學報》,2004年第6期,頁49－54。
49. 吳昱〈陸文夫的小巷情感〉,《城鄉建設》,2004年11月,頁15。
50. 張堂錡〈從小巷走向大院——論陸文夫小說藝術追求的變與不變〉,《第二屆兩岸現代文學發展與思潮學術研討會論文集》,臺北,2005年,頁251－268。
51. 韓小蕙〈和陸文夫先生的通信〉,《北京紀事》,2005年06月,頁68－71。
52. 陳昭明〈曉聲的蘇南鄉土小說漫議〉,《贛南師範學院學報》,2005年第4期,頁54－56。
53. 陳偉軍〈被放逐的邊緣話語——解讀建國初期文壇有關同人刊物的言說〉,《二十一世紀》網路版第44期,2005年11月30日,頁1－11。
54. 石立幹〈論傳播學意義下的高曉聲農村題材小說〉《寫作》,2005年第15期,頁24－26。
55. 惠韓寧〈有形的"牆"與無形的"牆"——陸文夫《圍牆》解讀〉,《名作欣賞》,2005年16期,頁60－62。

56. 徐繼英〈戲謔之中見真純——試論陸文夫小說的語言特色〉,《中共鄭州市委黨校學報》, 2005年1期,頁87－88。
57. 戀梅健〈關於高曉聲演講稿的發現〉,《當代作家評論》, 2006年第2期,頁70－77。
58. 王涘海〈試論高曉聲農村小說的文化內蘊〉,《江淮論壇》, 2006年第2期,頁157－160。
59. 董燕〈魯迅和高曉聲對農民心理探求的比較研究〉,《學術界》, 2006年3期,頁195－199。
60. 薛爾康〈高曉聲最後的快樂日子〉,《上海文學》, 2007年第1期,頁94－100。
61. 曉浩譯、嚴紹璗校定〈新穎的趙樹理文學〉,原載《文學》1953年9月號,收錄於《竹內好全集》第三卷。收入陳飛,張甯主編《新文學第7輯》,(鄭州:大象出版社,2007年),頁29－35。
62. 蔡翔、羅崗、倪文尖〈"文學的這三十年"三人談:八十年代文學的歷史與神話〉,《二十一世紀網》, 2009年2月14日。http://www.21cbh.com/HTML/2009－2－16/HTML_EUV6SE6OEAUU.html。
63. 葉兆言〈我所知道的高曉聲與汪曾祺〉,收入段春娟、張秋紅編《你好,汪曾祺》,(濟南:山東畫報出版社,2007年)。
64. 葉兆言〈郴江幸自繞郴山〉,收入葉兆言《我的人生筆記:名與身隨》(長春:時代文藝出版社,2007年)。
65. 蔡佳漣《1930年代臺灣與中國大陸的「文藝大眾化」論述探討》,(臺灣國立彰化師範大學臺灣文學研究所碩士論文,2009年1月)。

附錄一：「探求者」作家小說或創作年表

此處的小說與散文年表，乃根據這些作家的別集與文集，交叉比對編撰而成。（黃文倩編）

一、高曉聲小說年表

小說單篇篇目	原發表刊物或寫作年分	收入專書
1.〈收田財〉	上海《文匯報》副刊1951年	無
2.〈解約〉	《文藝月報》1954年第2期	高曉聲《高曉聲文集》（短範小說卷），（北京：作家出版社），2001年9月。
3.〈不幸〉	《雨花》，1957年第6期	
4.〈系心帶〉	《上海文學》1979年第11期	高曉聲《七九小說集》，（南京：江蘇人民出版社），1980年6月。
5.〈李順大造屋〉	《雨花》1979年第7期	
6.〈"漏斗戶"主〉	《鐘山》文藝叢刊1979年第2期	
7.〈揀珍珠〉	《北京文藝》1979年第9期	
8.〈周華英求職〉	《安徽文學》1979年第11期	
9.〈漫長的一天〉	《人民文學》1979年第8期	
10.〈柳塘鎮豬市〉	《雨花》1979年第10期	
11.〈特別標記〉	《雨花》1979年第2期	
12.〈流水汨汨〉	《雨花》1979年第6期	
13.〈雪地花〉	《紫琅》1979年第3、4期	
14.〈一支唱不完的歌〉	《鐘山》文藝叢刊1979年第4期	

小說單篇篇目	原發表刊物或寫作年分	收入專書
15.〈我的兩位鄰居〉	1979年11月	高曉聲《一九八〇年小說集》，（北京：人民文學出版社），1981年8月。
16.〈陳奐生上城〉	1980年1月	
17.〈漏斗戶主〉	1978年12月	
18.〈錢包〉	1980年2月	
19.〈定鳳珠〉	1980年3月	
20.〈山中〉	1980年6月	
21.〈屍功記〉	1980年7月	
22.〈魚釣〉	1980年10月	
23.〈寧靜的早晨〉	1980年6月	
24.〈極其簡單的故事〉	1980年11月	
25.〈陳家村趣事〉	1980年3月	
26.〈水東流〉	1981年1月	高曉聲《一九八一年小說集》，（北京：人民文學出版社），1982年12月。
27.〈陳奐生轉業〉	1981年1月	
28.〈大好人江坤大〉	1981年3月	
29.〈水底障礙〉	1981年5月	
30.〈崔金成〉	1981年7月	
31.〈劉宇寫書〉	1981年8月	
32.〈心獄〉	1981年8月	
33.〈飛磨〉	1981年8月	
34.〈繩子〉	1981年12月	

小說單篇篇目	原發表刊物或寫作年分	收入專書
35.〈魚的故事〉	未注明	高曉聲《一九八二小說集》，（四川：四川人民出版社），1983年9月。
36.〈陳奐生包產〉	未注明	
37.〈書外春秋〉	1981.12	
38.〈大山裡的故事〉	未注明	
39.〈老友相會〉	《上海文學》1982年11月	
40.〈磨牙〉	未注明	
41.〈丟在哪兒〉	未注明	
42.〈泥腳〉	未注明	
43.〈陌生人〉	未注明	
44.〈買賣〉	未注明	
45.〈太平無事〉	1983.5	高曉聲《一九八三小說集》，（北京：中國文聯出版公司），1984年12月。
46.〈"聰明人"〉	1983.6	
47.〈糊塗〉	未注明	
48.〈蜂花〉	未注明	
49.〈快樂〉	未注明	
50.〈鬧地震〉	未注明	
51.〈一諾萬里〉	未注明	
52.〈跌跤姻緣〉	未注明	高曉聲《一九八四小說集》，（北京：中國文聯出版公司），1986年3月。
53.〈銓根老漢〉	未注明	
54.〈陳繼根癖〉	《上海文學》1984年7月	
55.〈極其麻煩的故事〉	未注明	
56.〈重到白蕩鄉〉	未注明	
57.〈杭家溝〉	未注明	

小說單篇篇目	原發表刊物或寫作年分	收入專書
58.〈送田〉	未注明	高曉聲《覓》，（江蘇：江蘇文藝出版社），1988年3月。
59.〈憚門家事〉	《清明》1985年6月	
60.〈禮花〉	未注明	
61.〈生日〉	未注明	
62.〈回聲〉	未注明	
63.〈覓〉	《中國作家》1985年6期	
64.〈臨近終點站〉	未注明	
65.《青天在上》	初稿完稿於1987年10月，1990年改寫	高曉聲《青天在上》，（上海：上海文藝出版社），1991年2月。
66.〈"漏斗戶主"〉	此四篇為舊稿，之前已發表過	高曉聲《陳奐生上城出國記》，（上海：上海文藝出版社），1991年12月。
67.〈上城〉		
68.〈轉業〉		
69.〈包產〉		
70.〈戰術〉	未注明，但根據作者說法，推估為90後的作品	
71.〈種田大戶〉	未注明，但根據作者說法，推估為90後的作品	
72.〈出國〉	未注明，但根據作者說法，推估為90後的作品	

小說單篇篇目	原發表刊物或寫作年分	收入專書
73.〈機緣〉	1987年8月	高曉聲《新娘沒有來》，（北京：華藝出版社），1993年4月。
74.〈溝溝〉	未注明	
75.〈新娘沒有來〉	未注明	
76.〈美國經驗〉	《上海文學》1989年9月	
77.〈老清阿叔〉	1987年8月	
78.〈巨靈大人〉	未注明	
79.〈火和煙〉	1987年8月	
80.〈村子裡的風情〉	未注明	
81.〈天意〉	1989年5月	
82.〈小島春節〉	未注明	
83.〈幸運兒〉	未注明	
84.〈煙鬼〉	未注明	
85.〈錢結〉	未注明	
86.〈憂愁〉	未注明	
87.〈外國話〉	未注明	
88.〈希奇〉	未注明	
89.〈走神〉	未注明	
90.〈災難古龍鎮〉	未注明	
91.〈觸雷〉	《鐘山》1989年第3期	

二、陸文夫小說年表

篇目	原發表刊物或書寫年分
1.〈賭鬼〉（又名〈定風波〉）	1953年
2.〈節日的夜晚〉	1953年
3.〈公民〉	1954年
4.〈榮譽〉	《文藝月報》1955年2月號
5.〈月底〉	1955年

篇目	原發表刊物或書寫年分
6.〈搶修〉	1955年
7.〈火〉	1955年11月
8.〈只准兩天〉	1956年
9.〈小巷深處〉	《萌芽》1956年10期
10.〈平原的頌歌〉	《雨花》1957年1期
11.〈老師傅和他的女徒弟〉	《新港》1957年4期
12.〈健談客〉	《東海》1957年6月號
13.〈碰不得〉	《雨花》1959年17期
14.〈準備〉	《雨花》1960年15期
15.〈風波〉	未註明，現收入《陸文夫文集·卷三》（2006年）
16.〈最後的課題〉	未註明，現收入《陸文夫文集·卷三》（2006年）
17.〈葛師傅〉	《人民日報》1961年1、2月合刊
18.〈金鑰匙〉	《雨花》1961年2、3期
19.〈修車記〉	《光明日報》1961年6月8日
20.〈龍〉	《雨花》1961年7期
21.〈沒有想到〉	《上海文學》1961年8月號
22.〈向師傅告別的那天晚上〉	《新華日報》1961年9月3日
23.〈招呼〉	《文匯報》1962年4月26日
24.〈隊長的經驗〉	《雨花》1962年8期
25.〈牌坊的故事〉	《少年文藝》1962年9期
26.〈介紹〉	《人民文學》1962年9月號
27.〈二遇周泰〉	《人民文學》1963年1月號
28.〈棋高一著〉	《雨花》1963年4期
29.〈有人敲門〉	作於1964年，發表於《鐘山》1980年1、2期
30.〈對頭星〉	《雨花》1964年5期

篇目	原發表刊物或書寫年分
31.〈雙手致意〉	《蘇州工農報》1964年春節
32.〈獻身〉	《人民文學》1978年4期
33.〈特別法庭〉	《上海文學》1979年6月號
34.〈崔大成小記〉	《鐘山》1979年1期
35.〈圈套〉（又名：〈往後的日子〉）	〈往後的日子〉發表在《雨花》1980年8期
36.〈小販世家〉	《雨花》1980年1期
37.〈春遊〉	《少年文藝》1980年9月號
38.〈秋風起〉	《江南》1981年創刊號
39.〈一路平安〉	《人民文學》1981年6期
40.〈門鈴〉	《人民文學》1984年10期
41.〈不平者〉	1981年
42.〈打羊〉	《莽原》1981年1期
43.〈還債〉	《雨花》1981年8期
44.〈天時地利〉	《雨花》1984年11期
45.〈唐巧娣翻身〉	《上海文學》1981年2月號
46.〈美食家〉	《收穫》1983年1期
47.〈萬元戶〉	《人民文學》1983年4期
48.〈圍牆〉	《人民文學》1983年2期
49.〈臨街的窗〉	《小說家》1985年1期
50.〈井〉	《中國作家》1985年3期
51.〈畢業了〉	《鐘山》1985年5期
52.〈清高〉	《人民文學》1987年5期
53.〈故事法〉	《鴨綠江》1988年3期
54.〈享福〉	1992年
55.《人之窩》（長篇小說）	1995年

三、葉至誠散文年表

篇名	書寫日期	發表刊物與日期	收入專書
1.〈集郵〉	1942年前	―	原收入葉至善、葉至美、葉至誠《花萼》，後收入再版《花萼與三葉》（北京：三聯書店出版，1989年）
2.〈我與游泳〉		―	
3.〈樂山遇炸記〉		―	
4.〈夜襲〉		―	
5.〈班圖書館〉		―	
6.〈考試〉		―	
7.〈紀念冊〉		―	
8.〈宣傳〉		―	
9.〈頭髮的故事〉		―	
10.（與至善合著）			
11.〈速寫〉		―	
12.〈看戲〉	1945年前	―	原收入葉至善、葉至美、葉至誠《三葉》，後收入再版《花萼與三葉》（北京：三聯書店出版，1989年）
13.〈看書買書〉		―	
14.〈英雄氣概〉		―	
15.〈fu魚〉		―	
16.〈成都農家的春天〉		―	
17.〈拉路車的〉		―	

篇名	書寫日期	發表刊物與日期	收入專書
18.〈看戲〉		—	
19.〈合作〉		—	
20.〈朋友〉		—	
21.〈留級〉		—	
22.〈鑰匙〉		—	
23.〈耽心〉		—	
24.〈露營‧帳篷和胖子要人〉		—	
25.〈兒童節〉		—	
26.〈初冬的故事〉		—	
27.〈在鄉下〉		—	
28.〈長長的夏天〉		—	
29.〈一個好的開始就是成功的一半〉	1949年前	—	葉至誠《沒有完的賽跑》（北京：中國少年兒童出版社，1983年5月）
30.〈第一封信〉		—	
31.〈找事情〉		—	
32.〈背上〉		—	
33.〈螺螄〉		—	
34.〈宣傳〉		—	
35.〈fu魚〉		—	
36.〈成都農家的春天〉		—	
37.〈山上人〉		—	
38.〈拉路車的〉		—	
39.〈川江里弄船的〉		—	
40.〈學校後面的小河〉		—	
41.〈皇帝和告示的故事〉		—	
42.〈烏龜的殼怎麼會一塊一塊的〉		—	
43.〈沒有完的賽跑〉		—	

篇名	書寫日期	發表刊物與日期	收入專書
44.〈"探求者"的話〉	1979年	—	葉至善、葉至美、葉至誠《未必佳集》（北京：三聯書店，1984年）
45.〈假如我是一位作家〉	1979年6月	—	
46.〈遲開的薔薇〉	1979年6月	—	
47.〈憶方之〉	1979年11月	—	
48.〈方之的死〉	—	—	
49.〈跟父親學寫〉	—	—	
50.〈煩難和容易〉	1981年	—	
51.〈冒名二則〉	—	—	
52.〈回聲谷〉	—	—	
53.〈兒時〉	—	—	
54.〈倒楣的橄欖核〉	—	—	
55.〈傷寒〉	—	—	
56.〈體育老師〉	—	—	
57.〈戒煙〉	—	—	
58.〈熒惑星〉	1982年10月	—	
59.〈集郵〉	1942年	—	葉至誠《倒楣的橄欖核》（天津：百花文藝出版社，1993年）
60.〈宣傳〉	1942年	—	
61.〈看書買書〉	1943年	—	
62.〈學校後面的小河〉	1947年7月	—	
63.〈遲開的薔薇——讀高曉聲的《李順大造屋》〉	1979年6月	《雨花》1979年第7期	
64.〈假如我是一個作家〉	1979年6月	《雨花》1979年第7期	
65.〈憶方之〉	1979年11月	《雨花》1979年11期	

篇名	書寫日期	發表刊物與日期	收入專書
66.〈跟父親學寫〉	1980年	—	
67.〈兒時〉	1981年	《文匯》1981年	
68.〈回聲谷〉	1981年	《雨花》1982年第3期	
69.〈倒楣的橄欖核〉	1981年12月	《雨花》1982年第3期	
70.〈戒煙〉	1982年	《綠》1983年	
71.〈傷寒〉	1982年6月	—	
72.〈體育老師〉	1983年5月	—	
73.〈老陸的"苦"〉	1985年5月	—	
74.〈四起三落〉	1989年10月	《雨花》1990年第1期	葉至誠《倒楣的橄欖核》（天津：百花文藝出版社，1993年
75.〈猩紅熱和省三的褲子〉	1986年4月	—	
76.〈最後一列難民車——一九三七年深秋浙贛路上〉	1986年4月	—	
77.〈我的綽號叫阿拉木〉	1986年6月	—	
78.〈公共車站上的遐想〉	1987年10月	《鐘山》1987年第6期	
79.〈生活在名人間〉	1987年11月	《家庭》1988年第3期	
80.〈記錫琛先生〉	1987年7月	《散文世界》1988年	

篇名	書寫日期	發表刊物與日期	收入專書
81.〈著肉搔癢——艾煊《醒人說醉》讀後戲作〉	1988年	《東方紀事》1988年第3期	
82.〈幾件小事〉	1988年12月	《江蘇教育報》1989年元旦	
83.〈夢的夢〉	1988年3月	《作家》1988年	
84.〈跟父親一起去用直〉	1988年5月	《江花紅勝火》1989年	
85.〈吃河豚〉	1989年10月	《雨花》1990年第1期	
86.〈青石弄故居〉	1989年12月	《雨花》1990年第1期	
87.〈重記樂山遇炸〉	1989年5月	—	
88.〈幾如兄弟的交情——為王伯祥先生誕辰一百周年而作〉	1990年1月	《文學自由談》1990年第3期	
89.〈父親醉酒〉	—	—	
90.〈父親給我的最後一封信〉	—	—	

四、方之小說年表

篇目	原書寫年分及發表刊物
1.〈兄弟團圓〉	1951年2月
2.〈鄉長買筆〉	1953年
3.〈組長和女婿〉	1953年
4.〈曹松山〉	1954年11月
5.〈在泉邊〉	1955年
6.〈浪頭與石頭〉	1956年8月
7.〈楊婦道〉	1957年7期《雨花》
8.〈歲交春〉	1962年春節
9.〈出山〉	1962年8月《上海文學》
10.〈南豐二苗〉	原寫於1962年8月，後發表於1979年7期《雨花》
11.〈看瓜人〉	1963年1月
12.〈柳營小記〉	原寫於1963年6月，但直至1979年某月才發表於《南京文藝》
13.〈難寫的人〉	1964年7月，發表於1981年4期《雨花》
14.〈內奸〉	1978・8
15.〈栽草記〉	未注明，收於1981年的《方之作品選》
16.〈隔樓上〉	未注明，收於1981年的《方之作品選》

附錄二：高曉聲與陸文夫的重要生活年表

高曉聲重要生活年表
黃文倩編

年	個人生活大事	原始文獻出處（未注明作者的，均出自高曉聲相關傳記散文）
1928－1949	1928年7月出生於江蘇武進。家中環境原屬小康，後每況愈下。八歲那年，六歲的弟弟落水而死，十五歲時，叔弟又再度溺水身亡。	「高曉聲1928－1999：江蘇武進人」（《江蘇省志·文學志》） 「我家有十畝七分田，一間樓房，二間平房。……算是不錯的人家了。加上我父親是知識份子，有時在小學，有時在中學裡當教員，可以有一點工資，自然比純農戶又要好過。但是抗戰一開始，父親失業了。我跟堂姐到常州織機坊小學去讀六年級的時候，家裡已拿不出錢來，就賣掉了一畝田。當時田畝已經從抗戰前畝值十石米降到六石了。」（〈家貧讀書難〉） 「我八歲那年，六歲的弟弟雲生落水而歿，過幾年又丟了一個叔弟銅生。另一個叔弟的命大，他七歲的時候我十五，夏天有個中午，我撐了一小船青草從濱外回到芳泉濱梢，看見他和另外兩個同齡伴在碼頭上弄水，……我那叔弟就沒頂了，……我真是好運，輕易便救得了一條性命。」（〈走向世界第一步〉）

年	個人生活大事	原始文獻出處 （未注明作者的，均出自高曉聲相關傳記散文）
1928－1949	小學就讀的是常州織機坊小學。要考中學時，因為誤將考卷當草稿紙，故沒考上公立中學，來年隨同父親，到江陽澄西中學跳讀初二。初三時母親病死。一九四五年到武進縣龍虎塘監明中學插入高一下學期。高中畢業後，曾入上海法學院就讀經濟系，後又轉至無錫就讀蘇南新聞專科學校。	「過了一年，我父親到江陽澄西中學任教，把我帶去插入初二，跳了一級。別的都沒問題，英語跟不上。那時還有日語課，因為是文化侵略，不願讀，這種愛國主義思想進一步發展下去，認為英語也是文化侵略，跟不上也可以理直氣壯了。……我生平沒能學會一國外語，都是上述"一念之差"造成的。千萬不要有人步我後塵。」（〈家貧讀書難〉） 「父親在澄西教了半年書就到後方抗日去了，升入初三那年暑期，母親又病死，一家四口儘是孩子，我不但無錢讀書，連生活也沒有著落。我依靠澄西中學同我父親的關係，欠了學費繼續上初三。（〈家貧讀書難〉） 「我的父親，因為家中無人主持，又回來了，一九四五年上半年，……讓我到武進縣龍虎塘監明中學去插入高一下學期。」（〈家貧讀書難〉）

			「我知道我考不取工科,因為我的英語成績極差。……後來我進大學讀了經濟系,那是無可選擇的選擇。」(〈曲折的路〉)
			「在上海法學院讀過經濟學系,1950年畢業於無錫蘇南新聞專科學校。」(在《高曉聲散文自選集》的內頁折頁的文學小傳中,這樣介紹高曉聲的學歷)
1928－1949	教養與讀書:從小學到高中,提及曾讀過的書包括:張資平三角戀愛小說、《聊齋志異》、《綱鑑易知錄》、《紅樓夢》、《水滸傳》、《濟公傳》、《四才子》、《說唐》等。		「我很愛看小說,有一次在早讀課上,被教導主任章志良發現,問我在看什麼,我坦然把書遞給他。那是張資平的作品,張是三角戀愛小說家,學校不許看,便正兒八經地訓我。(〈家貧讀書難〉)
			「我們的村莊很大,家裡有書的,伸手不滿五指。而有幾十部文學、歷史書的,只我一家,這都是我父親讀書時買的。……比如一部《聊齋志異》,我靠它基本上學會了古漢語。再如一部《綱鑑易知錄》,我不是讀歷史,而是當故事書看的,概念未得多少,故事卻記住了許多。」(〈想起兒時家中書〉)

		「抗戰開始，家鄉淪陷，……我父親就在村子上辦私塾。我開始接觸文言文，記得父親教我的第一篇古文，竟是蒲松齡著《聊齋志異》中的《促織》。之後我就愛上了蒲松齡，《聊齋志異》是我少年時代讀得最熟的一本書。……從那時候開始到初中畢業，我看過許多小說，各式各樣都看，既有《紅樓夢》、《水滸》那樣的名著，也有《濟公傳》、《四才子》那樣的俗物。現在回想起來，覺得許多舊小說中，往往都有寫得好的篇章，例如《說唐》中的"賈家樓"一段，《嶽傳》中"小教場私奪魁"一段，筆法極其精采，至今對我的創作都有影響。我還認真地自學過《綱鑒易知錄》，也是當小說看的，但對我注意語言的精煉是有影響的。」（〈曲折的路〉）

年	個人生活大事	原始文獻出處（未注明作者的，均出自高曉聲相關傳記散文）
1949－1950	就讀蘇南新聞專科學校。	「高曉聲，和才女烈女聖女林昭，是林斤瀾的同學。哪個學校？蘇南新聞專科學校。這個學校在無錫，是當時流行的"幹部學校"，不在"學制"之內。學生多來自江浙，招生不論年齡，不論學歷，只論學識和才幹。學校起初有培養接收臺灣幹部之說。1949年7月開學，至1950年5月止，"抗美援朝"發生，學校停辦。」（程紹國《林斤瀾說·天堂水寒——林斤瀾與高曉聲、葉至誠、林昭（彭令昭）》）
1950－1956	1950－56在江蘇文聯工作。1951出版詩集《王善人》，發表處女作小說〈收田財〉，1955年與葉至誠合作出版劇本《走上新路》。	「五〇年到五六年在江蘇文聯工作」（〈想起兒時家中書〉） 「一九五五年我住在無錫市肺結核防治院治療。」（〈往事不堪細說〉） 「我永遠不會忘記五十年代前期那燦爛的豔陽，……我抓緊時間去學習，在短短幾年內我讀了數量不少的書，得史達林文學獎金的作品，高爾基、契訶夫的作品，巴爾扎克的作品，凡有譯本的我差不多都讀過。其他還涉及到托爾斯泰、莫泊桑、德萊塞·安德遜、尼克索、雨果、梅裡美、小林多喜二……等

1955年因肺結核住院治療。在這個階段，讀了大量前蘇聯文學、西方文學與相關的農村小說及紅色經典名著，包括高爾基、契訶夫、巴爾扎克、托爾斯泰、莫泊桑、德來塞、尼克索、雨果、梅裡美、小林多喜二的譯著。中國作家則包括丁玲、趙樹理、歐陽山、柳青、杜鵬程等的作品。	人的作品。我在有意識彌補外國文學及社會主義文學知識的缺陷。」（〈曲折的路〉） 「我也大量讀了延安文藝座談會上以後的中國革命文學作品，如丁玲的《太陽照在桑乾河上》、周立波的《暴風驟雨》、趙樹理的短篇小說，歐陽山的《高幹大》，柳青的《銅牆鐵壁》，以及杜鵬程的《保衛延安》……等等。」（〈曲折的路〉）

年	個人生活大事	原始文獻出處（未注明作者的,均出自高曉聲相關傳記散文）
1957-58	與方之、葉至誠、陳椿年,於1957年第6期《雨花》聯名發表〈意見與希望〉,表達對當時文藝政策等的想法。同年與方之、葉至誠、陸文夫等主要成員,企圖創辦《探求者》同人刊物,1957年第10期《雨花》,高曉聲起草的〈啟示〉與陸文夫起草的〈章程〉被刊出,隨即高曉	〈意見與希望〉《雨花》1957年第6期〈"探求者"月刊社啟示〉、〈"探求者"月刊社章程〉《雨花》1957年第10期

		聲被打成右派。同年與第一任自由戀愛的女同學結婚，來年妻子即同因肺病過逝。	
	1962	分派到武進縣三河口中學去教書。	「一九六二年二月，我被分派到武進縣三河口中學去教書，先做代課教師，後來才轉正，這樣，我從一九五八年三月啟動的"勞動改造思想"工程暫時收攤。」（〈寂寞〉）
	1965	再度因肺病開刀住院。	「那是一九六五年二月初，在蘇州市第一人民醫院裡，胸部吃了一刀。抽去四根肋骨，切掉一葉肺，我哼都沒有哼一聲。」（〈刃的懷念〉）
	1965	仍在教書，可能於此年被摘了右派的帽子。	「一九六五年我還活在人間，已被派到中學裡去教書了。空洞依舊是8*8釐米。雖未擴大，性質無疑是開放的，真不知為什麼叫我去同青年學生打細菌戰，大概因為摘掉了帽子總得安排一下吧。」（〈刃的懷念〉）

年	個人生活大事	原始文獻出處（未注明作者的，均出自高曉聲相關傳記散文）
1970	回任三河口中學當老師。	「一九七〇年春天，我奉命從勞改所在地回到原先任教的三河口中學，不讓我上課，叫我同幾位還未定性的人在一起幹雜活、繼續挨批鬥，等待量罪定刑。」（〈吹菌記〉）
1979	《探求者》案改正，「探求者」改正。	「在這期間，省文聯在李進同志領導下，平反冤假錯案是最徹底的，走在全國文藝界的前面。是省文聯最早對"探求者"平反，那時全國還未對平反冤錯假案啟動。1979年初在《雨花》雜誌上發表了社論《探求無罪，有錯必糾》。同時，把"探求者"成員全部上調，或在省文聯作協工作（如艾煊、高曉聲、葉至誠、梅汝愷、陳椿年），或安排在南京（方之）、蘇州（陸文夫）工作。除曾華同志已病故外，全都回歸了文學隊伍。」（陳遼〈追憶李進同志〉）
1981	赴美訪問。	「一九八一年十月二十一日，我參加中國翻譯家、作家代表團赴美訪問。」（〈訪美雜談〉）

年	個人生活大事	原始文獻出處（未注明作者的，均出自高曉聲相關傳記散文）
1984	開始與研究生及其它女人戀愛。	「林斤瀾說，十多年時間，高曉聲的愛情故事密密的。發生愛情故事，高曉聲常常吹著嘴通報給林斤瀾。最初在1984年，是一個研究生，這時農民高曉聲56歲，春風滌胸，怎麼說都可用"樂不可支"來形容。最後是貴州一個大學裡的教師，高曉聲對林斤瀾說，這個女人很可愛，就是不能結婚，因為她有婦女病。」（程紹國《林斤瀾說・天堂水寒──林斤瀾與高曉聲、葉至誠、林昭（彭令昭）》）
1987-88	再度赴美訪問，曾在聶華苓家作客。並在李歐梵與聶華苓的牽線下，得以參觀美國的農村。	「一九八七年美中學術交流委員會邀我訪美。……一九八八年七月四日我從美國回來。」（〈糊塗歲月〉） 「有一次經過愛荷華，在聶華苓家作客，碰到她的先生安格爾。」（〈總是無緣〉） 「一九八八年來美，……後來到了芝加哥大學，我又向那裡的李歐梵先生提出來，我知道芝加哥郊外就是美國的著名的農業區之一，當然容易滿足我的要求。誰知李歐梵先生雖然交遊廣闊，朋友遍天下，在美國卻沒有交著農民朋友。不過，他還有些資訊儲存著，知道

		愛荷華城聶華苓先生認識一位元農民。於是驅車整整三小時（當然不光是為農民），先找聶華苓，總算使我打開了進入農村的序幕。」（〈尋找美國農民〉）
1989	與第二任農村妻子離婚。	「其實黃酒自有害處。……我以前的老婆就懂得這一點，八三年秋，我同她去溫州旅行，同林斤瀾夫婦同在一起過了幾天。林是我的同窗、同行又有同好者，自然千杯嫌少。過了八九年，我離婚以後，有一次再同斤瀾在一起喝，斤瀾才告訴我，當年他的夫人曾私下向我的老婆進了一言，要她勸我少喝一點，我的老婆不肯，卻回答說："吃殺仔啦倒！"（常州話，意即"吃死了算"）可見冰凍三尺，非一日之寒。」（〈閒話釀酒〉）
1999	過逝	

陸文夫重要生活年表
黃文倩編

年	個人生活大事	原始文獻出處（未注明作者的，均出自高曉聲相關傳記散文）
1928	1928年3月23日出生於江蘇泰興，祖籍原為武進人。原名陸紀貴。	「我於一九二八年三月二十三日出生在江蘇省長江北岸的一個小村莊裡。」（〈微弱的光〉） 「陸文夫1928－2005：江蘇泰興人」（《江蘇省志·文學志》） 「我的祖親原籍是武進人，蘇南的民都有喝茶的習慣，農村裡的小鎮上都有茶館。」（〈茶緣〉）
1934－1937	就讀私塾，拜孔子，讀《百家姓》、《三字經》、《千家詩》、《論語》，以及古典小說《施公案》、《彭公案》、《七俠五義》、《三國演義》。老師並將其名，由陸紀貴改為陸文夫。	「我六歲的時候開始讀書了，那是一九三四年的春天。當時，我家的附近沒有小學，只是在離家兩三裡的地方，在十多棵雙人合抱的大銀可樹下，在小土地廟的旁邊有一所私塾。」（〈鄉曲儒生〉） 「父親送我入學，進門的第一件事便是拜孔子。」（〈鄉曲儒生〉） 「我開始的時候讀《百家姓》、《三字經》。……我那時的記憶力很好，背得快，不挨打，幾個月之後便開始讀《千家詩》、《論語》。秦老師很歡喜，一時興起還替我取了個學名叫陸文夫，因為我願意的名字叫陸紀貴，太俗氣。」

			（〈鄉曲儒生〉）
			「秦老師……首先讓我看《精忠嶽傳》，這一看便不可收拾，什麼《施公案》、《彭公案》、《七俠五義》、《三國演義》都拿來看了，看得廢寢忘食，津津有味。」（〈鄉曲儒生〉）
			「那是在抗日戰爭前夕，我入學塾讀書。塾師一手授予我文房四寶：紙、墨、筆、硯。一手授予我一本《百家姓》」（〈上黃山〉）
	1937	9歲，開始外出求學。	「日戰爭爆發以後，辦學的農民怕出事，把私塾停了。秦老師到另外的一個地方去授館，……他要帶兩個得意門生作為附學（即寄宿生），……還有一個附學就是我了，那時我才九歲，便負笈求學，離家而去，從此便開始了外出求學的生涯。」（〈鄉曲儒生〉）

年	個人生活大事	原始文獻出處（未注明作者的，均出自高曉聲相關傳記散文）
1944–1947	1944初到蘇州，1945進入蘇州的高中就讀了三年，此期間讀了《大眾哲學》、《新青年的新人生觀》、《新經濟學》、趙樹理作品，以及《新民主主義論》等。可能在這個階段，讀到各式外國小說家，包括巴爾扎克、馬克·吐溫、契訶夫、托爾斯泰、高爾基等。	「一九四四年的春夏之交，我穿著長衫，戴著禮帽，闖進蘇州來了。……從此我便愛上了蘇州，並在蘇高中就讀了三年。」（〈微弱的光〉） 「一九四五年，抗日戰爭剛剛勝利，我從泰興來蘇州求學。……那時候的蘇高中剛從宜興複校來蘇州……待到放榜之日……大約總在開頭的二三十名之內。」（〈道山亭畔憶舊事〉） 「一九四四年，我因病到蘇州來療養。」（〈姑蘇之戀〉） 「一九四五年抗日戰爭勝利後，我考進了蘇州中學」（〈姑蘇之戀〉） 「不知道那裡流傳來了《大眾哲學》、《新青年的新人生觀》、《新經濟學》等等的書籍，還有黨在香港出版的文藝刊物（第一次讀到了趙樹理的作品），再後來還偷讀了《新民主主義論》，這些書我一讀便懂，決定不再徘徊，畢業以後便賣掉了所有的書籍和用不著的衣物，買了一雙金剛牌的回力球鞋（準備跑路、打游擊），一枝大號的金星鋼筆，直奔蘇北解放區而去。」（〈道山亭畔憶舊事〉）。

「我年輕時讀法國作家巴爾扎克的小說，讀的是中國的大翻譯家傅雷先生的譯本，文字十分優美。當時我認為是巴爾扎克寫得美，後來有一位懂得法文的老作家告訴我，說我讀的是傅雷先生的中文，不是巴爾扎克的法文。我想了一想才懂得這句話的含意，因而才敢講美文是可譯的，問題是要認定一點：翻譯不是拷貝。」（〈美文可譯〉）

「我很愛讀外國的文學作品，就所讀作品的數量來講，外國的還是多於中國的，所受的影響也很深，但不是深在哪一位或哪幾位元作家的作品裡。我很容易受別人作品的影響，每讀到一篇好作品時便激動不已，五體投地，恨不得也照著他的樣子來寫一篇。……馬可‧吐溫的幽默，果戈裡的嘲諷，契訶夫的深刻，梅裡美的優美，托爾斯泰的內省，蒲威格的強烈，歐‧亨利的奇異，喬治桑的細膩，巴爾扎克血淋嗒地，高爾基在草原上漫遊著哩。」（〈共同的財富〉）

年	個人生活大事	原始文獻出處（未注明作者的，均出自高曉聲相關傳記散文）
1948–1955	1948年到解放區參加革命，1949年回到《蘇州報》做了八年的記者。1953，創作第一篇小說〈賭鬼〉（原名〈移風〉）。	「一九四八年的秋天，我動身去解放區了。」（〈姑蘇之戀〉） 「壯士一去兮又回來了，時間只隔了不到一年，我隨軍渡江南下，又進了蘇州，成了一名新聞記者。」（〈姑蘇之戀〉） 「高中畢業以後我沒有升學，到解放區參加革命去了，隨後又渡江回到了蘇州，在《蘇州報》做新聞記者，前後做了八年。」（〈微弱的光〉） 「我記得那是一九五五年（編按：依照其全集的標注，應為一九五三年）的夏天，關起門來，密不透風，汗如雨下，赤膊上陣。寫寫停停，為時數旬，終於做成了一篇小說：《賭鬼》，寫的就是張大林和鄉長之間的一場暗鬥。」（〈曲終不見人〉）
1956	於《萌芽》1956年10期發表〈小巷深處〉，為陸文夫早期的代表作之一。	

年	個人生活大事	原始文獻出處（未注明作者的，均出自高曉聲相關傳記散文）
1957	進入江蘇省文聯專業創作組，到南京當專業作家。	「一九五七年的春天，江蘇省文聯成立專業創作組，把江蘇省在創作上稍有成就的人都搜羅進去，我也不當記者了，到南京當專業作家去。」（〈微弱的光〉）
	與方之、葉至誠、高曉聲等人，討論創辦同人刊物《探求者》。1957年10月，為了對《探求者》進行批判，《雨花》將《探求者》的〈章程〉與〈啟示〉刊於《雨花》第10期，其中的〈章程〉，即由陸文夫起草。	「我和方之、葉至誠、高曉聲聚到了一起，四個人一見如故，坐下來便縱論文藝界的天下大事，覺得當時的文藝刊物都是千人一面，發表的作品也都是大同小異，要改變此種狀況，我等義不容辭，決定創辦同人刊物《探求者》，要在中國文壇上創造一個流派。經過了一番熱烈的討論之後，便由高曉聲起草了一個"啟示"，闡明了《探求者》的政治見解和藝術主張；由我起草組織"章程"，並四處發展同人，施人落水。我見到高曉聲的那一天就是發起《探求者》的那一天，那是一九五七年的六月六日，地點是在葉至誠的家裡。」（〈又送高曉聲〉）

	因《探求者》案，被打成反黨集團成員之一。	「我們被打成反黨集團。」（〈微弱的光〉）
	回蘇州機床廠當學徒改造。	「陳椿年送進勞改農場，高曉聲回老家去種田，艾煊到西山去種果樹，方之和葉至誠去大煉鋼鐵，我回蘇州，到蘇州機床廠去當學徒。」（〈微弱的光〉）
1958	在機床廠裡做車工。	「一九五八年大躍進，我下放在一個機床廠裡做車工，連著幾個月打夜工，動輒三天兩夜不睡覺。」（〈壺中日月〉）
1960	文藝界開始復蘇，上調回南京當起專業作家。	「一九六〇年的夏天，三年困難之後實行經濟調整，文藝界也開始復蘇了，江蘇省又成立專業創作組。因為我在工廠中勞動得不錯，改造得有成績，為了體現政策，又把我調上南京，又當起專業作家了。」（〈微弱的光〉）

年	個人生活大事	原始文獻出處 （未注明作者的，均出自高曉聲相關傳記散文）
1964	創作受到茅盾的肯定。但隨後來的修正主義運動，又再次被批鬥長達半年。並再次下放到南京附近的江淩縣李家生產隊去勞動。	「到了一九六四年，國民經濟稍有好轉了，又要大搞階級鬥爭了，文藝界的形勢越來越緊張，小說沒法寫了。當年的中國作家協會的領導人很著急，便在北京召開了一個短篇小說座談會，研究到底怎樣寫法才好。茅盾和許多老作家、理論家都出席了這個會議，我也去了。在會上，茅盾對我的寫法很有興趣，認為這也是無路之中的一條路。於是便在《文藝報》上發表評論文章，評價我的小說。想不到這篇文章發表得不是當口，那正是批評文藝界已經走到修正主義邊緣的時候」（〈微弱的光〉） 「這一次可批得我夠嗆的了，比一九五七年要厲害幾倍，前後長達半年。許多報刊都發表了批判我的文章，江蘇省的報紙用兩個整版的大文章把我批深批透。」（〈微弱的光〉） 「一九六四年我又入了另冊，到南京附近的江淩縣李家生產隊去勞動，那次勞動是貨真價實，見天便挑河泥，七八十斤的擔子壓在肩上，爬河坎，走田埂，歪歪斜斜，搖搖欲墜。」（〈壺中日月〉）

年	個人生活大事	原始文獻出處（未注明作者的，均出自高曉聲相關傳記散文）
1965	被趕出文藝界，回到蘇州的紗廠當修理工。	「一九六五年的夏天我被趕出文藝界，又回到了蘇州，在一家紗廠裡當修理工。」（〈微弱的光〉）
1969	下放至江蘇北部的黃海之濱。	「一九六九年底把我全家下放，到農村去插隊落戶，要在五天之內帶著全家離開蘇州。」（〈微弱的光〉） 「我帶著妻子和兩個女兒來到了江蘇北部的黃海之濱。」（〈微弱的光〉）
1978	返回蘇州。	「我的一家也從黃海之濱搬回蘇州來了，回到蘇州的時候我已經五十歲。又當起專業作家來了。」（〈微弱的光〉）
1979	《探求者》案改正，「探求者」改正。	「在這期間，省文聯在李進同志領導下，平反冤假錯案是最徹底的，走在全國文藝界的前面。是省文聯最早對"探求者"平反，那時全國還未對平反冤錯假案啟動。1979年初在《雨花》雜誌上發表了社論《探求無罪，有錯必糾》。同時，把"探求者"成員全部上調，或在省文聯作協工作（如艾煊、高曉聲、葉至誠、梅汝愷、陳椿年），或安排在南京（方之）、蘇州（陸文夫）工作。除曾華同志已病故外，全都回歸了文學隊伍。」（陳遼〈追憶李進同志〉）

年	個人生活大事	原始文獻出處（未注明作者的，均出自高曉聲相關傳記散文）
1988	協助創辦《蘇州雜誌》，12月發刊。	「蘇州的優勢不在於單項冠軍，而在於團體總分。文化古城的特點就是文化的各種門類齊全，都有傳統，都有積累，都有發展。蘇州的文化人就單項而言都堪稱專家，總體而言是一個龐大的雜家群。辦刊物要揚長避短，因地制宜，故而思之再三，決定辦一份《蘇州雜誌》。（〈《蘇州雜誌》發刊詞〉）。
2005	過逝	

國家圖書館出版品預行編目資料

```
在巨流中擺渡：「探求者」的文學道路與創作困境
  / 黃文倩作. -- 初版. -- 臺北市：師大--； 新
  北市：Airiti Press, 2012. 01
      面；  公分
  ISBN 978-957-752-650-2 (平裝)
  1.中國文學  2.現代文學  3.文學評論
820.7                          101000581
```

在巨流中擺渡：「探求者」的文學道路與創作困境

作者／黃文倩
發行人／張國恩
總編輯／陳昭珍
主編／古曉玲
執行編輯／宋亦勤、方文凌、林冠吟、陳靜儀
封面設計／石怡蔚
出版單位／國立臺灣師範大學 & Airiti Press Inc.
編輯委員會／王震哲、李振明、李通藝、周愚文、林東泰、洪欽銘、許瑞坤、
　　　　　　陳文華、陳麗桂、劉有德、潘朝陽

發行所／國立臺灣師範大學
　　　　106 臺北市和平東路一段 129 號
　　　　電話：(02)7734-5289 傳真：(02)2393-7135
　　　　服務信箱：libpress@deps.ntnu.edu.tw

　　　　Airiti Press Inc.
　　　　234 新北市成功路一段 80 號 18 樓
　　　　電話：(02)2926-6006 傳真：(02)2231-7711
　　　　服務信箱：press@airiti.com

法律顧問／立暘法律事務所　歐宇倫律師
ISBN／978-957-752-650-2
出版日期／2012 年 1 月初版
定價／新台幣 450 元

版權所有・侵權必究　　Printed in Taiwan